De woongroep

Franca Treur

De woongroep

ROMAN

2014 Prometheus Amsterdam

Voor Marian Donner

© 2014 Franca Treur
Omslagontwerp Roald Triebels
Foto omslag Edward Carlile Portraits/Getty Images
Foto auteur Corbino
Zetwerk Mat-Zet bv, Soest
www.uitgeverijprometheus.nl
ISBN 978 90 446 1658 3

'Een tiende van de mensheid zal recht op een persoonlijkheid hebben en onbeperkte autoriteit uitoefenen over de andere negen tienden. Die zullen hun persoonlijkheid verliezen en als een kudde worden; gedwongen tot passieve gehoorzaamheid zullen ze worden teruggevoerd naar de eerste onschuld en zogezegd naar het oorspronkelijke paradijs, waar ze overigens wel zullen moeten werken.'

– Citaat uit *Boze geesten* van Fjodor Dostojevski zoals Elenoor het aantrof in *De mens in opstand* van Albert Camus

I

Ik heb zin om iets geks te doen en het wordt het huren van een Greenwheels-auto om mee naar Nieuw-Sloten te rijden. Erik vindt het ook humor. Hij ziet Freddie z'n gezicht al. 'Nemen we een fles wijn mee?' vraagt hij. 'Wijn bij beschuit met muisjes?' 'Ik ga toch geen beschuit met muisjes eten. Freddie kent mij, die gaat mij geen beschuit met muisjes voorzetten. Die heeft netjes een lasagne in de oven staan, of gewoon burrito's met extra gehakt.' Ik vind het lief, zoals hij weet hoe Freddie denkt. Erik zet de radio aan om naar de fileberichten te luisteren. 'Heb je ook zo'n visitegevoel?' vraag ik. 'Weet je zéker dat we te eten krijgen?' 'Natuurlijk,' zegt Erik. Freddie kennende zou die hem niet om halfacht bestellen als dat niet voor het eten was. 'Ons,' zeg ik. 'Hij heeft mij ook uitgenodigd.' 'Ja natuurlijk. Ik bedoel alleen maar: jou kent hij niet, althans niet zoals hij mij kent.' Dat is zo. Zij kennen elkaar al sinds de brugklas. Alle nieuwe dingen hebben ze onafscheidelijk beleefd. Ik ken Freddie nog maar sinds Erik ook wel eens iets met mij beleeft. 'Als je liever alleen gaat,' zeg ik, 'dan is dat ook goed. Dan ga ik een film kijken op mijn nieuwe plasmascherm. Dat vind ik toevallig helemaal niet erg.'

'Hé!' zegt Erik. 'Hou het een beetje leuk, wil je.'

Gisteren had ik ook al zo'n zin om iets geks te doen. In de winkel was het opeens een plasmascherm dat mijn fantasie prikkelde en een halfuur later had ik de fantasie vervangen door plasma. Ook anno 2010 beleef ik de fijnste geluksmomentjes nog altijd op een ouderwetse koopavond. Afrekenen en dan hup, de doos mee op de bagagedrager.

Volgens de site staat de dichtstbijzijnde Greenwheels-auto vlak bij het Scheepvaartmuseum. Maar het is een Peugeot 107 en daar kan Erik bij Freddie niet mee aankomen, want Freddie zelf heeft alles zo goed voor mekaar. We reserveren de 207 aan de overkant van de Nieuwe Vaart. Daar moeten we Nieuw-Sloten wel mee kunnen halen.

'Het is Nieuw-Sloten maar.' Ik neem het laatste trekje van mijn sigaret en trap de peuk uit op de grond.

Erik vertrouwt het niet. Wat wil ik daarmee zeggen?

Hij houdt de kaart tegen de kaartlezer en het portier springt open. Ik leg de fles rode wijn op de achterbank bij de twee Facebook-blauwe kruippakjes in geschenkverpakking.

'Wilt u een geschenkverpakking?' had de vrouw in de winkel gevraagd. 'Of is het voor uzelf?'

We rijden richting de ring. Zelfs Erik, die toch al z'n hele leven in Amsterdam woont, is nog nooit in Nieuw-Sloten geweest.

We draaien de ramen open. De wind is fris, maar de zon is nog lekker warm.

De radio meldt een file bij Best-West.

Ik heb eraan gedacht om een cd mee te nemen. We zijn op het moment helemaal *into* de Fleet Foxes. Ik was het het eerst, en daarna heeft het ook bij Erik iets in gang gezet. Hij neuriet de liedjes mee. Ik sla de maat op zijn knie.

'Je touchscreen zuigt,' zeg ik. 'Ik krijg de kaart niet groter.' Van mijn eigen telefoon is de batterij plat.

'Een beetje weg van de flats,' zeg ik even later. 'Ze wonen toch

niet in zo'n satellietschotelbuurt? Vraag het anders even.'
'Nieuw-Sloten? Nee, hier heet het De Aker.'
Die blikken. Alsof we Amerikanen zijn die Amsterdam verwarren met Kopenhagen. Ik kijk op mijn telefoon, het is al tien over acht.
'Dit méén je niet,' zeg ik, als we na lang zoeken en vragen Freddies straat in rijden.
De huizen zijn van kanariegele baksteen. Een deel van de straat heeft drie woonlagen. Op het geel is zonder te kijken of het mooi staat nog een verdieping van grijs beton gezet. Het huis van Freddie en Caro heeft dat ook.
Erik draait zwijgend een van de parkeervakken in. Hij is erop voorbereid alles van Freddie mooi te vinden, tot en met het kanariegeel. Misschien ziet hij de lelijkheid er niet van in. Als je het niet ziet, word je er ook niet door in verlegenheid gebracht.
'Makkelijk parkeren, hè,' roept Freddie glunderend vanuit de deuropening. Hij vindt het volkomen vanzelfsprekend dat we met de auto zijn.
Hij trommelt met zijn vingers op het deurkozijn. Aan zijn voeten zitten sloffen die je ook klompen kan noemen. Ze zitten tussen klompen en sloffen in.
'Zie je dat huis daar met die Golf voor de deur?' Hij laat zijn stem zakken en wacht tot we een paar stappen dichterbij zijn.
We volgen zijn wijsvinger naar de overkant.
'Daar zit een parenclub,' fluistert hij. 'Ik heb ze in het snotje. Zeg maar niet tegen Caro. Ze doet al een beetje jaloers.'
Ik had wel een tientje willen geven voor die blik. Je hoopt van jezelf dat je nooit zo zal kijken. Je hoopt het, maar voor hetzelfde geld hoort het bij een fase.
Freddie en Erik slaan elkaar op de schouders. Ze staan nu allebei een drempel hoger dan ik. Zo kunnen ze vanuit de hoogte op mij neerkijken. Ik ga op mijn tenen staan en kus Freddie vluchtig, ik ken hem tenslotte niet zoals Erik hem kent. Maar híj drukt zijn lippen warm tegen mijn wangen. Ik voel een golf van sympathie door me stromen. Freddie is oké.

'Caro is binnen,' zegt Freddie.

Op de drempel neem ik nog even een diepe teug lucht. Ik hou niet zo van de geur van andermans huizen.

Binnen zijn de gordijnen halfdicht. We staren een tijdje in het rond om wat te wennen aan de bijna sacrale schemer die er hangt. 'Wauw!' zeggen we. Ze hebben er echt wat van gemaakt. Een houten vloer, een lange tafel met op de hoek een aankleedkussen, lichtgele crèmetubes, een stapeltje pampers. Er zijn twee grote gatenplanten, aan de muur hangt ingelijste kunst. Eén wand is tot de nok gevuld met boeken. In zijn vrije tijd pakt Freddie graag een keer een goed boek. Op de onderste rij staan vijfentwintig delen Winkler Prins.

En dan, achter ons, in de beige zithoek, bij het zachtgele schijnsel van een schemerlampje, zit vol glans en glimlach Caro met een baby.

Ik had graag nog wat naar haar gekeken, maar ze legt het kind voorzichtig naast zich neer op de bank, het spuugdoekje erbovenop, en staat op om ons te begroeten. Ze drukt Erik tegen zich aan en zoent hem alsof hij behouden terug is gekeerd van de grote vaart.

Freddie is een beetje pappig geworden, maar Caro ziet er heel gezond en blozend uit. Ze heeft een vreemd luchtje bij zich. Iets zuurs. Misschien wast ze zich niet meer zo goed. Misschien heeft ze andere dingen aan haar hoofd dan zichzelf af te gaan zitten sponzen.

Ze hebben wel twee badkamers, zeggen ze. Eentje boven en een op de tweede verdieping. De tweede verdieping staat nog helemaal leeg. Ze hebben er ook nog niet echt een plan voor. Misschien een atelier voor Caro, maar voorlopig komt ze nog nergens aan toe.

Caro vindt het tijd dat we aandacht geven aan de baby's. Een ligt er boven in zijn bedje, de andere wil niet slapen. De baby die niet wil slapen kijkt me uitdrukkingloos aan. Hij heeft glimmende vetpukkeltjes, maar verder ziet hij er goed uit. Hij heeft het voorhoofd van Caro, wat een gelukje is. Freddies voorhoofd heeft niet de gangbare halfronde vorm van een markies, maar die van een plat zonnescherm, zoals bij prehistorische mensen. Deze baby heeft netjes een markiesje.

'Ziet er goed uit,' zegt Erik. 'Goed gedaan.'

'Ja, hè?' zegt Caro.

'Is die andere net zo?' vraag ik.

Dat is niet zo. Ze zijn niet eeneiig. De ouders vinden dat maar beter ook. Je moet ze als twee individuen zien en niet als meer van hetzelfde.

We moeten Freddie z'n schuurtje bekijken. Althans, Erik moet het zien, maar ik wil niet bij Caro en de baby blijven. Alle frisse lucht die ik binnenkrijg is meegenomen.

Freddie schuift een grote glazen deur opzij en we lopen zo van de kamer de tuin in. Er staat een schommelbank.

Het is echt een mooie avond. De eerste avond van het jaar dat je buiten kan zitten, als je een vest aantrekt.

In de verte klinken kinderstemmen. Hoog en schril. Een vrouw roept: 'Joachim, doe wat mama zegt.'

Ik kijk over de schouderhoge schutting. De buren hebben ook een schommelbank. Er zit een vrouw in. Haar lange benen bungelen. Ze leest een vrouwenblad.

Moeten de mensen hier niet eten? Wanneer eten ze?

De keuken is ruim en prachtig. Inbouwoven, vaatwasser, een leeg aanrechtblad, alles van het beste.

Erik wil weten hoeveel bar de espressomachine heeft. Het antwoord bevalt hem.

Ik snuif en snuif, maar niets wijst op de aanwezigheid van extra gehakt. Rottend fruit ruik ik. Een vuilniszak die vol zit.

'We konden er zo in,' vertelt Freddie als we weer bij Caro op de bank zitten. 'Deze vloer lag er al in toen we het kochten. De keuken was precies wat we wilden. Ik zei tegen Caro, we moeten het doen. Het schilderwerk was perfect in orde. Als we het zelf hadden moeten doen, hadden we ook voor wit gekozen.'

'Alleen de kamer voor de jongens hebben we zelf nog blauw geverfd,' vult Caro aan. Ze hebben hun hart in die blauwe wanden weten te leggen, zegt ze, zo hebben ze zich het huis meteen een beetje eigen gemaakt.

Ik hoor hoe een robotstem tegen Caro terugpraat. Zo'n vrouwenstem als in een tomtom. Ze zegt obligate dingen over jezelf ergens thuis voelen. Hoe belangrijk dat is. Niemand kijkt me raar aan.

'Iedereen die hier komt is verrukt over het gratis parkeren,' zegt Freddie, zelf nog steeds verrukt.

Er is ook een parkje vlakbij. Alleen gras en bomen, geen struiken en heesters, maar dat vinden ze niet erg. Ze zitten niet op struiken en heesters te wachten. Oké, ze vangen wind, maar er kruipen ook pedo's achter. Moet jij eens zeggen wat je liever hebt.

'Hé, wat ruik ik,' zegt Caro. 'Heeft deze kerel een poepje gedaan?' Ze loopt met het kind naar het aankleedkussen.

We kijken haar alle drie na. Haar billen schommelen. Grote billen. Legt Freddie daar zijn handen nog wel eens op?

'Weet je Linda nog?' vraagt Freddie. 'Linda met de blafhoest.' Hij is al bezig Linda's blafhoest voor te doen. 'Erger dan dit,' zegt hij.

Erik lacht. 'Stukken erger.'

'Die hoest was in heel Uilenstede bekend,' zegt Freddie. 'Maar ze was wel aardig. En mooi was ze ook.'

Caro spitst haar oren. Ze wil wel horen hoe haar vriend over andere vrouwen praat.

'Ze had een lok die ze plukje voor plukje met haargel opmetselde, en daarna ging er twee minuten lak op om te fixeren. Pssssssssss,' doet Freddie de spuitbus na. 'Pssssssssssssssssssss. Als je 's avonds in je bed lag te wachten tot het hoesten weer begon, dan kon je haar wel wat aandoen. Niks hielp, oordoppen, niks!'

Op de wc hangt een foto van het gezin. Caro ligt bleek en zorgelijk in een ziekenhuisbed. Ze heeft in elke arm een in badstof gewikkelde baby, Freddie hangt er schuin tegenaan met een arm om Caro's nek. Eronder staat in gekalligrafeerde computerletters: *The best things in life aren't things.*

Ik kijk nog eens goed naar Caro's gezicht. Ze kijkt ernstig en lief tegelijk. Alsof ze het leven ten volle snapt en omarmt. Zo'n foto is van mij niet te maken.

Caro is niet in de kamer. De baby ligt bij Erik op schoot. Op de salontafel ligt een fototoestel.

'Hoe is het in dat hok van jou?' vraagt Freddie. 'Heb je nog muizen?'

'Ik heb ze al een jaar niet meer gezien,' zegt Erik.

'Caro wil een poes,' zegt Freddie. 'Ik zeg, als de jongens wat groter zijn, krijg jij van mij een poes.'

'We hebben wijn,' zeg ik. 'Die ligt nog in de auto.' Ik friemel bij Erik aan zijn broek tot hij begrijpt dat hij me de autosleutel moet geven.

De zon is onder. Het is nog steeds niet koud. Voor de parenclub staat een tweede Golf. Een gele. Gele auto's zie je nergens meer. Dit is precies de enige straat waar een gele auto nog kan.

Ik steek een sigaret op. Als je zomaar begint te schreeuwen, komen ze dan naar buiten?

'Eigenlijk was hij voor bij het eten,' zeg ik. Ik kijk langs Erik heen en geef de fles aan Freddie. 'Maar hij kan ook bij een kaasje, een olijfje, een dingetje.'

Freddie bedankt afwezig. Hij zet hem op de grond, naast een stapel ongelezen kranten, en gaat verder tegen Erik over de buren. Met de ene kant hebben ze contact, met de andere kant houden ze het nog een beetje af. Dat is een vrouw alleen. Ze is een jaar of vijfenveertig. Wat moet een vrouw alleen met zo'n groot huis?

Caro komt de kamer binnen met een dienblad.

'Hebben jullie het over "het mens"?' vraagt ze. ''s Ochtends heeft ze tot tien uur de gordijnen dicht.'

'Ze doet niks aan haar tuin,' zegt Freddie. 'Alleen vetbollen en pindanetjes ophangen. Zo probeert ze de vogels aan zich te binden.'

'Ze maakt zichzelf onmisbaar voor de vogels,' zegt Caro. Ze

vindt het heel zielig dat iemand het van de vogels moet hebben. Ze kijkt net zo ernstig als op de foto in de wc. Weer valt me op hoe gezond ze eruitziet. Een en al melk en bloed. 's Nachts droomt ze over lammetjes.

'Wil je ook koffie?' vraagt ze aan mij. 'Of thee? Zelf neem ik op dit tijdstip thee.' Vermoedelijk wil ze het gesprek van de mannen niet verstoren, want het wordt me in het oor gefluisterd als een geheimpje.

Op het dienblad staan kopjes en gebaksbordjes. Op de bordjes liggen beschuiten en op de beschuiten liggen blauwe en witte muisjes.

'Gaat het bij jullie nog niet kriebelen?' vraagt Freddie. 'Je zal een goede vader zijn, jij. Dat heb ik altijd gedacht.'

Caro vindt dat ook.

We kijken allemaal naar Erik. Hij glimlacht verlegen en kijkt naar de baby op zijn schoot. Hij slaapt.

'Hoezo heb je dat altijd gedacht?' vraag ik.

'Gewoon. Hij weet van zijn eigen vader hoe het niet moet,' zegt Freddie luchtig. 'Dat zijn de beste.'

Caro heeft intussen de kruippakjes uitgepakt. 'Scháttig! Ze kunnen ze meteen aan. Deze maat hebben ze al.'

Ik vraag haar of het waar is dat je als jonge moeder soms de aandrang hebt om je baby uit het raam te gooien. Het staat in een boek dat pas is verschenen.

'Het boek heb ik niet gelezen,' zeg ik. 'Maar ik heb er wel over gelezen. Dat die aandrang heel sterk kan zijn.'

'Hè, gezellig,' zegt Erik.

Caro's gezicht is in een beleefheidsgrijns verstard. Ze heeft er nog nooit van gehoord. Van dat boek niet, en van wat ik zei ook niet.

'Ze schrijven zoveel,' zegt Freddie. Hij geeuwt binnensmonds.

'Er is een markt voor,' zegt Erik. 'Voor drama is een markt.'

'Bij dat artikel stonden ook een paar korte interviews met vrouwen die het zelf hadden meegemaakt,' zeg ik. 'Ze zeiden dat ze hun kind uit het raam wilden gooien. Ze hadden zelf 112 gebeld.'

14

Er valt een stilte, waarin vogels uitgelaten tjilpend en piepend door de takken fladderen.

Iedereen kijkt voor zich uit en denkt overduidelijk: er is iets met Elenoor.

'De schuifdeur staat nog open,' zegt Caro tegen Freddie. 'Je hebt de schuifdeur opengelaten.' Ze staat op om hem dicht te doen. Als ze terugkomt lijkt haar hoofd los van haar romp. Het zweeft er een stukje boven, als moderne kunst.

'Hoe lang heb je nog verlof?' vraagt Erik aan Caro.

'O, ik ben gestopt,' zegt het hoofd. 'Ik zou eerst terugkomen, maar we hebben het uitgerekend. Twee kinderen naar de kinderopvang is zo duur dat ik beter zelf voor ze kan zorgen.'

'Je gaf les, toch?' vraag ik.

'Ja, 0,6 fte handvaardigheid, maar ik kon geen orde houden.' Ze kan niet uitleggen waarom niet, het lukte haar gewoon niet.

'Ja,' zegt Freddie. 'Ik zei tegen Caro: we zijn evenveel kwijt aan de kinderopvang als wat jij verdient in een maand. Toen was de keuze snel gemaakt.'

'Gelukkig hoeven we de eerste twee jaar nog niet af te lossen,' zegt Caro's hoofd met weer die irritant ernstige blik. Het is weer neergedaald op haar lijf. Het zit allemaal weer aan elkaar op de bank.

Ik doe alsof ik een geeuwtje onderdruk.

Het geklets over geld maakt me somber en de tijden zijn toch al zo somber met al dat gepraat over crisis en oorlog.

Ik aai het voetje van de baby met de bedoeling dat nog een paar keer te doen. Het voelt warm door het witte sokje heen.

Caro kijkt ernaar alsof ze het niet vertrouwt.

'En hoe gaat het met jou?' vraagt ze aan mij. 'Doe je nog steeds...'

De baby wordt wakker en maakt een keelgeluidje.

'Kom maar,' zegt Caro meteen. Ze pakt de baby van Erik over. Ze houdt hem stevig tegen zich aan en kust hem op zijn haartjes. 'Kereltje toch!'

'Kom, liefje,' zeg ik tegen Erik. 'We gaan.' Ik ga vast staan en rits mijn vest dicht.

'Jullie hebben je beschuit nog niet eens op,' zegt Caro.

'Het is een lekkere beschuit,' zegt Erik met volle mond. Hij houdt het bord vlak onder zijn kin. Hap, hap, hap. De hele beschuit in één keer weg. 'De beste beschuit sinds tijden.'

Het is een duidelijke boodschap die in de beschuit wordt gelegd, als hij de laatste kruimels oplikt met een natte vinger.

'Wat hád jij?' vraagt Erik, zodra we de straat uit zijn. Hij schakelt te laat en geeft veel te veel gas. De Fleet Foxes worden na de eerste noten met een driftig gebaar weer uitgezet. Hij kijkt me van opzij aan.

Hij vindt dat ik me onbeleefd heb gedragen. Onbeleefd, wat zegt hij, onbeschoft! Freddie had ook een paar keer raar gekeken.

Nou, wat had ik?

'Honger,' zeg ik.

Erik vindt het niet iets om te lachen. Ik moet mijn excuses aanbieden.

Ik doe het, omdat hij gelijk heeft.

Hij zegt, op mildere toon nu, dat hij eigenlijk bedoelde: aan Freddie.

Terwijl het rommelt en weerlicht in de verte, rijden we zwijgend terug naar de stad.

'Sorry,' zeg ik als we van de ring af zijn. 'Maar kun je bij de eerstvolgende friettent stoppen? Ik moet dringend het gewicht van een paar baby's aan frikandellen.'

2

Oogknipperend sta ik in het zonnetje. De deur dic ik – nict hele maal zonder dramatiek – een duw heb gegeven, valt net niet achter me in het slot. Hij begint tegen de posten te klapperen door de wind die de hoek om komt. Een frisse wind, het is nog geen zomer. Een zacht gestommel doet me verstijven. Nu een onderdrukt gelach. Staan ze daar alweer achter de ramen? Hier komt nooit een vrouw in een jurk. Laten ze naar een scherm gapen, het staat er hier vol mee. Een heel computerbedrijf vol.

Ik had op de stoep een ik-heb-de-kost-weer-verdiendsigaretje willen roken, daar was ik wel aan toe. Nu ik weet dat ze me in de gaten houden, loop ik echter zogenaamd ontspannen naar mijn fiets. Met mijn ene hand hou ik mijn jurk omlaag, met de andere zwaai ik. Dat past bij de rol van gezellige juf. Een royaal en hartelijk gebaar, ze mogen niet klagen, mijn haar valt goed en ik draag als altijd iets wat fladdert. Je kunt niet alleen voor het plezier leven, maar als ik fladder denk ik tenminste dat ik leef. En ik vind: zo zouden er meer moeten denken.

Zonder om te kijken fiets ik richting het grijze, puntige hek, met het grote bord dat ik daarop altijd visualiseer, geel met zwarte letters: *Hebt u talent om gelukkig te zijn? Verkwansel het in geen geval hier!*

Links of rechts?

Erik gaat vanavond met zijn vader uit eten. Zijn vader had ergens heen willen vliegen, maar een aswolk uit Scandinavië houdt zijn vliegtuig aan de grond. Daardoor kan ik vanavond vier kanten op.

Een windroos aan mogelijkheden, uitgespuugd door een IJslandse vulkaan.

Fiona sms'te of ik alsjeblieft wel naar de reünie kom van ons jaar Communicatie, maar ik kan naar Eriks voorbeeld ook een keer mijn moeder uitnodigen. Al sinds het begin van dit millennium verwijt ze me dat we nooit meer moeder-dochterdingen doen. 'Fiona is laatst nog met haar moeder naar Parijs geweest, dat heb je me zelf verteld!'

Ze zegt het alleen nooit op een leuke, speelse manier, zodat je er zin in krijgt.

Misschien ga ik even snel op en neer naar de stad, het is vanavond koopavond. Of ik blijf thuis en kijk een film vanuit mijn bed.

Er is nog een vijfde optie, want ik kan ook in Eriks huis gaan zitten, die sinds kort de lekkerste loungebank ter wereld heeft. Grijs. Dat is niet de leukste kleur, maar het is fijne fluwelige stof. Cadeautje van zijn vader, zoals al het meubilair. Zijn vaders nieuwe vriendin vond hem te strak, net als de glazen salontafel die erbij hoorde, maar die we in mijn huis hebben neergezet, en de rubberplant met hydrokorrels.

'Je zoon is er hartstikke blij mee,' schijnt ze te hebben gezegd. Ze is het Laura Ashley-type. Eriks vader wisselt voortdurend van vriendin en dus ook van meubilair. Mij zou dat behoorlijk neerslachtig maken, ik hecht aan dingen. Eriks vader niet, die heeft daar de energie niet voor. Zijn energie gaat al naar zijn levenswerk. Iets moois ontroert hem niet.

Erik zal het prettig vinden als ik op zijn bank zit wanneer hij thuiskomt. Maar hij zal denken dat ik de hele dag op hem heb zitten wachten. Ik wil liever niet dat hij dat denkt. Dat wordt dan snel een waarheid.

Mijn moeder valt ook af, daar heb ik de puf niet meer voor. Wie verzint het ook: een klas vol mannen die zichzelf al helemaal af vinden. Achttien gemeenteambtenaren die op een ICT-project zijn gezet. Een proef, had Karin tegen mij gezegd. Als het bevalt heeft ze voor mij nog zo'n groep. Ik moet hun leren rapporteren, omdat ze schrijven zoals ze praten.

Zelf zien ze dat heel anders. Ze zitten in dat lokaal omdat hun teamleider dat zo heeft geregeld. En omdat het hun week breekt. Ik ben hun juffrouw Zaagmans. Met geld van de Europese Unie moeten ze iets aan hun Nederlands doen. Ze hebben geen idee wat. Ik moet zeggen dat ik het ook niet precies weet. Het is bij de basis al mis.

Ik ben begonnen met een dot grammatica, de schema's en de rijtjes. Als de basis mis is, moet je bij de basis beginnen. Ik had me intens voorbereid, me voorgenomen om goed op de gezichten te letten, te kijken of het kwartje viel, en daarna pas door te gaan naar de volgende paragraaf. Met mijn begrijpende blik loste ik alle moeilijkheden op.

Maar alles wat ik zeg, slaat zo dood als de vliegen onder de lamellen in de vensterbank. Als ik al een reactie krijg, dan is het een wind, een geeuw, een vieze mop, geklap van een kauwgombel. Als ik me omdraai om iets op de flip-over te schrijven, voel ik me net een taartje op een draaiplateau.

Telkens denk ik: nu gaan ze klagen bij de teamleider. Vorige week heeft iemand dat volgens mij ook gedaan. Ik had een e-mail van Karin.

Of ik vandaag voor of na mijn les even naar haar kantoortje wilde komen.

Wat moet je dan zeggen? Ik probeerde nonchalant over te komen, maar ik ging door de grond. Van vrouwen denk ik dat ze je doorzien. Omdat ze op je lijken.

De deur stond open toen ik aan wilde kloppen. De zon stond op de ramen, het was er bedompt. Karin zat in het tegenlicht bij het raam. Ze gebaarde naar een stoel aan de andere kant van het niervormige bureau. We schoven allebei wat opzij, zodat ik niet in het felle licht hoefde te kijken. Ze had kortgeknipt oranje haar en een oranje bril.

Tussen ons in stond een fruitschaal vol opgerolde dropveters. Per stuk verpakt. Karin bukte om iets van de grond te rapen. Ik probeerde te zien wat voor iets dat was. Rondom de volle prullenbak onder het bureau lagen lege uitdeelzakjes te glimmen van het vet. Karin maakte alleen maar haar veters vast. Haar jasje spande om haar brede rug.

Een sigaret was lekker geweest. Ik probeerde aan iets anders te denken. Het enige wat in me opkwam was: ze gaat zeggen dat ze op zoek gaat naar een ander. Ze zal vragen of ik nog namen weet.

Dus dacht ik na of ik nog namen wist, maar ik wist niemand. De mensen die ik kende hadden wat beters te doen.

Karin zat weer rechtop. Achter haar bril zaten grote, heel lichtblauwe ogen, als van een dure pop. Ik sloeg de mijne neer en keek naar de dropveters. Ik vroeg me af of ze gele tanden had.

Wat zeg ik als ze vraagt hoe het gaat? Wat valt er meer te zeggen dan dat er niets meer in hun hoofden doordringt? Dat het na elke les voelt alsof je een goudvis in bad hebt gedaan?

Ze tutte met een stapel A4'tjes. Paperclip eraf, paperclip er weer omheen.

Ik kreeg het zo benauwd, dat ik zelf maar het woord nam. Om er vanaf te zijn.

Ik kuchte twee keer en zei: 'Misschien ben ik er toch niet voor in de wieg gelegd.'

Het kwam natuurlijk doordat we net bij Freddie en Caro waren geweest, dat ik letterlijk dacht aan mezelf als baby, mijn kindertijd: flesjes, rozijntjes, Sesamstraat, op tijd naar bed, zwemdiploma, de tafels tot tien. Alles tot aan rijbewijs en universiteit. Was dít hier, déze mensen in dít gebouw op dít industrieterrein, de reden dat ik dat hele traject had afgelegd?

Hoe je met een paar woorden je eigen glazen ingooit. Wat een sukkel was ik.

Het merkwaardige was: doordat ik ze uitsprak tegen iemand die me onmiddellijk kon ontslaan als ze wou, werden het niet zomaar woorden, maar woorden om te onthouden. Voor mijzelf dan.

Er werd helemaal niets teruggetrokken. Karin lachte alleen maar, een beetje gemaakt. Ze had inderdaad gele tanden. Ze dacht aan misschien een keer een coachingsgesprek. 'Lijkt dat je wat?' Het leek me het ergste van het ergste, maar ik zei: 'Oké. Hartelijk bedankt.'

Dat het een ict-bedrijf is, zag ik eerst nog als een pre. Ik ben gek op computers, telefoons en televisies. Het liefst geef ik mijn geld uit aan iets van Apple wat nog aan mijn geluk ontbreekt of aan iets wat ik op zich al wel heb, maar nog niet zo compact en zo goed als het nieuwste model dat in aantocht is. Met een beetje geluk, dacht ik, steek ik hier nog wat op.

Maar het is echt een heel ander bedrijf dan je denkt dat het is. Geen Silicon Valley, zal ik maar zeggen. Het zit aan een industrieweg net buiten de ring, en er werken alleen omgeschoolde ambtenaren aan projecten van de gemeente.

Niet te geloven. In het lokaal zitten we nog gewoon met pen en papier! Ik schrijf op een flip-over met een dikke stift. Vandaag zaten er nog maar drie vellen aan, dus ik moest heel zuinig doen. Maar ik word goed betaald, dus wat zeur ik. Het nieuwste van het nieuwste koop ik zelf wel.

Dát ga ik vandaag doen. Langs de Ceintuurbaan. Ik koop ze gek!

Ik sms Fiona dat ik vanavond helaas niet kan. Zij geeft het wel door aan de rest. Ze zitten allemaal bij elkaar in Hilversum. Op een of andere manier kon de een de ander daar aannemen, en nu zitten ze nog steeds op een kluitje bij de omroep, zoals vroeger in de collegebanken.

Wendelien zat er als eerste, en toen vrij snel ook Fiona en Fleur, daarna hield ik het niet meer bij, ik stikte van jaloezie: de magie van tv en radio en daar dan elke dag met je neus bovenop. Maar de magie ging er door hun verhalen wel een beetje af, en al helemaal door steeds weer die korte contracten en onderbrekingen om te voorkomen dat ze er in vaste dienst werden genomen. En hun werk is leuk, maar allemaal vinden ze een dagje thuisblijven leuker.

Niet dat mijn werk nou het einde is, maar ik hoef nooit op een koud perron te wachten in de regen. Als freelancer heb ik geen pensioen en geen vakantiegeld. Maar ook geen baas, en ik verdien wel lekker. Ik ben economisch zelfstandig, onze moeders moesten daar nog voor vechten. Verder ga ik ervan uit dat die hele crisisonzin nog wordt teruggedraaid. Ze maken ons bang, maar waarvoor? Dat het slecht gaat in de zuidelijke landen, is voorlopig alleen maar winst voor ons. We trekken er toch rente van?

Je was er de vorige keer ook al niet bij, sms't Fiona terug. *Zijn we niet meer interessant voor je?*

In ons clubje verwijten ze me al langer dat ik te gesetteld ben, terwijl dat iets is wat ze zelf het liefste willen. Online en offline zijn ze op zoek naar iemand die beter is dan wie ze hebben, of die beter is dan niks, want de meesten zijn nog vrijgezel en hebben het nergens anders meer over. De wereldvrede kan wachten. Het asielbeleid is iets voor politici. Of er een god is? Wie het weet mag het zeggen. Een kind opvoeden is het mooiste wat er op de wereld te doen is. De essentie.

Ik denk: ze moeten blij zijn, voor ze 't weten zitten ze vast met een hypotheek op IJburg. Soms zou ik ze wel toe willen schreeuwen: Voor mijn part, kidnap een kind en maak het happy.

Maar ik zeg: 'Jullie komen nog wel een keer iemand leuks tegen.'

Diep vanbinnen, waar het telt, vind ik het jammer dat ik geen collega's heb. Maar dan zeg ik tegen mezelf: Beter geen collega's dan collega's die hardop dromen van een baby, omdat ze dan nog maar drie dagen hoeven te werken.

We bellen snel, sms ik Fiona.

Ik sla links af, de route langs de Weespertrekvaart. Liever dat, dan door de Watergraafsmeer waar de huizen op encyclopedische banden lijken, veelbetekenend gesloten, met de rug naar je toe.

De brug tussen de Weesperzijde en de Ceintuurbaan is met stip de mooiste brug over de Amstel. Dat zie je niet als je erop bent, wel als je langszij aan komt fietsen. De zon glinstert op het water. Tram 3 houd ik met gemak bij. Ze kijken naar me vanachter het glas. Ik kijk niet terug. In plaats daarvan zie ik een billboard met twee meisjes in hotpants in de jungle. Ze maken er reclame voor een telefoon. Ergens boven mijn hoofd hangt een helikopter die ik wel hoor maar niet zie. Ze zeggen om de stad veiliger te maken, maar zo voelt het niet.

Op de Ceintuurbaan zitten drie computerstores op een rijtje. Het is bijna halfzes. Ik pak mijn telefoon en bereken hoeveel minuten ik per winkel heb. Ik zie nu de helikopter, hij zit pal boven me. Dan zien ze mij ook. Zij denken: wat fladdert daar?

Dat warmtegordijn als je naar binnen gaat! Het gevoel van welkom te zijn. Daar kan geen website tegenop. Ik zie het al. Het is er niet druk. Dan gaan ze je helpen.

Beleefd zeg ik dat ik alleen maar rond wil kijken, ik weet ze te vinden als ik een vraag heb. Ik wil rustig overal aan kunnen zitten, zonder dat ze me iets aansmeren.

Het ruikt er net gestofzuigd. Fris en een tikje ozon. Die lucht kietelt de consument in mij wakker. De rol van koning-consument is sowieso een rol die mij goed ligt. In een winkel kom ik goed tot mijn recht, zo niet het beste.

Ook de verkopers komen goed tot hun recht achter hun desk in hun zwarte poloshirts.

Een paar maanden terug hebben ze ons op tv de nieuwe voetbalshirtjes voor het wk laten zien, prachtige witte, we hebben ons er met z'n allen aan zitten vergapen. Nu ik deze jongens zie denk ik: ze hadden misschien toch voor zwart moeten gaan.

De jongen die mij aanspreekt is dik, en ontzettend vriendelijk, dat zie je meteen, en ik weet het ook uit ervaring. Niet te beroerd om naar de concurrent te verwijzen. Hij helpt tot en met, ook de klanten die hier uitgebreid advies vragen en daarna thuis op internet kijken of het ergens anders goedkoper is.

Precies binnen de tijd heb ik het allemaal gezien. Er is een MacBook die al een tijdje mijn belangstelling heeft, maar hij is nog stevig aan de prijs, en ik heb gelezen dat er voor de zomer nog een opvolger komt.

In winkel twee hebben ze nog steeds die vierkante speakers in de aanbieding. Anderhalve week geleden stonden ze er ook al, met de prijs handgeschreven op een kartonnetje. Niemand wil ze hebben.

In deze winkel ben ik eerder klaar. In de vitrines veel apparaten die me hierom of daarom toch niet bevallen. Al zijn het natuurlijk allemaal wondertjes op zich, ook de dingen die je niet wil hebben. Ze kunnen wat je een paar decennia eerder niet voor mogelijk hield. Toch geven ze me op een of andere manier niet het gevoel dat de spullen van Apple me altijd geven: dat ze de enige oplossing bieden die klopt.

Hier is alweer zo'n behulpzame verkoper, hij wijst me op een Nokia. 'Een subliem apparaat, we hebben er deze week al tien van verkocht.' Zelf heeft hij toevallig een BlackBerry.

Hij heeft me hier vaker gezien, vorige week nog, als hij zich niet vergist. En ineens zie ik dat hij denkt dat ik voor hém kom.

Ik heb een zwak voor overbehulpzame types in computerzaken, maar ik vál er niet op.

Ik wacht op de nieuwe iPhone, zeg ik met mijn blik al bij de uitgang.

Buiten steek ik een sigaret op. Dit jaar ben ik al twee keer gestopt, maar ik geef het stoppen nog niet op. Ik wacht het goede moment af, dan sla ik toe.

Ik heb geluk. Bij de snackbar is een tafeltje vrij waar ik terechtkan met mijn broodje kroket en een losse frikandel met uitjes. Het kunnen niet altijd mueslibollen zijn.

Ik krijg de bon mee. *U bent geholpen door: Job.* Ik leg hem op tafel, in een plasje cola.

Voor mij zitten twee tienermeisjes die erg grappig zijn om te zien. Allebei hebben ze een plaktattoo op hun arm, waar ze de hele tijd aan voelen. Hoe oud zouden ze zijn? Ze bladeren in een glossy waar ze nog net het geld voor hadden, maar wat erin staat is te duur.

Hij blijft openliggen bij: *Wat je nog niet wist over Justin Bieber.* 'Waar kan je het beste jatten?' vraagt de linker. 'Bij Zara of bij H&M?' De zus van een niet aanwezige ander heeft ooit een sjaal gepikt bij Sting.

Wat zou Erik nu eten? Voor mijn geestesoog kan ik ze zien zitten, vader en zoon, aan een tafeltje met witte gesteven tafellakens.

De ober brengt voor elk een garnaal met een dotje guacamole. Het is geen guacamole, zegt de ober. Handgesorteerde-groene-doperwtensaus.

'Een mandje brood zou lekker zijn,' zegt Eriks vader.

Dan moet de ober, als hij zo goed wil zijn, even de groeten gaan overbrengen aan de kok, en kijk, daar komt de kok zelf nog even uit zijn keuken voor een praatje en een paar klappen op de schouder van Eriks vader. De spaarzame keren dat hij zich als vader kan vertonen, in plaats van als directeur of als middelbare man met een veel te jong ding, wil hij graag alles d'r op en d'r aan, en het liefst een gerecht buitenom de kaart. In ruil daarvoor toont hij begrip voor een rekening die ietsje hoger uitvalt dan het eten rechtvaardigt.

Ook moet de wijn nog worden uitgekozen, dan kan die vast een beetje ademen.

'De zomer is vroeg, dit jaar,' zegt de kok. Het maakt hem niets uit, maar hij zegt het toch. Het hoort erbij. En dan vertelt Eriks vader hem een of ander verhaal dat goed afloopt.

'Hoe is het met Elenoor?' vraagt zijn vader als alles achter de rug is. Hij heeft geen idee hoe of wat. De ups en de downs krijgt hij niet mee. Hij heeft al zijn eigen ups en downs. De winst- en verliesgrafieken van zijn onderneming, om maar wat te noemen.

'Goed,' zal Erik zeggen. Zijn vader hoeft niet alles te weten.

'Zit er nog geen kleinkind voor me in?'

Altijd weer die vraag. Niet omdat hij zo verschrikkelijk graag opa wil worden, maar omdat het onderwerp voor in zijn bewustzijn zit. Zelf wordt hij ook op gezette tijden met het babyvraagstuk geconfronteerd. Meerderen van zijn vriendinnen hadden Erik rond zijn 32ste maar wat graag een broertje of zusje gegeven.

'Nog niet,' zegt Erik. 'We vertellen het wel als het zover is. Freddie heeft er twee, had ik dat al gezegd? Dat kan je ook nog overkomen, dat je er één wil en er opeens twee krijgt.'

Ik schrik op van een man die eruitziet alsof hij onder viaducten slaapt, en zo ruikt hij ook. Hij gaat precies tegenover me zitten. Rondom hem steken de mensen snel de frieten in hun mond, ze stappen maar eens op. Servetjes slieren in de haast van de tafels. Ik pak mijn tas en vertrek ook.

De paniek is allemaal voor niets, er komt al een medewerker om hem weg te jagen. Voor hem tien andere klanten.

Tegelijkertijd met hem sta ik buiten.

'Wat heb jij gehad?' vraagt de vent aan mij.

Zo'n zwerver die inspeelt op je schuldgevoel.

'Heb je de berenlul gehad?' vraagt hij. 'Die is hier het lekkerst.'

'Hoe weet je dat?' vraag ik. 'Ze wisten niet hoe snel ze jou eruit moesten krijgen.'

'Zo gaat 't altijd,' zegt de zwerver. 'Ze sturen me weg, en dan klamp ik iemand aan die het zielig voor me vindt en een berenlul voor me koopt. Dat weten zij ook. Als je nu naar binnen gaat, hebben ze hem al voor je klaargelegd.'

Wát een kans om een goedhartig mens te zijn. Ik ga opnieuw in de rij staan. Een berenlul, is dat eigenlijk een kroket of een frikandel?

Het is dezelfde jongen. 'Eén berenlul,' zeg ik een beetje hulpeloos. Tot mijn verbazing ligt hij inderdaad al klaar. Job reikt hem aan.

'Een frikandel zonder uitjes met curry, één vijfenzeventig.'

De zwerver begint meteen te eten.

'Werkt het altijd?' vraag ik. 'Je truc?'

'Als 't níet werkt, komen ze hem brengen,' zegt hij met volle mond.

'Wil je ook wat drínken?' Gek. Ik heb opeens het gevoel dat ik hem nog steeds niks heb gegeven.

'Doe maar een colaatje,' wijst hij naar binnen, 'light. Weten ze ook.'

Deze keer duurt het erg lang voordat ik aan de beurt ben. Het is spitsuur. Het gaat allemaal van mijn winkeltijd af. Maar een offer dat niets kost is geen offer. Ik koop twee flesjes cola light, om speciaal te zijn, niet maar een gewone weldoener.

Ik geef ze met een brede glimlach.

De zwerver is met een andere vrouw in een gesprek geraakt dat hij er niet voor onderbreekt. Hij lijkt nauwelijks verrast dat het twee flesjes zijn. Hij stopt ze in de zakken van zijn bruine jas en steekt zijn duim op.

Ik ril. Mijn spijkerjasje is te dun voor 's avonds. Ik moet zorgen dat ik geen kou vat. Het was Erik pas nog opgevallen dat van ons tweeën ik altijd degene ben die met bacillen thuiskomt, terwijl juist hij niet kan werken of denken als hij verkouden is.

In de derde winkel blijf ik het langst. Hier een grote spellenafdeling, met spellen die ik allemaal wel bekijk, ook al zal ik ze nooit kopen, omdat Erik gamen belachelijk vindt. Ergens vind ik dat dan ook.

Een oudere dame wil een kleine laptop. Ze wil er bloedwaarden mee op kunnen sturen naar de trombosedienst vanaf het strand. Hij mag best iets kosten, als hij maar in een bepaald soort tasje past.

Voor vandaag heb ik er genoeg van. Erik zal nu wel thuis zijn. Zijn vader houdt van vroeg erin en vroeg weer op. Helaas ben ik er eerder. Nu ja. Als dat alles is, wat een gebrek aan problemen!

3

Er is iets met Fiona gebeurd. Ze heeft net een tv-serie over het menselijk lichaam gemaakt, en er gaat een buzz dat ze het nieuwe talent van het jaar is, maar dat bedoel ik niet. Het heeft te maken met haar toon. Ze praat tegen me zoals je praat tegen iemand die je nog van de lagere school kent en die je na jaren toevallig weer eens tegenkomt.

Gezond en mooi, heet de serie, en ze heeft het fantastisch aangepakt. Heel simpel. Ze laat steeds een ander verlegen meisje, niet knap en niet lelijk, één die vindt dat er aan zichzelf nog iets te verbeteren valt, vertellen wat ze graag veranderd wil zien. Fiona leest haar vervolgens een tip uit de bladen voor. Daarna komt er een wetenschapper voor de camera die in begrijpelijke taal uitlegt wat ervan klopt en wat niet. Word je van uitslapen mooier? En van veel water drinken? Is groene thee echt zo gezond?

Tot slot zijn er korte reportages van de beste tips in de praktijk. Een vrouw die vijf liter water drinkt op een dag. Al die glazen water staan voor haar op tafel om te laten zien hoeveel vijf liter is. Ze laat foto's van zichzelf zien met de slechte huid die ze vroeger had.

De kijkcijfers van de eerste aflevering zijn overweldigend. In een weekendmagazine vertelt Fiona wat er achter de schermen van het programma gebeurt, en in welke Amsterdamse lunchrooms ze graag komt. Op de foto straalt ze als een kernreactor.

Het gekke is dat ík het eigenlijk heb bedacht. Ik kwam op het idee van de glossy's, dat vrouwen die maar blijven kopen omdat ze mooier willen worden.

Ik googel Fiona op afbeeldingen. Geen selfies. Professionele foto's. Die uit het magazine, en ook andere. Ze is jong en ze straalt. Eriks moeder, die ook mooi en beroemd is, heeft het internet tegen, er staan alleen foto's op van na haar veertigste.

Als ik Fiona bel om haar te feliciteren geeft ze me allerlei aanbevelingen die pas aan het eind van de serie zitten.

'Bewegen, bewegen, bewegen,' zegt ze. 'Als je mooi wil blijven moet je minstens een uur per dag bewegen.'

Ik weet niet wat ik hoor. Wij doen niet aan sport, en we haten alle vrouwen die er wel aan doen. Maar nu is Fiona aan het zwemmen geslagen. Ze praat over programma's die stuk voor stuk de spieren aanpakken, je doet dat samen met een coach. Echt, zegt ze, alsof ze die programma's allemaal al gedaan heeft, tientallen keren. Ook heeft ze zich ingeschreven voor een cursus lindyhop. Dat is op dit moment een rage. Ze geeft me de website.

Ik zeg dat ik het opschrijf en maak, nu al doodvermoeid, een einde aan ons gesprek.

'Kijk je vanavond?' vraagt ze nog. 'Vanavond is aflevering twee.'

Ik ga aan het werk. Behalve docent ben ik contentmanager van een aantal bedrijvensites. Het bijhouden van de websites is mijn *core business*.

Vandaag werk ik in Eriks huis. In mijn eigen huis in West kom ik zo weinig, dat het meer een opslagruimte voor mijn meubels is dan een plek om op die meubels te zitten. Meestal sluip ik er angstig naar binnen, alsof het eigenlijk het huis van iemand anders is. Boven me wonen drie studentes die op hakken lopen. Als ik vergeet om mijn bed op te maken, lig ik de volgende keer tussen de stukjes kalk.

Een tijdje terug is er geprobeerd in te breken. Dat was al de tweede keer in een halfjaar tijd. Beide keren sliep ik bij Erik, en beide keren is het feitelijk niet gelukt. Misschien is er iemand voorbijgekomen met een hond, misschien heeft die hond wel onraad geroken en gegromd. De eerste keer is het bij krassen rond het slot gebleven, de tweede keer vond ik een ijzeren ding op de grond.

Erik draaide het om en om. 'Een koevoet,' zei hij. 'Denk ik,' voegde hij eraan toe, want hij is goed thuis in rampen en wapens, maar niet per se in hedendaagse wapens.

Ik ben er dus niet slechter van geworden, mijn gereedschapsassortiment is zelfs iets uitgebreid, en als er nu dieven komen heb ik iets om mee te slaan, maar het is een bijzonder deprimerende gedachte dat iemand het op mijn spullen heeft voorzien. Die spullen zijn van mij.

Het huis zelf is ook verschrikkelijk deprimerend. Je kan dat al van de buitenkant zien. Gedeelten van het gebouw zijn somber bruin, andere gedeelten somber antraciet, en ben je eenmaal binnen, dan zijn de vierkante raampjes net groot genoeg om er door naar een somber overwoekerd binnenplaatsje te kijken, waar 's avonds verdacht vaak witte vuilniszakken worden neergezet, dichtgebonden met sisaltouw, iets rood-paarsigs erin, zoals je soms de volgende ochtend kan zien, wanneer 's nachts het busje niet is geweest om ze op te halen.

Een bedrijf dat dieetfantasierepen maakt, heeft komende week een nieuwe supermarktactie. Voor een aantal grote voedingssites moet ik een banner maken die extra traffic genereert voor de repenfabrikant.

In mijn mailbox vind ik er twee persberichten over. Ze zeggen allebei wat anders. In het ene persbericht is de actie vier halen, drie betalen. Volgens het andere worden er bij Jumbo en Plus een week lang gratis dieetfantasierepen aan kinderen uitgedeeld tussen twaalf en twee uur.

Ik bel op om het uit te zoeken, me voornemend degene die ik aan de lijn krijg op zekere toon het een en ander over effectieve communicatie te leren.

Vanavond zal ik Erik vertellen hoe het me tot hier zit met dat bedrijf. Er is altijd wat. En wie kan het allemaal weer oplossen?

Erik zal begrijpen wie het allemaal weer kan oplossen.

Ik merk opeens dat ik adem als iemand die huilt.

Er neemt niemand op. Ik probeer een ander nummer, en krijg een onbenul van een vent. Hij zit er normaal niet. De secretaresse is al naar huis en waar de bedrijfsleider is weet hij niet. 'Hoe ziet die eruit?' Moet hij kijken of hij zijn mobiele nummer ergens kan vinden?

'Frans z'n nulzes heb ik al geprobeerd,' zeg ik. 'Hij staat uit. Is er verder niemand?'

'Er loopt iemand met een stofzuiger,' zegt de man. 'Ze heeft een mobiel in haar hoofddoek. Moet je haar hebben?'

Als ik ophang, hoor ik mijn moeders stem in mijn hoofd: Je bent de laatste tijd wel steeds vaker 'fuck' gaan zeggen. En 'fak'.

Ik kijk nog eens naar de persberichten. Die van vier halen drie betalen blijkt een mail van zes maanden geleden.

Ik probeer mijn hoofd te vullen met gedachten aan iets leuks. Een groen weiland waar een geitje blaat, het kalfje springt en de koekoek roept, met een lange rij knotwilgen aan de rand. Zou het platteland iets voor mij zijn? Ik heb het een keer gedroomd, alleen had ik daar iets aan wat echt afschuwelijk was.

'Ik zou wel op het platteland willen wonen,' zei mijn vader vroeger. 'Maar er is zo weinig ontspanning buiten de zonsopgang en de zonsondergang.' Zal wel weer een citaat zijn geweest. Alles was altijd een citaat.

Ik ga naar de site van Amazon. Daar weten ze al wie ik ben. *Hello, Elenoor, welcome to Amazon, Elenoor.*

Vandaag kies ik een witglanzende headset die *wonderful sound* belooft, en een heel klein beetje in de aanbieding is, mits je een code hebt van een vorige aankoop. Ik hou me voor dat het een cadeau voor Erik is.

Erik zit, zoals meestal, in de bibliotheek van de UvA. Hij is zo'n historicus die graag in dezelfde ruimte is als zijn bronnen, waar het nog lekker naar vroeger ruikt. Hij werkt er aan een grote geschiedenisfilm. Of liever: een film over mens-zijn in de huidige tijd aan de hand van een verhaal dat zijn oorsprong vindt in het nazisme. Het is zijn eerste film, en het wordt meteen een tweedelige: verleden en toekomst, met in het eerste deel de verschrikkingen van de Tweede Wereldoorlog.

Er zijn mensen, Erik en ik kennen ze persoonlijk, die sms'jes verfilmen, zodat ze in de kranten komen. De kranten zijn voortdurend bang om iets te missen, dus een verfilmd sms'je haalt de voorpagina's.

Eriks ambitie heeft niets te maken met het halen van de kranten. Hij ziet zich als een conservator van ideeën die ertoe doen, en die ondergesneeuwd dreigen te raken door een plat, commercieel soort oppervlakkigheid dat hij overal om zich heen bespeurt, vermoedelijk vooral bij zijn eigen vriendin.

Hij werkt al zeven jaar aan het script. Hij gelooft in de tienduizend uur van Gladwell. Met oud en nieuw heb ik het voor hem uitgerekend: hij zit er al ruimschoots overheen. Zelf zou hij de film ook wel al gemaakt willen hebben, zodat hij er samen met mij naar kon gaan kijken. Tot het zover is, vertelt hij me elke avond wat de dag hem allemaal aan research heeft gebracht.

De afgelopen maanden waren het verhalen rondom Auschwitz, maar daarmee is hij nu zo goed als klaar. Op zijn bureau ligt al een stapel nieuw materiaal: over de doodseskaders in Oekraïne. Hoe ze te werk gingen bij het executeren van joden, niet met kampen, maar met kogels, de rol van de lokale bevolking daarbij.

Veel mensen, onder wie zijn vader, zeggen tegen hem dat een gewoon goede film altijd nog meer is dan geen film, maar niemand hoeft hem iets te vertellen. Met zíjn film begint de nieuwe jaartelling.

Om zes uur komt hij thuis, met de boodschappen. We doen het meestal zo dat hij de boodschappen meeneemt en dat ik kook. Er zijn dagen dat ik niet buiten kom. Ik weet niet wat ik buiten moet doen als het niet om te winkelen is, en je kunt niet elke dag gaan winkelen. Er moet een dag tussen zitten, vind ik, al komt het wel eens voor dat ik me daar niet aan houd. Supermarkten tellen niet als winkels. Supermarkten zijn alleen maar kut. Bovendien is de Albert Heijn hier zo dichtbij dat je nog steeds niet kunt zeggen dat je dan buiten bent geweest.

Erik heeft tartaartjes bij zich en een zak jonge sla, precies zoals ik heb ge-sms't. We hebben zo onze mening over mannen die al bellend door hun vriendin van de platte peterselie naar de magere yoghurt worden gestuurd.

'Hadden we eigenlijk nog aardappels?'

Met aardappels bedoelt Erik schijfjes. Waarschijnlijk denkt hij dat ze in schijfjes aan de bomen groeien.

'De groenteladen zitten er vol mee,' zeg ik.

Hij blijft een beetje om me heen draaien. Meestal duikt hij als hij thuiskomt meteen in de krant, zoals hij van zijn vader heeft geleerd. Nu pakt hij zelfs een mesje uit de la om er de verpakking van het vlees mee open te prikken. Hij wil kennelijk graag iets vertellen.

'Ik heb iets te pakken.'

'O schatje, wat gaaf voor je. Voor je film bedoel je?'

Natuurlijk is het voor zijn film. Het is altijd de film. De scène die hij vandaag heeft bedacht, speelt bij het bedrijf dat de verbrandingsovens aan Auschwitz leverde. Een deel zal op locatie gefilmd kunnen worden. Het bedrijfsterrein, hij heeft het uitgezocht, bestaat nog gewoon, al is het verlaten en staan er nergens meer machines.

'En die ovens dan?'

'Ik kan er echte ovens neerzetten. Er worden nog steeds grote ovens gemaakt voor van alles en nog wat. Crematoria. Verder gebruiken we documentair materiaal en suggestie.'

'Ah. Suggestie.'

'Het gaat niet zozeer om die ovens, het gaat om de rol van de fabrieksdirecteur, die er graag goed aan verdiende.'

Het moet een sleutelscène worden in het eerste deel, het deel dat moet laten zien hoe een utopie onvermijdelijk tot dwang, geweld en genocide leidt, maar dat je daarnaast ook altijd mensen hebt die gewoon graag willen verdienen.

'Zit dat er nog niet in? Het komt me op een of andere manier zo bekend voor.'

'Jij bedoelt een scène over conformisme, denk ik. Dit is opportunisme.'

Ik heb het niet zo op de oorlog, ik weet dat de mens tot allerlei slechtigheid in staat is, en dat je daarvan moet leren voor het geval er nog eens zo'n oorlog komt, ik kan er begrip voor opbrengen dat iemand dat als levenstaak ziet, sterker, ik heb er al zes jaar lang begrip voor opgebracht, maar vanavond heb ik er geen zin meer in. Ik heb er even genoeg van. Al die negativiteit, die kleeft je aan, dringt bij je binnen, zorgt ervoor dat alle aangename en rozige gevoelens verdwijnen, voor zover aanwezig. Je hebt het de hele avond koud.

'Laat je eigenlijk ook de goede kanten van de oorlog zien? Een historicus moet ook oog voor de goede kanten hebben.'

'Goede kanten? Er zijn geen goede kanten.'

'Als de oorlog er niet was geweest, was ík er niet geweest.'

Erik vindt dat ik er niet mee moet spotten. Zulke grappen geven oorlog een romantisch tintje dat er niet hoort.

'Het is geen grap,' zeg ik geïrriteerd. 'Mijn opa en oma hebben elkaar door de oorlog ontmoet. Dat is alles. Ik vertel het je nog wel een keer als je er meer voor in de stemming bent.'

Erik draait een beetje bij. Nu wil hij het verhaal wel horen ook.

'De ouders van mijn moeder woonden allebei in Rotterdam, zoals je weet. In november 1944 hielden de Duitsers daar toch een razzia op alle mannen tussen de zeventien en de veertig?'

'O, dát verhaal. Dat je opa toen ook opgeroepen was, bedoel je?'

'Erik de Herder,' zeg ik op zogenaamd strenge toon. 'Eén keertje luisteren, is dat nu zo'n opgaaf? Je dénkt dat je het kent, maar je kent nog niet de helft.'

De aardappelschijfjes sissen in de hete olie. 'Op het moment van die razzia was opa iets van eenentwintig of zo, dus het gold inderdaad ook voor hem. Hij zag het totaal niet zitten om in Duitsland te werken, je hoorde toen veel over Engelsen en Amerikanen die daar alles platbombardeerden. Maar goed, hij had geen onderduikadres.'

'In die tijd waren er al zo veel represailles van de Duitsers geweest, dat de mensen bang waren geworden,' zegt Erik.

'Ja of *whatever*. Opa wist in elk geval niets beters dan zich maar te gaan melden. En oma zat die dag alleen thuis. Ze had van dat bevel gehoord. Het hield haar heel erg bezig. Ze heeft weleens gezegd dat ze die dag alsmaar dacht: al die mooie jongens. Allemaal weg. Ten dode opgeschreven. Wat zonde. Zo zal ik wel nooit trouwen.' Er dringt zich het beeld aan me op van mijn oma in een wollen jurk aan het raam, jong, bloedmooi, mijmerend.

'En toen kwam opa voorbij haar huis met zijn ransel. En ze dacht: wat een toeval. Ik zat er net aan te denken, en kijk, nu gaat er een door mijn straat. Zijn dood tegemoet.'

'Dat was niet gezegd,' zegt Erik.

'Nee, maar ik zeg toch: dat was wat ze dacht.' Met een spatel draai ik de schijfjes één voor één om.

'Oma tikte op het raam en riep hem binnen voor een kop thee. Toen opa allang overleden was, zei ze een keer dat ze zich nog de teleurstelling herinnerde dat hij van dichtbij helemaal niet aantrekkelijk was. En het is waar, als je de foto's ziet. Hij was niet per se een lekker ding. Toch zette ze door, het was de gedachte dat deze onbekende jongen zou sterven, die haar opwond. Ze voelde een bijna mystieke drang om in zijn laatste ogenblikken nog iets voor hem te betekenen. Na de thee ging opa met haar mee naar boven.' Ik leg de spatel neer en kijk Erik aan. 'Ze vrijde met hem, met in haar hoofd het beeld van al die anderen, snap je, en ze zei dat het haar ongelooflijk had opgewonden.'

'Tjee,' zegt Erik. Hij kijkt verschrikt.

'Ze heeft het zelf verteld,' zeg ik. 'Ik weet nog dat ik toen dacht: ik weet niet of ik dat allemaal wel wil horen, maar oma was nogal vrij in die dingen. Nou, en de rest ken je misschien al. Opa werd op transport gezet richting Amsterdam. In Haarlem hadden ze uit moeten stappen, ze moesten over naar een andere trein. Daar waren tientallen Haarlemse vrouwen het perron op gekomen om de

mannen boterhammen mee te geven. Mijn opa, die de hele reis natuurlijk aan dat mysterieuze Rotterdamse meisje moet hebben gedacht, was zó in wonderen gaan geloven dat hij een van de dames
gewoon bij de arm heeft gepakt. Zogenaamd kalm is hij met haar
het station uit gewandeld. Bij haar familie mocht opa het einde van
de oorlog afwachten, maar dat was hem een beetje tegengevallen.
Hij moest er maar steeds in huis zitten. Ze praatten er anders, ze
schijnen nogal bangelijk te zijn geweest, en er hingen nare lucht-
jes in de keuken.'
    'Niks voor je opa, natuurlijk,' zegt Erik. Hij kan het zich hele-
maal voorstellen.
    Ik stel me voor dat het enige waaraan hij in Haarlem nog kon
denken mijn oma was.
    'Op een nacht heeft hij een briefje op tafel gelegd, en is hij langs
het Haarlemmermeerspoor naar Leiden gelopen, naar een neef
van zijn vader. Die neef regelde vervoer naar Rotterdam, en een
maand later belde opa weer bij oma aan.
    En oma had intussen ontdekt dat ze zwanger was. Nog in de oor-
log zijn ze getrouwd. Toevallig weet ik dat het in de katholieke Provenierskerk was. Die heeft de Duitse bombardementen overleefd,
maar niet de secularisering.'
    'Waren ze gelovig, je opa en oma?' vraagt Erik.
    'Ik denk dat die kerk iets van opa was, hij zei wel eens iets over
die Provenierskerk. Bovendien noemde hij dingen al snel "wonderbaarlijk". Ik weet daar het fijne niet van, wat is wonderbaarlijk...
Hij had visioenen van dingen die niemand kon zien. Beren die er
niet waren, zei mijn moeder. Enfin, hij zal nu wel in de hemel zijn.
Oma was volgens mij juist niet gelovig, en mijn moeder al helemaal niet. M'n moeder noemt zichzelf graag een bevrijdingsbaby,
ze ziet de bevrijding niet los van zichzelf. En zij was er dus niet geweest als die oorlog er niet was geweest, en ik uiteindelijk ook niet.
Dek jij even de tafel?'
    'Een uitzondering,' reageert Erik na een lange stilte. Als histori-
cus houdt hij vol dat er geen goede kanten aan een oorlog zitten,
maar als mens moet hij toegeven dat het een ongelofelijk verhaal is.

Na het eten gaan we even op bed liggen, omdat dat zo lekker is met een volle maag. Starend naar het plafond hebben we het over het tweede deel van Eriks film. Daar heb ik meer mee dan met de gruwelen uit deel een. Deel twee wordt een pamflet, maar eerst moet deel een helemaal klaar zijn, en zelfs het begin van het einde is nog niet in zicht.

In het pamflet presenteert Erik zijn eigen utopie: een samenleving die rechtvaardig is, waarin iedereen gelijkwaardig is. Er is geen armoede meer en geen discriminatie. En vooral: geen autoritarisme.

Niet dat Erik echt in de mogelijkheid gelooft. Hij is het eens met al die sombere filosofen die zeggen dat vooruitgang niet bestaat, en dat elke utopie een dystopie is. Het tweede deel van de film is dan ook vooral iets theoretisch.

Gek genoeg leidt dat bij hem niet tot een tegenstelling. Ik snap dat ook niet precies, maar ik ben al voorbij het punt dat ik daar nog vragen over stel.

Ik zelf ben niet zo somber. Laatst zag ik nog een documentaire over de Azteken. De Azteken offerden mensen, omdat ze dachten dat anders de zon nooit meer op zou gaan. Ik probeerde me dat in te denken. Op een goede dag moet er iemand zijn geweest die zei: 'Ik wil wel eens zien wat er gebeurt als we 't dit jaar een keer overslaan.' Wie zegt dat er geen vooruitgang is?

De moeilijkheid is natuurlijk hoe je Eriks perfecte, rechtvaardige wereld bereikt. Hoe komen de mensen daar zónder dwang en zónder geweld, met name de mensen die er niet zo'n zin in hebben?

Via de kunst, denkt Erik, en zo gaat hij het ook filmen. Aan de hand van een serie kunstwerken – schilderijen, video-installaties – wil hij zijn eigen ideale samenleving laten zien. De film moet mensen inspireren om er hetzelfde over te gaan denken.

Ik wéét dat het iets razend intelligents zal worden, maar vandaag denk ik ineens: dan heb je zo'n intelligente, lauwe film, zo eentje waar geen hond naar kijkt.

'Weet je,' zeg ik terwijl ik zijn hand oppak en op mijn dijbeen leg, 'zou het niet leuk zijn om je ideeën te testen in een soort live-experiment, en om dát dan te gaan filmen?' Hoe ik er precies bij kom, weet ik niet, maar ik raak er zelf even totaal door meegesleept.

'Mensen kunnen solliciteren om eraan mee te doen,' zeg ik. 'Vrijwillig, natuurlijk. Uiteraard. Je selecteert een zo divers mogelijk gezelschap en je laat ze met elkaar eerst allerlei samenlevingsvormen bestuderen die er ontworpen zijn. Die van de oude Grieken, filosofen, misschien romanciers. Alles waar ze zelf zin in hebben. Je kunt je hand daar trouwens wel laten liggen, als je wil. Voor mijn part laat je hun ook die schilderijen en installaties van je zien. Na een tijdje, zeg een jaar of zoiets, moeten ze in een weiland met elkaar een dorpje bouwen.'

Ik haal een teug adem en zeg: 'En dan doen we er zelf óók aan mee.'

Ik zeg het allemaal om te lachen. Maar is het wel zo belachelijk? Je kan er altijd íets van leren. En de dagen zullen tenminste niet meer allemaal hetzelfde zijn.

Helaas maakt het geen indruk. Erik vindt het meer iets voor een slechte show op de commerciële televisie. Hij gaat er bloedserieus op in, en fakkelt het tot de grond toe af.

Ineens weet ik weer dat ik al die tijd al hoofdpijn heb.

Het komt erop neer dat zoiets praktisch Erik niet ligt. Een historicus heeft echt niet nóg meer praktijk nodig om te weten wat er wel en wat er niet werkt. En een sociaal experiment is per definitie gevaarlijk. Je hoeft maar naar de geschiedenis te kijken.

Dan moet hij het zelf maar weten.

4

Laatst was er een man op tv, die vertelde het heel goed. Hij zag er zachtaardig uit. Zo'n zeldzaam iemand bij wie iedereen zijn hart uit wil storten. Jaren geleden was hij met een lesbische vrouw getrouwd, een vrouw uit de Dominicaanse Republiek, zodat zij een verblijfsvergunning kreeg. Hij had het gewoon in een impuls gedaan, maar de daad van onbaatzuchtigheid had hem een gevoel van verbondenheid gegeven met de mensheid in het algemeen. Hij vertelde het heel sec, hij was nergens op uit, en ik voelde heel precies wat hij bedoelde. Als je dat voor één iemand doet, doe je het voor de hele wereld. Daarin schuilt dan je waardigheid.

Ik denk daar al een tijdje over na. Voor Erik zal ik nooit zo iemand kunnen zijn. Niet op die manier. Kleine behoeftes kan ik wel vervullen, maar verder dan dat gaat het niet. Zelfs seks is voor hem niet meer dan een kleine behoefte. Hij vindt het prettig, maar hij komt niet zelf op het idee. De enkele keer dat hij zelf begint, voelt het als iets waar hij zich toe heeft moeten zetten. Een kleine ingreep waar het weer eens tijd voor is.

Het is typisch iets waar je niets aan kan doen. Niet alleen omdat mannen erg gevoelig zijn op dit punt, maar omdat elke verbetering zal aanvoelen als een afgedwongen verbetering en daardoor geen echte.

5

Ik geloof in praten. Echt praten heb ik het dan over. Het soort gesprekken dat Dr. Phil met zijn gasten voert, met mensen die de wereld daarna volkomen anders zien. Als het erom gaat je leven bij kop en kont te pakken, kan je nog veel van de Amerikanen leren. Maar met Erik over iets praten wat niet de oorlog is, of iets uit de kranten, is niet eenvoudig. Ik heb wel eens gedacht dat er bij Erik iets ontbreekt waar een normaal mens empathie heeft zitten. Tegenwoordig vind ik dat te cynisch, en geloof ik weer in de aanwezigheid van warmte, begrip en belangstelling, ergens diep in hem, zoals in thee die heel lang moet trekken voordat hij een beetje smaak afgeeft.

Meestal praten we liggend. De oorlog wordt bij ons liggend doorgenomen. Om uit te drukken dat het hier om een ander soort gesprek gaat, bedenk ik het op de bank in plaats van op het bed.

De hele dag ben ik zenuwachtig, maar tijdens het koken, als het huis weer lekker naar gebakken aardappeltjes ruikt, krijg ik juist weer moed. De radio meldt dat het consumentenvertrouwen weer een fractie is toegenomen, ik bedoel afgenomen of zeiden ze nou toch toegenomen? In elk geval zit Erik vals neuriënd achter zijn krant, wat duidt op een uitstekend humeur.

Biefstukjes met sla hebben we, met aardappelschijfjes en appelmoes. Onder het eten hou ik zoveel mogelijk mijn mond, ik spaar mijn krachten.

Eerst moeten we nog langs het nieuws, gerommel in Den Haag, opiniepeilers, rellen bij het voetbal, rampen en eindexamens – wat heerlijk dat ík het niet ben –, een verantwoordelijke met een slim lachje die 'helaas' geen mededelingen kan doen, een politicus die oproept om te herbronnen, onze kanjers uit de sport. Meteen na het weerbericht zet ik de tv uit, alsof ik overvallen word door een inval.

'Ik weet niet of je het doorhebt, maar ik ben gewoon niet echt gelukkig.'

Ik hoop dat mijn woorden niet te veel klinken alsof ze van tevoren bedacht zijn, terwijl ze dat wel zijn.

Erik kijkt me niet aan, maar ik zie dat ik zijn aandacht heb.

'Al een tijdje. Ik doe al die dingen die ik geacht word te doen, maar nooit omdat ik er echt iets om geef, of omdat het op zichzelf goed of belangrijk is. Ik bedoel mijn werk en zo. Niks overstijgt het praktische. Een bonnenactie, iets nieuws in het assortiment. Overal goed aan denken. Het heeft allemaal niks met mij te maken. Als ik mijzelf google, krijg ik alleen mijn eigen website. Snap je wat ik bedoel? Alsof het er niet toe doet dat ík besta. Oké, ik *like* Greenpeace op Facebook en ik eet verantwoorde bananen. Maar wie ziet dat? Dat ik die bananen eet?'

Ik geef mijn kop koffie aan Erik en loop naar het aanrecht. Veel te hard trek ik alle deurtjes open.

'Wat zoek je?'

'Ik heb het al.' In het gootsteenkastje heb ik een leeg olijvenpotje gevonden.

'Kijk, dit ben ik!' Ik loop terug naar de bank en draai het deksel los. Ik geeuw hard in het potje en doe het daarna meteen dicht. Met de vingers aan het deksel zwaai ik ermee in Erik z'n gezicht.

'Hier: Elenoor Jansen, 28 jaar oud, contentmanager.'

Ik lach, hoog en schril.

Erik lacht niet mee. Hij klopt met zijn hand op de zitting van de bank. 'Kom eens even bij me zitten.'

Hij had wel iets aan me gemerkt. Het gaat er inderdaad om dat je zulke dingen vroegtijdig tackelt. Anders loert daar de negatieve spiraal. Tot zover zijn we het eens.

Dan vertelt hij wat het is met mij.

Ik ga een beetje rechter zitten. Niemand vertelt me ooit wat het is met mij. Dit betekent dat Erik naar me heeft gekeken en gezien heeft wie ik ben.

Hij zegt dat ik ben als al die mensen die hun huis maar blijven verbouwen. Ze hebben net een dakkapel en dan moet er een extra badkamer in. Zit die badkamer erin, dan zou een beetje meer licht wel fijn zijn, een extra raam, of een muur eruit. Enzovoort.

'Die huizen zijn goed,' zegt hij. 'Ze zijn prima. Niks mis mee. Het zit allemaal in die mensen zelf.'

En zo is het ook bij mij. Al die onrust zit in mijn hoofd. Ook als ik mijn leven zou omgooien, dan blijft die onrust daar zitten. Ik kan dat van hem aannemen.

'Het leven is wat het is.' Ik moet het niet zien als een slap aftreksel van iets wat nog ontzettend veel groter had kunnen zijn.

Als ik niet oppas, word ik nog een Katelijne, wat, als ik het zo hoor, het ergste is wat je kan worden. Katelijne is een oud-huisgenoot van Freddie, 'een vreselijk onrustig tiep'.

Eerst wilde die Katelijne meer inspraak voor studenten, toen moest er een gebedsruimte komen voor fanatieke moslims. Toen moest ze in een linkse woongroep, actievoeren voor dit, dan weer voor dat, en nu is die woongroep niet meer goed genoeg en gaat ze zelfs naar Afrika! Dat heeft allemaal niks meer met de wereld van doen, of met het verbeteren daarvan. Het is gewoon haar eigen onrust, en als ik niet oppas, dan word ik precies zo iemand.

En het komt... Hij weet óók hoe het komt. Het komt allemaal doordat de mens in de evolutie te ver is doorontwikkeld. Daar krijg je rare uitwassen van. Ze zijn te intelligent geworden om alleen nog achter voedsel en vrouwen aan te gaan. Ze zijn in abstracties gaan denken. Zingeving is zo'n abstractie. Maar ook dat mensen hun leven geven voor zoiets als 'het vaderland'. Mensen moeten gewoon hun leven leiden, het werk doen dat ze nu eenmaal doen, daarvan proberen te genieten, en verder goed zijn voor de mensen in de buurt.

Hij zegt níet dat het eenvoudig is, dat hoor je hem niet zeggen, maar het is wél de opdracht.

Hij kijkt me aan. Wat heb ik daarop te zeggen?

Ik voel een kramp in mijn buik. 'Sorry,' zeg ik. 'Net nu moet ik nodig.'

6

Op de wc hangt een foto waar we alle twee op staan. We zitten in een roeiboot. Van Erik zie je zijn gezicht. Als stuur is hij de enige die vooruit vaart. Van mij zie je mijn haar in een slordig staartje. Het waait. De foto is gemaakt door een van de drie roeidames achter me. Erik kijkt langs me heen naar de verte die alleen hij kan zien.

Ik denk na over wat hij heeft gezegd. Ook al zijn er genoeg redenen om me zo ongelukkig te voelen als ik me voel, voor Erik is niet één reden goed genoeg. Ik heb tenslotte hém. Hij is al zes jaar lang degene op wie ik vertrouw.

Het is niet gek dat hij dat denkt, ik heb hem dat zelf ooit wijsgemaakt. En waarom zou hij daar nu ineens aan twijfelen? Het ligt niet in zijn aard om ergens aan te twijfelen. Niet in zijn aard en niet in zijn opvoeding.

Erik heeft op het Barlaeus gezeten. Het gymnasium voor de Amsterdamse chic, waar kinderen wordt geleerd om zonder gêne ruimte in te nemen.

Zijn beroemde moeder wilde dat per se. Niet zozeer voor hem – het aantal koolhydraten in haar dieet interesseert haar meer dan haar eigen zoon – als wel om haar eerste grote liefde, die Bartelmeüs nogwat heette. De dagelijkse sessies op de sofa hebben haar dat geleerd.

En ik weet het weer uit de bladen.

Alles wat ik over zijn moeder weet, ook haar geheimste motieven, weet ik uit de bladen, waarin ze het schijnbaar onsamenhangende voor zichzelf en iedereen verklaart. Zien doen we haar nooit. Soms belt ze Erik na een voorstelling, ze zit bij het toneel. Over haar rollen spreekt ze ook met de pers, zeker als het grote rollen zijn, wat het heel vaak zijn, maar toch vooral over dat stuk leven waar ze het meest vanaf weet: zichzelf. Het is een artistiekerig type dat per ongeluk een zakenman heeft getrouwd (natuurlijk niet echt per ongeluk, in haar universum bestaat geen per ongeluk, het was vermoedelijk haar onbewuste verlangen naar zelfdestructie) en overal heeft laten opschrijven dat het leven pas begonnen is sinds ze van hem af is. Zodat alle vrouwen die die bladen lezen denken: misschien moet ik ook maar eens van mijn vent af.

Zes jaar geleden voelde het als een wonder dat iemand van het Barlaeus een provinciaal als ik omarmde.

Niet dat het belangrijk voor me is dat iemand zijn klassieken kent, of iets van Shakespeare kan citeren, helemaal niet. Mijn kennis van Shakespeare is niet eens oppervlakkig te noemen, die is gewoon afwezig.

Het is meer dat het zo ontzettend fantastisch was om voor het eerst naast Erik door de stad te fietsen. Zo'n gevoel als wanneer je geen kaartje meer hebt kunnen krijgen voor het concert van je idool, en je tóch nog naar binnen mag, omdat de artiest je op de gastenlijst heeft gezet.

Ik werd verliefd op Erik en toen werd ik verliefd op Amsterdam. Tot dan toe had ik daar steeds rondgelopen met de onrustige gedachte dat er ergens anders iets gebeurde waar ik bij had moeten zijn. Toen ik Erik leerde kennen dacht ik dat niet meer.

Fiona had me ooit uitgelegd dat een oud-Barlaeaan in een café nooit zal praten tegen iemand met wat voor accent dan ook, omdat dat een barst betekent in zijn beeld van Amsterdam als een enclave van oud-Barlaeanen. Maar Erik was helemaal niet zo. En misschien wel daarom (én omdat hij zo knap is, natuurlijk) sloofden alle meisjes op de roeivereniging zich uit om iemand te zijn van wie Erik veel zou kunnen houden.

Erik had dat niet in de gaten. Hij was toen al de hele tijd met zijn gedachten bij dingen die jaren geleden waren gebeurd, geschiedenisdingen, ideeën van mensen die al lang en breed dood waren, tot hij mij tegenkwam, die alle hedendaagse verlangens in hem wakker kuste.

Het was Eriks taak om nieuwelingen als ik te trainen. Zodra ik zijn armen zag, bruin opbollend onder de korte mouwen van zijn T-shirt, wist ik dat ik die om me heen wilde.

Je hebt drie soorten mannenarmen: de bloedwarme, bruine gespierde, de papzachte witte, en de zandkleurige pezige.

Eriks armen zijn armen waar iedereen wel graag naar kijkt, ook oudere vrouwen, en ook mannen.

In elk geval ook de andere meisjes, zo begreep ik in de kleedkamer.

Tijdens het 'roeiklaar', 'gelijk', 'haalt op!' bad ik dat Erik al sturend mij mocht opmerken tussen de anderen aan de riemen.

Roeien is een houding: de benen ietsje uit elkaar, voeten onder het riempje, de rug gebogen, alles ontspannen en met een glimlach. Het interesseerde me maar half. Ik was de laatste die de commando's hoorde, de laatste die zijn blad goed kreeg. Zachtjes zwetend zat ik te dromen dat Erik, met de laagstaande zon achter zich – goudgeel als op een middeleeuws schilderij – me van het water zou opheffen met een betekenisvolle blik.

Die kwam. Al binnen een week, hij had oren die konden horen wat ik verlangde in mijn hart.

Het was een blik van openlijke verliefdheid, een blik die daar in die smalle boot opeens moeilijker te verdragen was dan helemaal geen blik. Erik keek in mijn ogen, diep en rechtstreeks, alsof daar weer iets achter zat wat erg de moeite waard was en wat alleen hij kon zien.

Dat leek me eerlijk gezegd stug.

Ik raakte in de war van iemand die zo keek, met zo veel vertrouwen dat het fantastisch is wat hij zag, en zo zonder enige angst voor het moment dat die betovering voorbij zou gaan. Ik werd er gelukkig van, maar tegelijk ook ongelukkig. Het was of ik in mijn blootje op die roeibank zat. Ik ging verzitten, prutste aan de riempjes om mijn voeten, verstelde ze, en verstelde ze weer terug.

Eenmaal op de kant ging het beter, achter een mierzoet drankje, een paar verse pufjes eau de toilette, en mijn haar dat weer mooi naar beneden viel. Erik praatte en praatte. Hij had een skiff die je eraan kon herkennen dat hij zo goed in het vet stak. Een doorn in het oog waren al die polyester boten in de grachten zonder afdekzeil en vol met water in de winter. Hem zou dat nooit gebeuren. En hij had het over een fles die hij alvast in huis had voor oud en nieuw, terwijl het nog maar net oktober was, alles was nog maar net begonnen, het semester, het roeiseizoen, en hij dacht alweer aan het einde van iets. Hij was graag voorbereid.

En dan de dingen waarover hij nadacht. Uitgekristalliseerde meningen die je overneemt omdat ze gewoon waar zijn. De meeste mensen die ik kende, dachten over zichzelf na. Erik dacht na over de beschaving.

Het was helemaal niet moeilijk om met hem over al dat interessants te praten, het ging vanzelf. Ik hoefde alleen te knikken en zo nu en dan een aanwezigheidsgeluidje te maken.

Wat was ik onder de indruk. Erik was al helemaal zoals de wereld hem hebben wilde.

Zijn film was toen nog in een prille fase, maar hij was er al wel mee bezig.

'Elke film manipuleert,' zei hij. 'Altijd, altijd, altijd!' Een Rus had dat lang geleden al aangetoond. Het was een schok voor Erik geweest, dat filmpje. Als ik een keer bij hem thuiskwam, zou hij het me laten zien. Misschien kende ik het al wel.

Nee, ik had er nog nooit van gehoord. (En ja, ik kwam graag een keer kijken.)

Koelesjov, dat is de naam van die Rus, had zijn publiek een bord soep laten zien en daarna een mannengezicht. Daarna liet hij steeds exact hetzelfde mannengezicht zien na beelden van een meisje in een doodskist, en van een mooie vrouw op een sofa, en iedere keer werd dezelfde uitdrukking op het mannengezicht door de kijkers weer anders geïnterpreteerd. De montage bepaalde wat de mensen zagen.

'Schokkend, vind je niet? Je denkt dat je ziet wat je ziet, maar in feite zie je wat ze willen dat je ziet.'

Wie de film heeft, die heeft de wereld. Erik was verkocht.

We bestelden nog zo'n drankje en ik probeerde een voorzichtige aanraking. Daarna één die al minder voorzichtig was, en toen kwam daar, *oh la la*, een mierzoete kus. Op de lippen. Geen tong. Niemand met zo'n lichaam zou in het openbaar mogen rondlopen, vleide hij. Daar kwamen maar auto-ongelukken van. En dan had hij het nog niet eens over mijn ogen gehad (hertenogen), over mijn mond (hoerig).

Diezelfde avond nog lag een van zijn armen al om mijn schouders. Zo wilde Erik het, zo wilde ik het ook.

Onze lichamen vonden elkaar dus het eerst. Je wordt nu eenmaal niet zo snel verliefd op een geest. Dan zou je ineens in vlam kunnen staan voor Stephen Hawking, en dat is onzin natuurlijk.

Omdat hij mij leuk vond, vond ik mezelf ook opeens leuk. Voordat ik hem kende vond ik mezelf nooit zo leuk.

Bij Communicatie zeiden ze dat ik de rest van het jaar heb rondgelopen met zo'n zwaar irritante glimlach om mijn lippen. En het is waar dat ik me onoverwinnelijk voeld . Zeker toen ik bij hem thuis het filmpje had gekeken van die ? ìs met zijn uitgestreken gezicht, en Erik mij daarna in de ogen keek. Ik voelde op dat moment dat ik belangrijk voor hem was, belangrijker dan zijn boot, zijn film, zijn goede fles, alle fokking Russen.

'Zeg, blijf je daar wonen?'

Ik trek door en doe het licht uit.

Erik staat bij het aanrecht. Hij klopt de theedoek uit en hangt hem aan het haakje. Hij had eerst een hele sigaret gerookt en toen de vaat vast voorgespoeld, want vieze borden blijven hem vanuit de ooghoeken irriteren. Net als kleren op een hoop, en kloddertjes tandpasta in de wasbak.

'Wil je ook nog koffie?' vraagt hij. 'Anders zet ik het apparaat uit.'

'Doe maar.'

'Doe maar wat?'

'Koffie. En het apparaat uit.'

Met twee koppen komt hij naar de bank toe.

Ik ga rechtop zitten en adem diep in. 'Erik, kijk eens!'

Misschien weet hij het wel zo'n beetje, en kijkt hij daarom niet meer naar me. Misschien is de noodzaak om te kijken weg, en doen we er allebei wel het beste aan om nieuwe mensen te zoeken. Mensen voor wie alles aan ons nog nieuw is.

Hij zet de koffie neer. 'Hoe bedoel je kijken? Heb ik iets gemist? Heb je een nieuwe panty of zo?'

'Vind je me eigenlijk nog opwindend?'

Erik voelt zich door de vraag een beetje aangevallen. Hij wil nog een sigaret roken, dus lopen we met onze koffie naar de galerij. Hij moet het van de avonden hebben, want in de bibliotheek kan hij niet roken. Hij stoort zich erg aan heen en weer lopende mensen in de leeszaal en wil niet het verkeerde voorbeeld geven.

Ik steek ook een sigaret op en begin over de documentaire die ik laatst zag over de Azteken.

'O ja, die,' zegt Erik. 'Die heeft nogal indruk op je gemaakt.'

'Niet afzeiken voor je hem gezien hebt,' zeg ik. 'Er zit een heel mooi gedeelte in. Om de zoveel tijd moest iedereen in en om wat nu Mexico-stad heet, zijn vuur uitdoen. Alleen op de heuvel Ixtapalapa, of zoiets, een heuvel waarop een tempel stond, bleef het branden. Daar liep iedereen dan naartoe met een dikke tak, ze haalden er het nieuwe vuur en liepen ermee terug naar hun eigen huizen.' Ik wijs door het raam naar een andere flat, alsof ik weet in welke richting Ixtapalapa is vanaf het Waaigat.

'Ik kan wel wat nieuw vuur gebruiken,' zeg ik.

'Bij de oude Grieken,' zegt Erik op het doceertoontje dat hij soms heeft, 'kon je je onderscheiden door een heldendood te sterven. Zo leefde je verder in de collectieve herinnering, want je verhaal werd van generatie op generatie doorgegeven. En gelovigen ontsnappen aan het banale door aanraking met het goddelijke. Pas de laatste eeuwen van het vorige millennium begonnen mensen ook los van een god of van andere mensen het grote in zichzelf te zien.'

Hij praat over de algehele regressie die hij overal bespeurt. 'Vraag een kind wat hij wil worden, en hij zegt: BN'er. We hebben ineens weer anderen nodig om onze grootheid te herkennen. In feite zijn we weer terug bij af.'

Ik kijk naar Eriks lippen, hoe ze bewegen.

Een stukje verderop gaat een deur open. Een jongen komt met een tas rinkelende lege flessen onze kant op. We stoppen onze peuken in een bloempot en gaan terug naar binnen.

Het woord zoemt al de hele avond in mijn hoofd, als een melodietje.

'Die woongroep waar je het net over had,' zeg ik peinzend. 'Wat is dat eigenlijk voor iets?'

'Ach, wat! Jij in een woongroep! Jij bent helemaal niet links. En toch zeker niet links genoeg om de douche te delen.'

Hij had juist een visioen van ons samen in zijn eigen appartement.

Ook, maar dat zegt hij zonder concrete bijbedoelingen, verdwijnt alle onrust op slag als we straks een paar lieve kindjes hebben om voor te zorgen. Dan twijfel je niet meer, dan wéét je wat geluk is.

'Noem je dát geluk? Ik noem dat een conventie over hoe gelukkig zijn eruitziet.'

...Steve Jobs heeft ook in een commune gewoond...

'Kijk naar Freddie en Caro. Die zijn toch supergelukkig, zo? Oké, Freddie zit even niet zo lekker bij die baas van hem, maar...'

Ik onderbreek hem en zeg dat het een absurd idee is om het leven door te willen geven als je zelf al geen idee hebt wat je ermee aanmoet. 'Bovendien, moeders, daar zijn er óók al zoveel van.'

...Communefeesten met iedereen starnakel naakt...

'Dat zijn precies weer die abstracties,' zegt Erik. 'Waarom moet je je zonodig willen onderscheiden van de gewone mens?'

'Nou, toch op z'n minst van de dieren,' zeg ik, omdat ik voortplanten op dit moment iets voor konijnen vind.

Ik ben geïrriteerd omdat Erik niet alleen gelijk heeft, maar er ook nog eens naar leeft. Hij doet precies die dingen waar hij zin in heeft. Als dat bewonderenswaardige dingen zijn, is dat per ongeluk zo, niet omdat mensen dan dit of dat van hem moeten denken. Hij is wie hij is. Een soort god.

'We zijn niet allemaal zo gearriveerd als jij!'

Ik weet dat hij die opmerking niet verdient. Gauw stel ik voor om samen vast even de vaat te doen. Je hebt geen idee hoeveel plezier Erik haalt uit een leeg aanrecht.

7

Ik wil nog even iets afmaken voordat mijn moeder om halfdrie langskomt, als ze klaar is bij de magnetiseur. Het leek me leuk om haar mee te nemen naar een terras in Amsterdam-Oost, bij een hotel dat Arena heet. Het moet er ontzettend hip zijn als ik Foursquare moet geloven, maar de reden dat ik ernaartoe wil, is omdat het in hetzelfde gebouw zit als waar die woongroep is. De woongroep die Erik bedoelde, en die ik gisteren heb gebeld om te vragen of de kamer van Katelijne nog vrij was.

Mijn moeder zal het misschien begrijpen. Als mijn moeder haar leven overnieuw zou kunnen doen, zou ze heel andere keuzes maken. Ik durf daar nooit zo goed op door te vragen, maar dat is wat ze altijd zegt.

Ze is heel jong getrouwd met mijn vader, die inmiddels dood is, maar destijds klussen deed voor de conciërge bij haar school. Hij kwam uit een arme familie en moest als puber al werken voor de kost. Hij kon geweldig leren, maar niemand kon dat daar iets schelen. Ook mijn moeder niet. Ze vond hem gewoon heel knap om te zien.

Mijn vader zelf had wel naar de universiteit gewild. Een deel van zijn loon hield hij dan ook achter, eerst voor een encyclopedie, en later voor de avondschool. Een aantal jaar na zijn huwelijk voltooide hij een deeltijdlerarenopleiding geschiedenis.

Mijn moeder probeerde intussen een middenstandsdiploma te halen. Voor haar gevoel had ze maar één dingetje fout, maar haar examen werd nagekeken door een pietje-precies en ze zakte. Het maakte haar niet uit, ze ging toch trouwen en voor de kinderen zorgen. Kinderen die echter niet kwamen, zodat ze maar weer caravans ging schoonmaken, zoals ze haar hele jeugd al had gedaan. Ze droomde intussen van een baan waarbij ze haar lichaam, dat zó – vond ze zelf – op een Pirelli-kalender kon, met meer trots zou kunnen dragen, het liefst op hoge hakken. Een baan die net als nageslacht steeds maar niet kwam.

Na meer dan vijftien jaren van caravans afdoen met een doekje, diende zich eindelijk iets anders aan. Via via kon ze aan de slag als inval-host bij de seniorenreizen van Kras. Naar Valkenburg, Luxemburg en de Ardennen. Een droombaan. Het vooruitzicht gaf haar zo veel energie, dat het haar ineens niets meer kon schelen dat de mensen haar zagen sjouwen met een emmer sop.

Precies toen raakte ze echter tot ieders verbazing toch nog zwanger, van mij. 'Wonderbaarlijk,' verwoordde opa ieders gedachte, en tot haar spijt moest mijn moeder de seniorenreizen laten schieten.

Opeens hadden ze het gewenste kind, maar het was te laat, en mijn vader weerstond de verleiding leuke dingen te doen met zijn gezin tot ver na het moment dat al zijn gezwoeg een mooie baan had opgeleverd. Hij werd leraar op een scholengemeenschap in een provinciestad waar we heen verhuisden toen ik zeven was. 's Avonds studeerde hij nog door voor zijn eerstegraads. Ik heb in de vijfde klas Amerika van hem uitgelegd gekregen, het land van zijn dromen, waar hij toen nog maar één keer was geweest. Samen met mijn moeder, al had die daar volgens mij niet om gevraagd.

Ik herinner me nog dat mijn moeder onze koffers vulde. Ook die van mij, want ik moest bij opa en oma logeren. Ik zal mijn moeder nog eens moeten vragen hoe dat nou zat met die reis. Indertijd voelde ik heel sterk dat ze ook liever in Nederland was gebleven. Ze had haar eigen dromen, waarin zaken als Piper-Heidsieck en Chanel voorkwamen, speciale zuiveringsbehandelingen en iemand die de strijk voor haar deed. Ze droomde die dingen hardop, mijn moeder. Voor haar is geschiedenis vooral de geschiedenis van de mode voor de vrouw.

Maar ze gingen samen en ze kwamen samen weer terug. Ik weet niet wat er gebeurd is, in dat land van al die mogelijkheden, maar sinds die reis spraken ze amper nog met elkaar, en als ze wel iets zeiden, dan was dat iets praktisch over hoe laat we gingen eten. Vanaf die tijd probeerde ik de hele tijd geestig te zijn, om ze samen om mij te zien lachen. Dat lukte het beste bij grapjes over mensen die we kenden. Dat werd mijn specialiteit.

Erik had het nummer van de woongroep niet willen geven. 'Eerst zeggen waarom je per se niet met mij wil samenwonen.'

'Als we nu al de kant van een gezinnetje opgaan,' zei ik, 'dan zal ik zo'n moeder worden die tegen haar kennissen zegt: ik heb altijd dit of dat willen doen, maar toen kwamen de kinderen. Dat wil jij toch ook niet, zo'n vriendin die het jou kwalijk neemt dat je haar ambities hebt gesmoord?'

'Gesmoord?' vroeg Erik gekwetst. 'Kwálijk?'

Het was hem ook te weinig duidelijk wat ik met 'dit of dat' bedoelde. 'Wat denk je wel niet dat een woongroep is?'

Een gekleurde tempel met goede mensen erin die mij zullen laten zien hoe het fruit des levens geplukt moet worden.

Oké, ze hebben dreadlocks, en ze ruiken misschien naar zweet, daar moet je even doorheen kijken. Het belangrijkste is: ze geven ergens om. Ze discussiëren bij het warme licht van een met een theedoek afgeschermd peertje, drinken wijn uit jampotten en zingen met gitaren rond een tafel vol koffievlekken en ingekerfde vloeken. Ze maken plannen. Leuzen op de muur, tomaten op de vijand, stenen door de ruit.

De plannen en de acties zelf willen verder nog niet echt concreet worden, maar ik kan al heel duidelijk mijn eigen aandeel zien. Komt in orde, kameraden, zeg ik, aangezien je als leider ook moet spreken. Volg mij maar. 's Avonds halen we 't journaal.

Zo hevig droomde ik weg dat Erik me moest aanstoten. 'En waar ben ik in dit verhaal?'

Ik trok een schouder op. 'Gewoon.'

Ik vertelde hem niet dat ik al twee nachten dezelfde droom had gehad. Dat ik daar binnenkwam en dat iedereen verliefd op mij werd. Ik was zo zeker van mijn zaak toen ik de woongroep belde, dat ik het onbewust allang moest hebben besloten. Overmorgen mag ik langskomen.

Vanmiddag ga ik kijken waar het is, en dan mijn moeder meenemen naar het terras ernaast voor wat glazen witte wijn. Zo is met mijn moeder uitgaan ook voor mijzelf nog een beetje een uitje. Ik hou van mijn moeder, omdat ze mijn moeder is. Niet zozeer om de dingen die ze voor me doet of tegen me zegt. Mijn liefde moet altijd uit het verleden komen. Uit het feit dat ze me sprookjes heeft voorgelezen, me in slaap heeft geaaid toen ik bang was voor My Little Pony...

Ze zal tegen de bediening zeggen dat ze niet tegen wijn kan waar sulfieten in zitten. Ze zal de ober of het meisje naar binnen sturen, na laten vragen of er echt geen sulfieten in zitten, want op uitslag zit ze niet te wachten. We zullen ons ergeren aan de mensen aan de andere tafeltjes, aan dat ze niets doen aan het huilen van hun baby's.

Je zou bijna denken dat mijn moeders hel uit baby's en sulfieten bestaat, en ik denk dat dat waar is, de buitenste ring.

Vanmiddag zal ik haar vertellen dat er vaak vips komen in dit hotel, zodat ze zich grootsteeds kan voelen. Ik zal het niet aan het begin van de middag vertellen maar een beetje aan het eind, anders zal ze de hele tijd haar hoofd naar alle kanten draaien en zich de volgende dag beklagen over een stijve nek. Ik zal een opmerking maken over dat het ook maar gewone mensen zijn met haren in hun neus en beestjes in hun bed. Misschien komt Erik ook nog, maar alleen in het allergunstigste geval.

Al zal ik dan een ander terras moeten kiezen.

Het is al bijna halfdrie. Snel maak ik de website van McDöner in orde. McDöner is het bedrijf van Ali, een leuke middelbare Turk die in Duitsland is geboren, en internet geen prettige ontwikkeling vindt. Hij handelt alles per telefoon af. Een jaar geleden heeft hij zich toch een website aan laten praten en nu wil hij daar een keer rendement van zien. Aan de lijn klinkt hij als prins Bernhard. Meer dan een kwartier praten we over 'klantenbinding', ondertussen stopt hij niet met klanten helpen. Hij wil weten wat ik van een nieuwe bonnenactie denk. 'Eén vijfentachtig, alsjeblieft.'

'Als jij erin gelooft, werkt het,' hoor ik mezelf zeggen. Goeroetaal. Het doet me denken aan een geeltje dat vroeger aan mijn vaders computer hing. *If you can dream it, you can do it.* Voor mijn vader was Walt Disney een held.

'Ik ken niemand die meer in kortingsbonnen gelooft dan jij, Ali! Zal ik maar iets moois voor je maken?'

Zo spreken we het af. Klanten die naar de site van McDöner gaan, kunnen een geel-oranje bon uitprinten en naar zijn tent meenemen. Ze krijgen dan één euro vijftig korting op een broodje kapsalon.

Dat gele papiertje aan die computer! Merkwaardig helder zie ik het voor me. De werkwoorden had mijn vader extra zwart gemaakt. Hij had een ouderwets handschrift, en mooie zwarte linieerpennen, die ik ook wel eens gebruikte, voornamelijk om er guldens mee om te trekken. Ik tekende als kind altijd auto's met caravans, vraag me niet waarom, met perfect ronde wielen, al bleven die er een beetje als omgetrokken guldens uitzien.

Mijn vader zou Ali hebben weten te waarderen. Een succesallochtoon zoals ze die in Amerika veel hebben. Op zijn eigen speciale manier was mijn vader een optimist (en geen imbeciel. Als mijn moeder een glas witte wijn te veel op heeft, zegt ze dingen die ze volgens mij niet meent. Vroeger noemden we hem juist Herbie *the whizzkid* tot het niet leuk meer was.).

'Dat moet het zijn,' wijs ik mijn moeder. Erik heeft niks meer van zich laten horen, dus staan we volgens plan voor een reusachtig, rood, negentiende-eeuws gebouw aan een kade, met een muur eromheen en daar weer hekwerk bovenop.

Ik tel drie verdiepingen, maar overal zijn aanbouwsels, vleugels, en er is zelfs een piepklein torentje. Aan de voorkant steekt het mooi uit boven de bomen.

Ik had het wel even rondom willen bekijken, zo imposant ziet het eruit, achter dat ouderwetse hekwerk, maar ik ben bang dat ze me dan vanachter hun ramen zien scharrelen. Ik heb een bijzonder talent om mezelf te zien lopen. Weinig is erger dan mensen te zien staren als je achterom kijkt, met zo'n lachje dat verder nergens voor nodig is. Vroeger dacht ik dat er iets op mijn rug geschreven stond, wat ik zelf nooit zou kunnen lezen, en droomde ik van een vriendelijk struikje dat op straat dicht achter mij aan liep.

'Kom,' zeg ik. 'Laten we naar het terras gaan.'

In het stuk muur langs de stoep zijn ronde bogen gemetseld. Het is iets katholieks geweest, denkt mijn moeder. Ook vanwege de kapel.

'Gaan jullie lekker een drankje doen?'

Ik draai me om. Achter ons staat een zwerver. Het is dezelfde van de frikandel. Om hem heen hangt een ranzige wolk van vis en zure melk. Zijn jas is bruin van smerigheid. Je kan nog net zien dat de kraag van zijn jas ooit begonnen is als gele kraag.

Zie je ooit een zwerver zonder jas? Die jas is hun slaapzak, hun voorraadkast, bestekla, toilettas, wasmand en gereedschapskist. Grote schoonmaak wordt er in al dat huisraad nooit gehouden.

'Hé jij,' zeg ik.

'Hé,' zegt hij terug, maar ik kan zien dat hij me niet meer herkent. 'Gaan jullie gezellig met z'n tweetjes het terras op met dit mooie weer?'

'Ja-a,' antwoordt mijn moeder, die al helemaal in de stemming is.

De zwerver raakt zijn jas aan op de plek waar zijn hart zit. 'Zouden jullie voor jullie karma dan misschien een eurietje kunnen missen?'

Mijn moeder graaft in haar tas en geeft hem er twee. Ze neemt haar karma serieus.

'Dank u,' zegt hij. Vervolgens kijkt hij mij aan.

'Twee euro is genoeg voor een cola light,' zeg ik, er veelbetekenend bij kijkend.

'Oké, oké. God houdt van jullie en ik wens jullie een fijne middag.'
We kijken hem na.
'Ken jij die vent?' vraagt mijn moeder.
'Ja,' zeg ik grimmig. Mijn moeder snapt natuurlijk niet dat ik beledigd ben omdat hij me niet meer herkent. Ik ga haar dat ook niet uitleggen.

'Het is echt prachtig,' zegt ze als we zitten. De witte zon zet haar in het volle licht. Ze heeft een blond donsje op haar bovenlip dat ik daar nog nooit heb gezien. Ze doet alsof het met dat huis al helemaal in kannen en kruiken is. Ik mag van geluk spreken, vindt ze, want voor hetzelfde geld had ik mijn toevlucht in een moderne flat moeten zoeken.

Ze bedoelt een flat met automatische glazen deuren in het portaal, die pas uit elkaar gaan als je een code hebt ingetikt, met ramen in je appartement die niet open kunnen, omdat de ventilatie centraal geregeld wordt.

'Dan was ik nooit bij je langsgekomen,' zegt ze, 'als je in zo'n moderne flat had gezeten.' Ze weet dat automatische deuren altijd dicht blijven als er brand uitbreekt.

Mijn moeder bestaat voor een deel uit angst en ik lijk daarin op haar. Daarom werken we elkaar ook op de zenuwen. We hebben te veel gemeen.

Ik zeg dat ik, als je het zo bekijkt, inderdaad ontzettend geluk heb gehad. Daarna bedenk ik dat ik deuren wil openen die naar een vol leven leiden, maar dat zijn geen dingen die je tegen je moeder zegt.

Een kat strijkt met zijn staart langs mijn blote benen. Zeker de kat van het hotel.

'Zou pap het iets hebben gevonden, een woongroep?' vraag ik.
'Wat heeft Herbie ermee te maken?' vraagt mijn moeder. 'Dat weet ik toch niet, kind.' Ze kijkt even zwijgend voor zich uit. Dan zegt ze: 'Ik denk dat hij ondanks alles toch echt wel van je gehouden heeft.'

Ondanks alles? 'Hoe bedoel je ondanks alles? Waar heb je 't over?'

'Ach gewoon.' Ze draait haar hoofd weg om de serveerster te wenken. 'Het was gewoon toch ook wel moeilijk soms.' 'Kunt u even het etiket laten zien?' vraagt ze aan het meisje. 'Ik wil er graag zeker van zijn dat er geen sulfieten in zitten.' Ze praat druk. Behalve over het huis is ze ook erg tevreden over de buurt, met het Onze Lieve Vrouwe Gasthuis zo prettig dichtbij. Met het oog op haar gezondheid. En opeens praat ze over haar eigen huis verkopen, zodat ze ook naar Amsterdam kan komen. 'Het trekt toch, hè,' zegt ze samenzweerderig. Daar reageer ik niet op. Ze moet niet denken dat ik degene ben die aan haar trekt. 'Niemand raakt tegenwoordig nog een huis kwijt,' zeg ik ten slotte. 'De huizenmarkt zit op slot.' 'Weet je waar ik wel eens over droom?' vraagt ze. 'Dat ik, als ik in Amsterdam woon, dat ik dan zo'n Cantaatje neem.' Met haar armen doet ze alsof ze er een bestuurt. Ik kijk naar haar vingers. Haar huid wordt craquelé, maar de ringen glanzen.

'Makkelijk met parkeren,' zegt ze. 'Je rijdt overal zo heen, en als het regent zit je droog. Je mag zeker niet zomaar in een Canta rijden, ze beschouwen het niet als een overdekte brommer, of wel?'

'Nee.'

'Wat?'

'Ze beschouwen het niet als een overdekte brommer.' Eigenlijk weet ik niet hoe de gemeente Amsterdam de Canta beschouwt, maar het beeld van mijn moeder die er een voor mijn huis parkeert, vind ik niet grappig.

'O, maar ik heb toch mijn knie,' zegt mijn moeder vrolijk. 'Ik krijg van mijn huisarts heus wel zo'n bewijsje, als ik hem dat vriendelijk vraag.'

8

Een stem roept 'hallo' door de intercom. En dat ik de trap moet nemen.

Op de eerste verdieping staat een knap, dun meisje bij de deur.
Ze heeft zwartgeverfde lippen en een zwarte vette pony. We kijken
elkaar vriendelijk aan, schudden handen. Zwarte nagels. Door
haar neus zit een piercing in de vorm van een komma. Ook zwart.

'Welkom in het Elisabeth.'

Ze staat aan het begin van een lange gang. Achter haar hangt
een blauwe poster: *Amsterdam is viezer dan je denkt.*

Ik ben in de war, want ik ken haar ergens van. Maar waarvan?
En dan weet ik het ineens.

Wat ik zie bevat alles wat ik sinds mijn jeugd al zo intens graag
mee wil maken. Hier staat Modesty Blaise, het is niet te geloven!

Mijn moeder is vroeger een keer met een vriendin naar Londen
geweest en nam *Modesty Blaise* voor me mee als souvenir. En hoewel ik maar één album met haar heb, werd ze mijn favoriete strip-
heldin. Wat zeg ik, mijn idool! Jarenlang heb ik haar wereld binnen
willen stappen, Modesty zelf willen worden. Ik droomde dat ik net
als zij geen ouders meer had, verfde mijn haren en mijn lippen
zwart, modelleerde mijn wenkbrauwen in een boze streep en toen
dat allemaal weinig uithaalde zocht ik in elke zwartharige vrouw
naar Modesty Blaise om, als ik haar dan niet kon worden, tenminste in haar buurt te kunnen zijn.

Van Modesty Blaise bestaan heel weinig lookalikes, ze heeft een schoonheid die hier zeldzaam is en ik moet me bijna inhouden om niet te vragen of ze het ís.

In plaats daarvan antwoord ik bevestigend op de vraag of ik het goed heb kunnen vinden. Alleen haar kleren kloppen niet. Modesty Blaise had mouwloze kokerjurken en naaldhakken. Dit meisje draagt een trainingsbroek en een lichtbruine trui met de naden aan de buitenkant. Ze ruikt naar sigaretten en feesten, heet Annerie, en is dezelfde die ik ook aan de lijn heb gehad. Ik zie meteen dat ze niet werkt voor de kost. Ze heeft een slome manier van bewegen. Het handje dat ze naar me uitsteekt, is er een dat net uit de verpakking komt. Af en toe doet ze iets geks met haar mond. Een zenuwtic.

Maar wat is ze mooi! Op zo'n coole, ongeïnteresseerde manier. Niet de schoonheid waarvoor hard moet worden gesmeerd. Een verschijning waar je een filmsterrenleven op projecteert, of anders een ander leuk soort leven.

Ineens ben ik me eigenaardig bewust van mijn jurk. Te bloemerig.

Bijna vergeet ik waarvoor ik kom, maar Annerie neemt me mee naar het einde van de gang om me de ruimte te laten zien die vrijkomt. Het zijn twee onderling verbonden, intieme kamertjes met kale planken vloeren vol splinters. Een slaapkamer en een woonkamer.

Het zonlicht zorgt ervoor dat alles gloeit. De kamers zijn leeg, dus het zijn de wanden die gloeien, de vloer, de vensterbank. Moeiteloos kan ik ook mezelf in die gele gloed zien zitten achter een bureau met allerhande spullen die van mij zijn.

'Er moet misschien een verfje op de muren,' zegt Annerie.

Ze leidt me verder rond. Ze praat op een vrolijke toon en raakt me steeds aan bij mijn schouder of mijn arm. 'Hier hangen we de jassen, de koelkast is van iedereen, het warme water, daar kun je lang op moeten wachten, de buren hoor je soms een beetje. Als je wil mag je in de tuin gaan zitten, maar eigenlijk doen alleen de vrouwen die beneden wonen dat, die maaien ook het gras. Er is een rooster voor het vuilnis, we koken om de beurt en vegetarisch.'

Ik knik. Omdat ik haar vriendin wil worden maak ik wat aardige opmerkingen. Als ik haar vriendin was, zou ik zeggen dat ze haar trui wel eens kan wassen.

Wat wassen betreft, de wasmachine is nog door de vorige bewoner gemaakt. Katelijne. Het is niet een wasmachine zoals ik die gewend ben, het is een ton met gaten op z'n kant in een bak met water. Hij draait als hij wordt aangedreven door een beige hometrainer uit de jaren zeventig.

'Mijn handdoeken zitten erin,' wijst Annerie. Ze gaat op het zadel van de hometrainer zitten voor een korte demonstratie van het wasproces. Aarzelend begint de ton te draaien.

Ook de manier waarop ze trapt, doet nogal arbeidsschuw aan.

Annerie zegt dat het tijd wordt om de anderen te roepen. Er is een kwartier om van het uur dat ik heb voor het achterlaten van een onuitwisbare indruk. Nu moet ik een gedeelte daarvan in de keuken zitten wachten.

Ik heb de stoel bij de deur genomen. Van daar heb ik uitzicht op een stuk muur met een gele poster. *Kernenergie nee bedankt.* Ook staat er: *We hebben u weer nodig.* Alsof we de kerncentrales kunnen vervangen door met onze eigen armen te gaan zwaaien.

Naast de poster zit een raam dat uitkijkt op een boom. Dunbebladerde takken wiegen zachtjes tegen het glas. Als ik ga staan, kan ik er doorheen zien wat erachter is: een lange kade, een gracht, een brug waar trams overheen gaan, een klassiek gebouw aan de overkant. Witte daklijsten.

In de keuken zelf staan behalve een aanrechtblok en een koelkast waar zwart vocht uit loopt, een glanzend houten tafel en vijf keukenstoelen die zo te zien al een zwaar leven achter de rug hebben. Uit de broodrooster steekt een vergeten boterham.

Aan de gesausde muren – mediterraan blauw – hangen planken met servies erop, een blauwe wolkjespan en een stuk of tien weckpotten met rijst en meel erin. Het ruikt er naar van alles tegelijk: speculaaskruiden, oude aardappels, herbes de Provence, en nog zo wat dingen. Een paar raffia mandjes zouden er niet misstaan. Ik voel dat ik nerveus begin te worden. Het huis is precies het soort huis waarop ik hoopte, met een keuken die dicht in de buurt komt van iets uit mijn visioen. In mijn droom werd iedereen verliefd op mij – maar na mij komen, zo heb ik begrepen, nog een paar gegadigden. Ik hoop dat die anderen iets verkeerds zullen zeggen. Ik hoop dat ze stinken, of dat ze hun karakterfouten niet weten te verbergen. Fout op fout mogen ze van mij stapelen, zoals uitgeputte presidentskandidaten in de Verenigde Staten.

Een tamelijk knappe, magere jongen komt de keuken binnen. Hij draagt een getailleerd ribjasje in een vale kleur rood, stelt zich voor als Mattheo. Een warme vochtige hand. Hij vraagt of ik ginsengthee lust. Hij heeft een iets getinte huid, maar ziet desondanks erg bleek. Hij concentreert zich volledig op de thee, op kopjes voor iedereen, lepeltjes, is er nog ergens suiker, dat zal je net zien, dan is uitgerekend nú de suiker op.

Niemand hoeft suiker in de slappe thee. Annerie, die bij iedereen op de deuren heeft gebonsd, voegt zich weer bij ons. Ze denkt dat je van ginseng met suiker opgewonden wordt, in seksuele zin bedoelt ze. Omdat ik nog steeds haar vriendin wil worden, lieg ik dat ik dat ook wel eens heb gehoord, maar Annerie is alweer bezig een lijstje van cafés op te noemen waar ze niet meer naar binnen kan vanwege een ex die daar vaste gast is of vanwege iemand die ze daar heeft getongd maar niet haar nummer gegeven. In een van die cafés hebben ze de lekkerste ginsengthee ooit. Zo kwamen we erop.

Het is niet erg Modesty, maar goed.

Als om al die magerte te compenseren is er ook een grote dikkerd met geel haar. Hij is al wat ouder, heet Alexander en heeft een stem die neigt naar een spraakgebrek (met medeklinkers vol belletjes spuug) waarmee hij veel en veel te nadrukkelijk praat. Hij heeft van die witte verdroogde mondhoeken, maar verder is het een gezicht dat bijna licht geeft van vriendelijkheid.

Hij beweegt zich wiebelend, alsof er nog iemand in hem beweegt. Hij schuift een stoel naar achter, gaat zitten en legt zijn grote handen voor zich neer op tafel.

'Een huis als dat van ons,' zegt hij met het soort langzame plechtigheid waar je ongeduldig van wordt, 'begint al als je nog buiten staat.'

Ik beaam het volmondig en zeg dat ik het eigenlijk al binnenging toen ik aan kwam fietsen over de kade, en de rode baksteen zag schemeren tussen de bomen.

'Dat bedoel ik,' zegt Alexander. 'Maar ben je eenmaal binnen, dan is het eerste wat je hier opvalt het verlaagde systeemplafond, nietwaar?' Hij wacht mijn antwoord niet af. 'Nou, dat zit daar om onze dromen binnen de perken te houden.'

Binnen de perken?

'Drie sleutels,' gaat hij onverstoorbaar door, 'heb je hier nodig om je kamer binnen te gaan. Niemand komt ongevraagd onze gang op, al liggen er in de winter beneden in het trappenhuis wel zwervers, in slaapzakken op van die grote stukken karton. Des te warmer voelt dan één trap hoger onze keuken.'

Over de geschiedenis van het gebouw raakt hij niet uitgepraat. Het hele complex is ooit begonnen als een tehuis dat zich over weesmeisjes ontfermde, het Sint-Elisabeth-gesticht. Het was bedoeld voor weesmeisjes die in het Maagdenhuis waren opgevangen en een zekere leeftijd hadden bereikt.

Deze functie had het gebouw al heel lang niet meer. 'Maar,' denkt Alexander, 'het kan zich die nog wél herinneren.'

In het gedeelte waar we nu zitten hadden de welgestelde meisjes gezeten, degenen die zich een eigen kamer konden veroorloven. Voor de armen waren er slaapzalen, in een andere vleugel.

'In de jaren vijftig vertrokken de laatste wezen,' vertelt Alexander. Er kwamen geen nieuwe bij, en de wezen die er waren, werden volgens de nieuwe inzichten liever opgevangen in gezellige families dan in zo'n groot, streng gebouw. Er hadden nog een tijdje bejaarden in gezeten. In de jaren zeventig had het huis samen met het Vondelpark gediend als alternatieve locatie voor de Damslapers, toen de gemeente daar vanaf wou. 'Moet je je voorstellen. In die tijd adverteerde de KLM in Amerika met: *Visit Amsterdam, fly KLM and sleep in the Vondelpark.*' Ook was het een hele tijd een goedkope jeugdherberg geweest. 'Dit deel van ons huis,' wijst Alexander, 'en de vleugel die er dwars op staat wordt op dit moment geheel door huurders bewoond. In de rest zit een peperduur hotel, zo eentje waar ze jacuzzi's hebben. Er gaan geruchten dat het hotel ook de woongroepvleugels wil annexeren. Zulke berichten versterken ons saamhorighcidsgevoel.' 'Ga je dat hele verhaal nu vijf keer vertellen?' vraagt Annerie. Ze moet al geeuwen bij de eerste keer. Inmiddels weet ik dat ze echt een zenuwtic heeft. Ze knijpt haar ogen dicht en trekt haar mond scheef.

Ik neem een slok van de thee.

Nog vier andere kandidaten dus.

Die Alexander, dat is me er een, een bijzonder figuur. Een type uit de sociale werkplaats, ware het niet dat hij best diepe dingen zegt, en dat Mattheo geboeid naar hem luistert als hij praat. Dat uiterlijk, die vreemde stem, ze beschermen de woorden, ze zijn alleen voor wie ze echt wil horen.

Mattheo lijkt me iemand die wel eens van theesoort kan veranderen. En Annerie? Annerie, die zou ik willen zijn.

Intussen zitten we te wachten op iemand die maar steeds niet komt. Niemand lijkt echt verbaasd dat hij er nog niet is. Annerie hakt de knoop door: we beginnen maar alvast.

Er zijn een paar regels en een paar dingen die ze hier belangrijk vinden. Als ik niet alles precies begrijp of kan onthouden, dan zal me dat vergeven worden, dan moet ik er later nog maar eens naar vragen. Belangrijk zijn bijvoorbeeld de huisvergaderingen. De huisvergaderingen zijn verplicht.

'En wat doe je voor werk?' vraagt Alexander.

Altijd wanneer ze dit vragen, zeg ik het liefst dat ik aardbeien pluk in de Beemster, met interessante Oostblokcollega's, dat ik 's winters in Japan reizigers in treinen duw.

Er is weinig heroïsch aan een freelancer die aan een bureau werkt, in de sector communicatie. Zelfs niet als ze één keer per week in een zaaltje zit waar precies zo'n bureau staat, om Nederlandse les te geven aan mannen uit het computerwezen.

'De mannen boeit het niet,' zeg ik met een lichte hoon in mijn stem, 'maar er is een potje voor, aan het einde van het jaar moet het op zijn, anders is het volgend jaar geen potje meer.'

Ik schrik. Ik had gehoopt op een lach. Een klein lachje maar. In plaats daarvan zegt Annerie echter dat dat pervers is.

'Pervers.'

Als ik haar in de kroeg zou tegenkomen, zou ik niet van haar mening onder de indruk zijn, maar nu ben ik het wel. Ik help mee een pervers systeem in stand te houden, zo'n potje moet wat haar betreft naar mensen die zo'n potje ook waarderen.

'Maar,' zeg ik, 'in hoeverre is het mijn verantwoordelijkheid dat ze iets van mij leren?'

Het liefst zou ik zeggen: zullen we het over iets anders hebben? Maar ik heb het gevoel dat Annerie dat niet accepteert. Iets in haar houding zegt me dat ze een vermoeden heeft van wat ik heb gedroomd.

'Ach, ik overdrijf natuurlijk,' zeg ik nerveus.

Er valt een stilte die onaangenaam aanvoelt.

Alexander zorgt dat het weer opklaart. Er deugt volgens hem wel meer niet aan de maatschappij. Als je er van een bepaalde kant naar kijkt, is de maatschappij je grootste vijand.

Daarna hebben we het over de verkiezingen, over dat alle partijen zo op elkaar zijn gaan lijken. We zitten midden in het verkiezingscircus. De een belooft dit voor het milieu, de ander wil geen cent meer naar Brussel, maar hoe weet je waartoe een politicus écht in staat is? Een grote mond hebben ze allemaal, maar krijgen ze straks ook iets gedaan?

Annerie zegt dat ze van politici sowieso niks verwacht, en dat ze met het huis regelmatig actievoeren. Dat kan een demonstratie zijn of een spandoek aan de gevel.

'Demonstratie, tegen wat?' vraag ik.

'De laatste was tegen de G8,' zegt Alexander.

'G8 slaap zacht,' zegt Annerie. Dat hadden ze groot op de straten geschreven, met stoepkrijt, want de G8 staat gelijk aan rijkdom verdelen onder de rijken.

Ze vragen of ik ook van de demonstraties ben. Ik zeg dat ik het nog niet zo vaak gedaan heb, maar dat het wel een heel goed recht is.

Zoals Erik voorspelde moet ik ook zeggen hoe ik tegenover het eten van vlees sta. Ze zijn hier overtuigd vegetariër en hun nieuwe huisgenoot moet dat absoluut ook zijn. Gelukkig heb ik me hierop voorbereid, en ik zeg een paar lelijke dingen over mensen die vlees eten. Ik vertel wat ik wel eens op televisie heb gezien over piepkuikens, weet zelfs een paar cijfers. Annerie weet ook cijfers, die net even anders zijn, maar niet heel erg anders. Mattheo zit de hele tijd te knikken. Zulke eensgezindheid voelt heel prettig aan. Ik ben dan nog geen vegetariër, ik ben zeker bereid er eentje te worden als ik hier mag wonen.

'En waarom wil je hier wonen?' vraagt Annerie.

'Daar heb ik over nagedacht,' zeg ik. 'De mensen die gek genoeg zijn om te denken dat ze de wereld kunnen veranderen, zijn de mensen die het doen.'

Er wordt niet echt op gereageerd, maar volgens mij maakt het wel indruk.

We zijn rond, of er nog vragen zijn.

Net dan komt met veel tamtam een lange jongen binnen in een hemelsblauw overhemd. Wat een aansteller.

Hij wordt begroet met 'haréve'.

Hij is, zo begrijp ik nu, het lief van Mattheo.

We geven elkaar een hand.

'Elenoor.'

'Reve.'

Hij gaat naast Mattheo zitten en grijpt naar de theepot. 'Wil iemand anders nog thee?'

'Was je iets aan het doen?' vraagt Annerie op een toon alsof ze hem met zijn tong in de hagelslag heeft aangetroffen.

'Ik?' vraagt Reve. 'Iets aan het doen? Ja, zo zou je het denk ik wel kunnen noemen.' Maar hij zegt niet wat, en hij komt er ook niet op terug. Met een gebaar waaruit spreekt dat hij zich een hele man voelt, maakt hij duidelijk dat we verder kunnen gaan waar we gebleven waren.

'Jij bent aan de beurt om iets over jezelf te vertellen, schatje,' zegt Mattheo. Hij strijkt zachtjes over Reves arm.

'Kon jij dat niet doen dan?'

'Mooi hemd,' zegt Annerie.

'Sommige mensen trekken iets aan,' zegt Reve. 'Ik kleed mij.'

'Heet je echt Reve?' vraag ik.

Dat is natuurlijk niet zo.

In het echt heet hij Greve. Mickey Greve. Maar hij neemt wel als Reve de telefoon op. Voor als er iemand officieels belt, heeft hij gewoon de G ingeslikt. Hij heeft een theorie dat mensen horen wat ze denken dat ze horen.

Om hem te paaien vraag ik of hij familie is van de Greves die in het verleden illustere bijdragen hebben geleverd aan de operacultuur in de lage landen, toevallig had ik daar onlangs iets over op tv gezien.

'Je weet wel, de Greves die daar bekend om staan. Opera op unieke buitenlocaties.'

Het wordt een raar gesprek, want zijn ouders komen uit De Pijp en volgens Reve bestaat hun bijdrage aan de cultuur in de lage landen eruit dat ze euromunten in een muur flikkeren in ruil voor frikandellen, en verder dat ze winden laten van twaalf tellen.

Hij lijkt er trots op te zijn dat hij zijn vroegere milieu ontstegen is, en op alles wat hij nog bereiken gaat. In de literatuur, als ik het goed begrijp. Zijn ambitie ligt in de bellettrie.

Hij is het type jongen dat van zijn leraren vroeger 'zijn grijns van zijn smoel moest halen'.

'Een andere tak,' zeg ik gauw. En me realiserend dat hij nu anders praat dan hij vroeger moet hebben gedaan: 'Je hebt helemaal geen Amsterdams accent.'

'Klopt,' zegt Reve. 'Ik ben afgestudeerd op Franse poëzie.'

Ik zou wel willen weten of zijn familie zich nog bij hem op zijn gemak voelt nu hij anders is gaan praten. Mijn vaders contact met zijn broers en zussen verwaterde toen hij hun dialect vergat. Hij had er veel voor in de plaats gekregen en vond het zelf niet erg. Voor het ontvangen of opzoeken van sommigen van zijn familieleden gebruikte hij soms zelfs het woord 'bezoeking'.

Annerie begint over Reves haar, dat hij draagt zoals Gerard Reve op die ene beroemde foto, met die koe en dat glas wijn. Die hing 100 x 70 op zijn deur. Ken ik die foto? Ik moet er zo maar even langs lopen.

Reve is net afgestudeerd en heeft een baantje bij een uitgeverij. Hij zegt dat groene kaften niet verkopen en dat gele buikbandjes in de mode zijn. Daar moeten we maar eens op letten in de boekwinkels, hoe het geel aan het domineren is.

Hij helpt bij boekpresentaties en literaire optredens, hij verdient er amper wat mee, maar alles wat ze daar uitgeven krijgt hij gratis mee naar huis.

'Hij neemt wel meer mee naar huis,' zegt Alexander.

Annerie giechelt, waarop Alexander nu zelf ook begint te giechelen en dan doen ze het alle vier.

Annerie legt, telkens in nieuwe giechelbuien uitbarstend, uit dat Reve altijd jongens over de vloer heeft. Steeds dezelfde types. Knap, bleek, dikwijls met een stropdas en een bril met schildpadmontuur. Eentje, mascarazwart haar, half-Italiaans, kwam op een keer zelfs met een roos tussen de tanden. Dat was Mattheo, en Mattheo is gebleven.

Reve en Mattheo knikken. Zo is het gegaan.

Eerst kwam hij iedere dag, en op een zeker moment kwamen er koffers.

'Grote koffers,' zegt Annerie. 'Van die dingen waarmee mensen emigreren.' Ze had gedacht: weer iemand om de koelkast en de badkamer mee te delen, maar Mattheo is heel schoon gebleken. Een aanwinst. En in de keuken pakt hij altijd de stoel met de rottige leuning.

9

Het donkere water klotst tegen de kade. Ik sta op de brug tegenover het Elisabeth. Over de kade rijden auto's. Ik kan ze niet zien, de bestuurders, maar ze zijn er, op weg naar huis, of ze hebben zo laat nog geheimzinnige boodschappen te doen. In mijn jaszak trilt mijn telefoon. Erik, aan wie ik met allerlei onzichtbare touwtjes en elastiekjes vastzit. Hij is ongerust natuurlijk, ik houd me niet aan de tijd. Hij weet niet dat ik alleen maar even ben omgefietst om naar het weeshuis te kijken, dat ik er in mijn gedachten de hele tijd mee bezig ben. Je weet nooit wat je precies wil, tot je het ineens heel duidelijk voor ogen hebt.

Het gebouw fascineert me nu nog meer dan bij daglicht. De omtrekken zijn geheimzinniger van kleur, de randen waziger, de uitstekende delen trekken zich terug in het donker. Er hangen wolken boven die dwars door de maan gaan.

In het huis is nergens leven. Geen enkele lamp op de eerste verdieping, alleen in het trappenhuis. De maan is het enige wat beweegt. Haar flauwe schijnsel verleent het gesticht een raadselachtige glans. Vroeger zat het vol met vrouwen.

Als kind logeerde ik eens twee hele weken bij mijn opa en oma. Het was maar gedeeltelijk leuk want mijn opa zocht voortdurend ruzie met mijn oma en andersom. Als het regende, smeekte ze hem zijn voeten te vegen, maar hij vond het onnodig haar dat plezier te doen. 'Je dweilt tóch wel,' zei hij. 'Of ik ze nu wel veeg of niet veeg.' Mijn oma was op haar beurt opgehouden om de ritsen van zijn spijkerbroeken te repareren, die de hele tijd stukgingen.

'Je kent je kracht niet,' klaagde ze. 'Bij jou moet altijd alles kapot.'

Ze sliepen in aparte kamers en hadden elk hun eigen pak karnemelk waar ze zonder beker uit dronken. Wat mijn oma kookte, smaakte opa niet, en hij zei dat ook. En ook als hij niks zei, voelde ze het toch wel.

Pas toen mijn opa in de goede hersenhelft een bloeding kreeg, werd hij zacht en lief. Zo hebben ze met z'n tweetjes nog één gezellig jaar gehad. Ik heb hem een keer boontjes zien punten op het laatst. Eerst gaf hij er een vochtig zoentje op, daarna brak hij ze doormidden.

Toen ik klein was noemde ik hen opa en oma Bokkenpoot. Niemand vond dat beledigend, omdat ze bokkenpoten in de koektrommel hadden, voor de klanten.

Bij het huis was een betonnen erf, met vlinderstruiken langs de rand. Het stond vol met tweedehands caravans. Aan het einde van het erf had mijn opa een enorme loods laten bouwen, en ook die loods stond vol met tweedehands caravans. Opa handelde erin. Hij was al bijna zeventig, maar hij bleef ermee doorgaan om niet binnen te 'verpieteren'.

Elke dag kwamen er caravans bij en werden er van de hand gedaan en ik vond het geweldig om er bij zo'n koop met mijn neus bovenop te staan. Ik lette op de ogen van de klanten. Aan de manier waarop zij keken naar de caravan die ze verlangden, wist ik dat ze meer zagen dan alleen een caravan.

Mijn vader deed altijd erg neerbuigend over caravans en mijn moeder wilde er niet dood in gevonden worden. Als gezin zijn we er maar één keer mee op reis geweest, toen ik baby was, en hoe vaak ik er ook naar heb gevraagd, er zijn geen verhalen over, behalve dat we met de caravan naar het Teutoburgerwoud zijn gereden en weer terug. Dat was de eerste en de laatste keer. Als mijn moeder had geweten hoe het boven een caravan kon onweren, was ze nooit gegaan.

Ook mijn grootouders gingen nooit met de caravan op stap, ze gingen überhaupt niet op stap. Mijn oma was het liefste thuis en wilde met mij op een mdf-plaat puzzels van duizend stukjes leggen van een kasteeltje met daaromheen veel lichtblauwe lucht. Dat vond ik ook wel leuk, maar ik was nog liever in de buitenlucht, en dat mocht, zolang ik maar niet in de caravans kwam. Waarom weet ik niet, maar het was ten strengste verboden om in de caravans te klimmen.

Op een dag kwam er een jong stel, een man zo knap als Jon Bon Jovi, en een mollige roodharige vrouw met blote benen in hoge laarzen. Mijn opa werd naar de telefoon geroepen. De twee letten niet op mij toen de man naar een avocadokleurige caravan wees, die ook mijn lievelings was, en zei: 'Weet je wat we daar allemaal wel niet in kunnen doen?' De vrouw giechelde en de twee begonnen elkaar hartstochtelijk te kussen. De man bleef herhalen: 'Wat we daar allemaal wel niet in kunnen doen.' Opa kwam terug met koffie en bokkenpootjes. Ook hij had aangevoeld dat ze hem gingen nemen, en dat was het moment dat de koffie erbij kwam.

Vanbinnen moest er nog iets aan worden veranderd, maar drie dagen later zouden we hem gaan afleveren. Mijn oma haalde haar sportschoenen met klittenband tevoorschijn, waaruit ik opmaakte dat we daarna naar de grote speeltuin zouden gaan. Dat was ook zo, we gingen naar het speelparadijs.

Ze hadden geen autogordels op de achterbank en de hele rit zat ik op mijn knieën met mijn neus tegen de achterruit. Opa en oma dachten dat ik naar het speelparadijs verlangde, maar mijn verlangen betrof het paradijs dat op een tergende twee meter afstand van mij was, en dat helaas het paradijs van anderen was.

'Hier woon ik,' zeg ik hardop, om eens te horen hoe dat klinkt.

Hoe lang ik er al sta? Lang. Hele afstanden heb ik de maan zien afleggen.

Iets van een uur geleden werd ik besnuffeld door een vieze gele hond. Eerst dacht ik dat hij van niemand was, maar er hoorde een vieze man bij die er iets onverstaanbaars tegen riep. Ik draaide mijn rug naar hem toe om maar niet te hoeven praten.

Ik staar naar een tak die in het water drijft. En dan weer naar het grote huis. Ook als ik mijn ogen dichtdoe, kan ik het zien.

Je zou kunnen zeggen dat ik net zo goed naar huis kan gaan, naar Eriks huis, bedoel ik, waar ik naar op weg was, veel verschil maakt het niet, of ik hier of daar naar het grote huis sta te kijken. Maar daar ben ik niet alleen. Daar is Erik, die dingen uit mijn hoofd wil praten. Er zijn betere dingen om je mee bezig te houden, vindt hij. Bijvoorbeeld de dingen waar híj zich mee bezighoudt. Hij is de afgelopen dagen wel erg met me begaan. Ik zit te veel achter een scherm, ik moet er nodig eens uit. Vanmorgen zag ik het artikel liggen dat hij daarover heeft uitgeprint: *Huidige mens ervaart digitale wereld als onecht.* Mijn ontevredenheid hangt samen met een verlangen naar échte ervaringen.

Ik weet niet helemaal zeker of ik de huidige mens ben over wie hij leest, maar Erik weet het wel zeker. Hij wil meer leuke dingen met me doen, naar concerten, een paar dagen naar Parijs, stedentripjes. En vooral: naar Amerika.

Erik wil al heel lang naar Washington. Er is daar een Holocaust Museum. Je krijgt er als je binnenkomt een persoonsbewijs opgespeld van iemand die de oorlog heeft meegemaakt, en aan het eind van je bezoek weet je of die persoon het heeft overleefd of niet. Misschien kan Erik er iets mee voor zijn film.

Ik hou wel van reizen, vooral van het idee om de benen te nemen. Het kan gewoon. Leve de prijsconcurrentie van de vliegmaatschappijen. Maar als ik ergens met honderden andere toeristen een fontein sta te bekijken, of een oude kathedraal in de steigers, denk ik altijd: wat doe ik hier? Misschien is het mijn lot, zoek ik het gelukkige leven op de verkeerde plaatsen. Meestal eindigen dat soort dagen in een kroeg uit de *Lonely Planet,* met veel te veel Amerikanen en veel te veel bier.

Dat heb je thuis ook.

'Ik ben in Italië geweest,' zeg je tegen je vrienden als je terug bent.

'Lekker,' reageren ze. 'Ben je ergens in het bijzonder geweest of gewoon in Italië?'

Nu ik het huis vanbinnen heb gezien, weet ik zeker dat het me gaat helpen. Dat huis vol zonlicht dat zich over mij ontfermt, zoals het zich vroeger over de wezen heeft ontfermd. Een nieuw huis betekent altijd iets. En waarom geen nieuwe start? Een beetje meer leven voor iemand die besloten heeft meer te willen? Zoals wanneer je door een trein loopt de tweede deur automatisch opengaat, zodra je tegen de hendel van de eerste hebt geduwd?

Magische trucjes pas ik toe. Een eend die schuin onder de brug door zwemt in de richting van het Elisabeth. Een goed teken. Een tweet van iemand met het woord 'huis' erin.

Het begint te regenen. Koude druppels glijden langs mijn wangen. Ik moet plassen en mijn mobiel trilt. Toch wil ik niet weg, het is net of me nog iets is beloofd, iets wat op het punt staat te gebeuren.

Als ik eindelijk toch maar op mijn fiets stap, voel ik me ondanks de kou een beetje romantisch.

10

In Eriks straat is iets mis met de riolering. Er is geen wind om de dikke lucht over de buurt te verdelen. Hij hangt als onder een bollend zeil tussen de flats en hoewel het er te warm voor is, houden we de ramen potdicht. Erik heeft zijn T-shirt uitgetrokken en zit zwetend achter zijn computer. Ik lig op zijn bed met de iPad. Een cadeau van Eriks vader, meegenomen uit New York.

Die man had ons net op de kast gekregen met een akelig rechts opiniestuk, dat hij in het vliegtuig had geschreven. Wie zo ver boven alles zit, kan het weinig schelen hoe zo'n artikel daar beneden landt. Op zich was het geen mening die we nog niet van hem kenden, maar wel een mening waarvan je denkt: shit.

Hij maakt zich hard voor de uitkering van winst aan aandeelhouders van private zorginstellingen zoals hij er zelf een heeft, ook bij langdurige zorg, terwijl de politiek en de publieke opinie tegen zijn. Iedereen die tegen is, noemt hij 'ongelooflijk hypocriet'. Net zo hypocriet als die lui die vijf jaar geleden een topbankier tot Nederlander van het jaar hebben gemaakt om zijn lef en ondernemingsgeest, en hem nu, 'nu het tij tegen is', als onze grootste graaier kwalificeren.

Erik en ik hebben het lang over het opiniestuk gehad. We waren het er niet mee eens en zeiden zijn vader dat ook. Maar door de iPads die in witglanzende dozen voor ons op tafel lagen, en waar in Nederland nog niet aan te komen was, zeiden we het niet zoals we misschien eerst van plan waren, op een ruzieachtige toon, maar meer als een terzijde.

Ik lig grappige filmpjes te kijken. Versprekingen op televisie. Een politicus die in een grap trapt. Amerikaanse soldaten die Afghaanse kleuters *fuck you* leren zeggen.

'Hé, Caro zit op Twitter,' zeg ik.

'Mm.'

'Weet je wat er op haar profiel staat? "Moeder van Paolo en Julius. Pro borstvoeding."'

'Nou, dat klopt toch?'

We wachten op een telefoontje. Natuurlijk ben ik het vooral die wacht, maar mijn gespannen blikken op mijn telefoon zijn Erik niet ontgaan. Ik heb hem verteld van het gesprek, de blunder die ik beging. Hij had enkel gezucht, omdat hij de nauwelijks bedwongen opwinding in mijn stem had gehoord.

Uiterlijk vrijdag zouden ze bellen. Dat is het nu.

'Denk je dat ik ze zelf kan bellen?' vraag ik.

'Kut,' zegt Erik.

'Nou, wat intelligent weer,' zeg ik.

'Iets wat kort uitgedrukt is, kan de vrucht zijn van lang nadenken. En hoe meer ik erover nadenk, hoe slechter ik het plan vind. Kijk dan. Die antifa's zijn compleet gestoord!'

'Het zíjn geen antifá-has,' zeg ik. 'Hoe vaak ga je dat eigenlijk nog zeggen? Ze demonstreren met stoepkrijt.'

'Dat zeg jij,' zegt Erik. Hij wil dat ik over zijn blote schouder mee kom kijken, hij heeft iets bijzonders ontdekt, een of andere foto.

Hij kijkt op van het beeldscherm, zodat ik zijn gezicht kan zien, hoe het glimt van het ingespannen turen.

Ik zeg dat ik er niet over denk om te komen kijken, zolang hij die mensen antifa's blijft noemen. Daar lig ik dus veel te lekker voor, hij moest eens weten hoe lekker ik hier lig, dan lagen we nu ons zweet te vermengen, in plaats van dat hij daar maar zit, zijn tijd te verdoen met foto's van mensen die hem toch niet interesseren.

'Ze zijn echt fanatiek,' zegt Erik. De keer dat hij bij Katelijne op bezoek was, draaiden ze Frank Zappa in de keuken. Hij bedoelt maar.

Dat hij drie jaar geleden als neutraal persoon een keer in dat huis is geweest, betekent dat hij een veel beter zicht op de woongroep heeft dan ik. 'Drie jaar geleden woonden er totaal andere mensen,' zeg ik. Intussen masseer ik de zachte plek rondom mijn navel, een romig puddinkje met een gat. 'Die vetzak was er toen ook al,' zegt Erik.

'Aan de buitenkant zie je niet eens dat ze links zijn. Aan de buitenkant zijn ze precies als jij en ik.'

Erik weet zeker dat ik dat niet zou zeggen als ik zou zien wat hij op het moment aan het bekijken is. Ook weet hij weer zeker dat hij straks op de liberalen gaat stemmen.

'Oké, dus je vindt wel dat de samenleving maakbaar is, alleen niet door mensen als wij?'

'Als wij?'

'Wij linkse mensen. Ik denk trouwens dat je Reve wel leuk vindt. Volgens mij is hij behoorlijk slim.'

Dat is niet het goede om te zeggen. Elk verstandig wezen in mijn omgeving is een regelrechte bedreiging voor hoe Erik onze relatie ziet: de geborgenheid die ik voel in de diepte van zijn intelligentie.

'Dat is toch leuk voor je,' zeg ik. 'Dat je weer eens met iemand op niveau kan praten.'

Ik weet waarnaar hij zit te kijken, ik heb die foto ook gezien. Net als Erik heb ik op Facebook naar de woongroep gezocht. Het viel nog niet mee om iedereen z'n profiel te vinden, want hoe heten ze van achteren. Maar via Reves pagina vond ik ook de rest.

Mattheo heeft zijn pagina afgeschermd, maar zijn profielfoto kan ik zien. Hij draagt hetzelfde rode jasje als die middag, en Reve staat er ook op. Ze drinken Irish Coffee op een winderig terras, hun gezichten wit van de winter.

Op de Facebook-pagina van het Elisabeth staat een foto van Annerie bij een demonstratie, geschminkt als een droevige clown: dikke zwarte druppels bij haar ogen. Eerst herkende ik haar niet, maar op een andere foto had ze haar pruik afgezet. Van Alexander, Reve en Mattheo zijn er niet dat soort foto's, wel van nog een meisje, vast die Katelijne.

'Kom eens hier!' zeg ik tegen Erik. De afgelopen dagen zijn zo traag voorbijgesukkeld, ik wil wel eens de tijd vergeten.

'Ik ben bezig.'

Dan herinner ik me dat Erik toen we binnenkwamen zijn mobiel met een boogje op het bed had gesmeten en dat die nu ergens bij mijn voeten moet liggen. Ik sms ernaar met mijn eigen telefoon: *Lekker ding, tik ik, kom eens hierrrr!*

Ploink.

Erik kijkt zoekend rond. Heb ik soms ergens z'n telefoon gezien?

Ik kan hem niet antwoorden, ik heb het te druk met iets uittrekken.

Eindelijk komt Erik ook op bed liggen en hang ik strelend en foezelend tegen hem aan, likje hier, hapje daar, zoals ik dat de hele tijd al wil.

'Ach jij,' zegt Erik, 'vies kroelbeest. Hou eens op met dat kannibalistisch gesmak.'

Algauw zit ik op hem en hij in mij. Het elastiek van zijn onderbroek heeft een rode striem nagelaten op zijn buik. Ik wrijf erover, masseer het met mijn vingertoppen.

'Zachtjes,' zegt Erik.

Hij zegt dat hij het allemaal goed bedoelt.

Ik antwoord dat ik alleen maar een positieve toon in de discussie probeer te krijgen.

'Ik meen het serieus,' zegt hij. Hij vindt serieus dat ik goed moet nadenken waar ik me allemaal mee verbind.

'Tuurlijk,' zeg ik en ik pak zijn polsen en klem ze naast zijn hoofd tegen de matras.

Ik zeg dat we ook een beetje in het nu moeten leven. Nu bijvoorbeeld. Dat ik mij nu met hém verbind. Dat meen ik nou eens serieus. En ik citeer een beroemde presidentsvrouw uit Amerika: '*Yesterday is history, tomorrow is a mystery, today is a gift, that's why we call it the present!*'

Het is alsof er iets opengaat in zijn gezicht. Hij vindt het volgens mij wel geinig dat ik mijn tong in zijn oor probeer te stoppen en daarna in zijn mond. Ik haal hem eruit en zeg dat hij de liefste op aarde is, of nee, van de hele melkweg. Dat heeft hij natuurlijk vaker gehoord, maar dat geeft niet.

Langzaam ga ik met mijn lichaam op en neer en kus hem bij iedere keer dat ik neerkom. Op zijn lippen, op zijn neus, op de stoppeltjes op zijn kin.

Dan gaat mijn telefoon. Erik heeft er Robbie Williams in gestopt, *If there's somebody calling me on, she is the one.* Eerst vond ik het stom, nu vind ik het wel geinig, want het is Annerie uit de woongroep. Ze zegt dat ik van alle hospitanten degene ben naar wie ze het meest nieuwsgierig zijn en dat ze daarom mij graag als huisgenoot willen, wat ik vleierij vind die me natuurlijk toch verschrikkelijk vleit. Ik weet niet zo goed wat ik moet antwoorden, ik ben net van Erik af gerold en ik lig hier in mijn blote reet, maar ik zeg wel iets van zeven keer 'fantastisch, fantastisch, fantastisch'!

Als het gesprek is afgelopen, heb ik een onwezenlijk, maar verrukkelijk gevoel: zoals wanneer je ergens veel te ver de verkeerde kant op bent gelopen, en er voor je neus ineens een taxi stopt.

Intussen heeft Erik zich van het bed laten glijden. Hij steekt een sigaret op en opent het raam om al dat geluk eens flink de ruimte te geven.

II

Een paar weken later verhuis ik, op een dag die ongetwijfeld (door weermannen met verstand ervan) wordt ingeboekt als de warmste van het jaar. 's Middags speelt Nederland de kwartfinale tegen Brazilië en wint met 2-1. Het is nog niet afgelopen of iedereen is al druk bezig de buitenlucht te vullen met zijn geuren en geluiden. Om tien uur 's avonds lopen er nog kinderen ijsjes te eten op straat. Jongens zonder T-shirt fietsen slingerend voorbij met bier op de bagagedrager, en plastic vuvuzela's aan de mond, al dan niet op weg naar het Oosterpark, waar het grote grasveld is veranderd in een reusachtig groen matras. Dikke barbecuewalmen hangen tussen de huizen. Op de grachten liggen de bootjes in de file, de mensen in die bootjes zijn zo zat als een aap.

Voor Alexander is het weer geen reden om naar buiten te gaan, hij zit in de keuken naar Brahms te luisteren. Een of andere symfonie, waarvan je tranen in je ogen krijgt. Ik wel tenminste. Maar ik moet zeggen, die waren die avond misschien ook wel gekomen bij Elton John of Kylie Minogue.

De hele dag heb ik met Erik spullen lopen sjouwen. Wat een troep zeg, niet te geloven. Allemaal dingen waar ik eerder nog heel enthousiast over was. Ik heb alleen al een verhuisdoos vol opladers en afstandsbedieningen.

Ik denk dat ze me in mijn nieuwe huis voor een materialist zullen verslijten, bezit en commune gaan moeilijk samen, zeggen ze toch. En wat is daar nog van wie? Ik heb een paar apparaten van een heel goed merk. Voor de Vibropower-trilplaat heb ik bijvoorbeeld geen doos kunnen vinden, daar moesten we dus zo mee de gang over. Ik was vooruitgelopen, om te kijken of er niemand was.

'Kust veilig,' zei ik tegen een oververhitte Erik, die ermee in het trappenhuis stond te wachten. Iemand die al chagrijnig is moet je eigenlijk niet laten wachten. Nietzsche heeft al gezegd: iemand lang laten wachten is de beste manier om hem op gemene gedachten te brengen. (Ik heb dat niet zelf gelezen, ik citeer iemand die zelf de godganse dag Nietzsche citeert.)

Mijn kamers zijn helemaal aan het eind van de gang, tegenover die van Alexander. Ik heb uitzicht op een binnentuin, Annerie ook. De jongens kijken uit over de kade. Zij laten zich vandaag niet zien, maar Anneries deur staat de hele dag open. Vanuit mijn ooghoeken zie ik hoe Erik daar zo nu en dan een steelse blik naar binnen werpt.

De spullen staan op hoopjes en torentjes in mijn woonkamer, een stilleven alsof de ondergang van de wereld al geweest is. We zitten doodop op mijn bank, en ineens krijgen we hevige ruzie om een rotopmerking van Erik die ik niet ga herhalen, en ook over iets lulligs dat ik niet terug had moeten zeggen. De conclusie is dat Erik thuis gaat slapen.

'Thuis?'

'Ja.'

'Sinds wanneer is jouw kamer thuis en de mijne niet?'

Ik dacht niet dat hij echt zou gaan. Ik dacht dat ik de situatie onder controle had, dat het in mijn handen lag om de juiste zin te zeggen met de juiste intonatie, en dat, zodra ik dat deed, alles weer in orde zou zijn.

Maar de situatie is dat hij tegen de dozen aan loopt te trappen, en dat hij naar zijn jas zoekt.

Ik zeg: 'Waar heb je nu een jas voor nodig?' Maar daar zitten z'n sleutels in. Hij vindt hem verdomde snel tussen de rotzooi, en voor ik het weet rent hij ermee de trappen af, zonder afscheidszoen of wat.

Ik hoor hem bonken op de treden. Het is een gehorig huis.

Als het bonken stopt blijf ik luisteren of ik ook een deur hoor, maar het enige wat ik hoor zijn geluiden van de straat. Nieuwe geluiden. Meisjesstemmen, trams, een opgewonden motortje. Ik steek mijn hoofd naar buiten om te kijken wat voor iets dat is.

Een grote vrouw in een te strakke denimjurk maait het gras, een gazon met struiken aan de randen, paarse en witte bloemetjes, en verder veel potten met planten. Ze maakt telkens kleinere ronden, tilt met haar dikke blote armen steeds het snoer op om te voorkomen dat ze het af maait.

Ik zet me af tegen de vensterbank en ren de gang op om aan de andere kant van het huis, waar de voordeur is, uit het raam te kijken. Beneden op straat staan een stuk of tien fietsers voor rood te wachten. Omhooggeschoven zonnebrillen in de haren. Een man roept onaardige dingen over iemand z'n moeder. Erik staat er niet tussen.

Ik probeer een rationele houding aan te nemen.

'Elenoor,' zeg ik tegen mezelf, want zo heet ik, vernoemd naar de lelijkste presidentsvrouw uit de Amerikaanse geschiedenis, Eleanor Roosevelt. Mijn vader was een groot bewonderaar van Franklin Delano Roosevelt, de enige Amerikaanse president die drie keer is herkozen.

Elenoor, een compromis. Mijn moeder wilde een gewone Hollandse naam.

'Elenoor,' zeg ik. Ik bedoel Noor, want niet alleen heb ik mijn fladderige jurkjes niet meeverhuisd, ook ben ik van plan mijn naam te snoeien tot iets wat stoerder is, puntiger, als de boor van de Noord-Zuidlijn die ook Noor heet, en die voor het boorwerk nog gezegend is door een pastoor met een groene bouwhelm op, dat hebben we dit voorjaar op de televisie kunnen zien. Ik vind het wel de naam van iemand die zich thuis voelt op de wereld door hem te verbeteren.

'Noor,' zeg ik dus tegen mezelf, 'tussen Erik en jou gaat het op het ogenblik wat minder. Later lach je erom. Nu moet hij even aan de nieuwe situatie wennen.'

Uit de keuken klinkt muziek, klassieke muziek. Ik klop er aan met bonzend hart, ook al is het nu mijn eigen keuken. In de schemer zit een reusachtige figuur, onderuitgezakt op een stoel. Het hoofd scheef. Hij zit aan het bier, er staan allemaal platgeknepen blikken bij zijn stoelpoten, halve liters Warsteiner. Ik zie ze onder de tafel door.

'Ha Elenoor,' zegt Alexander. Hij beweegt zijn bierblik op de maat van de muziek.

'Hoi,' zeg ik. 'Zeg maar Noor.'

Daar reageert hij niet op. Ik aarzel voor de ijskast.

'Vind je 't oké als ik ook een biertje pak?'

Alexander knikt. 'Help jezelf.'

Was dit een studentenhuis, dan zou alles er in het viervoudige staan. Vier pakken melk met namen erop en streepjes tot hoe ver ze waren leeggedronken. Deze koelkast lijkt die van één persoon. In de groentelanden zit het bier, er is goed ingekocht. In de deur staat reformjam en een fles slasaus van een onbekend merk. Voor de rest zakjes met wit spul erin.

'Ik doe even het licht aan,' zeg ik.

We proosten over de tafel. 'De eerste dag van mijn nieuwe leven!'

Alexander kijkt me aan en knikt. Hij stelt vast dat het warm is, vervolgens dat hij op onweer had gehoopt.

Ik knik.

Alexander is veel te groot voor de keuken. Hij zit achter de tafel, maar steekt er aan alle kanten uit. Zijn vrije arm ligt over de leuning van een lege stoel. Het geel van zijn haar vloeit mooi over in het geel van de poster tegen kernenergie. Tegen mijn stoelpoot wriemelen tenen in witte badstof sokken. Ik heb wel eens gelezen dat als je lijf alsmaar groter wordt, je geest dan afstompt. Omdat het ondoenlijk is om op alle fronten tegelijk van het gemiddelde af te wijken.

Na een tijdje begint hij weer te praten. Dat Brahms uit een arm gezin kwam. Dat hij populaire liedjes speelde in kroegen en bordelen om bij te verdienen voor zijn ouders. Dat hij, Alexander, niks met armoe heeft.

Ik zelf zeg weinig. Dat soort dingen over componisten weet ik nooit precies, en ik kan sowieso slecht praten en muziek luisteren tegelijk. Of ik vind het mooi, zoals nu, en dan wil ik luisteren, of ik vind het niet mooi en dan hoef ik het niet te horen.

'Dankzij de muziek kan ik urenlang in een weldadige stemming blijven,' zegt Alexander.

Dat zegt hij echt. Geen van mijn vrienden zegt ooit 'weldadig', het is meer een woord voor in een boek, of iets wat je zegt over een warmwaterbad. Op de trage manier waarop Alexander het uitspreekt, met aan het einde wat spuug, klinkt het als iets waarnaar ik ook verlang.

Hij vindt het een leuk gesprek, denk ik, want hij heeft het helemaal niet in de gaten dat de cd is afgelopen. Pas als ik vraag wat voor andere dingen hij luistert, zet hij een nieuwe op.

Weer Brahms.

Na elke slok smakt hij met zijn lippen en veegt hij met zijn elleboog het schuimrandje van zijn bovenlip. Een paar seconden dirigeert hij de nogal treurige muziek, met kleine hoofdbewegingen. Dan neemt hij weer een slok.

'Dat ik dik ben,' zegt hij, 'komt van de feta.'

'Die witte zakjes in de koelkast, dat is feta. Ik ontbijt ermee.' Hij verfrommelt zijn bierblik en staat op om een nieuwe te pakken.

'Je lichaam heeft de eiwitten nodig. Er zitten toch ook eiwitten in.'

'Ja,' zeg ik. 'Best een aantal.'

Bij het lichaam van Alexander verwacht je het beroep van havensjouwer, of kok, of iets basaals in de agrarische sector. Je denkt niet aan een verpleger in een tehuis voor mensen in hun laatste levensfase. En toch is het zo: hij werkt in een sterfhuis.

Vandaag hadden ze een hitteprotocol: de gordijnen dicht, lepeltjes vloeibaar voedsel, veel drinken, controleren of de plas niet te geel wordt. Oude mensen willen nooit drinken, ze zijn bang om eruit te moeten 's nachts.

'In zo'n tehuis voel je pas echt dat je leeft,' zegt hij. Hij wil die mensen daar, tussen de infuuskarren met de slangetjes en de omgekeerde flessen, nog een laatste keer een goed gevoel meegeven. 'En juist omdat je weet dat dat bij die mensen de allerlaatste keer is, voel je het contrast zo. Dat van jullie tweeën alleen jij kan zeggen, wanneer het een kutgesprek wordt: een volgende keer beter.'

'Vind je het niet moeilijk om te zien?'

Hij haalt zijn schouders op.

Na een slok zegt hij: 'Vorig jaar zag ik een paard met de hik. Dát was moeilijk om aan te zien.'

Ik knik. Nietzsche, weet ik, had ook medelijden met een paard.

'...Als ze een goede dag hebben, rij ik ze naar de huiskamer, of 's zomers naar het betegelde terrasje uit de wind. Dan zet ik ze bij de tafel waar een thermosfles met koffie staat, met de melk er al doorheen.'

Zoals hij ze beschrijft, zie ik ze zitten, de oude lijven, rimpelig als oude appeltjes, stervend in het zonnetje. Ik herinner me oma Bokkenpoot op het laatst. Ze rook niet fijn en ze krabde op rare plekken. En altijd moest ik iets van haar eten wat ze zelf net had aangeraakt. In haar geval was er geen sprake van een zich opofferende dochter, dus kwam er allerlei vreemd volk over de vloer. Als ze geld nodig had schreef ze haar pincode op de krant. Ze stierf ineens met schulden.

'Een paar jaar terug zaten we nog in het oude pand,' zegt Alexander dromerig. 'Dat was echt prachtig, mooie kamers, uitzicht op de Amstel. Nu zitten we op een soort industrieterrein.'

'Waarom zijn jullie verhuisd?'

'Te duur natuurlijk. Alles wordt toch uitgekleed? Op papier lijkt het nog heel wat, maar in de praktijk is het verschrikkelijk. Die oudjes weten niet waar ze voor tekenen, anders zouden ze het nooit doen. Ze hebben het allemaal over zo'n aardige man die hen daarbij zo goed heeft geholpen. Ik persoonlijk vind dat verdacht. Als er een officieel onderzoek zou komen, komt er volgens mij een hoop boven tafel dat niet deugt.'

'Maar als dat zo is,' zeg ik, 'dan moet je zorgen dat er zo'n onderzoek komt. Dat is dan je plicht.'

We praten over verantwoordelijkheid, en ik vind het wel goed klinken wat ik zeg. Op het moment dat Alexander bukt om het zoveelste lege blik onder zijn stoel te leggen, strek ik mijn hals om in het raam achter hem, dat vanwege het schemerdonker spiegelt, te controleren of mijn haar mooi valt, en om de volwassen denkrimpel bij mijn wenkbrauwen te bewonderen.

De andere huisgenoten laten zich al die tijd niet zien. 'Zitten ze in het park?' vraag ik. 'Lauwe rosé te drinken op een dekentje?'

'Misschien.' Ze komen het Alexander niet steeds zeggen wat ze gaan doen. 'Heb jij iets met het park?'

'Het Oosterpark? Ik ben er alleen nog maar langs gelopen.'

'Volgens iedereen hier gebeuren er fantastische dingen,' zegt Alexander. 'Muziek en zo. Festivals. Van mij mag dat hele park eraan.'

'Eraan?'

'Zeg het maar niet tegen de anderen. Die komen er als een beter mens weer uit. Ik kan er niet "zomaar" doorheen lopen, simpel genietend van al dat groen, of lekker verzonken in gedachten. Ik loop er alsof ik langs een afgrond loop, en als ik ergens ga zitten, voelt het alsof ik op iemand z'n plek zit. En dan die slijmerige grijze vijver...'

Ik schiet overeind, knoei met mijn bier, het loopt over mijn polsen.

O, het genot zo iemand te leren kennen. Iemand die denkt zoals ik!

'Ik struikel altijd over alles,' zeg ik. 'Ik stoot mijn voeten tegen tegelnaden. Altijd weer.'

'Het ergste zijn de kinderen die zich ineens verhalen herinneren van een creep achter een bosje,' zegt Alexander.

We praten door tot het alweer bijna licht wordt. Brahms en Warsteiner dragen nog meer bij aan de stemming. Het minste of geringste ontroert me, een trillerige snarenstreek is al genoeg. Ik maak een foto van Alexander met mijn nieuwe iPhone 4, waarvoor ik samen met Fiona in de rij heb gelegen, iets wat wij van de Apple-familie nu eenmaal doen.

Helaas is het licht niet goed. Alleen als je heel goed kijkt, zie je een schim achter de tafel.

12

Wat mijn oude huis betreft: ik heb gewoon de deur achter me dicht-
getrokken. Het enige wat mij spijt is dat ik er mijn wasmachine ach-
terlaat. Een Miele, echt kwaliteit, en nog lang niet op. Hier neerzetten is geen optie, vanwege de milieuprincipes in dit huis. Ik heb
nog met de gedachte gespeeld om het aan de orde te stellen, maar ik
voel dat ik op mijn tellen moet passen. Zodra ik er officieel woon, en
alles zwart op wit heb, begin ik er misschien wel een keer over.

Erik had mijn wasmachine met alle andere spullen mee willen
verhuizen, hij vindt dat ik voor mijn eigen opvattingen moet staan.
Als dan blijkt dat het niet matcht (dat ik er niet tussen pas), dan
moet ik mijn conclusies trekken (er niet gaan wonen), maar ik wil
er wél wonen, en dus ben ik degene die zich aan moet passen. 'Als
je maar weet dat ik niet nog een keer apart voor dat ding ga rijden,'
had Erik gezegd.

Ik ga eerst voorzichtig Alexander aan mijn kant proberen te krijgen door te zeggen dat die wasmachine al bestaat. Dat het er niet
om gaat om er eentje te kópen, maar dat een nog prima apparaat
anders zomaar weggegooid moet worden. Als dat lukt, is het al
twee tegen drie.

Ik kom om het kwartier in de keuken. Maar Alexander laat zich
niet meer zien.

Wie wel thuis is, is Annerie. Ze helpt me bij het in elkaar zetten van
mijn bed. Ze denkt dat het hier heel mooi gaat worden. Mijn spullen vindt ze stuk voor stuk heel mooi.

Uit een doos komt een ingelijste foto en een vergeelde encyclopedie.

'Wie is dat?' vraagt ze. 'Je vader?' Ze wijst naar de foto die ik op
mijn bureau zet. We kijken er samen naar. Een wat overbelicht
hoofd met weinig haar tegen een groengeruit tuinstoelkussen. Het
glimlacht wanneer je lang genoeg kijkt, van het plannetje dat erin
zit. Herbie staat hier op het punt om iets over dat plan te gaan zeggen, vanbinnen is hij al begonnen.

'Wat kan jij nu voor belangrijks hebben,' zei mijn moeder met
haar aandacht ergens anders. Ze was bezig de functies uit te proberen van haar nieuwe fototoestel.

Haar opgetrokken wenkbrauwen. 'Een missie, in Amerika?' Ik
hoor het haar nóg zeggen.

Mijn vader antwoordde dat het altijd hetzelfde was met mooie
plannen, dat er altijd wel iemand was die ze weer verpestte.

'Gek dat je aan zo'n foto meteen kan zien dat hij nu dood moet
zijn,' zegt Annerie. 'Net als bij oorlogsslachtoffers. Heftige ogen,
zeg, een beetje een wantrouwige blik, als ik het zeggen mag.' Ze
duwt de foto bijna tegen haar neus. 'Je lijkt van geen meter op hem.
Of het moet jullie loopje zijn.'

Ik mag haar ook Lollipop noemen, als ik wil. Voor haar moeder en
een paar vriendinnen heet ze zo, en ze laat het altijd aan de mensen
zelf of ze Annerie willen zeggen of Lollipop.

Even overweeg ik tegen haar over de wasmachine te beginnen,
maar ik zie er toch van af. Ze heeft te veel tijd om erover na te denken.

Als we klaar zijn met het bed, laat ze mij háár kamer zien.

Licht stelt ze niet op prijs, want de gordijnen zijn dicht. Dunne,
felle lichtstrepen met twinkelende stofjes komen door de kieren.

'Tijd om te chillen,' zegt ze. Met de ogen dicht en haar mond
scheef ploft ze neer op een bank die ook als bed gebruikt lijkt te
worden, het dekbed ligt te luchten over de leuning. Boven de bank
hangt ze zelf, als poster. Zwart-wit, bloedmooi.

Tussen twee manshoge kamerplanten staat een schommelstoel
met kussens van corduroy.

'Ga jij daar maar zitten.' Met nog een stoel, eentje met een hoge rugleuning, zijn het de enige meubels. Verder is er alleen nog een vissenkom op een kist, en een piepklein laag tafeltje met een lel van een asbak, resten van een joint. Op de planken vloer is het een wirwar van snoeren die nergens naartoe gaan.

De hele kamer is groen, de muren, de meubels, tot en met de lavalampen toe.

Alleen een zacht regentje ontbreekt.

Annerie begint over Reve en Mattheo, dat ze zo op zichzelf zijn. 'Ik heb niks tegen homo's. Maar áls ze al thuis zijn, zitten ze altijd met de deur op slot.'

Ze weet niet waarom Mattheo is zoals hij is. Zo stil, bedoelt ze. 'Hij heeft snel moeilijkheden door zijn buitenlandse uiterlijk. Misschien daardoor.'

'En Alexander?' vraag ik.

'Alexander heeft ook de deur dicht.'

'Waarom noemt Reve hem zuster?'

'O, dat! Dat is uit een gedicht. Hij zegt ook weleens zuster Imma-nog-wat... Toe...? Help me! Immaculata, kan dat? Je moet het Reve zelf maar vragen.'

Ze wil alles weten over Erik. Hoe oud hij is, wat hij neemt als ontbijt. Ze heeft hem bij het verhuizen goed kunnen bekijken. Ze vindt hem er 'ontzettend intrigerend' uitzien.

Zachtjes schommelend kijk ik naar de vissen. Zwarte vissen met bolle ogen en een waaierende staart. Intrigerend. Goh. Mezelf verplaatsend in Annerie, zie ik Erik zoals zij hem heeft gezien, sjouwend met dozen, een tikje humeurig, met trillende spieren in de hitte, zonder te weten hoe hij praat, vrijt, zijn boek vasthoudt, zonder al die film- en oorlogsballast. Gek, hij komt me ineens vreemd aantrekkelijk voor. Ik kijk op mijn telefoon hoe laat het is. Op dit moment is hij aan het roeien.

Een van de vissen zakt steeds verder naar de bodem, en zwemt door een grotje van groen plastic dat op de bodem van de bak is neergezet. Aan de achterkant van het grotje stijgen belletjes op.

'Ik ben opgegroeid met dieren,' zegt Annerie. Ze sluit haar ogen. 'Woestijnratten, marmotten, gekko's, een geit. Vooral mishandelde of gebrekkige. De geit leed bijvoorbeeld aan slapeloosheid. Ik ben bang dat ik een beetje te wreed voor haar ben geweest. Als ze eindelijk een keer een uurtje sliep, vond ik het leuk om boe te roepen bij haar oor. Voor mijn moeder waren het haar kinderen. Bij slecht weer mochten de kippen in de keuken. De geit ook, maar die wilde nooit. We hadden een geit die nog liever regen had dan mijn moeder.'

Ze gaapt. 'Mijn hele jeugd had ik overal bulten. Op school noemden ze me "de bult". En een papegaai hadden we. Die heeft mijn moeder nog. Hij zegt "Lollipop", maar hij zegt het tegen iedereen die de kamer binnenkomt.'

Ik staar naar de groene bellen van de lavalamp. Ik luister naar Annerie die nog steeds over dieren praat, en naar de geluiden van de woonlagen onder en boven ons. Iemand trekt twee keer achter elkaar door. Ergens staat een televisie aan.

'Mijn oma had een schildpad,' zeg ik. 'Daar speelde ik mee toen ik klein was. Toen hij dood was, speelde ik met het schild.'

'Tggg,' doet Annerie. Ze rolt intussen een joint.

Zoals ik al dacht heeft Annerie geen baan op het moment. 'Het leven is veel leuker zonder die geldverdienshit.' Een tijdje werkte ze in een deftige modezaak, maar ze is ontslagen omdat ze steeds liet doorschemeren dat ze de kleren te mooi vond voor de klanten. Ze solliciteert wel, maar niet overenthousiast. 'Anders denken ze dat je voor hetzelfde geld wc's schoonmaakt.'

Het is aangenaam in deze kamer. Op een uiterst prettige manier word ik erdoor omarmd. Het is alsof niet ik de kamer ben binnengegaan, maar alsof de kamer zich om mij heen drapeert, en ik snap ineens erg goed waarom Annerie er zo weinig naar solliciteert om ergens anders te zijn dan hier.

'Iedereen geeft altijd zo af op hippies,' zegt Annerie peinzend met scheve mond. 'Tegenwoordig moet je op de Zuidas werken, trouwen en hypotheken nemen. Ik snap niet waarom dat is.'

'Ik ook niet.'

'Je hebt wel iets intelligents over je,' zegt Annerie. 'Zoals je daar zit.'

Maar er is toch iets veranderd. Ze begint opeens snel te praten, op een vage, ruzieachtige toon. Ze knijpt haar ogen tot spleetjes. Iemand heeft iemand vreselijk onrecht aangedaan. Door verkeerd te kijken, of zoiets.

'Als je zoiets wordt geflikt,' zegt ze keer op keer. 'Dan vertrouw je nooit meer iemand. Snap je dat? Ja, jij snapt dat wel.'

'Wie dan?' vraag ik.

Omdat ze daar niet op ingaat, zet ik mijn vraagtekengezicht, wat haar op een of andere manier nog meer opzweept. Ook de klank van haar eigen stem, inmiddels een en al verontwaardiging, voedt haar woede en het is onduidelijk of dat nu allemaal van die joint komt of dat er iets is gebeurd wat haar van streek heeft gemaakt.

Ik voel me een beetje onbehaaglijk. Voor hetzelfde geld keert die woede zich tegen mij.

Eindelijk vallen er een paar namen: Katelijne, Alexander. Een combinatie die me mateloos intrigeert. Ik wil graag meer over dat 'verkeerd kijken' horen, maar besluit het toch maar niet te vragen. Als ze weer begint te praten, is ze van onderwerp veranderd.

Ik bedenk dat Annerie verder niets over Alexander heeft gezegd, alsof hij iets onaangenaams is wat vanzelf verdwijnt wanneer je er geen aandacht meer aan schenkt.

'Hoe staat het leven?' vraag ik aan Erik door de telefoon.

Ik sta voor mijn raam. Ik heb nog geen gordijnen. Een buurjongen uit de zijvleugel en ik kijken elkaar steeds per ongeluk aan.

Ik ben zo blij met mijn nieuwe huis dat het aanvoelt als ontrouw zijn. Ik moet oppassen dat mijn mond niet gaat openhangen van geluk.

'Ben je nog steeds een beetje mmmeuh? Of kan ik alweer langskomen?'

'Ach rot toch op.' Maar daarna trekt Erik weer bij. 'Kom maar langs dan.' Hij is toch thuis aan het werk.

'Ik weet zeker dat het ons iets brengt,' zeg ik. 'Schuif op.' Ik ga dicht tegen hem aan zitten op zijn lekkere grijze bank. Mijn handen zijn het al aan het goedmaken.

'Nou, dat zou een hele verrassing zijn.' Ik zie aan Eriks stuurse manier van kijken dat er heel wat zelfbeheersing voor nodig is om niet meteen iets akeligs te zeggen over de woongroep, haar principes, keuken of muziek.

Het simpelst zou het zijn als hij nu 'ik hou van jou' zegt. Daarna zou ik het ook zeggen. Of misschien zal ik, omdat een simpele herhaling te gewoontjes is, 'Jij bent mijn allerliefste' zeggen. Het blijft sowieso een beetje stom om je liefde uit te drukken met woorden die je ook gebruikt voor bolognesechips of Woody Allen.

In plaats daarvan zegt Erik dat ik dat niet meer moet doen, een paar dagen niks van me laten horen.

'Jij liet anders ook niks van je horen.'

Hij slaat zijn arm niet om me heen. Daaraan merk ik dat hij me niet een-twee-drie vergeeft. Hij weet dat ik zijn arm wil, dat ik hem verwacht en als het ware al kan voelen.

Het is ook niet niks. Van een vriendin die praktisch bij hem inwoonde naar een volledig zelfstandige vriendin. Ik moet opletten dat ik dat niet vergeet.

'Is dat nou nodig, zo'n huis?'

'Ja, het is nodig. Het is belangrijk.'

'Praat eens wat harder. Zo versta ik je toch niet.'

'Nu alleen nog wat gezelliger kijken,' zeg ik. 'Kan er al een lach af?'

Ik pak een arm, stroop zijn mouw op en bijt zachtjes in het vlees. 'Lekker ben jij,' zeg ik. 'Ongelofelijk lekker. En intrigerend.'

'Ha,' zegt Erik. 'Intrigerend!'

'Ik heb je gemist!' ga ik verder. 'Je heerlijke geur, je stevige lijf, je grapjes.'

'Ga door, ga door,' zegt Erik. 'Ik hang aan je lippen.'

Maar meer complimenten geef ik niet, dan krijg je ontwaarding.

'Nu je er toch bent,' zegt Erik. 'Ik heb nogal lang aan mijn script gezeten vandaag. Zou je de bovenkant van mijn schouders een beetje kunnen masseren?'

Zijn shirt heeft hij al uit.

'Ga eens wat naar voren, zo kan ik niet werken.'

'Au! Scherpe nagels.'

We gaan liggen, zoals altijd, dus is alles denk ik weer goed. Erik vertelt me dat de holocaustontkenning begonnen is bij Heinrich Himmler, die al in 1942 de massagraven in Oost-Europa liet opgraven om de slachtoffers van de *Einsatzgruppen* in brand te steken. Je kunt dus stellen dat de ss-top heel goed wist dat het niet deugde wat ze deden, ook al geloofden ze nog zo hard in hun eigen ideaal. En dat je nu in Duitsland vijf jaar kunt krijgen voor het verspreiden van de *Auschwitzlüge* en in Oostenrijk tien jaar.

13

De volgende dag loop ik langs het water terug van Eriks huis naar het mijne. Een wandelingetje van een kwartier. De Mauritskade is een mooie kade, met aan de overkant van de Singelgracht kazernegebouwen uit de tijd van Napoleon, en daarnaast een aantal nieuwbouwflats. Op een van die flats staat, verscholen achter een dikke boom, een beeld van een gouden danser op het dak – gouden armpjes in de lucht. Ik kan hem niet goed zien, maar ik weet dat hij er is, als ik hardop 'aansteller' zeg in het voorbijgaan.

De hoofdingang van het Elisabeth is ook aan de kade. Ooit is het een prachtige entree geweest, met stenen treden en pilaren, echt een doorgang voor een regentes met een hoed. Inmiddels ziet het eruit alsof de ingang niet meer wordt gebruikt, al staan er vlaggen bij van het hotel. Kan je daar dan toch naar binnen?

In de hoge, statige deuren is een kleine deur gemaakt. Hij gaat inderdaad gewoon open, zelfs zonder sleutel. In het smalle halletje erachter stinkt het naar tabak en naar iets mufs. Tot mijn verrassing past mijn buitendeursleutel op de volgende deur, en ik kom via een gangetje uit in een ruime hal met hoge ramen, een gewelfd plafond en een marmeren trap die meer iets is voor een museum. Ik snuif. Er hangt een niet helemaal thuis te brengen schimmelige geur. Als aarde onder een steen. Er is een deur naar een binnentuin: struiken en heesters rond een vierkantje grind.

Ik beklim de trap. Boven is er nóg een prachtige grote hal, met een gang naar een zijvleugel, een balkon boven de binnentuin, en verder nog wat deuren die allemaal gesloten zijn. Een daarvan gaat naar onze woongroep. Ik kan het zien aan de zwabber die ik tegen het ruitje te drogen heb gezet. En inderdaad, mijn gangdeursleutel past erop.

Ik laat de deur weer in het slot vallen en kijk de hal nog eens rond. Op een oude piano na is de ruimte leeg. Het is bijna niet te geloven dat ik op mijn eigen verdieping kom, na het beklimmen van zo'n mooie trap, helemaal in de sfeer van 'altijd zo geweest'. Ik neem me voor om zo vaak mogelijk deze trap te nemen. Ook gewoon om het traplopen zelf. Een soort sporten, maar dan puur.

Twee vrouwen uit de andere vleugels lopen achter me aan naar beneden. Ze fronsen hun wenkbrauwen als ik me na de laatste tree omdraai en weer terug naar boven loop. Mijn glimlach wordt niet beantwoord. Ze vinden het zichtbaar vreemd dat ik de trap gebruik om nergens naartoe te gaan.

Bij de dertiende beklimming merk ik dat ik geruisloos ben gaan lopen. Midden op de trap blijf ik stilstaan.

Een tikkeltje zenuwachtig kijk ik om me heen. Alles, muren, vloeren, zoldering, is vaalwit of loodgrijs. De ruimtes onder en boven me zijn kaal, de hoeken donker.

In mijn buik begint iets te bewegen, iets wat langs mijn rug naar boven kruipt. Het slaat om in iets kouds wat de grijze hal tot de nok toe vult.

Ondanks de stilte ben ik hier niet alleen.

Met gespitste oren blijf ik een tijdje staan, op mijn lippen bijtend van de plotselinge kou.

De weesmeisjes. Ik kan hun aanwezigheid voelen.

Annerie vraagt of ik met haar meega naar een café op de Zuidas. Ze heeft gehoord dat je daar rijke mannen kan versieren.

'Jij?' zeg ik oprecht verbaasd. 'Een bankier?'

Ze zegt snel dat het maar een grapje is, een test of zoiets. Op haar telefoon zoekt ze alweer naar een vegetarisch café in de Indische buurt waar ze mij mee naartoe gaat nemen.

Annerie loopt de hele tijd iets te zoeken, sigaretten, kleren, een man, iets leuks om te doen. Op het moment is het haar bananen-clip. Omdat ze zonder de deur niet uit kan, zoek ik met haar mee. Hij is donkerrood en hij kan overal liggen. Ze vindt hem op haar kussen, maar hij lijkt het vinden niet waard te zijn, want het zoeken begint alweer van voren af aan. Als ik het vraag, weet ze niet meer naar wat of wie ze op zoek was. Dan gaat ze de keuken opruimen, wat inhoudt dat ze bij iedereen aan-klopt om te vragen van wie de afwas is.

Ik begin eraan te wennen dat ze het uiterlijk heeft van Modesty Blaise, maar niet het karakter.

Modesty Blaise is in de Tweede Wereldoorlog als zesjarig wees-kind uit een Balkankamp gevlucht. Ze wist in de wildernis te over-leven, kwam in Tanger terecht, waar ze zich bij een gevaarlijke ben-de voegde. Sindsdien is ze nooit te beroerd om als detective welke rotklus dan ook op te knappen. Samen met vechtersbaas en speur-hond Willie Garvin, met wie ze zwarte koffie drinkt (*a gallon of black coffee just like the good old days*) en die haar *princess* noemt. Een knappe, avontuurlijke prinses.

Annerie zou ook een prinses kunnen zijn, maar haar talenten zijn meer geschikt voor het behagen van de sultan van Agrabah dan voor het ontfutselen van de lamp uit de grot der wonderen.

We zitten in de keuken. Annerie heeft iets aan wat aan een nacht-pon doet denken. Ze wil dat ik eerlijk tegen haar ben. Ik moet zeg-gen hoe ik tegen hardcore veganisme aankijk, maar ik ben op mijn hoede en geef expres vage antwoorden. Dan moet ik mijn oordeel geven over haar Hindoestaanse vriendin die 27 is en al een kind gaat krijgen, terwijl ze nog elke dag ruziemaakt met haar vriend. Ze pakt haar telefoon. 'Kijk hier, ze stuurt me de hele tijd foto's van haar dikke buik.'

Ze zegt dat ze bij mij een gezonde kijk op die dingen vermoedt.

Ik trek het gezicht van een filosoof en zeg dat ik het moeilijk vind dat zo veel vrouwen om ons heen een kind als levensvervulling zien. Nog niet zo lang geleden werd een zwangerschap nog be-schouwd als datgene wat je levensdoel juist in de weg stond.

'In de weg stond,' herhaalt Annerie. 'Ja ja.'

'En wat vind je van deze tafel?' vraagt ze, terwijl ze hem begint te strelen alsof hij tot bedaren moet komen.

'Heel mooi,' zeg ik. Als ik zie hoeveel plezier dat haar doet, wrijf ik er ook eventjes over, en voeg eraan toe: 'Je kan zien dat het geen fineer is.'

'Mahonie,' zegt ze.

Ze heeft hem een aantal jaren geleden met haar toenmalige vriend gekocht. Die vriend zat in de airconditioning, hij heeft de airconditioning met ingebouwde luchtverfrisser geïntroduceerd in de Benelux. Of in elk geval was hij een belangrijk tussenpersoon, zo niet de belangrijkste.

'Aan frisse lucht is altijd behoefte,' zeg ik.

Hij was iemand met veel ingangen en veel geld. Voor hun nieuwbouwhuis met kookeiland mocht ze uitzoeken wat ze wou, en deze tafel had ze gekozen uit honderden andere tafels. Een maand of drie heeft ze met hem in dat huis gewoond, in een Amersfoortse verkeersdrempelbuurt.

'Amersfoort is de hel,' zegt ze. 'Zeg niet dat je niet gewaarschuwd bent.'

In diezelfde tijd liep ze stage bij de Libelle Zomerweek. Dat hoorde bij de studie evenementenmanagement die ze aan het afronden was. De bedoeling was dat op dat moment het echte leven zou beginnen, maar alleen die ene week al bleek van minuut tot minuut een marteling (te veel stress) en haar vriend had haar niet of nauwelijks gesteund. Toen het eindelijk voorbij was heeft ze met haar laatste krachten haar spullen in de gang gezet, haar moeder gebeld, en zich naar een Amsterdamse woongroep laten rijden, om daar van een uitkering te gaan leven. Tegen haar ex zei ze dat hij die dure meubels in zijn reet kon steken, en ook die aircofeestjes, en nog een paar dingen.

Alleen op de mahoniehouten tafel was ze nog steeds verliefd, die mocht hij komen brengen als hij wou. En dat heeft hij gedaan. Uit schuldgevoel, zo bleek algauw. Met haar intuïtie was niks mis. Er was een collegaatje op zijn werk. 'Story of my life.'

Ze heeft meer mannen gehad dan er hier in de keuken kunnen. Of misschien past het net. Je moet ze dan wel goed aanduwen en de tafel wegdenken. 'Heb jij exen?'

'Eén,' zeg ik. 'Ramon. De anderen zou ik geen ex willen noemen.'

'Ramon,' herhaalt Annerie.

'Een Republikein met flaporen, zei mijn vader. Hij bedoelde een Republikein als in Amerika en hij had het niet op de Republikeinen in Amerika. Als die in de regering zitten, jagen ze al het geld erdoor, en als de Democraten aan de macht zijn, frustreren ze het beleid door alleen maar te hameren op het begrotingstekort. Hij had het ook niet op Ramon, om zijn gebrek aan opvattingen en elke keer nieuwe schoenen, maar ikzelf vond hem waanzinnig. Het duurde jaren voor ik over hem heen was.'

Het spijt Annerie dat ze zo weinig mensen kent met wie ze over haar toekomst kan praten.

'Alexander ook niet?' probeer ik.

'Ja, die op zich wel.' Maar dat is verder haar type niet. Ze valt op mannen met een sterke wil. Ze mogen niet onderdanig zijn. Als ik er een ken, mag ik het zeggen.

's Avonds gaan we ergens eten, 'om het te vieren'. Ze bedoelt dat ik er ben, en ik begrijp eruit dat we dat niet met z'n allen gaan vieren. Ik moet alleen zelf even voor een portemonnee zorgen, bij Annerie is de zorgtoeslag nog niet gestort.

We gaan door het park. Het heeft mooie, brede paden om te flaneren. Tegemoetkomende mannen kijkt Annerie in de ogen, een beetje sloom, en met de tevreden glimlach van iemand die weet wat ze waard is, en het die mannen niet kwalijk neemt wat er daarbij het eerst in hen opkomt.

'Mooi toch, die torens van het Tropenmuseum zo boven die bomen?' Ze wijst naar de koperen uien op de spitsen. 'Ik vind al die culturen, maskers en zo, geweldig. Reve zegt dat er in de oorlog joden in die uien hebben gezeten. Ik denk niet dat het waar is. Hoe kwamen ze dan aan eten? Maar ik kan niet meer langs die uien lopen, zonder te denken: joden. Ken je dat?'

'O ja,' zeg ik. 'Dat ken ik.'

'Help onthouden dat we zo nog even bij het hotel langsgaan,' zegt Annerie. 'Het wc-papier is op, en bij het hotel hebben ze losse rollen die je in je tas kan steken.'

We staan voor een avondwinkel, maar ik begrijp dat het hotel iets imperialistisch is, wat we zoveel mogelijk moeten benadelen. We kijken naar een knappe, slanke man met een aktekoffertje en een vouwfiets. Hij loopt naast een oudere man met een snor die het woord voert. De knappe man mag dan knap zijn, aan zijn houding zie je dat hij geduldig kan wachten, knikken, overwerken. Te weinig eigen wil. Ik kan mannen al aardig met Anneries ogen bekijken.

In de vensterbank bij de Japanner liggen plastic modellen van de sushi's die je er kan kopen. Je kan er alleen niet zitten. Dan gaan we wel op de stoep zitten.

'Katelijne zou hier nooit mee naartoe gegaan zijn,' zegt ze. 'Maar jij bent anders. Dat zag ik direct.'

Ik steek een maki met komkommer in mijn mond zonder iets te proeven, haar mening houdt me bezig. Is het een compliment?

Op de terugweg gaan we weer door het park. Nu is het er veel minder leuk. In de hoek staan donkere mannen tegen elkaar te schreeuwen. Misschien zijn ze ver van huis en schreeuwen ze naar de maan. Twee alcoholisten laten hun honden met elkaar vechten.

'Niet terugkijken,' zeg ik tegen Annerie.

De zwerver van de frikandel is er ook, die man is verdomme overal. Ik doe Annerie voor hoe ik hem niet zie.

Annerie gaat nog even naar de wc in het hotel. Ik wacht bij de ingang. Een van de serveersters komt juist naar me toe als Annerie terugkomt met een bolle tas vol rollen wc-papier. Ze snijdt het meisje glimlachend de pas af en loopt de deur uit als iemand die zojuist een hotel heeft gekocht en het nu wel eens van de buitenkant wil zien.

14

'Kijk,' zeg ik tegen Erik.

Ik draai een rondje in mijn nieuwe trui. Hij is islamitisch groen, en er staat een boom op. Het loof van de boom bestaat uit een groot vredesteken dat is opgevuld met tientallen miniatuurvredestekentjes. Eronder staat in Efteling-letters: PEACE.

'Het bloesje dat je net aanhad, vond ik leuker,' zegt Erik. 'Je hebt je computermannen wel verwend vandaag.' Hij pakt een aardappelmesje uit een la en snijdt het prijskaartje van de trui af, iets wat ik tot zijn ergernis altijd vergeet. Bij het koken komen er meteen een paar vlekken op en in Eriks wasmachine was ik het nieuwe eraf.

Ik heb ook een keer met de trapwasmachine gewassen, wat eigenlijk prima ging, al was het wel een gesjouw om naderhand de bak met water leeg te kiepen en opnieuw te vullen voor de spoelronde. Toen alles gespoeld was, had ik het kletsnat opgehangen aan een van de wasrekken, waarna we dagenlang met stroompjes water zaten in de gang.

'Wringen,' zeiden ze. Dat ik niet snapte dat ik had moeten wringen.

Wringen was een kutwerkje, inderdaad, maar als je het niet deed dan kreeg je dit: een perfecte aanleiding om de waskwestie aan de orde te stellen.

Eerst vertel ik, zoals ik van plan was, tegen Alexander over de wasmachine in mijn oude huis. Hij staat er maar, ongebruikt. Nog helemaal goed, en nu moet hij zomaar het milieu in. Maar Alexander heeft geen argumenten nodig, hij is er onmiddellijk voor, en zo gaat het ook bij de anderen. Iedereen kijkt verlangend uit naar een machine met waskracht en een stekker.

'Moet je horen,' zeg ik tegen Erik. 'Niemand heeft het over de aarde en dat we vergeten zijn waar onze energie vandaan moet komen.'

'Slappe hap,' smaalt Erik. Voor principes kan hij op zich nog wel bewondering opbrengen. Mensen die niet consequent zijn, daar heeft hij niks mee.

'Niemand is consequent,' zeg ik, en ik maak daarbij een rond ge baar met mijn armen, om maar aan te geven dat de wereld de sokkel is waar de inconsequentie op rust.

Het trapding zetten we voor 25 euro te koop op een woongroep-site en daarna op Marktplaats, en dan nog een keer op Marktplaats voor maar twee euro vijftig. Na anderhalve week wil nog steeds niemand hem hebben. Alexander en Reve sjouwen hem het huis uit. Annerie hangt er een briefje op hoe je de trommel openkrijgt, want dat is een handigheidje. Na vier dagen is hij eindelijk weg.

Alexander stopt als eerste zijn kleren in de nieuwe machine. Verrukt kijken we naar het ruitje waarachter zijn hemden en broeken in een lekker schuimend sopje beginnen te draaien en te klotsen.

Reve en Mattheo komen thuis met de wekelijkse biologische groentetas die ze hebben opgehaald. Ze blijven ook kijken, en dan komt ook Annerie die toevallig naar de wc moet, en we kloppen om beurten op de machine en lachen erbij als vrouwen in jarenvijftig-reclames.

'De grootste uitvinding sinds het wiel,' zegt Reve.

'Ja ja,' zegt Annerie. 'Natuurlijk.'

'Wat is dan volgens jou de grootste uitvinding?'

'Een heleboel dingen. Weet ik het. De stelling van Pythagoras. Zoveel.'

'De stelling van Pythagoras is geen uitvinding,' zegt Reve. 'Die bestaat al sinds de oerknal. Ze moesten er alleen nog even opkomen.'

'Het zit hem niet in een wasmachine,' verzeker ik Erik. 'Als we alle tijd die we hiermee besparen stoppen in de revolutie, is de wereld uiteindelijk beter af.'

'Welke revolutie?' vraagt Erik honend.

'Komt nog.'

Ik koop alvast een iets te dure spijkerbroek met vale plekken en kleine scheurtjes, waarin ik eruitzie als iemand van de straat. *Now is our Time*, staat er op de kartonnen label. En: *This Country was not built by Man in Suits*.

Als je jezelf verandert worden de veranderingen de waarheid. Eerst voor degenen die je pas hebt leren kennen, daarna voor jezelf en ten slotte voor je oude vrienden die nog eerst een tijdje doen alsof alles nog bij het oude is.

Bij de H&M twijfel ik over een groene palestinasjaal, maar ik leg hem weer terug. Die is een beetje te.

Erik ziet alles met lede ogen aan. Hij klaagt dat hij bij ons niet naar de douche kan lopen in zijn blote reet.

Zelf heeft hij nog nooit in een studentenhuis gewoond, al sinds zijn zeventiende heeft hij een eigen appartement.

Hij was nog een puber toen zijn vader ervandoor ging met een meisje van 23 van sales. Zijn vader deed toen nog in zorgartikelen, antikrabwanten, steunzolen, op maat gemaakte stoelen, spullen voor mensen die voor eens en altijd van het gelazer af willen zijn. *Jan de Herder. Producten voor het leven* stond er op zijn brochures. En: *Jan de Herder. Zorg voor vrijheid.*

'Probleemartikelen' komt dichter bij de waarheid.

Erik bleef bij zijn moeder wonen, maar werd al snel zo gek van haar nieuwe dates dat hij het huis uit wilde. Zijn vader kocht voor hem een studio aan het Waaigat, waar hij nu nog steeds voor niks in woont.

Met af en toe een reclameklus verdient Erik al genoeg voor de dagelijkse sigaretten en tijgerbrood met kaas. De rest van zijn tijd gaat op aan de bieb, zijn film, de krant, het sporten en aan mij.

Inmiddels is Eriks vader eigenaar-directeur geworden van een zorginstelling met een grote vastgoedpoot (inclusief aanleunwoningen en een zorgboerderij) en goede energiecontracten. Over de meterstanden hoeft Erik zich dus ook geen zorgen te maken, bij hem kunnen we uren onder de douche.

Erik is nog steeds heel blij met het appartement, maar de verhouding met zijn vader is een moeilijke. Voor een zorginstelling keert hij zichzelf een riant salaris uit, dat hij 'nog niet eens marktconform' noemt, maar dat elk jaar dikgedrukt en voor iedereen zichtbaar in de *Elsevier* staat. Bovendien heeft hij kort geleden de gerenommeerde Amsterdamse hospice Sint-Jozef ontmanteld, wat de stad hem niet vergeeft, en kijkt hij met eurotekens in zijn ogen naar zorgbehoevende bejaarden.

Erik vermoedt een slecht karakter, en ik snap waarom hij dat denkt, al geloof ik niet zo in karakterfouten.

We hadden al een jaar of wat verkering toen ik Jan voor het eerst ontmoette. De kennismaking vond plaats in een echt kijk-mij-eens-restaurant. Er was een imitatiehaard en voor iedereen vier keer bestek, wat al meteen verkeerd gevallen was bij Erik. Die wil geen patser als vader, maar een gewone vader. We hadden alle vier eend besteld, ook Jans nieuwe vriendin, de vijfde sinds het meisje van sales. Eén die zelf geen baan had, maar een baby wou en ons uitlegde hoe ivf werkte.

Eriks vader vindt dat hij goed met vrouwen om kan gaan, maar die avond negeerde hij alles wat zij zei. Wanneer ze aan het woord was, zat hij met zijn blozende kop alleen maar in haar blouse te loeren, waar haar borsten schommelden, rond als de parels die aan haar oorlellen bungelden. Als hij haar al iets vroeg, dan was het een vraag over zichzelf. 'Van welke vis krijg ik ook alweer diarree?' 'Was de burgemeester er nou ook bij toen ik de Amsterdamse beurs opende met de gong?'

Hij had net zijn imperium uitgebreid met het noodlijdende Sint-Jozef. Dat had hij 'gered'. 'Een prachtlocatie aan de Amstel,' zei hij trots. Hij ging het voor veel geld doorverkopen en de bewoners elders onderbrengen, maar dat was toen nog geheim. Ze hadden het eerst failliet laten gaan en toen had hij een doorstart gemaakt, zodat hij volkomen vrij was om met het personeel te doen waar hij zin in had. Kort daarvoor had hij een spion gestuurd die er medewerker was geworden, ergens in een middenlaag. Die medewerker had precies in kaart gebracht wie er hard werkte, wie een grote mond had, wie om de verkeerde redenen dwarslag en wie wel eens wat vroeger naar huis ging. Toen Jan aantrad als directeur, ontsloeg hij binnen een maand driekwart van de medewerkers, onder wie de dwarsliggers en de lanterfanters, ongeacht hun privésituatie of wat ze in het verleden voor het verpleeghuis hadden betekend.

'Je moet zulke maatregelen nemen voordat je een band met ze krijgt,' zei hij. Een vast contract vond hij niet meer van deze tijd. 'Wie voorop wil lopen in deze branche moet moeilijke beslissingen durven nemen.'

Het ontslaan deed hij niet zelf. 'Een reddende engel ontslaat geen mensen.' Hij liet het doen door iemand die dat voor zijn beroep deed, zonder scrupules en voor veel geld.

'Dat kun je ook altijd nog worden,' zei hij glimlachend tegen Erik. 'Crisismanager. Ik moet zeggen, het verdient absoluut niet slecht.'

Toen Erik niet reageerde, zei hij: 'Handen aan het bed zijn hier veel te dure handen, die geen minuut langer werken dan waar ze voor betaald worden, en die voor het minste geringste iets omslachtigs als een tillift inschakelen. Hoe kunnen we daar ooit die tsunami aan bejaarden mee verzorgen? Goedkope, doortastende handen hebben we nodig. Handen uit Polen als je het mij vraagt. Dat wordt hier de toekomst: lieve, zorgzame Poolse vrouwen aan het bed. Let op mijn woorden.'

Toen de eend werd gebracht, die echt heel lekker was klaargemaakt, zei Eriks vader: 'Als je elke dag zo lekker wilt eten, moet je ballen en hersens hebben en vervolgens moet je ze weten te gebruiken.' Volgens hem bestaan er in zijn sector wel tweehonderd manieren om winst te maken en uit te keren zonder het zo te hoeven noemen.

Tegen een sombere Erik zei ik 's avonds dat de fout niet per se in Jans persoonlijkheid ligt, maar in de verdeling van zijn energie: ruim 90 procent gaat naar de manager, 9 procent misschien naar de minnaar (al lijkt me dat een ruime schatting), en een krappe 1 procent naar de vader. Bij zulke investeringen in het baaszijn verdwijnt de mens, dat is logisch. Ik zei het om te troosten, niet omdat ik er zelf heel hard in geloofde.

En of zijn strategieën werkten! De ontmanteling is perfect verlopen. Het pand met de dure grond is voor veel geld aan een projectontwikkelaar verkocht. Eriks vader kan nu in elke hoofdstad van de wereld wel een studio kopen. Hij heeft er twee: een in Londen, en een in Washington. Plus een schitterend zeskamerappartement in Marmaris. Hij heeft de foto's laten zien op zijn telefoon. Van alle drie mogen we gebruikmaken zo vaak we maar willen, maar Erik heeft altijd gezegd dat er bloed aan kleefde.

Dat vind ik overdreven, maar met principes oogst je wel meer respect dan met vliegangst.

15

Het bevalt me om in mijn eentje wakker te worden van de vogels, waarvan ik de klanken ken, maar nog niet de namen.

Na een nacht vol dromen waarin ik iemand ben op een barricade, kan ik nog even in die prettige toestand blijven zonder meteen te moeten praten.

Ik heb nooit op een kantoor gewerkt, maar wel altijd kantoortijden aangehouden. Om een of andere reden doe ik toch altijd wat de massa doet. Misschien wel om het gevoel van superioriteit in de ochtend ten opzichte van degenen die hem verslapen hebben. Misschien ook wel omdat er zo veel werk is. Ik neem alles aan. Ook klussen die slecht betalen en die ik helemaal niet leuk vind. Ik heb nu eenmaal de eigenschap dat ik ja zeg wanneer mensen me iets vragen. Om ze tevreden te stellen.

Nu mijn werk niet meer het enige is waar ik voldoening uit haal, werk ik gek genoeg alleen maar harder. De bedrijven waarvan ik de sites onderhoud, hebben offertes gekregen waarin ik aanbied om voortaan ook het beeld voor ze te doen. Er staat in dat ik het een uitdaging vind om een mooi kleurverhaal te vertellen, dat het bij e-commerce ook erg op beeld aankomt, en meer van die dingen die iedereen wel kan verzinnen. Meer dan de helft van de klanten is er ingeluisd, waaronder mijn belangrijkste: de zorggigant van Erik z'n vader. Ze willen nog niet meteen een andere huisstijl, maar er is budget om mij een beetje te laten experimenteren. En andere foto's mogen sowieso.

'Houd zelf de regie, kies uw eigen zorg' is de slogan van het bedrijf. Men kan een pakket kiezen dat bij zijn situatie past. Bij al die pakketten heb ik foto's van stralende jonge mensen gezet. Ik zou er ook looprekjes en sta-op-stoelen neer kunnen zetten, maar wie kan die rekjes en stoelen iets schelen.

Het leukst aan mijn nieuwe leven vind ik het om tot in de kleine uurtjes met Alexander bier te drinken, en klassieke muziek te luisteren. Het zijn de lichtpunten van de dag, en Alexander vindt het volgens mij ook heel leuk, al moet hij 's ochtends om halfacht al de deur uit.

Hij werkt in het nieuwe Sint-Jozef, dat nu onderdeel is van de koepelinstelling van Eriks vader. Daar zijn we achter gekomen de eerste keer dat Erik hier bleef eten. Aan die maaltijd denk ik niet graag terug.

Het begon al met de opmerking van Erik dat hij zich had verheugd op een lekker stukje vlees.

'Wat? Alleen sla en linzen? Serieus? Niks erbij?'

Een dodelijke blik bleek niet genoeg, hij bleef erover doorgaan. Dus zei ik: 'Sorry, maar in dit huis geef je je carnivore neigingen bij de deur af.'

Hij stopte meteen met praten en keek me spottend aan, en een hele tijd zei niemand iets. Toen het gesprek eindelijk weer op gang kwam, ging het erover wat voor werk we deden.

'Welk verpleeghuis?' vroeg Erik.

Daar gingen we.

'Ik kan het achter je rug om tegen Elenoor zeggen,' zei Alexander, 'maar ik kan het je ook recht in het gezicht zeggen.' Hij legde zijn mes en vork neer, en ging er eens goed voor zitten.

'We hebben evenveel patiënten als een paar jaar geleden, maar de helft minder personeel. Het is een geluk als we alle mensen voor twaalf uur het bed uit krijgen. Sommigen hebben dan nog geen ontbijt gehad, ze kunnen meteen aan de lunch.'

Annerie, Reve, Mattheo en ik keken om de beurt naar Alexander en naar Erik.

'Is dat zo?' vroeg ik ten slotte.

'En als je daar iets van zegt,' ging Alexander door, 'reageren ze direct intimiderend. Zo van: daar hebben we het bij je functioneringsgesprek wel over.'

Niemand at nog. Mattheo, Annerie en ik schoven ongemakkelijk op onze stoelen en Reve zat geamuseerd te kijken hoe de boel ontspoorde waar hij bij zat.

Alexander was niet meer te stuiten. Nu hij de zoon van de baas voor zijn neus had, zou hij het hem zeggen ook. Dit deugde niet, dat deugde niet. Het nieuwe pand was vreselijk, het rook er naar schimmel, het was helemaal niet als verpleeghuis bedoeld. 'En het eten,' zei hij snuivend, 'je klaagt hier over het eten, maar jij en die vader van je moeten dáár eens een vorkje mee gaan prikken, sinds het uit de gaarkeuken komt.'

Hij meende het.

'Vroeger was alles beter,' hoonde Erik. 'Vroeger stierven ze bij bosjes aan de salmonella, omdat de kok de gewoonte had om bavarois met rauwe eieren te kloppen. Hoe had jij gedacht de zorg betaalbaar te houden? Ooit wel eens van vergrijzing gehoord?'

Alexander was niet onder de indruk. 'Ik zei vanochtend nog tegen een paar mensen, hoe jammer het is, die gedachte dat iets alleen betaalbaar blijft als er flink winst op gemaakt mag worden.'

'Doen die semipublieke bestuurders het beter, denk je?' vroeg Erik. 'Die partijsocialisten die tegen privatisering zijn, maar wel een marktconform salaris willen, omdat ze zo veel verantwoordelijkheid dragen? Die zo veel verantwoordelijkheid dragen dat ze twee keer zoveel als Obama moeten verdienen?'

Hij haalde diep adem, en vervolgde op de toon van iemand die het nog één keer uitlegde: 'Mijn vader wordt tenminste afgerekend op zijn prestaties. Gaat het mis, dan incasseert hij zelf de klappen. Van dat soort mensen die hun nek durven uitsteken moeten we het wel hebben, anders worden we hier een derderangs ontwikkelingsland.'

Dat was voor mij ook nieuw. Sinds ik in een linkse woongroep woon, is zijn vader dus cool, en links het tegenovergestelde van cool.

Erik prikte in één keer alle sla tegelijk aan zijn vork en stak die in zijn mond. Hij keek mij aan, uitdagend. Alsof ik het nog niet doorhad, dat hij via Alexander tegen mij aan het praten was.

Ik keek niet terug. Ik deed niet mee aan die onzin.

'Goh,' zei Annerie. Ze schoof haar stoel naar achteren. 'Fruit voor iedereen? En dan koffie?'

De hele tijd was ik bang dat Erik zou zeggen dat zijn vader Alexander ook kon ontslaan, als hij dat soms wou. En het was beter geweest als ik me er niet mee had bemoeid.

Achteraf hield ik vol dat ik Alexander alleen maar op een bepaald deelgebiedje had verdedigd, niet bij alles, juist niet bij alles, en dat ik verder steeds had benadrukt dat het verschil in perspectief de oorzaak van het meningsverschil was, en dat het enige wat me stoorde was dat hij richting Alexander een beetje neerbuigend had gedaan.

Hoe dan ook, Erik had die avond het pand verlaten, en sindsdien is zijn vader een no-go.

Afgezien daarvan, heeft mijn leven een upgrade gekregen. Ik vind het leuk om vanachter het keukenraam naar de mensen te kijken die lekker in het zonnetje gaan. Er staat altijd wel iemand interessants voor het rode licht te wachten. Mannen op de fiets met verbeten gezichten. Strak van de zon, de wind of de coke. Vrouwen met de resultaten van een *shopping experience*. Sommigen kijken ook bij zonnig weer alsof het hagelt.

Wie ik ook al een paar keer heb gezien, is meneertje berenlul. Een beetje te toevallig, eerlijk gezegd. Eén keer liep er een gele hond met hem mee. Maar hoog in dit ommuurde gebouw voel ik me warm en veilig en omsloten.

Als ik met Anneries ogen naar Erik kijk, zie ik soms weer de intrigerende figuur die zij ooit heeft gezien. Hij op zijn beurt lijkt het me zachtjesaan te vergeven dat ik niet meer elke nacht bij hem slaap.

Over Annerie zei hij zelfs: 'Die is niet lelijk.'

Ik heb het beaamd. Als ik een keer tijd heb, ga ik haar tekenen.

Er is alleen één ding: op het naambordje naast mijn bel staat nog Katelijne. De woningbouwvereniging had al best een nieuw naamplaatje kunnen regelen, zodat het niet steeds voelt alsof het niet mijn eigen huis is. Hoe lang woon ik hier al niet? Ik doe al uit mezelf het licht uit als ik klaar ben in de keuken, en ik ben al verslaafd aan ginsengthee. Ik ken al de plekken in de vloer waar het kraakt bij het lopen, en alle verhalen over Katelijne – warme, weemoedige verhalen – hoor ik nu al voor de zoveelste keer.

De post die nog voor haar komt, stuur ik niet door. Ik gooi ze weg, die rooie en groene krantjes. Om het bordje niet steeds te hoeven zien, neem ik de ingang aan de Mauritskade.

Diep ademhalend geniet ik van het beklimmen van de monumentale trap. De deur naar het balkon staat uitnodigend open. Ik loop erheen. In deze binnentuin is het altijd stil, misschien is het wel verboden terrein, niemandsland tussen de woongroepen en het hotel. Ik leg mijn armen op de reling en kijk naar alle ramen. De meeste staan open. Ik draag een bloesje zonder mouwen, en zelfs dan is het nog warm.

In een van de kamers wordt gestofzuigd. Ik probeer te ontdekken uit welk raam het geluid komt. In de keuken van het hotel worden borden kletterend opgestapeld. Bestek rinkelt. In de verte hoor ik een radio. Even voelt het alsof ik in een Italiaanse film zit, een langzame zwart-witfilm. Na een paar minuten maak ik me los van de leuning, ik moet ook maar eens aan het werk.

De zwabber staat nog steeds bij onze gangdeur. Door het vale glas heeft het iets van een spook.

Op het moment dat ik naar de zwabber kijk, hoor ik achter me gemurmel. Ik voel hoe mijn gezicht verstrakt. Doodstil blijf ik staan. Ik versta er niets van, toch klinkt het dreigend. Vanuit mijn ooghoek kijk ik opzij naar de verstofte piano. Daarna draai ik mijn hoofd langzaam naar de trap waarop ik net nog liep. Er was niemand beneden, dat weet ik heel zeker.

Het geluid verstomt. Het maakt plaats voor een heimelijke, sluipende stilte. De stofzuiger is uitgezet en ook in de hotelkeuken is het stil. Ik voel een luchtverplaatsing langs mijn blote armen. Ik adem snel. Met opengesperde ogen concentreer ik me op de deurkruk, die ik met twee handen heb omklemd.

Alles wijst erop dat dit huis me iets wil zeggen. Het asgrauw van de hal is overweldigend. Net als de vorige keer voel ik de stilte op me drukken. Nu ruik ik ook een sterke geur. Een vlaag. Als ik inadem is het er. Als ik opnieuw inadem is het er niet meer.

Een lijkengeur? Ik huiver. Zouden ze er soms één hebben ingemetseld? Het is niet ondenkbaar. Een van de weesmeisjes hebben ze misschien wel levend ingemetseld.

Vraag het Erik, de negentiende eeuw was in allerlei opzichten een barbaarse eeuw. Er werd nog onthoofd, gewurgd, op de voetzool geslagen, nagels uitgetrokken, allemaal in het openbaar. Wie zich niet gedroeg, moest sterven. Ze metselden ze in met een korst brood en een gebedenboek.

Ik probeer te bedenken waar ik zo'n lucht eerder heb geroken. Hij komt me vaag bekend voor.

Beweegt daar iets?

Net wil ik naar binnengaan, als ik een rochelend geluid hoor. Met een ruk draai ik mijn gezicht naar links, de donkere kant. De hal is leeg.

Plotseling zie ik echter, in een hoek schuin achter me, waar het onoverzichtelijk en donker is, een smalle trap naar boven. Hoe kan die trap al die tijd aan mijn aandacht zijn ontsnapt? Het is een kleine, onversierde trap. Smalle betonnen treden, verder niets.

Ik laat de deur zachtjes in het slot vallen. Een metaalachtig geluid galmt door de hal. Verstijfd blijf ik meer dan een minuut staan. Dan trek ik de sleutelbos uit het slot en doe ik op de tenen een paar geruisloze stappen richting de kleine trap. De sleutelbos in mijn vuist geklemd, met de scherpe punten naar buiten.

Boven aan het trapje is een donker gat.

Ik word een beetje misselijk. Alsof ik alles zie door de verkeerde bril. Wat ik zie, zie ik maar even. Een donkere schim? Was het wel iets?

De stilte ruist, alsof er een sterke, maar geluidloze wind door de hal raast, en ik voel weer een ijzige kou optrekken, die langs mijn rug van onder naar boven bezit van mij neemt. Ik krijg kippenvel op mijn armen.

Ik zal nooit weten wat er boven aan die trap is, denk ik. Het is misschien krankzinnig, maar ik weet heel zeker dat ik nooit die trap op ga.

Ik draai me om en kijk naar de grijze hal. En dan hoor ik gezang:

Er is een vrouw vermoord
met een gordijnenkoord
Ik heb het zelf gezien
het was op nummer tien.
Het bloed liep van de trap,
Het leek tomatensap...

Dat ken ik. We zeiden het vroeger op het schoolplein. We klapten erbij in onze handen.

Ik nam er een likje van,
ik werd er misselijk van.

De stem is ijl, gedempt, de stem van een gepijnigd jong meisje. Het geluid sterft weg. Het is weer stil.

Het versje gaat nog verder, denk ik. Waarom stopt het hier? Heeft het meisje mij ontdekt? Lichte voetstappen komen dichterbij. Iets strijkt langs mijn gezicht, een vlaagje langs mijn wang.

In een paar stappen ben ik bij onze deur. Ik kras met mijn ijzeren vuist op het matglazen ruitje. Van de andere bonk ik de knokkels rood.

Annerie ramt de deur tegen mijn tenen. Wat is er? Sleutels vergeten?

Ja. Ik hijg. Ik moet er verwilderd uitzien.

'Nou, nou,' zegt Annerie.

'Het spookt hier,' kerm ik. Ik vlucht voor haar langs de keuken binnen.

'O ja,' zegt Annerie, die me verwonderd achterna komt. 'Het is een oud huis. Alles piept en kraakt.'

'Ik bedoel écht spoken.' Even denk ik dat ik nooit meer normaal zal kunnen praten.

Annerie ziet mijn sleutelbos in mijn handen. Ze wijst ernaar en doet haar kin omhoog. Dat is een maniertje van haar. Het heeft iets neerbuigends. Vaag realiseer ik me dat het een rare aanblik moet zijn: ik die zo ver mogelijk achter een tafel zit gekropen, zelf bijna een fantoom, bevend, mijn handen beschermend voor mijn gezicht.

Het huis heeft me iets willen zeggen. Maar wat?

'Wat is er hierboven, eigenlijk?' vraag ik als ik na een tijdje weer om me heen durf te kijken.

'Nog een woongroep,' zegt Annerie.

'Als je dat trapje daar,' ik wijs met mijn duim naar de hal, 'opklimt, kom je dan bij die andere woongroep?'

'Geen idee,' zegt Annerie. En ze hoeft het ook niet te weten.

16

Noem het kinderachtig, maar ik kom niet meer in die hal. Ik heb er tegen niemand verder iets over gezegd. Annerie deed die ochtend alsof ik een of andere idioot was, en van Alexander wil ik niet dat hij dat soort dingen over me denkt. Met Reve en Mattheo ben ik niet close genoeg. Sowieso zie ik die twee haast nooit. Ook van demonstraties of andere activiteiten heb ik nog weinig gehoord. Het enige wat tot nu toe wekelijks terugkomt is het ophalen van de biologische groentetas, die voor de helft vol zit met aardappelen met echte modder in de putjes. We gooien ze in een doos en kijken er niet meer naar. Niemand heeft zin om ze te schillen.

Als ik naar acties vraag, krijg ik vage, ontwijkende antwoorden. 'De zomer is een rustige periode,' zegt Annerie. Omdat ik zelf ook niets weet te verzinnen, wacht ik gewoon af.

Ik moet de radio harder zetten omdat ik er door de kletterende regen niets van versta. Ze zeggen dat het boze weer de Anne Frankboom de das om heeft gedaan. Omgewaaid. Hij ging met een knal door de steun van staal die eromheen was geplaatst door degenen die de boom aan het hart ging, en hem ondanks de houtrot niet wilden laten kappen.

Alle betrokkenen mogen van geluk spreken, want hij is precies de goede kant op gevallen. Voor hetzelfde geld was hij door een Achterhuis vol bezoekers gegaan. Je moet er niet aan denken.

Voor mijn gevoel is het allemaal zo symbolisch, dat ik zin heb om er met iemand over te praten. Op de gang bots ik bijna tegen Annerie op. Ze verliest net een slipper, ze sloft verschrikkelijk.

Til je voeten op, zei mijn moeder vroeger, ze heeft nog een beetje non in haar genen. Een hippie zegt zulke dingen niet. Waarschijnlijk zei Anneries moeder: Als jij wilt sloffen, lieve kind, dan zal ik er alles aan doen om dat te faciliteren.

Ik schop de blauwe gezondheidsslipper naar haar toe.

'Ik krijg nog geld van je,' zegt ze. 'Ik heb de verwarmingsman voorgeschoten.'

Niemand heeft de verwarmingsman besteld. Hij komt uit zichzelf, ieder jaar weer en hij hoeft nooit iets aan de ketel te doen. Het is een punt van discussie om zijn voorrijdkosten door vijf te mogen delen, want Reve houdt vol dat Mattheo en hij van dezelfde warmte gebruikmaken, dat je zelfs kan zeggen dat ze minder warmte aan de kachel onttrekken omdat ze elkaar al hebben om zich aan te warmen. Hij kan zeggen wat hij wil, niemand is het deze keer met hem eens, alleen natuurlijk Mattheo.

'Ik krijg volgens mij nog veel meer geld van jou,' zeg ik. 'Ik heb de groentetas voor je voorgeschoten toen het jouw beurt was, en verder heb ik laatst wasmiddel en batterijen gekocht.'

'Heb jíj die batterijen voor de radio gehaald?'

'Ja.'

'We kopen altijd voordeelpakken. En niet bij de Ekowinkel.'

De Anne Frank-boom is ómgewaaid, zeg ik.

Annerie kan er niet mee zitten. Ze moet zich nu gaan verkleden, over een halfuur moet ze ervandoor.

De regen ranselt de ramen. Er hangt een wat stomige sfeer, als in een sauna. Ik krijg de boom niet uit mijn hoofd. Al die mensen die hun best hebben gedaan om hem te redden. Zolang hij overeind stond en bloeide, konden zij zich goede mensen voelen. Maar de boom trok zijn eigen plan.

Op een of andere manier ben ik ineens bang dat het mij iets wil zeggen.

Ik log in op een van de contentmanagementsystemen en ik begin heen en weer te lopen, alsof ik alleen door te bewegen kan achterhalen wat ik ook alweer op de wereld doe.

Erik had het nog niet gehoord, van die boom.

'Het is de klimaatverandering,' zeg ik. 'Hij had te veel water opgezogen.'

'Wat een poeha om een boom,' zegt Erik. 'Bomen beschermen is makkelijk. Maar vluchtelingen, ik noem maar wat, die stoppen we in ons land in de gevangenis. Wie maakt zich druk om de vluchtelingen?'

Ik weet precies hoe hij nu kijkt. Als hij cynisch is, ziet hij er ook zo uit.

Ik zit nog maar net of ik sta alweer op voor een kop koffie. Wat een vreselijke dag, al die regen en die wind zonder ook maar even de zon erdoorheen.

Voor ons huis hebben ze de stoplichten uitgezet voor de agenten in opleiding. In de vlagende regen moeten ze het verkeer leren bedwingen met een fluitje. Ik pik ze er direct uit, degenen bij wie het er niet in zit, bij wie de auto's gaan toeteren. Ik kijk naar de spanning in hun ruggen, naar de armen, hoe die bungelen. Ongeveer daar zit het zelfvertrouwen.

Als ik het licht aandoe, zie ik over de donkerte van de bladeren heen mijn eigen gezicht: lijnloos, lege ogen.

Ik moet oppassen of het raam beslaat van zelfbeklag.

Sinds kort werkt er bij de zorginstelling een redacteur die ik nog nooit heb gezien. Ze kan ook in het CMS, maar ze verstaat haar vak niet. Ze heet Corina Pruym en ze zit aan mijn teksten. Ze verzet komma's naar plekken waar ze niet horen, zodat ik ze de hele tijd weer terug moet zetten naar de plekken waar ze wel horen.

Ik heb Corina Pruym gegoogeld. Ze heeft een blog over schilderen met sierzand. Ze heeft de sterrennacht van Van Gogh gemaakt van sierzand.

Het kleine beetje eer dat ik in mijn werk leg, wordt me door zo'n vrouw weer ontnomen.

Een van de dingen die mijn vader vroeger zei was: Elenoor, je hebt een goed stel hersens. Zorg dat je ze gebruikt.

Het lukte hem niet zijn teleurstelling te verbergen toen ik me inschreef voor communicatiewetenschap, een opleiding waar de halve klas voor koos. Een pretstudie, in het leven geroepen voor 'kinderen die altijd met warm water hebben gedoucht'. Hij las me voor wat erover in de kranten stond. Een ontevreden visitatiecommissie, ingezonden brieven van boze ouders, weinig contacturen, weinig inhoud. Het stond allemaal in die kranten. En nooit zou ik er werk van betekenis mee kunnen doen, het zou altijd iets afgeleids zijn. Nooit iets echts.

De minachting in mijn vaders blik was niet te verdragen. Toen niet, maar daarvoor ook al niet.

Hij kreeg gelijk.

Ik werk veel, maar ik werk om gewerkt te hebben. Klussen die makkelijk uit te besteden zijn, die net zo goed door iemand anders gedaan kunnen worden, wie ziet het verschil. Alexander kan het, Reve kan het, Mattheo.

Oké, Annerie kan het misschien niet, je moet wel een deadline kunnen halen, anders gaan ze hup naar een ander. Maar precies dat is het punt! Dat ze naar een ander kunnen gaan. Ik leid een leven dat voor hetzelfde geld iemand anders z'n leven is. Van mij zijn er zoveel!

Buiten loopt Annerie door de regen. Met een man. Geen jonge man. Grijze haren, Steve Jobs-trui, duidelijk aanleg voor een buikje. Misschien een oude leraar van haar. Een die geen orde kan houden, als je zijn gebogen manier van lopen bekijkt.

Allebei zijn ze zonder jas. Annerie trekt haar openhangende spijkerblouse over haar hoofd. De man raakt even haar kont aan. Ze stappen stevig door. Zijn ze op weg naar zijn auto?

'Kijk,' zeg ik tegen Alexander die op de geur van de koffie afkomt. Ik wijs naar buiten.

'Denk je dat die twee iets hebben?'

Voor Alexander is het geen vraag. De liefde zit soms vreemd verpakt. Of wist ik dat nog niet?

Nog steeds even somber ga ik met mijn mok aan de keukentafel zitten.

'Waarom hebben jullie de muur maar één keer geschilderd?' vraag ik. 'Het blauw dekt niet, er komen overal witte puntjes door.' Alexander reageert niet.

'Alexander,' zeg ik op vermoeide toon, alsof ik de hele dag in een museum heb rondgelopen. 'Ik wil eerlijk tegen je zijn.'

'Wie in geluk gelooft is per definitie ongelukkig,' zegt Alexander. 'Wat niet verlangt is waardeloos,' antwoord ik.

Ik denk aan dierentuinen waarin ze het voedsel voor de apen niet neerleggen, maar verstoppen, omdat de dieren zich anders vervelen. Misschien heeft het er niks mee te maken, maar ik heb het gevoel van wel.

Alexander haalt zijn schouders op. 'Ik weet het niet. Je verwacht serieus wel veel van een gebouw. Het is toch niet gemaakt voor jouw geluk. Het stond er al. Het is niet meer dan...' Hij denkt even na. '...het verlengstuk van een hotel!' Hij kijkt alsof hij al pratend de waarheid heeft ontdekt. Als ik het zo zag, als een verlengstuk van een hotel, hoef ik niet zo teleurgesteld te zijn.

Ik zeg dat ik er voor een verlengstuk van een hotel wel verdomd slecht slaap.

'Is het echt zo erg?' vraagt mijn moeder. Het is halverwege de middag. Aan haar onduidelijke uitspraak hoor ik dat ze al lekker aan de witte wijn heeft gezeten. Ze doet heel begrijpend, om te laten zien dat haar belangstelling gemeend is, niet als die van zomaar iemand.

'Misschien moet je eens naar een loopbaancoach. Of anders een psych.'

Mijn moeder zweert bij haar psych. Omdat ze niks omhanden heeft, neigt ze naar zwaarmoedigheid. Elke dinsdag een afspraak aan de andere kant van de stad helpt haar om structuur te geven aan haar week.

Dat is wat ik nodig heb, meer contact met mijn depressieve moeder.

'Het is een fijn huis,' zeg ik. 'Maar het is natuurlijk niet gemaakt voor mijn geluk,' zeg ik. 'Het is een verlengstuk van een hotel.'

'Maar,' voeg ik eraan toe: 'Vroeger was het een weeshuis, en het gebouw herinnert zich dat nog.'

'Vertel eens wat over je huisgenoten,' zegt mijn moeder met dikke tong.

Ik vertel over Reve, die niet echt een hunk is, maar wel erg ijdel. Ik zeg: 'Hij heeft het meteen in de gaten als hij stiekem wordt bekeken. Dan zakt zijn trui aan de voorkant een beetje in. Hij is totaal ongevoelig voor Apple. En verder is hij vegetariër, zoals wij allemaal, maar af en toe verlangt hij naar een frikandel met uitjes.'

'Ik heb dat met een kroket,' reageert mijn moeder enthousiast.

Ik moet haar stoppen, omdat ik niet weet of ik er vandaag tegen kan dat ze een nummer gaat maken van die kroket. Ze is in staat om dingen te zeggen als: 'Je weet dat ik een kroket niet kan hebben. Als ik een kroket eet, kan ik de volgende dag in de wc gaan wonen.'

'Hij doet gele buikbandjes om de boeken,' zeg ik snel. 'Moet je maar eens opletten als je nog eens in een boekhandel komt.'

Het praten doet me onverwacht goed. Met al meer welwillendheid vertel ik over Mattheo die altijd hetzelfde jasje draagt, omdat Reve dat zo'n mooi jasje vindt. Dat hij onbezoldigd promoveert op Per Kirkeby maar het daar nooit over heeft.

'Kur-ke-bie,' herhaalt mijn moeder. Het zegt haar niks.

Over Annerie.

'Annerie wie?' onderbreekt mijn moeder. Ze kent ook een Annerie. Een bioloog. Ze werkt voor een gerenommeerd biologisch instituut.

Mijn moeder houdt erg van dingen die gerenommeerd zijn. Ze houdt ook van apparaten van een goed merk, net als ik. Het is een familietrek. Ook mijn vader hield ervan, maar alleen om ze uit elkaar te halen en te zien hoe ze werken.

'En dan is er nog Alexander. Daar ga ik het meest mee om.'

'O ja?' zegt mijn moeder op een toon alsof ze het niet helemaal vertrouwt.

'Als Alexander geen dienst heeft, is hij thuis, en dat is prettig. Het is prettig om te weten dat er iemand ergens in het gebouw is, en dat die persoon Alexander is, snap je?'

'Wat is er zo leuk aan Alexander, schat?'

'Het is gewoon leuk als je in de keuken bent, en hij zit er ook. Soms krijg je zijn eigen kop koffie alsof je wel een lekker bakje hebt verdiend. Dat vind je dan ook, dat je die koffie hebt verdiend. Dat levert hij er namelijk bij. En hij zegt dat je mooie jeans aanhebt, precies wanneer je aan een complimentje toe bent. Hij voelt dat aan, of hij krijgt dat van iemand door of zo. Niet dat hij een groot genie is, het is niet zo'n intellectueel als Erik. *Anyway*, zie je hem al een beetje voor je? En hangt er dan zo'n geel rondje ergens achter zijn hoofd? Een gouden hoepeltje?'

'Gouden hoepeltje?' herhaalt mijn moeder. En dan zegt ze tot mijn verbazing: 'Je vader, die was pas een genie!'

Maar ze zegt het alsof hij iets anders weer niet was.

Als ik somber ben, en iemand begint over mijn vader, dan komt altijd deze herinnering in me op.

Ik ben tien, en Herbie roept me bij zich. Onwillig sta ik op en loop naar hem toe, zonder een bepaalde verwachting. Mijn vader had wel vaker de neiging een beetje plechtig te doen, vooral op geboorte- en sterfdagen van Amerikaanse presidenten. Nooit wanneer ik zelf jarig was, mijn eigen verjaardag vergat hij als mijn moeder hem er niet aan herinnerde.

Alles in ons gezin zat elkaar in de weg, mijn vader met zijn socialestijgersmentaliteit, mijn moeder die veel aardiger werd gevonden, maar – door met hem getrouwd te zijn – beduidend minder aandacht kreeg dan ze aankon, ik de onverschilligheid en de verveling zelf, en nog iets duisters waar geen vinger achter te krijgen was.

Die dag dat mijn vader me bij zich roept, kijkt hij ernstig. Hij drukt me een wat ouderwetse kinderencyclopedie in handen. Eigenlijk is hij voor kinderen van twaalf, zegt hij, maar ik ben, weet hij, een intelligent kind, dat zeker al veel zal begrijpen. Had hij zelf op zijn tiende maar zo'n encyclopedie gehad. Maar helaas, hij kwam uit een arm en ongeletterd arbeidersgezin met veel te veel kinderen en veel te weinig aandacht voor degenen die het toch al aardig deden op school.

Onmiddellijk voel ik aan wat mijn vader met zijn cadeau bedoelt: dat ik hele dagen naar series kijk die niks met het echte leven te maken hebben. Ik doe iets verschrikkelijks. Met een nuffig gilletje laat ik de encyclopedie uit mijn handen vallen. Ik roep dat het een vies boek is, wat het (zei mijn moeder later) ook wel een beetje was. Er zaten bruine spikkels op.

Mijn vader kijkt me aan, en ik zie dat er een boze geest in hem is gekropen, een van de zeven die over de aarde gaan, uit een verhaal van opa Bokkenpoot. Hij lijkt de weg kwijt in zichzelf. Ik denk er niet graag over na, maar op een of andere manier dringt deze scène zich steeds weer aan me op.

Een paar maanden later zegt mijn moeder dat hij moet ophouden op die manier naar me te kijken, als hij wil dat het nog wat wordt met mij.

De encyclopedie is naar een neefje gegaan. Excuses heb ik nooit aangeboden. Ik was op een leeftijd waarop het heel moeilijk was om excuses aan te bieden. Maar vorige winter ben ik bij mijn moeder langs geweest, speciaal om zijn eigen encyclopedie op te halen, degene die hij op zijn zeventiende van zijn zelfverdiende geld had gekocht.

Ik meende in zijn geest te handelen toen ik hem snel uit de kast pakte op het moment dat mijn moeder op de wc zat. Het gat vulde ik op met een paar dunne boekjes van andere planken. Met een plechtigheid die ik wel vond passen bij zo'n dik zwaar boek sprak ik met mezelf af hem in zijn geheel te gaan lezen.

17

Alle inktzwarte mogelijkheden zijn mijn gedachten gepasseerd als ik teamleider Karin ergens halverwege de gang zie staan in een paarse tuniek en een roodleren jasje. Ze kijkt toevallig om en ziet mij in het gat van de deur. Een halve seconde staat ze nadenkend stil. Dan wijst ze met een priemende vinger naar mij. 'Wíj hebben een afspraak!'

Maar we gaan niet de trap op naar haar kantoortje. Vóór alles moet ze een bakje pleur, en als ik even meeloop naar de kantine, dan kan ik meteen ook wat te drinken nemen.

Vanachter hun brooddozen zitten de computermannen naar ons te loeren en te smiespelen. De meesten heb ik in de groep. Ze kijken toe hoe Karin mij op het knopje voor de cappuccino laat drukken. 'Kies maar wat je wilt, meid. Het is ervoor.'

De koffieautomaat gromt en reutelt.

Ik voel iets kietelen in mijn zij. 'Leuke trui heb je aan!' Karin voelt aan het boord. 'Lekker stofje.' Daarna trekt ze bij zichzelf dwars door de tuniek heen haar witte legging op. Als ze daarmee klaar is, zijn onze cappuccino's ook klaar.

We schuiven aan tafel bij de etende mannen.

'Wij hebben het gezellig hier,' zegt Karin. 'Is het niet, Frits?'

'Frits ken jij niet,' zegt Karin tegen mij. 'Frits heb bij mijn ontheffing gevraagd voor jouw lessen.'

Frits knikt. Een mond zonder lippen. 'Ik heb in het verle-je al eens een Nederlandse cursus gedaan.'

Van het andere eind van de tafel klinken onderdrukte pretgeluiden.

'Als ik hoor wat jullie doen in de les,' zegt Frits, 'dan denk ik dat is voor mijn niet nodig. Je kom toch om wat te leren.'

'Zo is dat,' zegt Karin. 'En ik denk, als hij niet gemotiveerd is, kan je 'm d'r maar beter niet bij hebben.'

Ik zeg dat ik het begrijp.

'Het is me hier een stel,' zegt ze. Ze leunt voor een verrukte lachbui achterover.

Dan tegen mij: 'Je moet met ze om weten te gaan, maar het zijn stuk voor stuk heerlijke gozers, echt waar.'

En dan stelt ze eindelijk voor om naar boven te gaan.

Ik schuif mijn stoel naar achter. 'Jongens, tot zo dan, hè?' zeg ik gezellig.

De gangen zijn opeens lang.

Boven gooit Karin haar grasgroene schoudertas op het bureau dat er vandaag uitziet alsof het erg plakt. We zitten weer tegenover elkaar, de fruitschaal met dropveters tussen ons in. Er zijn zure beertjes bij gestort.

Karin leunt hijgend achterover, bestudeert het plafond met de tl-buizen en zegt: 'Ik sta er helder, integer en als mezelf in, en dat merken die jongens.'

En dan: 'Hoe vind je zelf dat het gaat? Op een schaal van nul tot tien.'

'Een vier,' zeg ik zwetend. En dat is nog aan de ruime kant. Als troost bedenk ik een maximale tegenstelling tot mijn actuele situatie: met Alexander aan onze keukentafel.

Karin wacht nauwelijks tot ik uitgesproken ben. 'Moet je horen. Ik vind het belangrijk dat jij lekker in je vel voor de groep staat. Maar het is ook een proces.'

Ik hum instemmend.

'Dus net voordat jij kwam heb ik de jongens zelf gevraagd welk cijfer ze je zouden geven. Je moet weten, mijn filosofie is altijd: open zijn in alles. Dus ik zeg tegen ze: ik heb dat met die Nederlandse juf nog even opgepakt. Welk cijfer zouden jullie haar geven?' Ze kijkt me triomfantelijk aan.

'Een zeven en een half!'

Een zeven en een half?

'Als je ze een beetje kent...' Ze boert zachtjes achter haar hand. 'Altijd in voor een geintje, maar met een hart van goud. En wat ik nu van ze hoor: ze lopen weg met jou. D'r zijn er een paar die nog wel iets meer persoonlijke aandacht willen, misschien kan je die straks nog even iets extra uitleggen. Maar verder zou ik zeggen: een dikke pluim.' Dat wilde ze toch even gezegd hebben.

Hoe ging je gesprek? sms't Erik als ik weer buiten sta. *Over een uurtje heb ik met Freddie afgesproken bij de Omval. Kom ook! x*

Café de Omval ligt precies halverwege de route, en daar doe ik geen uur over.

Ik zie mezelf daar niet vast in mijn eentje aan een tafel zitten tussen al die mensen die je aanstaren, en als je je hoofd naar ze toe draait net weer glazig voor zich uitkijken.

Dus ik sms terug dat ik hem later op de avond wel zie. *Vraag of Freddie en Caro een keer langskomen.*

Het is Alexanders beurt om te koken, maar ik ben vandaag de enige die mee-eet. Ik had Fiona uitgenodigd, die is hier nog steeds niet geweest, maar ze heeft het druk en ze sms'te vanmiddag dat het toch niet ging lukken. Nu zit ik in de vensterbank met mijn voeten op een keukenstoel en kijk hoe Alexander bukt en de koelkast inspecteert, en hoe hij zwetend overeind komt.

De radio staat aan. 'Niemand wordt hier verwend, maar we houden het wel menselijk,' zegt een vrouw. Een andere vrouw trekt dat, als ze eerlijk is, in twijfel. Ze spreekt snel, opgekropte boosheid zit in haar stem. De eerste wordt nu ook boos. 'Als ik mijn verhaal even af mag maken...'

Ik draai de radio uit.

'Een zeven en een half is toch prima,' zegt Alexander. 'Gewoon prima. Vind je het goed om vandaag alleen salade te eten?'

Bij hem op z'n werk is vanmorgen een dikke man overleden. De kist had niet in de lift gepast.

Daar komt het perspectief. De hele dag heb ik aan die zeven en een half gedacht, maar wat is een zeven en een half in het licht van de eeuwigheid?

'Heb jij daar eigenlijk bij geholpen?' vraag ik, plotseling bang dat die lange vingers die nu in onze sla zitten, vanmorgen gebroken ogen hebben dichtgedrukt en aan de slag zijn gegaan met een washandje.

'Deze niet,' zegt Alexander. 'Ik had het druk met de levenden.'

'Met praten of verzorgen?'

'Allebei,' zegt Alexander. 'Alles d'r op en d'r aan. Wassen, aankleden, katheters, op de pot. Je kamt het vochtige piekhaar. En ondertussen praat je.'

Ik trek een vies gezicht.

'Die mensen kunnen zichzelf toch niet helpen,' zegt hij. Hij moet dat voor ze doen, het luistert heel nauw. Het moet met voorzichtige gebaren en de juiste onnadrukkelijke blik.

Ik knik, zie – het hoofd een beetje afgewend – hoe hij de sla uitknijpt die vanavond op onze borden ligt.

'Ze zijn volledig van je afhankelijk. Je doet ze in bad en daarna weer in bed. 's Avonds maak je ze klaar voor de nacht, en in de houding waarin je ze hebt gelegd, tref je ze de volgende ochtend weer aan. Hier, moet je proeven.' Met een heel groot mes snijdt hij een stukje feta voor me af. Van de rest maakt hij volmaakte dobbelsteentjes.

Ik weiger en hij steekt het tussen zijn eigen lippen.

'Het doet een appèl op je,' gaat hij verder, met een tikkeltje Jezus in zijn stem. 'Het komt niet zo vaak voor dat mensen zo direct een appèl op je doen.'

'Een moreel appèl?' vraag ik. 'Omdat je ze ook kan laten verhongeren, vervuilen, verdorsten gewoon door ze te vergeten? Dat het mogelijk is om ze te vermoorden simpel door ze met rust te laten? En dat je je goed voelt als je dat niet doet?'

'Vermoorden?' Hij kijkt me verwonderd aan, het mes rechtop in zijn rechterhand. Het idee alleen al. Nee, hij heeft het voor zichzelf nodig om nodig te zijn. Op een bepaalde manier is dat strelend.

'Maar niemand herinnert je,' zeg ik. 'De herinneringen zitten in mensen die al bijna vertrokken zijn. Als je jonge mensen helpt, kunnen ze je nog een leven lang dankbaar zijn. Ik bedoel,' ik dram door, maar nu moet ik het weten ook, 'hoe groot is het gat in de wereld als het jouw beurt is om te gaan?'

Alexander zuigt zijn vettig glanzende bovenlip tegen zijn neusgaten, zonder er erg in te hebben hoe oncharmant dat is.

Hij weet het ook niet, van dat gat.

Wel weet hij dat sterven een kunst is. Het is bemoedigend als je iemand hebt gezien die het werkelijk kan. Dan zegt hij met een schuin lachje: 'Eigenlijk ben ik een ondergangsvoyeur. Op den duur kan ik het zelf, ten onder gaan, en dan hopelijk met flair.'

Ik kijk naar Alexander, die voor me kookt en die nog veel meer voor me doet, al kan ik niet goed benoemen wat, en vraag me af of zijn obsessie voor de dood morbide is of niet. In die dingen, weet ik, heb je gezond en ongezond.

Als kind van een jaar of twaalf vond ik het leuk mezelf bang te maken met fantasieën over doodgaan. Twaalf is een leeftijd waarop een confrontatie met de sterfelijkheid nog aantrekkelijk is, vooral als je je voorstelt dat je de enige van de klas bent.

Een onbekende vrouw in de bus had een keer mijn hand gepakt en me gewezen op mijn levenslijn. Die vrouw had zelf een veel langere levenslijn. Iedereén die ik toen tegenkwam had een langere levenslijn. Een duidelijker voorbode van de dood kan je niet krijgen. Nog jaren later kon ik dat enge gevoel oproepen in mijn maag. Ook al zei mijn vader dat het onzin was, ik vond het opwindend om te denken en te doen alsof het waar was.

We krijgen het over mij, over wat ik nu eigenlijk wil. Ik praat lang, toch word ik niet duidelijk. Hoe weet je precies wat je wil? Je wil een lijf als in de reclames, maar als het erop aankomt, wil je ook die bak friet. Je wil rookvrije longen en schone vaten, maar nog liever rook je een sigaret. Je wilt onsterfelijk worden, toch zit je na het werk graag op de bank.

Erik komt 's avonds nog langs.

Vreemd dat je, sinds je hier woont, niet meer kan onthouden dat ik Herfstbok geen lekker bier vindt, zegt hij. Lentebok, oké, maar Herfstbok, brrrr. Aardbeiensmaak.

'Alexander vindt dat ik cartoons moet gaan maken,' zeg ik, terwijl ik een gewoon pilsje voor hem zoek. 'En nu ik erover nadenk, ik heb eigenlijk altijd al iets met striptekenen willen doen.'

'Ik zeg al jaren dat je moet striptekenen.'

'Jij zei altijd karikatúren. Dat is toch wezenlijk iets anders.'

'Heeft hij altijd zo veel parfum op?' vraagt Erik. 'Hij ruikt als een Turk die op een taxi zit.'

18

Annerie heeft het huisreglement, een gele multomap met koffievlekken, uit de meterkast gehaald en gezien dat we een maand achterlopen met de huisvergadering. Snel heeft ze er per e-mail één belegd met twee voorgestelde agendapunten. Het eerste is: 'Niemand koopt ooit uit zichzelf hygiënische doekjes', voor de tweede heeft ze hoofdletters gebruikt: 'ACTIE!'

Mattheo schenkt alvast een rondje thee. Onder zijn ribjasje draagt hij een stoer T-shirt, maar het staat niet stoer. Meestal draagt hij minder opvallende prints. Die vind ik leuker bij hem dan T-shirts met neukende robotjes erop.

Het inschenken van de thee neemt veel tijd in beslag, want er zijn haast geen mokken meer sinds Annerie op een groensite heeft gezien dat je avocadopitten kan laten ontkiemen door ze in een mok met water te stoppen.

'Is het hier zo benauwd?' vraag ik. 'Of ligt het aan mij?'

'De ramen dicht en de lucht komt van de voeten,' zegt Reve. Hij staat op om het raam op een kier te zetten.

Annerie haalt een plak Tony's Chocolonely van haar kamer. 'Gezellig!' zegt ze.

Maar eigenlijk is het helemaal niet zo gezellig. Voor Reve is het duidelijk een moetje, en dat geldt dan automatisch ook voor Mattheo. En zelf heb ik gemerkt dat mijn hoofd het minste zeer doet als ik niks zeg. Gisteravond leek het nog een goed idee om lekker veel bier te drinken, intussen heb ik te maken met de mindere kanten van dat idee.

'Was dat vlees van jou laatst, in de koelkast?' vraagt Reve plotseling streng.

Ik schrik van zijn felle blik. Hij heeft het tegen mij. 'Vlees?'

'Pizza met salami erop.'

O, dat?

'Ja,' zeg ik. Direct worden die plakjes de bloederige gapende wonden van een dier dat me met vochtige ogen aankijkt.

'Jij eet toch geen vlees?'

'Niet echt,' zeg ik. Erik had de pizza meegenomen, we hadden er nog ruzie over gemaakt, ik wilde hem hier niet hebben. Ik kan dat nu niet zeggen, dan is het alsof ik me laat koeioneren door mijn vriend. 'Nu ja,' zeg ik. 'Soms. Als het er is. Ik bedoel, als het dier toch al dood is, en het is de keuze tussen vuilnisbak of...'

Of ik dat nooit meer wil doen. Daar hebben we hier duidelijke regels over, en die heb ik te respecteren. Bij twijfel over zulke dingen, kan ik het beter even vragen, voortaan.

Annerie en Mattheo knikken, goed dat het eens wordt gezegd.

Dat geknik is om razend van te worden. Ik kijk naar de muur. Op een van de twee hoge keukenkastjes groeien groene scheuten, afkomstig van iets wat er niet voor is gekocht om daar te gaan groeien. Wat doe ik hier, in deze keuken, tussen deze vreemde mensen?

'Oké, oké,' zeg ik. 'Het zal niet meer gebeuren.' Ik weet zelfs nog een lachje op te brengen.

Alexander zit erbij alsof hij doodmoe is. Hij wrijft krabbend over zijn wangen, trekt zijn onderste ooglid daarbij mee omlaag op een manier waarvan ik onlangs heb besloten dat ik die niet prettig vind.

Zijn blauwe wollen trui trekt Reves aandacht. Hij voelt aan een mouw. 'In de nachtdienst gebreid, zuster?'

Alexander knikt om er vanaf te zijn.

We zijn toe aan punt 1. Reve schuift zijn billen naar achteren.

'Heb je het druk of zo?' vraagt Annerie, met haar pen naar hem prikkend, alsof ze het niet bij kan houden met notuleren. Volgens mij wil ze elke dag wel vergaderen als het kan.

Dat Reve het druk heeft, heeft ze goed geraden. Hij zit hier met een hoofd vol afspraken, en er liggen ook nog eens stapels boeken op hem te wachten.

Het klagen doet Reve goed, hij neemt er ruim de tijd voor. Daarna beginnen we om beurten op te noemen hoe druk we het hebben.

Volgens Annerie is er pas echt iets aan de hand als je tegen je minnaar moet zeggen: 'Deze week niet, schat.'

Blijkbaar wil ze graag haar nieuwe minnaar ter sprake brengen.

'Hij heet Rudi,' zegt Annerie en ze straalt meteen als een sterretje.

'En is Rudi vegetariër?' vraag ik.

Annerie wordt rood. 'Minderaar,' zegt ze. 'Hij eet soms vis.'

Bovenal is hij dichter. Ook dat spreekt Annerie uit alsof het een synoniem is voor geluk.

Reve kent hem ook, hij is zelfs de schakel tussen hen geweest. Hij heeft Annerie een keer meegenomen naar een poëzieavond.

'Dat hadden jullie moeten zien,' zegt hij. 'Ze installeerde zich, zwart jurkje, zwarte lippen, pontificaal op de voorste rij. Iedereen heeft het erover.'

Volgens Reve is het nog een bekende ook. En niet slecht. Hij vindt Gerard Reve een groot dichter, en verder die en die, en dan komt Rudi.

Ik vind het net iets voor Annerie: iemands muze willen zijn.

Rembrandt had zijn Hendrickje, Van Gogh zijn Sientje, Wolkers zijn Olga. En Rudi zijn Annerie.

Gewone vrouwen, maar aangeraakt met het goddelijke licht van de kunstenaar.

'Hij heeft kinderen die al geslachtsrijp zijn,' zegt Annerie die graag nog even bij het onderwerp blijft. Dat vindt ze wel een raar idee. Rudi is 48 en woont met zijn vrouw, zijn dochter en zijn zoon in de Rivierenbuurt.

Heel knap is hij niet. Ze zegt het er eerlijk bij. 'Maar ik geef hem het gevoel van wel.'

'Sorry, maar dat vind ik te cynisch.' Al moet ik toegeven dat ik zelf bij Rudi ook niet denk: daar gaat de haasbiefstuk onder de mannen, en hij gaat aan mijn neus voorbij.

Oké, Annerie neemt het niet-knappe een beetje terug. Ze knijpt met haar ogen, trekt haar mond scheef. 'Uitstraling is het wat hij heeft. En: zijn gedichten zijn heel chill.' Soms zijn het gedichten die alleen zij begrijpt. Dat willen we natuurlijk horen. Ze moet en zal een paar regels citeren.

Eerst wil ze het niet, dan wil ze het toch en maakt ze er een heel project van, waarbij zelfs een lens op tafel valt. Als ze die met haar wijsvinger heeft teruggestopt, strijkt ze haar haar achter de oren, en begint drie keer opnieuw.

Intiem lamplicht boven een tafel, suiker in de thee, het kwetteren van vogels uit alle tuinen van de buurt. Het onvermijdelijke kind met een bal, menig moe man steekt de barbecue ân, en ik denk: volgens mij heb je iets met de meest gesettelde dichter van Nederland.

Mijn achtergrond is sowieso literatuurvijandig: snobs, kapsones, hand ophouden. Mensen die de hele dag hebben om al die mijmerende gedachten van ze te gaan zitten denken. Mijn ouders keken naar de hemel als naar een afdruiprek, en lezen heb ik geleerd met de Wehkamp-gids.

Alleen schilders, daar heb ik wat mee. Niet die aanstellerige Hollandse luchten, kunst is voor mij de waterlelies van Monet.

We moeten hebben gehoord van Rudi's beroemde cyclus over wat Jezus zou zeggen tegen islamitische meisjes. Daar heeft hij belangrijke prijzen mee gewonnen. Zeven jaar geleden.

'Grappig,' zeg ik.

'Hoe bedoel je, grappig?' Alsof het een of andere shitopmerking is.

'O, gewoon, dat je op een dichter valt. Dat vind ik leuk.'

Ik zeg het nu maar niet, maar ik ben nog niet vergeten dat een bankier ook tot de opties heeft behoord.

Reve vraagt of hij voor haar bij zijn vrouw weggaat. Maar zolang de crisis duurt, kunnen ze hun huis niet verkopen. Ze droomt al wel van een leven lang samen. En Rudi ook. Van al haar mannen tot nu toe is Rudi *by far* de intrigerendste, niet in de laatste plaats omdat hij al zo lang heeft geleefd. Vergeleken bij hem zijn alle andere mannen nep, althans de meeste. Sorry dat ze het zegt. En Alexander moet maar gauw gaan daten op het internet. Ze wil nu iedereen om haar heen gelukkig zien.

Reve zou nu graag willen beginnen met vergaderen als het kan. Mattheo zal aangaande het eerste agendapunt een nieuw schoonmaakrooster maken. Daarop zal hij ook aangeven wat er de betreffende week aan schoonmaakspullen gekocht moet worden, wafeldoekjes, vuilniszakken en een soort groene Andy. Alexander haalt een bijna lege fles uit het gootsteenkastje om te demonstreren welke het moet zijn.

'Neem je altijd deze?' vraagt Mattheo.

Niemand gaat erop in, dus beantwoordt hij de vraag zelf. 'Bij dezen kiezen we voor deze.'

Het wordt allemaal genotuleerd.

En dan punt 2. ACTIE! Annerie heeft een mailtje uit Afrika gehad, iedereen krijgt de groeten. Er staat onder meer in dat Katelijne op afstand betrokken blijft bij haar oude actiegroep, en dat die binnenkort een protestactie organiseert. Ze schrijft dat er nog naar een stuk of zes extra deelnemers wordt gezocht en of dat misschien iets voor onze woongroep is.

'Wat voor actie?' vraagt Reve.

Dat weet Annerie niet. Een beetje vaag, geeft ze toe. Ze gaat erachteraan.

'O ja, ze vindt het ook leuk als we haar laten weten wat er op onze spandoeken staat.'

'We kunnen er wel weer eens een maken,' zegt Alexander.

Spandoeken waren Katelijnes afdeling geweest, en automatisch kijkt iedereen mijn kant op.

'Wat voor spandoek?' vraag ik sloom. 'Waar bestel je die?'

Ze worden natuurlijk niet besteld, het zijn oude lakens waarop letters worden gespoten met een zwarte spuitbus. De lakens haalde Katelijne bij een kringloopwinkel.

Het wordt tijd om aantekeningen te maken.

'Lakens,' noteer ik. 'Kringloop, spuitbus.'

En dan nog iets wat erop moet. Dat blijkt nog helemaal niet zo eenvoudig.

De deur gaat open. Erik komt binnen, die eet vanavond mee. Zo laat is het al. Hij zit onder de zweetdruppeltjes, hij is met de racefiets gekomen uit Amsterdam-Noord. Hij is daar in therapie voor zijn vliegangst en hij schiet goed op.

'We zijn er wel zo'n beetje, hè,' zeg ik ferm, om Erik te laten zien dat ik dat durf. Ik sta op van de keukentafel en loop met hem mee naar mijn kamer.

'Ze moesten ze verbieden,' zegt Erik. Hij steekt direct zijn handen onder mijn trui waardoor ik even denk dat hij sexy praat zit te doen, maar hij bedoelt de bierfiets. Hij heeft er maar net op het nippertje één kunnen ontwijken. Een gigantische slinger heeft hij moeten maken, want die lui erop waren knetterlam.

'Weg met de bierfiets,' zeg ik. 'Kan die op een spandoek?'

Erik heeft zijn aandacht er niet bij. Vorige keer had ik hem voorgesteld om wat meer aan de liefde te doen, en hij heeft dat kennelijk in zijn oren geprent, mijn *peace tree*-trui ligt al op de grond.

Ik trek zíjn kleren dan ook maar uit.

Als ik er na afloop weer over begin, zegt hij dat een spandoek aan onze gevel net zoiets is als Jeff Koons in Versailles. Hij grijnst, maar hij heeft het nog niet gezegd of hij krimpt ineen en houdt zijn handen voor zijn ballen.

Want ik weet heel goed hoe stom hij Jeff Koons vindt.

19

'Ik ben er, Herbie,' zeg ik, naar de schakelaar van mijn leeslampje tastend. 'Rustig maar, mama komt morgen alweer terug. Ze is maar één nacht weg. Dat heeft ze duidelijk gezegd en zelfs een paar keer herhaald. Niet zo boos zijn! Ik had een tien voor geschiedenis. De anderen hadden zevens. Stop met dat gebonk, alsjeblieft. Ik heb de thee voor je. Ik breng het bij je boven. O jee, nu valt het, de hele trap zit onder. Sorry, dat was zeker niet de bedoeling!'

Ik zit rechtop in bed. Arme Herbie. Waarom laat mam hem 's nachts alleen? Ze zou dat veel beter niet kunnen doen. Zelfs ik kan dat begrijpen.

Ik knip het lampje aan en zie dat het glas water van het nachtkastje is gevallen. Het water stroomt naar de kieren tussen de planken.

Ik doe de lamp weer uit. Te fel.

Onwillekeurig trek ik mijn dekbed zo ver mogelijk om me heen. Een punt heeft op de grond gehangen en is nat geworden. Brr.

Ik sluit mijn ogen en luister naar de geluiden van buiten.

Ik doezel weer weg.

Maar er was nog een geluid geweest. Ik bedwing een huivering en probeer na te denken. Als ik me inspan, kan ik het nog terughalen. Uit de diepte van het huis. Geklop. Fluisteringen.

Daar is het weer. Langs de muur gaat het, via de muur naar de hal. Ik huiver.

Maar het is niet mijn vader die op de vloer bonkt. Hoe kom ik erbij. Natuurlijk klinkt het niet als het gebonk van een volwassen man. Het klinkt als jonge meisjes die op muren kloppen, ijl, zoekend.

Maar wat willen ze?

Daar is het weer!

Ik zit rechtop in mijn bed, starend naar de deur. Scherp luister ik of er voetstappen achter klinken.

Het is maar een geluid, zeg ik tegen mezelf.

Het geklop houdt op.

Ik huiver bij de gedachte dat ik de enige ben die wakker is. Ik licht het gordijn een stukje op. Het huis ligt erbij als een middeleeuwse burcht, somber, donker. Van terugkerende doden wordt gezegd dat ze je adem wegzuigen tijdens de slaap.

Het beste is om gewoon weer te gaan liggen, en zwaar en regelmatig te ademen.

Een koude tocht trekt over mijn kussen. Ik zweer dat ik iets hoor zuchten.

'Welterusten,' zeg ik hardop. 'Als je nu lekker slaapt, ben je morgen...'

Beng! Een harde klap maakt dat ik meteen weer rechtop zit.

Beng! Beng!

Ik spring uit bed en ren naar de deur van mijn kamer om er zeker van te zijn dat die op slot is.

'Ga weg,' schreeuw ik. 'Ga weg, ga weg!'

Het is doodstil.

Ze zijn op zoek naar iemand die luistert. Ze weten nu dat er in deze kamer iemand is die hen hoort. Om iets aan te hebben pak ik een trui van een stoel.

Van wie zijn die ijskoude vingers in mijn nek? Wat willen ze van me?

Sidderend draai ik de sleutel om.

Beng!

Zonder sokken en met blote benen steek ik de donkere gang over.

Beng!

'Alexander!' roep ik op zijn deur bonzend. 'Alexander!'

Een mythologische gestalte verschijnt in het deurgat. Twee vlekken oogwit schitteren in het donker. Nooit was ik blijer om hem te zien. Hij draagt een donker T-shirt over zijn enorme tors met witte letters: JUST DID IT. Zijn haar is door de slaap in de war geraakt.

'Er klopt iets op de gang. Hoor jij het ook?'

'Er klopt iets op de gang?' praat Alexander me na. Hij onderdrukt een geeuw.

'Ik vraag me vooral af *wie* er klopt,' zeg ik met verstikte stem. 'Eerst was het zacht, daarna alsof er iemand met een hamer tekeerging.'

Met mijn knokkels doe ik het voor. 'Er klonk pijn in door.'

Dan begint het sinistere geklop opnieuw, alsof het op ons heeft gewacht. IJl, dringend.

Ik klamp me aan Alexander vast. 'Dát! Daar is het weer.'

Doodstil staan we te luisteren. We ademen in elkaars gezicht.

'Ik hoor niks,' zegt Alexander. Hij maakt zich van me los en loopt stoer naar de deur die naar de hal gaat. Hij schopt hard tegen de onderkant. We luisteren naar de holle echo op de gang. Daarna is het weer doodstil.

Alexander kijkt me veelzeggend aan.

'De wezen,' zeg ik rillend tot in mijn haarwortels. 'Ze weten dat ik hen hoor.'

'We moeten slapen,' zegt Alexander.

'Zullen we allebei onze deuren openlaten?' vraag ik. Aan zijn gezicht zie ik dat hij het een dwaas idee vindt.

'Sorry, dat was maar een dwaas ideetje.'

'Ga maar lekker slapen,' zegt Alexander.

's Morgens word ik veel te vroeg gewekt door een irritante vogel, een die in groepjes van vijf fluit. Chagrijnig van moeheid trek ik het gordijn open, hij is nergens te zien. Het rotbeest zit zeker om een hoekje.

Teruggezakt op het kussen kijk ik toe hoe het licht wordt op de muur: eerst blauw, dan melkachtig, dan grauw, daarna roze en uiteindelijk is het de hele make-updoos tegelijk die over de spiegel sliert en zelf slier ik mee in een vage, halfdromerige toestand die me nog een poosje beschermt tegen de dag. Gestommel op de gang maakt me weer wakker, mijn hoofd op een dode linkerarm. Ik wrijf over mijn arm en luister naar wat Alexander aan het doen is, en dat ik pas over een uurtje hoef te doen: licht aan, plassen, zingen onder de douche, de koelkast open, de koelkast dicht.

Een klap. Dat was de gangdeur. In zijn zwartleren jas bombert hij nu de trappen af. Zo'n jas die lijken dragen als ze gevonden worden. Hij draagt hem zomer en winter. Net als mijn vader, die had ook één jas voor alle seizoenen en alle gelegenheden.

Dan herinner ik me de nacht weer.

Waarschijnlijk staat er ergens in het gebouw iets tegen de muur te trillen, denk ik. Of het was een droom. Ik ben er toch de persoon niet naar om gruwelijke dingen te horen die er niet zijn. Van het ene op het andere moment zijn het geluiden die ik met nuchtere logica van me af kan schudden.

Ik schaam me over mijn angst. Tegelijk denk ik: we stonden daar toch maar vannacht, Alexander en ik. Samen, en we hadden het over mij.

Annerie vraagt me of een gezellig zitje in de gang geen leuk idee is. Ze is nu hele dagen thuis, omdat haar dichter langs kan komen, als hij een gaatje heeft.

Ze klaagt over Rudi z'n vrouw. Het gaat niet zo goed op haar werk. Iedereen moet uren inleveren, en zij, zal je net zien, misschien wel een hele dag. Het betekent dat Rudi minder vaak naar Annerie kan komen. En Annerie vindt dat hij daar niet genoeg onder lijdt.

Ook als Rudi thuis is, en met zijn gezin aan tafel zit, moet hij haar in gedachten tegen de muur duwen, of voor haar part tussen de borden op die tafel leggen. Ook dat is liefde.

Als iets echt de moeite waard is, moet je ervoor vechten. Dat vindt Katelijne.

'Katelijne?' Waar komt die ineens vandaan? 'Heb je die er ook al over gesproken?'

'Gemaild. Wil je weten wat ze schrijft?'

Ze denkt even diep na en citeert dan: 'De koninklijke weg willen we allemaal wel, maar ook een banale melodie is een pad naar het paradijs. Als er maar íets gebeurt.'

Prachtig gezegd. Dat moet ik haar nageven.

'En, weet je zeker dat hij de moeite waard is?' vraag ik.

Dat is geen vraag. Ziek van liefde is ze.

Annerie weet een kringloopwinkel, vlakbij, in de Camperstraat.

Er hangt de droeve geur van kantinekoffie en ongewassen mensen. Het is er druk. Alles wordt bevoeld en betast: de gebruikelijke meubels en gordijnen, de incomplete serviezen, wit uitgeslagen bloempotten, zelfs de kast met boeken over computers weet nog iemands interesse te wekken, net als de rekken met verwassen kleren, waar een snipverkouden mannetje langs scharrelt die alle zakken nazoekt. Ze hebben er alleen geen lakens op het moment. Ik vind het niet erg. Het kan dan vintage zijn, de gedachte dat ik dit allemaal niet hoef te kopen, maakt me gelukkiger dan wél iets kopen.

De vrouw van het bloemstalletje bij het ziekenhuis plukt wat aangewaaide bladeren uit de boeketten.

'Overal blad,' zegt ze. 'Ik word er gek van.'

Ik heb er nog niet zo op gelet, maar het is waar. Overal blad. Blad valt op de stoep, valt op blad dat er al ligt. Blad hoopt zich op rond banden van auto's in parkeervakken. Bladeren slieren over de stoep, bladeren vluchten als muizen over het asfalt.

Een volle tram staat stil voor het stoplicht. De bestuurder is al op leeftijd. Hij kamt zijn grijze haar met een zakkammetje. Eerst de zijkanten, dan zijn mat. Mijn vader deed het ook zo.

Bladeren waaien om de tram. Er ontstaat iets eenzaams waar geen woorden voor zijn, maar wat toch een stem krijgt in die bladeren.

Terug op mijn kamer kijk ik opnieuw toe hoe een zwak zonnetje over mijn muren kruipt. Omdat ik heel lang kijk, zie ik het echt bewegen. De weesmeisjes moeten het destijds ook hebben gezien, op een trage najaarsdag, met de rammelende geluiden erbij van de zusters op de gangen. Hetzelfde licht, dezelfde muur, een andere tijd. Is dit een betere tijd? In de gemeenschappelijke tuin zijn kinderen aan het schreeuwen. Twee kleuters zijn verkleed en geschminkt. Het meisje als vampier, het jongetje als *the Joker*. Ze spelen met een gele bal die niet meer wil stuiten, hij valt steeds met een doffe plop op het natte gras. Een van de vaders voetbalt mee, maar moet tegelijk zijn smartphone bijhouden. Nu hoor ik wat de kinderen steeds schreeuwen: dat hij zo sloom is.

Van Alexander weet ik inmiddels dat er in dit huis niet zomaar wezen zaten, maar wezen met wie iets mis was. Ze kwamen uit het Maagdenhuis, waar de meeste meisjes bleven tot ze trouwden. Voor degenen die nooit een man zouden vinden, werd er buiten de Singelgracht dit gesticht gebouwd. Degenen die hier terechtkwamen waren te oud, te ziek, te mismaakt of te stom. Ze zouden nooit meer ergens anders wonen dan in dit tehuis, met zijn vaste tijden waarop het licht aanging en het eten aan lange tafels. Het was dit tehuis, de goot of de zwarte grond.

Het beeld van een huis vol gemankeerde vrouwen laat me niet los. Ik stel ze me gefrustreerd en wraaklustig voor.

Ze vinden dat ik hier niet hoor. Dat is wat ze 's nachts tegen elkaar vertellen.

'Psss, die nieuwe, het is geen echte.'

'Klopt, geen echte ontheemde. Ze heeft een vriend bij wie ze zo kan intrekken. Iemand die op haar wacht. Als het erop aankomt, gaat ze naar hém toe.'

'Ze heeft geen ideeën, geen enkel talent.'

'Ze kan het niet helpen, het zijn haar genen.'

'Niks mee te maken.'

'Ze lijdt er zelf ook onder.'

'Dat is nog geen reden om haar hier te laten wonen.'

'Nee, dat is zo. Ze eet trouwens ook vlees als niemand kijkt. Dode dieren.'

'Ze hoort hier niet.'

In koor: 'Ze is fake. We moeten haar niet binnen onze muren.'

20

Ik pak met een zucht het papier op van de brainstormsessie van gisteren. Als je zwaar op de hand bent, weegt zo'n vel als lood. 'Waar ben jij tegen?' vroeg Annerie als eerste aan mij. 'Asbest,' zei ik.

Dat negeerde ze.

'Misschien moeten we ergens vóór zijn.'

'Zoals?'

'Een apparaatje dat geluk brengt als je het in je hand houdt. Of...'

Ik hield op omdat Annerie weer op die speciale manier naar me begon te kijken. Toen ik onderuitzakte, rook ik mezelf. Bah, okselzweet.

'Met het oog hierop heb ik vandaag en gister de kranten gelezen,' zei Annerie.

'En?' vroeg Reve.

'Niks. Er staat niks in waar we wat aan hebben.'

'Heb je zelf nog iets bedacht?' vroeg Reve.

'Dunne modellen,' zei Annnerie. Er is 'helemaal niks mis met een buikje', en Annerie en ik hebben het allebei opgeschreven. Reve vond het niet iets voor op een spandoek, maar hij kwam zelf niet met iets beters. We hadden het over de politiek, binnenland, buitenland. Ik merkte dat mijn huisgenoten er niet veel meer verstand van hadden dan ik.

De sessie duurde en duurde. Alexander zei nog steeds bijna niks. Ik vroeg hem of er iets was.

'Hij praat al de hele dag tegen die bejaarden,' zei Annerie. 'Hij is even uitgepraat.'

Alexander deed alsof hij dat niet hoorde. 'Ach,' zei hij. 'Ik heb gewoon het idee dat er in deze keuken al jaren dezelfde gesprekken worden gevoerd. Alleen de sprekers worden af en toe vervangen.'

'En bedankt,' zei Annerie.

Dit is wat ik uiteindelijk op mijn papier vind. Het is net een gedicht:

Niks mis met een buikje (al moeten we ook geen reclame maken voor obesitas)
Geen macht voor de G8 (even checken of er nog ergens een G8-top is)
Fuck the System (Reve)
Laat de walvis leven (dat is wel de broodwinning van heel veel arme Japanse vissers)
Guantanamo nee (is dat nog wel in het nieuws? Checken!)
Handen af van (iets wat ik niet meer kan lezen)
Geen bont aan je kont
Graag lekker veel ozonlaag
Honger de wereld uit (die kan altijd wel)
Nike = slavendrijver (?)

Die dierendingen komen van Annerie, al had ze ook het gevoel dat dit misschien niet de tijd was om aandacht te vragen voor zeehondjes. Alexander had haar verzekerd dat het helemaal zo gek niet was. Het is nu de tijd dat alles anders moet, juist ook ten opzichte van de planeet, met ook de dieren en de natuur. Ik heb geen idee waarom ik achter de laatste een vraagteken tussen haakjes heb gezet. Guantanamo valt ook af. Die gevangenen daar zijn zo geradicaliseerd, die kan je niet meer zomaar vrijlaten.

Ik kijk net zo lang naar de woorden op het papier tot het lijkt alsof ze in een vreemde taal zijn geschreven.

Ik bedenk wat ik verder nog anders wil zien in de wereld. Ik denk aan mensen die 'Hallo, tring tring!' zeggen als je in hun weg staat, aan geniepige kleine lettertjes bij je telefoonabonnement, aan altijd dezelfde gasten in talkshows die hun vrije mening met je delen, aan winkelwagentjes voor kinderen. Aan het Nederlands elftal dat misschien wel ver komt maar geen mooi voetbal speelt, aan sterren naar wie we niet nieuwsgierig blijven als ze zelf al hun geheimen twitteren. Aan kunst aan de muur, die goed gaat met de gordijnen, maar die je zonder dat het uitmaakt op z'n kop kan hangen.

Mijn vader kijkt me vanuit zijn lijstje aan. Net zo vol onbegrip als altijd. Daarom is die foto ook niet goed.

Het stomme is dat ik me zijn gezicht niet spontaan meer kan herinneren.

Er wordt geklopt. Annerie weer. Ze draagt kleren die ik nog niet ken. Zigeunerstijl. Ze kijkt rond in mijn kamer om te zien of ik sinds de laatste keer nog iets veranderd heb.

Mijn bezit is volgens mij wat ze het leukst aan me vindt. Vandaag zijn het mijn eivormige geluidsboxjes die haar aandacht hebben, en het pluchen hoesje voor mijn iPhone, dat ze oppakt en langs haar wangen strijkt.

We worden maar geen vriendinnen. Ik zeg geen 'Lollipop' tegen haar, en mij noemt ze ook geen 'Noor'. Niemand doet dat. Misschien heb ik het niet overtuigend genoeg gebracht. Annerie en ik vinden het wel leuk om elkaar over onze levens te vertellen, zelfs de dingen waarvoor we ons een beetje schamen. Alles echter tot een zekere hoogte. Ik ben voorzichtig, en Annerie merkt dat. Ik weet niet wat de voorwaarden zijn voor echte vriendschap, misschien moet je die zoeken in de chemie.

'Ik krijg nog geld van je,' zeg ik.

'O ja. Help me 't onthouden.'

Of ik meega naar een lezing, vanavond. Iemand bespreekt *De shockdoctrine* van Naomi Klein. Daar heeft Annerie op zichzelf ook niet zo'n zin in, maar daarna gaan ze een documentaire kijken.

'Wat voor documentaire?'

Weet ze niet, maar het is een avond daar en daar, en meestal zijn die avonden chill. Ze heeft vanavond toch niks beters te doen, en eigenlijk geen enkele avond. 's Avonds kan Rudi niet komen, dan drinkt hij wijn met *haar*, of soms treedt hij ergens op.

'Ik heb vanavond al iets, je had het eerder moeten zeggen.'

Dan gaat Annerie ook niet. Ze heeft wel zin om te gaan, maar ze heeft geen zin om in haar eentje te gaan.

Ze zegt dat ze inmiddels meer informatie heeft over de actie. Het gaat om een etentje van topbestuurders, mensen die zichzelf bonussen uitkeren, al dan niet van gemeenschapsgeld, gewoon alsof er helemaal geen crisis is. Dat etentje moeten we gaan verstoren. Het is trouwens komende dinsdag al. 'Ik hoop dat je dan kan?'

'Verstoren?' vraag ik verbaasd.

Onmiddellijk zie ik gedekte tafels voor me, mannen in driedelige pakken. Gulzige monden. Wij die met vuvuzela's en pannendeksels lawaai komen maken.

Hoe we het precies gaan doen, daarover wordt momenteel nog vergaderd. Waarschijnlijk gaan we doen alsof we daar ook eten, afhankelijk van de vraag of ze in een apart zaaltje zitten of gewoon in het restaurant.

Heb je iets om aan te doen? vraagt Annerie. Anders mag ik wel een topje van haar aan.

Topjes hebben nu even mijn aandacht niet. Ik ben euforisch! Zitten we hier uren te vergaderen over iets om tegen te zijn, krijgen we het antwoord in de schoot geworpen. Natuurlijk: de graaiers moet een lesje worden geleerd. Ze moeten weten wanneer genoeg genoeg is.

'Actie, pa,' zeg ik tegen Herbie's foto. 'Eindelijk heeft je dochter ook een missie. Eentje die ergens over gáát.'

'Huh?' zegt Annerie.

Ik was even vergeten dat ze nog in mijn kamer was.

Ze wil de lange versie.

'Mijn vroegste en mooiste herinneringen aan mijn vader zijn die van hem in de keuken,' zeg ik met opzet pathetisch. Als iemand naar mijn verhaal wil luisteren, krijgt hij ook een beetje drama. 'In zijn rookstoel zat Herbie te lezen over Amerikaanse presidenten, zijn voeten optillend als mijn moeder er moest stofzuigen. Ik zat dan aan de keukentafel, meestal te tekenen. Al vrij vroeg had hij het internet ontdekt. Ineens kon hij alles vinden over Francis Fukuyama, de zaak Lee Harvey Oswald – zegt dat je iets, die moord en zo? –, wat ze doceren op Harvard, en dat alles zonder dat hij naar de openbare bibliotheek hoefde te gaan, die bij ons niet heel veel soeps was. Onvoorstelbaar dat hij al die informatie zomaar binnen kon hengelen, zonder ervoor te betalen! Ze zeiden wel steeds dat het onbetrouwbaar was, maar toch echt niet alles was rotzooi. Dat verdedigde hij soms, op een bijna ruziezoekerige toon, maar mijn moeder en ik, we waren het niet met hem oneens, we waren gewoon niet geïnteresseerd.'

'Is het goed dat ik er een uit het raam rook?' vraagt Annerie een pakje sigaretten ophoudend. 'Vertel ondertussen door.'

Maar eerst draai ik Herbie's foto om. Zo, dat praat beter. Sinds Annerie over zijn ogen is begonnen, kijken ze me steeds zo kritisch aan. Op een of andere manier halen ze de vader uit de man.

'Geef mij er ook maar een,' zeg ik.

'Algauw verhuisde mijn vader naar boven, en mijn moeder nam een minnaar. Later begreep ik dat ze dat al veel eerder had gedaan, maar dat ze dat voor mij had weten te verbergen. Misschien had ik het kúnnen weten, omdat ze, veel eerder al, plotseling was opgehouden Herbie dingen te verwijten en zelfs was opgehouden met zich voor hem te verontschuldigen. Tegen mij sprak ze over nachtdiensten, en dat was ook wat ik mijn vriendinnetjes vertelde. Je moet weten dat, toen ik jong was en zij al niet meer zo heel jong, zij nog steeds een lichaam had waarvan ze vond dat het zo op de Pirelli-kalender kon. Bovendien leefde ze in de veronderstelling dat iedereen van haar hield. Misschien was dat ook wel zo.

Eén autorit herinner ik me, toen mijn vader plotseling stopte op de vluchtstrook en gebaarde dat ik stil moest blijven zitten. In de achteruitkijkspiegel zag ik hem door de berm gaan, met flapperende broekspijpen in de najaarswind. Hij kwam maar niet terug, en toen ik besloot te onderzoeken wat er aan de hand was, hoorde ik hem over mijn moeder klagen in een praatpaal.'

Ik blaas een wolkje naar het plafond.

'Dat is maar één keer gebeurd. En hij had de hele terugweg strak voor zich uit gekeken, ik denk om de schaamte te verbergen waarvan het natuurlijk niet goed was dat ik die zou zien.'

'Wíj hadden thuis geen auto,' zegt Annerie. 'Wij waren te arm en we waren ertegen. Maar sorry, ik onderbreek je alweer, ga door.'

'Ik vertel dit nu wel rustig en gewoon,' zeg ik geërgerd, 'maar op dat moment kwam alles, waarvan ik dacht dat het klopte, in een heel ander licht te staan. Enfin.

Op een dag typte mijn vader zijn eigen naam in bij een zoekmachine: Herbie Jansen. Tot zijn verbazing was er een hit. Een aggregatenhandelaar in Texas heette ook zo en de rest van zijn leven ging op aan de obsessie om de Herbie van de aggregaten een keer de hand te schudden. Dat werd zijn missie. Liever had hij een intellectueel als naamgenoot gehad, maar hij besloot dat je op eerlijke handel niet moest spugen en dat het knap was om een heel bedrijf uit de grond te stampen. Het was Amerika, je kreeg er niks voor niks.

Ik vond toen dat hij beter zijn huwelijk kon redden en mijn moeder meenemen naar een land dat zij leuk vond om naartoe te gaan, maar hij, gewend aan dromen en sparen en doen waar hij zelf zin in had, was alweer geld opzij aan het leggen.

Op een zomermiddag vloog hij, na wat de laatste rapportenvergadering van zijn leven zou zijn, in zijn afritsbroek naar Houston. Daar reed hij met een huurauto naar de aggregatenkoning, liet een werknemer een foto van hen tweeën maken waarop aggregaten-Herbie de Nederlandse Herbie aankijkt alsof het de grootste mongool is die hij van zijn hele leven heeft gezien.'

'Het is de laatste foto waarop mijn vader rechtop staat,' zeg ik. 'Hij zit in een zilverkleurig lijstje op mijn moeders serveerboy die er voor de sier staat maar waar je de sier zelf bij moet verzinnen.'

'Hoe ging hij dood?' vraagt Annerie.

'Mijn vaders dood was nieuws in Amerika,' zeg ik.

'Na zijn missie is hij naar Dallas gereden. Op Elm Street, waar John F. Kennedy in 1963 werd doodgeschoten, is een groot wit kruis op de weg getekend. Toen mijn vader zich precies midden op dat kruis liet fotograferen, lette hij niet op het verkeer en werd omvergereden door een auto die met een bloedgang de bocht om kwam, een ongeluk (hij overleed later in het ziekenhuis) waar we de meest gruwelijke foto's van hebben. Zijn fototoestel en het mapje met de daar al ontwikkelde foto's hadden ze in Texas met duct tape op zijn kist geplakt voordat die het vliegtuig werd ingeladen.'

Annerie, die er eerst nog probeerde uit te zien als iemand die nergens van opkijkt, is nu een en al beduusdheid.

'Tja,' zeg ik. 'Zo was hij nog gezond, en zo was hij een bizarriteit die met de roddels mee van de kapper naar de slager ging, zoals kleine provinciestadjes dat doen. Zelfs door iedereen die hem beter gekend heeft, wordt hij alleen nog herinnerd als de leraar met dat *freak accident*. Niet om zijn karakter, of de dingen die hij voor de gemeenschap deed. Hij is de Nederlandse Kennedy-dode. In Amerika hebben ze er ook twee.'

Als Annerie de deur uit is, stop ik Herbie's foto in een la. Weg ermee. In plaats daarvan zet ik zijn encyclopedie rechtop op mijn bureau. In feite is het de binnenkant van mijn vaders hoofd die daar nu staat.

Het duurde meer dan een halfjaar voor ik besefte dat hij echt dood was. Weg, volledig verdwenen. Er was meteen het allerergste met hem gebeurd, we hadden geen tijd gehad om aan het idee te wennen.

Op zijn begrafenis – geen open kist, niemand heeft hem meer gezien, mijn moeder en ik ook niet – zeiden ze dat Herbie was overgegaan, alsof het een proces was geweest, in plaats van een rotklap. Mijn moeder citeerde iets uit de Bijbel, wat hij flauwekul zou hebben genoemd. Ik zelf zei een gedicht op over de dood, gevonden op het internet, en na afloop pakte oma Bokkenpool me bij de arm en zei: 'Ach kind, jouw vader is helemaal niet dood.'

Die konden ze dus ook in een tehuis stoppen.

Mijn moeder en ik hebben de hele tijd handen geschud en gehuild, hoezeer we ook werden tegengewerkt door een jengelige gitaar. Over de muziek hadden we ietsje langer na moeten denken. 'Hè, Herbie,' zeg ik tegen de encyclopedie. En de bloemen waren te geel, ze leken wel van plastic. Verschillende mensen wezen mij erop dat de aula vol scholieren zat. 'Dat is heel bijzonder.' Aan een lang meisje met een beertje van vilt aan haar rugtas vroeg ik toen maar of ze van Herbie's lessen had genoten. Ze zei dat de begrafenis verplicht was.

Ik bedenk dat ik de plek waar mijn vader is aangereden nog nooit op Google Maps heb opgezocht. Die blijkt heel makkelijk te vinden. Een grijze, nogal gewone weg, met inderdaad een kruis op de dodelijke plek. Het is vlak naast het gebouw (dat nu het Sixth Floor Museum heet) vanwaar een sluipschutter vanaf de zesde verdieping op Kennedy zou hebben geschoten.

Waardeloze audiotour heeft mijn vader nog aan mijn moeder gesms't. Via internet en bibliotheek wist hij kennelijk meer van de moord dan de mensen van het museum. *Wel bijzondere plek* schreef hij ook nog. *Zo veel geschiedenis.*

In de reviews op Google Maps krijgt hij gelijk.

'Te duur voor wat je krijgt.'

'Anderhalf uur in de rij.'

'Ik hoopte op meer sluipschutterartikelen.'

'Aangrijpend om hier te zijn.'

21

We zien eruit alsof we naar de opera gaan, maar we gaan protesteren tegen de bonuscultuur. Een serieus protest. Twaalf bestuursvoorzitters van voornamelijk semioverheidsinstellingen zijn vanmiddag met elkaar aan het golfen en straks gaan ze eten in een chic restaurant. De ontmoeting is informeel, de deelnemers zijn volgens een geheime procedure geselecteerd. *If you're not in the room, you're on the menu.* Alle twaalf keren ze zichzelf bonussen uit van minstens een ton. Dit alles weten we van Katelijne, die over een nog beter intercontinentaal netwerk beschikt dan de KLM.

Volgens Katelijne zijn het stuk voor stuk enorme ego's. En ik denk voor een keer dat ze gelijk heeft.

Bestuurders willen over straat rollen in glanzende Maserati's, uitstappen met waaiende overjas en welvaartsbuik, gegroet en geprezen worden, glossy visitekaartjes uit een houdertje schudden, uitnodigingen krijgen zonder de verplichting ze te accepteren, met lintjes onderscheiden worden en met standbeelden vereeuwigd om hun grote verdiensten voor de gemeenschap.

Onze opdracht is om ze totaal respectloos te bejegenen. Om ze te leren.

Met een mannetje of tien gaan we naar datzelfde restaurant, in groepjes van twee. Er is één tafel van vier, dat zijn Alexander, Joy, Annerie en ik.

Joy ken ik niet, het is een 'vriendin' van Annerie.

We verzamelen in een donker kraakpand dat geen kraakpand meer is en er ook niet meer op lijkt. Het is een x aantal jaar geleden door de krakers gekocht. In de keuken is het een tikje donker, maar je kan zien dat het met smaak is ingericht. Er staat een Nespresso-machine, wie wil kan een kopje krijgen. Kopjes met schoteltjes. Het valt ook de jongen naast mij op, want hij komt met cijfers van het aantal plastic bekertjes dat wereldwijd wordt weggegooid. Per jaar een vijf met heel veel nullen, maar hij weet even niet meer hoeveel. Het komt allemaal in de zee terecht. Tegenover een kilo plankton staat algauw zes kilo plastic. Dat van die zes weet hij in ieder geval heel zeker. De zeevogels stikken erin. Ik voel dat hij me er nog meer over wil vertellen, om me die blamage van die nullen te doen vergeten, maar ik geef hem geen kans en vraag aan niemand in het bijzonder wie er hier allemaal wonen. Ze kijken me glazig aan. Mijn buurman weet het ook niet. In ieder geval woont Joy hier, die een magere, bleke vrouw blijkt te zijn met een kritische blik, piercings en overal tattoos, aan haar grove praatjes te horen ook aan de binnenkant van haar mond. Ogenblikkelijk voel ik een diepe afkeer voor haar, en zij geloof ik ook voor mij. Ook in een saaie zwarte trui ziet ze er niet uit als iemand die gastronomisch gaat dineren. Meer mensen vinden dat, er wordt gezegd dat ze niet mee mag. Ze protesteert. Ze vindt dat we in hokjes denken. Fakking kut, vindt ze dat. Wil ze dan dat alles flopt omdat zij er zo nodig bij moet zijn?

Iedereen die wel gaat, heeft een blouse aangetrokken of een nette donkere trui. Annerie draagt een zwarte jurk en een diadeem die fonkelt en glimt. Ze zegt tegen iedereen dat het geen echt zilver is. Ik heb met tientallen schuifjes mijn haar omhoog. Zo is actievoeren ook nog eens leuk.

Er ontstaat discussie over de vraag of we voor het eten gaan betalen, of dat we weg zullen lopen. Niemand heeft zin om te betalen, maar we willen wel algemene sympathie voor onze actie. We overwegen een envelop met flappen op de bar te gooien.

'Hebben we dat geld dan?' vraagt Reve zakelijk.

Nee, dus is het toch nog makkelijk besloten. De directeuren

moeten het restaurant maar vergoeden van hun bonus.

Opgewonden gaan we op pad. Annerie heeft onze tafel gereserveerd onder de naam Catharina ten Houte de Lange. We oefenen met haar 'Catharina' noemen.

Reve en Mattheo gaan als het koppel Van Reigersbergen. Zij zullen als laatste binnenkomen. Mattheo draagt zijn eeuwige rode jasje, maar met een glimmend zwart overhemd.

Iets over achten zijn we er. Er zitten al twee stellen van ons en de directeuren zitten er ook al. Ik ben opgelucht dat ik met mijn rug naar ze toe zit.

Tegen de bediening zeggen we dat onze vierde persoon niet meer komt. Nee, dat is geen enkel probleem. Een ober haalt de glazen weg.

We zijn zenuwachtig. Ik ben stil, Alexander zweet en Annerie praat aan één stuk door. Ze vertelt op geheimzinnige toon wat ze ziet. Rood knipperende BlackBerry's naast hun bord. Roos op hun kapitale revers. Op de drank wordt niet beknibbeld. IJsemmers, decanteerkaraffen.

Haar gedempte opgewonden toon is irritant, maar dat Annerie zoveel praat, komt op zich goed uit. Ik kijk naar haar bewegende gezicht. Het lijkt niet meer zo erg op Modesty Blaise als eerst. Ze is een beetje aangekomen en ze heeft iets van een bonbon, met ook die korte, mollige vingertjes. Ze zei laatst dat Rudi het opwindend vindt om te zien hoe ze een Magnum eet.

Tussen haar gepraat door probeer ik te luisteren naar wat er achter mij gezegd wordt. 'Cover my ass,' hoor ik.

We hadden beter een apparaatje mee kunnen nemen om hun pacemakers te ontregelen, zegt Alexander. Dat lijkt hem wel wat. Niet in één keer bám, nee, hij zou langzaam het voltage opvoeren, dat iedereen steeds roder aanloopt.

Ik kijk hem verbaasd aan. Ik vind het wel grappig, maar niet echt humor voor iemand die in een verpleeghuis werkt.

Daar is het laatste stel: Reve en Mattheo. Reve kijkt brutaal. Zo kijken zit hem in zijn bloed. We groeten niet, dat hebben we afgesproken. Ze krijgen een tafel bij de achterwand. Het is nog niet helemaal vol, maar toch is minstens driekwart van de tafels bezet.

'Zeker, we hebben vandaag een heerlijke gebonden vissoep,' zegt een ober met dikke kuslippen. We hebben hem alle wijnen op laten noemen en ten slotte voor een fles rioja gekozen. We zouden er geen spijt van krijgen. Moet híj straks op de knieën om alles op te vegen?

'Driemaal vissoep? Een beetje brood?'

Ja hoor. Een beetje brood zou heerlijk zijn. Het hoofdgerecht, daar denken we nog even over na.

De ober verdwijnt opgewekt door de klapdeuren naar de keuken.

Ik duw mijn neus in mijn servet dat stijf en glad is en zo schoon ruikt dat het me ontroert.

Daar komt de wijn al. En ook het brood, dampend vers. Bij bakkersgeuren denken mensen aan liefde en gezin.

'*Salute!*' zegt Alexander. We stoten met de glazen, we doen alsof we drinken.

Een slokje mag wel, vind ik, maar Annerie vindt principieel van niet.

Ze meldt dat iedereen van ons nu wijn op tafel heeft, behalve Reve en Mattheo. Het brood is heerlijk zacht met een harde korst. Zonde om het weg te gooien.

Annerie denkt te zien dat Reve onbeschoft doet tegen de ober.

'Dan spugen ze in zijn soep,' zegt Alexander.

Wat dan nog, we eten die toch niet op.

Hij trommelt met zijn vingers op de tafel.

Achter me klinkt bulderend gelach. Zijn dit de captains? Het zijn ze. Ze zijn luidruchtig, ze volgen het cliché van het succes.

'Hoe zit het eigenlijk juridisch?' vraagt Alexander.

'Dit is nu niet het moment,' zegt Annerie. De vissoep arriveert. Hij is prachtig oranje van kleur, al zitten er volgens Annerie vieze dingetjes in. Ook de andere stellen hebben hun eten, zelfs Reve en Mattheo. Ook soep, zegt Annerie. Zo dadelijk zijn ze hier door hun soep heen.

'Een beetje blazen, Catharina,' zegt Alexander tegen Annerie, die al bijna op wil staan. 'Anders maken we brandwonden.' Daar had nog niemand aan gedacht en Annerie sms't het snel nog even naar Reve en een paar anderen.

'Zijn hier vissen voor doodgemaakt?' vraag ik.

'Niet veel, zo te zien,' zegt Alexander, die er met zijn lepel doorheen roert.

Annerie krijgt intussen door dat we bijna gaan beginnen. We zetten onze voeten naast elkaar op de grond. De polsen op tafel, klaar om elk moment overeind te komen. Onze jassen hangen aan een kapstok in de hal. Dat kan nog gedoe geven met zo veel dezelfde donkere jassen.

Mijn hart bonst. Mijn keel is droog. Ik hoor mezelf snel ademen. Het klinkt meer als hijgen. Ik probeer langzamer en dieper te inhaleren, koelbloedigheid te imiteren in de hoop dat hij echt wordt.

'Nu,' zegt Annerie. Ergens achter mijn rug is het teken gegeven.

Tegelijk met de anderen sta ik op. Mijn stoel schuift beroerd, stroeve vloerbedekking. Met onze soepkommen en wijnglazen lopen we naar de tafel met de directeuren. We komen van alle kanten.

Camera loopt, roept het meisje dat alles filmt. Ze had niet hoeven roepen. Op ons gestommel na is het plotseling doodstil. Handen op weg naar de mond hangen roerloos in de lucht. Iedereen kijkt. Wie roept er als eerste iets? Ik vind dat er nu iets geroepen moet worden. We staan hier niet iets stiekems te doen.

Gelukkig. Het is de jongen die het startsein heeft gegeven.

'Graaiers,' roept hij, helaas met overslaande stem. 'Jullie verrijken je met geld van de gemeenschap!' Soep vliegt door de lucht.

'Dieven!' roept iemand. Wat klinkt het iel in de grote ruimte. Nog een kop soep. Mannen met druipende soep in hun grijze haren. Fel oranje vlekken op hun witte hemden. Het gaat heel goed, zo te zien, alleen kan ik er niet goed bij. Ik moet wachten tot Alexander met zijn brede rug klaar is en plaatsmaakt.

Er wordt al meer geroepen nu. Als het maar duidelijk is waarom we dit doen.

Nu! De meeste mannen hebben hun stoel naar achter geschoven, hun arm beschermend voor hun hoofd. Ik kijk recht in de camera. Nu mooi gooien.

Wat is dit geweldig! Ik ben niet als al die mensen die 'schande, schande' roepen en ondertussen gewoon hun was en hun plas blijven doen. Integendeel! Ik kom in actie. Kijk nou toch, al die machtige mannen zijn bang voor wat ík van hen vind.

De gedachten schieten door mijn hoofd. Dit is wat ik voor ogen had bij actievoeren. Annerie zal straks op de band kunnen zien dat het menens is, wat mij betreft. Wat een machtig gevoel! Ik zou dit moment wel honderd keer over willen doen. Hoe gooi je mooi?

'Met jullie bonussen,' roep ik luid en duidelijk. Ik zwaai mijn arm naar achter.

'*Yes!*' roept het filmende meisje. '*Go!*'

Daar had ik nog helemaal niet aan gedacht, het filmpje zou wel eens de grens over kunnen gaan.

'*Greedy bastards!*' schreeuw ik. Of wordt het toch wel ondertiteld?

Ik ben de allerlaatste. Iedereen rent al naar buiten.

Mijn arm haalt uit. Dan hou ik mijn adem in. Iets is op een verschrikkelijke manier verkeerd.

Ik kijk recht in een bekend gezicht. Een knap rood hoofd waar spetters rode wijn op zitten.

Eriks vader herkent me nu ook. Zijn ogen worden groot. 'Elenoor?'

Dat doe je tóch niet, zeggen die ogen.

Maar ik heb het al gedaan. *Oh my gosh.* De soep zit op zijn haren, zijn wenkbrauwen, op zijn witte hemd, zijn stropdas. Een prachtworp.

'De wijn!' roept het meisje met de camera. 'De wijn nog!'

Maar de wijn zet ik neer. 'Oooo,' kreun ik zonder Jan echt in de ogen te kijken.

Ik gris het servet van zijn schoot en veeg snel en onhandig de soep uit zijn haar en gezicht. Het wordt eerder erger dan beter, ik stop er weer mee. Mijn hand hangt vreemd en zinloos voor zijn ogen. Dan smijt ik het servet op zijn hemd dat een en al soep is. Van al die mannen is hij wel het ergst getroffen.

'Hé!' roept het meisje van de camera. Heeft ze al eerder geroepen? Iemand filmt met zijn mobiel, iemand die niet bij ons hoort. Ik moet erlangs. Uit de weg! Waar is de uitgang? Mijn jas herken ik aan de rode sjaal uit de mouw. 'Een revolutionaire sjaal,' zei Alexander op de heenweg.

De bediening staat in de gang. Ze weten niet of ze ons moeten tegenhouden of dat ze de boel moeten opvegen. Een ober staat met een telefoon aan zijn oor. Belt hij de politie? Buiten staat alleen Alexander nog. Iedereen moet volgens afspraak een andere kant op. Het camerameisje is naar links gegaan. Wij gaan rechtsaf, naar de hoek waar toevallig ook onze fietsen staan.

Ik heb maar één slot om mijn fiets, maar Alexander heeft alles erop en eraan. Eindelijk heeft hij zijn sloten los. We racen weg. Met een omweg fietsen we naar het kraakpand.

'Perféct,' zegt Alexander hijgend. 'Alles ging perfect.'

Ik ga achter Alexander fietsen. Ik luister naar mijn ontreddderd hart. Onze banden sissen over de natte straat. Niet te geloven dat dit echt is gebeurd. Het ergste van het ergste. Mijn beschaamde aftocht wordt genadeloos beschenen door de felle straatlantaarns.

Tegelijk met het meisje dat alles heeft gefilmd komen we aan bij het kraakpand. Iedereen is er al.

'Wat zweet jij,' zegt Annerie tegen Alexander.

Het meisje stopt met haar jas nog aan de sd-kaart in een computer. Joy doet nog steeds bozig. Ik wil iets aardigs tegen haar zeggen, maar verzin maar eens iets. We gaan eerst met z'n allen bekijken wat we hebben aangericht.

'Sssst,' zeggen we. Anders kunnen we onszelf niet verstaan. Je verstaat het sowieso alleen als je 't weet, want iedereen schreeuwt door elkaar.

'Kunnen we toch ondertitelen,' zegt het meisje. Ze ziet het probleem niet. Ze gaat ook onze gezichten blurren.

De beelden zijn goed gelukt. Het meisje heeft een vaste hand van filmen. De wijn die Eriks vader over zich heen krijgt komt van

Reve, zie ik. Wat kijken de directeuren perplex.

'Onnozel,' zegt iemand. 'Moet je zien!' Ondanks alles vind ik het grappig om Mattheo met soep te zien gooien. Je gelooft eigenlijk niet dat hij het echt doet. Maar het is een goede worp. Het is geweldig gelukt. Iedereen geeft elkaar complimenten.

'Hoera!' roept Annerie. 'Leve ons!'

Vanachter Alexanders brede rug verschijn ik in beeld. Ik kijk naar mezelf, hoe ik me klaarmaak voor de zwaai, hoe ik gooi. '*Greedy bastards!*' En dan. Hoe snel een gezicht veranderen kan. Dat hopeloze gewrijf met dat servet. Het is niet om aan te zien. Je doet iets en je draagt het. Of je doet het niet.

'Wat ís dat?' vraagt Annerie. Iedereen draait zich naar me om.

Ik weet absoluut niet wat ik moet zeggen. Tijdens het fietsen heb ik geprobeerd een verklaring te bedenken. Maar ik heb geen verklaring. Er is alleen de blik in de ogen van Eriks vader. De schaamte. Hoe moet ik die man ooit weer onder ogen komen?

Niemand zegt iets.

'Het spijt me,' zeg ik met geknepen stem. Ik durf Annerie niet aan te kijken.

Het meisje zegt dat ze de laatste paar seconden weg kan knippen.

'Dat zal wel moeten,' zegt Joy. 'Zoiets snap ik nou niet.'

Terecht. Ik vind mezelf ook een revolutionair van niks.

Eindelijk komt het bier erbij. Daar zijn we aan toe.

'Jij ook?' vraagt Joy.

Als ze het zo vraagt, hoef ik niet.

Ik knoop mijn jas weer dicht. Ik tik Alexander op de schouder.

'Zeg, ik ga ervandoor.'

Hij knikt. De anderen zijn te druk. Ze bekijken het filmpje voor de zoveelste keer.

Bij de deur hoor ik Alexander zeggen: 'Haar schoonvader was erbij.'

Wat een avond. Nu regent het nog ook. Ik fiets langs de Febo en trek een kroket uit de muur. Hij is lauw. Het is geen crime.

Niet alles is meteen een crime.

22

Grote gebeurtenissen laten altijd een leegte na. Tijdens mijn slaap heb ik al honderd koppen smerige soep over Eriks vader heen gegooid, maar in werkelijkheid lijken er geen gevolgen te zijn. Althans geen grote.

Door toeval heb ik Erik een aantal dagen niet gezien. Hij was met Freddie en nog wat vrienden in Brussel voor een vrijgezellenfeest dat een paar dagen duurde en belachelijk veel geld kostte. In elk geval te veel voor Freddie, die op dit moment zonder werk zit, maar daarom juist wel aan een verzetje toe was, en die door de anderen werd getrakteerd. Daarna had ik twee avonden achter elkaar zelf iets buitenshuis te doen.

Nu zit Erik naast me in de keuken bier te drinken en te bedenken of hij, behalve Freddie, al iemand persoonlijk kent die de crisis aan den lijve voelt, en ik kijk hem steeds van opzij aan om te zien of hij al iets heeft gehoord. Het is typisch voor Erik om daar dan niet meteen over te beginnen.

Hij zit er heel ontspannen bij. Onze benen leunen warm tegen elkaar aan, en Erik heeft een grote schaal tapas gehaald bij onze lievelingstraiteur, kaas en knoflookworst met halve peperkorrels. Hij blijft maar vlees meenemen, hij weigert daar iets verkeerds in te zien.

Ik proef er amper iets van.

Hij kan beter van mij over het etentje horen dan van zijn vader, of uit de media, maar steeds, net als ik het op wil biechten, zegt Erik iets, gaat het raam klapperen, of heb ik een zeentje tussen mijn tanden.

Het filmpje is een bescheiden internethit. Het staat nu vijf dagen online en het is iets van vijftienduizend keer bekeken, maar de landelijke media pikken het niet echt op. Een weinig beluisterd radioprogramma heeft er een paar minuten zendtijd aan besteed, een mediasite heeft ernaar gelinkt, en dat is het.

Maar toch. Zijn vader zal hem er misschien over aanspreken, en daarom is opbiechten uiteindelijk toch gewoon het beste.

En ik doe voor de zoveelste keer mijn mond open om het te zeggen. In mijn hoofd formuleer ik vast de woorden. 'Ik dacht nog: hee...'

Maar waarom zou zijn vader vertellen dat hij met soep is besmeurd?

'Wat zit je te piekeren?' vraagt Erik.

'O niks, zomaar een gedachte.'

'Heb je eigenlijk wel een cadeau?' vraagt Erik.

Dat is ook nog zo. We moeten straks naar een feestje. Fiona wordt 28, maar we hebben allebei geen zin om te gaan.

'Ze wil geen cadeaus,' zeg ik, 'ze spaart voor een kunstwerk.'

'Kunst is de eigenlijke taak van het leven,' zegt Erik.

'Ja? Nietzsche zeker?' Die schijnt zulke dingen gezegd te hebben, in het Duits dan.

'Ja.'

'Mm.'

Dan pakt Erik de crisis weer op. 'Het gaat helemaal mis in Griekenland en Spanje,' zegt hij. 'Zo'n beetje de helft van alle jongeren heeft daar geen baan.'

Oud nieuws. Ze zeggen het al een tijd op het journaal.

'Nog één sigaret en we gaan,' zeg ik. Ik heb de indruk dat Reve en Alexander het niet zo tof vinden, dat gerook van ons in de keuken. Omdat ik eigenlijk gestopt ben, heb ik het liever ook niet op mijn kamer.

Erik is weer eens een genocide aan het voorspellen, en eindelijk begin ik een beetje te ontspannen. Dat van die genocide is op 't moment zijn favoriete voorspelling. 'Ik ben historicus,' zegt hij. 'En als je naar de geschiedenis van Europa kijkt, dan is het eerste wat opvalt de regelmatige terugkeer van een gigantische geweldsuitbarsting.'

Ik knik, vanavond extra bereid om het met hem eens te zijn. 'Weet je wat het is met Europa? Op een gegeven moment worden er ergens schuldigen aangewezen. Zo is het tot nu toe altijd gegaan, en alles wijst erop dat het nu ook weer zo gaat.'

Erik voorspelt graag dingen over Europa, je moet er de *Herald* voor lezen, in Amerika staan al die dingen over ons eerder in de krant dan hier, omdat ze ons van een afstandje kunnen bekijken en omdat een gewaagde uitspraak daar niet meteen gevolgen op de beurzen heeft, wie kan het daar iets schelen.

'Ik weet een titel voor je film,' zeg ik. 'De eeuwige terugkeer van catastrofes.'

Ik bedoelde het ironisch, maar Erik maakt er een notitie van in zijn telefoon.

De allergrootste catastrofe is zich volgens hem al onder onze neuzen aan het voltrekken, door de gulzige mens die alle natuurlijke hulpbronnen opslorpt en daarbij rotzooi laat ontsnappen uit schoorstenen, pijpleidingen, uitlaten.

Er zullen – 'het klinkt triest, maar zo is het' – steeds meer oorlogen komen om de laatste restjes olie, grondstoffen, voedsel. Iedereen wil ze hebben. En niemand wil de vluchtelingen hebben. We weten dat allemaal, maar we slapen er niet minder om. Onderdeel van de catastrofe is dat we overal aan wennen.

Erik weet niks van biologie, maar hij heeft zich laten vertellen dat de aarde een opwarming van 4 graden Celsius naar alle waarschijnlijkheid niet aankan, terwijl ze hard in die richting gaat. Er zijn zo veel gevaren mee verbonden, hittegolven, ondervoeding, zeewater dat het drinkwater bederft, dat niet alleen onze beschaving, maar zelfs ons leven op het spel staat.

Als Amsterdam een week lang niet bevoorraad wordt, is er al honger in de stad. Daarom liggen er balen rijst onder Eriks bed, en staat er een doos met een waterzuiveringsapparaat, waarmee hij het water uit het IJ kan drinken. Ernaast liggen dertig dozen Gouda-kaarsen. Erik wil leren vissen, en vuur maken uit het niks, uitzoeken hoe je wortels en knollen verbouwt. Als zijn film af is, gaat hij dat allemaal uitzoeken.

Mijn vader was ook historicus, maar hij heeft altijd in de vooruitgang geloofd. Van een dubbeltje was hij een kwartje geworden en hij geloofde in die mogelijkheid voor iedereen. Alles kan, zei hij altijd. Behalve omhoogvallen.

Van 9/11 heeft mijn vader niet meer afgeweten. Hij stierf iets meer dan een maand ervoor, argeloos en vol met hoop.

Erik vindt hoop iets voor losers. Mensen kunnen ook nu weer nazi's worden. Hij gelooft niet dat we leren van de geschiedenis.

Die hele Anne Frank-boom, wat een farce was dat! 'Al die jaren hebben we gehoord van de beschermers van de Anne Frank-boom. Maar waar was iedereen toen de joden werden afgevoerd?'

Ik vind het jammer dat Erik geen enkele interesse heeft voor mensen die iets góeds proberen te doen. Alleen als goede bedoelingen totaal verkeerd hebben uitgepakt, dan hebben ze zijn belangstelling weer.

We steken een nieuwe sigaret op.

'Wie zullen ze dit keer de zondebok van de crisis maken?' zegt Erik. 'De kapitalisten? Krijgen dit keer de bankiers ervan langs? De topbestuurders? Degenen met de bonussen?'

Ik schrik van de wending van het gesprek. Mijn been, dat ineens klam aanvoelt, trek ik los van het zijne.

O, had ik het hem maar zelf verteld! Had ik maar zijn hand gepakt en gezegd: Moet je horen, Erik, er is iets gruwelijk misgegaan in dat restaurant. Het was nooit de bedoeling geweest dat... en dan het hele verhaal. Had ik het maar gedaan.

'Of krijgen toch de allochtonen gewoon de schuld?' gaat Erik verder. 'De moslims? Of de joden weer? Wie zullen ze kiezen?'

Gewoontegetrouw trekt hij zijn telefoon uit zijn broekzak, kijkt hoe laat het is, en bergt hem weer op.

En ik haal weer adem.

Het hem alsnog vertellen? Ach nee. Wat heeft dat voor zin? Wat is hij toch knap om te zien. Net Heath Ledger in *Brokeback Mountain*, maar dan met dikkere lippen.

'Heath Ledger is dood,' zegt Erik. Hij wil alleen met zichzelf vergeleken worden.

'Wil je nog worst?'

Erik pakt een stuk worst uit het aluminium bakje. 'Moet je zelf geen worst?'

En dan vraagt hij na een korte stilte: 'Hoe is dat eigenlijk nog afgelopen met die actie van jullie? In dat restaurant?'

Op dat moment komt Annerie de keuken binnen met zwartomrande ogen, zwarte Modesty-lippen, zwarte nagels. Een tikkeltje somber, omdat – gok ik – een plannetje van haar niet doorgaat, iets met haar nieuwe man.

Als ik niet zo nerveus was, zou ik medelijden hebben. Als een man het laat afweten in het weekend, is hij niet in je geïnteresseerd. Dat weet iedereen.

'Ha!' zeg ik, de opgewekte spelend. 'Ga je nog iets leuks doen vanavond?'

'Weet nog niet. Als ik zin heb.' Ze trekt een stoel naar achter. Als het mag komt ze er even bij zitten.

Een slechter scenario had ik niet kunnen bedenken. Annerie is erg gefrustreerd over het filmpje. Ze begrijpt niet dat het niet meer aandacht heeft gehad. Sinds vandaag vermoedt ze een complot van de media, die bang zijn om links te zijn, zoals iedereen sinds Pim Fortuyn altijd maar weer bang is om links te zijn. Die beschuldiging treft ook mij, want ik heb op Facebook nog niet naar het filmpje gelinkt, terwijl ik haar beloofd heb om het vandaag nog te doen. Maar ik kan dat niet doen, omdat Erik ook op Facebook zit. Elke keer dat ze erover klaagt geeft ze mij het gevoel dat ik haar iets afschuwelijks heb misdaan.

Terwijl Annerie praat, schuif ik zo onopvallend mogelijk een krant over de hapjes. De economiebijlage.

'Wanneer ben je er weer?' vraagt Annerie aan Erik. 'Deze week toch nog wel een keer?'

Ze heeft zich namelijk verdiept in de idee van de troost van de godsdienst, en wil het daar graag een keer met Erik over hebben. Alles is beter dan praten over onze actie. Maar jeetje, wat klinkt het, sorry dat ik het denk, als iets wat ze anderen heeft horen zeggen.

Maar Erik vindt het goed. Hij lijkt zich zelfs een beetje vereerd te voelen, wat natuurlijk helemaal niet nodig is. Annerie is verder geen licht of zo, maar voor sommige mensen is het al genoeg als iemand, licht of niet, het licht in hén herkent.

'Welke godsdienst?' vraagt Erik.

In het algemeen. Gewoon over praten, 'over het hoe en waarom'. Ze krabt aan een korstje op haar kin.

'Erik is meer van het "gelooft niet, vreest alleenlijk",' zeg ik.

Annerie kijkt me wantrouwig aan. 'Daarom juist.'

Veel in haar gedrag is theater, maar Erik weet dat nog niet. Die ziet alleen een mooi meisje.

'De troostrijke leugen van een leven na het sterven,' zegt Erik, al helemaal sissend van intelligentie. 'Geen probleem.' Hij kijkt mij aan, uitdagend. Wat zou hier het probleem zijn?

'Leuk!' zegt Annerie gauw. 'Vanavond ga ik denk ik uit m'n plaat.' Daarna horen we haar op de gang vloekend zoeken naar haar fietssleutels.

'Kom, wij gaan ook,' zeg ik tegen Erik. 'Hier, neem de laatste worst.'

Van ons tweeën ben ik degene die bepaalt wat er gebeurt.

Ik gooi Erik zijn jas toe. 'Ieder feest kan het laatste zijn,' zeg ik. 'Dat is het meestal niet, maar het kan.'

23

Fiona denkt dat we eerst naar een ander feestje zijn geweest, zo zien we er kennelijk uit. De jassen moeten op haar twijfelaar. Erik raakt al meteen aan de praat met een jongen in wie ik geen zin heb. Iemand deelt brandweerrode welkomstcocktails uit. Ik neem een veel te grote eerste slok en begin mij glimlachend te bewegen. Niemand zit op haar verzameling jarenzestigstoelen. Dat is voor een feestje geloof ik een goed teken. Er zijn veel mensen die ik niet ken. Er zit zo te zien geen een jongen bij met wie ik zou willen kussen, stel ik had Erik niet.

Ik probeer een jongen die niet geïnteresseerd is uit te leggen wat voor werk ik doe en zeg steeds saaiere dingen. Hij draagt een wijnrode sjaal met smalle blauwe strepen en zegt dat hij in de toekomst kan kijken. Modetrends voorspellen. Ik vraag hem waarom iemand die in de toekomst kan kijken zich zou beperken tot de kleur van de sjaal en de lengte van de rok. Ik krijg geen antwoord, hij moest al een tijdje naar de wc. Daarna leg ik een stuk of wat mensen uit waarom er binnenkort een genocide aan zit te komen, steeds bondiger, misschien wel zo bondig dat ik belangrijke stappen in de redenering oversla, maar niemand vraagt om uitleg. Een paar mensen zeggen dat ze even bier gaan halen, en ik zie ze niet meer terug.

Ik luister een gesprek af van iemand die al zo goed als arts is en dat 'zo goed als' verder niet uitlegt. 'Ouderdom is een ziekte,' zegt ze. Ze zegt ook dat de eerste mens die 150 gaat worden nu al geboren is, iets wat ze natuurlijk niet kan bewijzen, maar ze gaat zeker gelijk krijgen. Ze vindt haar werk geweldig, het is precies de baan waar ze al op haar vijftiende van heeft gedroomd. Alles is leuk eraan. 'O ja, alles.'

Ik vraag me af of ik een dokter die alles leuk vindt aan mijn bed zou kunnen verdragen, maar dan bedenk ik dat ik geeneens ziek ben. Haar man werkt in hetzelfde ziekenhuis, een verdieping lager. Degene tegen wie ze dat zegt, vertelt onder spetterend genies en het uitslaan van een kletsnatte zakdoek dat hij de consultancykant heeft gekozen, en een jonge vrouw met pauwenveren aan haar oren zegt dat ze borden met eten fotografeert voor haar beroep. Ze heeft lippenstift op haar tand, maar niemand zegt het haar.

Fiona rent steeds kreunend naar haar laptop, omdat er een nummer van de playlist niet deugt, en vandaar rent ze naar een willekeurig iemand om diegene te omhelzen. Ze draagt een shirt met wijde hals, zodat we de rode cupidootjes op haar rug kunnen zien.

Op het dakterras stinkt het geweldig, ze hebben er sardines op de barbecue. Iemand likt dikke klodders ketchup van iemand anders z'n hand. De jongens gaan al niet meer naar de wc, ze pissen van het dakterras zo naar beneden.

Erik staat met zijn gulp open bij de rand en iemand geeft hem voor de grap een duw. In een flits zie ik voor me wat er gebeurt als je daar naar beneden valt en niemand het in de gaten heeft. Je ligt er gewond of dood te zijn, en je wordt door iedereen ondergezeken.

Ik drink snel vier bier achter elkaar, omdat het dreigt op te raken en ik nog een beetje in de stemming moet komen. Ik heb verschrikkelijk zin om onder de jassen te gaan liggen op het bed.

Achter me legt Erik aan de vrouw die zo goed als arts is uit hoe corrupt de medische wetenschap tegenwoordig is, en hoe verstrengeld met de farmaceutische industrie. Als ik achteromkijk zie ik dat ze gevleid naar hem knikt. Dan raak ik in gesprek met twee blonde meisjes die ik nog nooit heb gezien, en die een paar tegenstrijdige dingen zeggen over wat gezond is en wat niet. Als ik erop doorga, trekken ze alles weer in. Lange benen, korte gedachtes. De ene is marketingmedewerker, de andere alleen maar blond. De marketingmedewerker glimlacht bij elk woord dat ze zegt, en na een tijdje is glimlachen nog het enige wat ze doet. De alleen-maar-blonde zegt dat ze Fiona van yoga kent.

Ik wist niet dat Fiona op yoga zit en ik storm naar buiten. 'We hebben altijd iedereen die op yoga zit uitgelachen,' schreeuw ik, en ook dat ik niet begrijp hoe ze dat 'achter mijn rug om' heeft kunnen doen!

'Relax,' zegt degene tegen wie ik blèr en die mijn vriendin helemaal niet blijkt te zijn. Wat heeft zíj ermee te maken. Dan zie ik Fiona. Ze staat te tongen met een jongen die ik niet ken, zeker ook van de yoga, samen met Ramon, mijn ex van voor Erik, want zo lang kennen Fiona en ik elkaar al. Ze steken om beurten hun tong in elkaars mond, ook de jongens bij elkaar, en ze doen alsof dit het lekkerste is wat ze ooit hebben geproefd.

Het is gewoon zo dat vriendinnen van exen horen af te blijven. En ze moeten mij niet 'meisje' noemen, niet op zo'n toon.

Ik schijn een indrukwekkende serie geluiden te hebben gemaakt die allemaal niet in het woordenboek staan. Ook heb ik met een been tegen iets zachts aan getrapt, en daarna tegen een schaal komkommer.

Sommigen willen dat we weggaan, en ik wil best, maar Erik niet, we zijn er net.

Zoals verwacht raakt het bier op en de mensen beginnen gekleurde mixjes te drinken met de Pisang Ambon en Jägermeister die Fiona nog ergens op haar kamer heeft maar nooit drinkt. Er wordt gecollecteerd voor de biertaxi. Een zwartharige troela met ogen die te blauw zijn om geloofwaardig te zijn gaat de biertaxi bellen, maar zegt dat ze het nummer uit zelfbescherming heeft gewist. Of iemand het nummer voor haar heeft. Ze heeft gewoon een iPhone dus ze kan het zelf opzoeken. Dat zeg ik haar ook. Kennelijk is het 'r gelukt, want ik hoor haar later door de telefoon schreeuwen waar de taxi heen moet komen en hoe snel, en ook dat hij de straat hier niet in mag, maar dat ze nu naar beneden loopt naar de hoek van de straat waar hij wel mag komen, en dat hij er dan wel echt moet staan als ze eraan komt. Alsof hij anders een grote fooi dreigt mis te lopen. Ze moet haar naam doorgeven, en ze zegt dat ze Patricia Pruym heet. Ik staar haar aan en vraag of ze familie is van Corina Pruym. Het is haar moeder. En ik zeg tot verbazing van degenen die bij ons staan dat Patricia's moeder schitterende dingen maakt van sierzand. 'Luchten, sterren, on-fucking-gelófelijk!'

Als het bier komt, is het niet koud, want koud bier kost twee keer zoveel en zoveel is er niet ingelegd. Het maakt mij niet uit. Echt niet, iedereen denkt om een of andere reden dat ik boos ben om het lauwe bier, maar echt, ik geef er helemaal niks om.

Erik legt een hand in mijn nek en neemt me mee naar huis, kwaad. Hij zegt dat twee meisjes, lang en blond, bang van me zijn geworden, omdat ik ze 'lekkere chick van me' heb genoemd.

En ik vraag me af waarom de wereld zo plotseling in mijn nadeel veranderd is, en ik kijk naar de sterren, heb verschrikkelijk zin om tegen de sterren te schreeuwen, maar als ik mijn mond opendoe roept Erik: 'Niet tegen de sterren schreeuwen, mongool,' en dan schreeuw ik tegen Erik, die in deze maanverlichte nacht twee neuzen blijkt te hebben, een grote en een iets minder grote, maar toch nog vrij groot. Dan zijn we al thuis en iemand heeft onze peuken in de vorm van een kruis gelegd op de keukentafel.

24

Erik heeft eindelijk zijn vader aan de lijn gehad, en Jan heeft over het etentje verteld. Nu roept Erik door de telefoon dat ik niet te vertrouwen ben. Ik ben al meer dan een uur niet te vertrouwen en ik begin zachtjesaan moe te worden.

Het is niet zomaar een incident, Erik trekt het breder, hij ziet het als een vervolg op mijn eerdere verraad om zomaar ineens in een woongroep te gaan wonen.

Het komt ook op een vreselijk ongelukkig moment, net na zijn laatste vliegangstsessie. Om te vieren dat hij er klaar voor is, had hij vanmiddag met mij een reis willen boeken. Hij had zich er erg op verheugd om met mij naar Washington te gaan. Iets van ons tweeën. En dan, uitgerekend nu, krijgt hij dít voor de kiezen.

'Amerika is duur,' zeg ik.

'Amerika is mooi,' zegt Erik.

'De natuur is ook mooi en die is gratis.'

'Als we nu boeken voor over een halfjaar is de vlucht heel goedkoop. En we kunnen in pa z'n appartement.'

'Zijn appartement? Je vindt toch dat daar bloed aan kleeft?'

Het is de lap op de stier. Kan ik dan niet een kéér ophouden? Met alle respect, ik weet toch wel dat een graaier iets heel anders is? Hij weet ook wel dat er mensen bestaan die nog moeten wennen aan de gedachte dat je geld kunt verdienen in de zorg, maar juist van zijn eigen vriendin had hij dat soort naïviteit niet verwacht.

Bernard Madoff is een graaier. Als je voor 65 miljard dollar mensen hebt genaaid, dán ben je een graaier. Pa heeft gewoon een succesvol bedrijf met een marktconform salaris.

Marktconform, hoe vaak ik dat woord al niet heb gehoord.

Intussen ben ik onderweg naar brouwerij 't IJ waar we tegenwoordig steeds vaker heengaan omdat ze er lekker zwaar bier hebben en omdat het precies tussen onze huizen in is.

'Dit is misschien geen kwestie om door de telefoon af te handelen,' zei ik. 'Laten we een biertje doen bij 't IJ.'

Daar was Erik het op zich mee eens, maar het woord afhandelen viel weer helemaal verkeerd. Alsof het een of ander onbeduidend iets is. Hij praat alweer over vertrouwen en nooit meer kunnen vertrouwen.

Intussen hoor ik hem de trap in zijn flat afgaan en de buitendeur naar de straat opendoen, zodat ik precies weet hoeveel minuten het nog duurt voor we oog in oog zullen staan. Nu is hij bij het stoplicht, hij heeft op het knopje gedrukt, ik hoor het tikken door de telefoon.

Ik probeer aan het bier te denken. Ze hebben er een soort ongefilterd bier dat Zatte heet, waar we tegenwoordig idolaat van zijn.

'Onvoorstelbaar, dat mijn eigen vriendin...'

Ik heb zin om 'Hallo, hallo?' te roepen en hem dan weg te drukken, zodat het lijkt alsof er iets misgaat met de verbinding.

Zijn opgewonden toon doet me de hele tijd aan iemand denken. En nu weet ik het, aan Freek, een van mijn moeders minnaars.

Ook Freek had alle reden om verontwaardigd te zijn.

Mijn moeder werd na het overlijden van Herbie door iedereen geprezen dat ze zich zo dapper staande hield. Dat ze, met tranen en al, maar toch, dat ze de kracht had om alles zo goed te regelen, met de overtocht van het lijk en zo, en de verzekering van die huurauto.

'Hoe kun je het allemaal dragen,' zeiden de mensen, 'je hebt toch ook je deel wel gehad.'

Mijn moeder liet het zich aanleunen. 'Dat zijn van die dingen,' zei ze mat, 'die moet je alleen dragen, daar moet je alleen doorheen.'

De waarheid was dat mijn moeder in mijn vaders rookstoel sigaretjes zat te roken, de asbak op haar schoot. 'Ik kan geen Engels,' zei ze. 'Alleen een heel klein beetje handels-Engels.' Alles werd door Freek geregeld, die het eigenlijk ook boven zijn macht ging. Freek, die astmatisch was en geen sigarettenrook verdroeg. Hij bracht alsmaar eieren en anjers voor haar mee. De kleinste boeketjes die ik ooit heb gezien, ze konden er altijd nog wel bij in de vaas die er toch al stond. De hele dag zat hij verscholen achter mijn vaders computer aan mijn vaders bureau. Omdat mijn moeder zo veel aanloop had, bracht ik hem zijn koffie boven.

Freek had ze op de dag van mijn vaders vertrek in de V&D ontmoet. Mijn vader begon aan zijn missie in Amerika, en mijn moeder, die hem niet meer kon tegenhouden, had hem met de auto naar Schiphol gebracht. Om ook eens aan zichzelf toe te komen, was ze daarna naar de V&D gegaan om beige pumps te kopen en een kleinigheidje te nemen in het restaurant. Toen ze met haar dienblad wilde gaan zitten, stootte iemand per ongeluk tegen haar jus d'orange. Dat was Freek geweest, die het had opgelost met water en een papieren servet, en de liefde had hen daarbij overvallen. Nog diezelfde avond bleef hij gezellig bij haar slapen.

Voor al zijn geregel heeft Freek de credits nooit gekregen, en ook niet mijn moeder. Na een paar weken was ze alweer op hem uitgekeken.

Zo zei ze het niet. Ze zei dat Herbie's ongeluk haar 's nachts voor ogen kwam, en dat ze nog niet klaar was voor een nieuwe relatie. Het werd de standaard begeleidende tekst bij het afdanken van minnaars wanneer ze waren opgebruikt.

Eerst hadden ze te horen gekregen dat het deze keer echt heel anders was. Maar algauw was het helemaal niet meer zo anders.

Sommigen kregen haar door, althans, dat is wat ze zeiden. Ze wensten haar akelige ziektes toe. Anderen kwamen huilend terug. Ze geloofden het niet, tot ze bewijzen zagen: dat ze alweer op weg naar een ander was.

Freek voelde zich het meest verraden. Ik ben hem nog eens tegengekomen bij de bloedbank, waar de hele wachtkamer meeluisterde naar al het schandaligs dat mijn moeder hem had aangedaan. Hij was er na al die jaren nog erg vol van, en op een of andere manier wakkerde mijn stem iets bij hem aan. Nog nooit eerder was hij zo belazerd geweest. Hij liep nu bij een energetisch therapeut, als hij dat niet had gehad, was het lelijk misgegaan, dat moest ik (en de hele wachtkamer) van hem aannemen. Toen hij eindelijk aan de beurt was, hoorde ik een verpleegkundige zeggen dat hij in haar hand mocht knijpen als dat hem hielp om een beetje kalm te worden.

Toen ik mijn moeder erover vertelde, bekende ze dat hij nog een jaar lang de gewoonte heeft gehad om bij haar achterdeur 'hoer' naar binnen te roepen en dan de deur snel dicht te slaan.

'Luister je?' vraagt Erik door de telefoon.

'Ja, ik luister.'

Ik zie hem al staan bij de heg van de brouwerij. Naast hem tekenen kleine meisjes zonnetjes op de tegels.

Ik berg mijn mobiel op. 'Wat lief!' roep ik, wijzend naar de kinderen.

Maar hij kijkt niet.

Als altijd bestelt hij een Zatte en ik vraag tegen mijn gewoonte in om een bier dat Columbus heet, gewoon, omdat ik dat woord net op het bord heb gelezen. Ik heb er meteen spijt van, aan Eriks gezicht zie ik dat hij ook dát alweer een heel verraad van mij vindt.

We kiezen een tafel naast de witbetegelde muur.

'Fuck, fuck, fuck,' zegt Erik. Hij laat zich op zijn stoel vallen.

We klinken zonder elkaar in de ogen te kijken, en Erik zegt dat zijn vader er eigenlijk heel relaxed over deed aan de telefoon. Hij lachte er nog net niet om, maar het scheelde weinig. Aan de toon waarop Erik het zegt, hoor ik dat zijn vader wat hem betreft het volste recht had om een kort geding tegen me aan te spannen, maar dat zijn vader een lieve, vergevingsgezinde man is, iemand die het beste voor heeft met zijn schoondochter, zoals hij dat ook heeft met zijn cliënten.

Wat zeg je op zoiets? Ik krijg enorme zin om op te houden met denken. Ik werp een sombere blik op mijn glas en neem nog een slok.

Ik moet snappen dat zoiets verzwijgen hem enorm kwetst. 'Het is te vergelijken met een hond aaien terwijl je hem een spuitje laat geven. Dat...'

Ik sluit mijn ogen. In mijn oren klinkt een pijnlijk gesuis. Ik moet er verslagen uitzien, maar kennelijk nog niet verslagen genoeg.

25

De dag dat Ira in ons leven komt, zit ik met mijn laptop in de keuken. Het is een van de kortere, donkere dagen, die ik liever hier doorbreng dan in mijn eigen kamer, ook al staat de keukentafel vol gebruikte kopjes en ruikt het hier muf naar oude aardappelen. Ze zeggen dat ik daarin op mijn vader lijk, een voorliefde voor fornuis en koffieapparaat.

Er is hier alleen één nadeel. Binnen een halfuur zit Annerie gezellig bij je aan tafel, zelfs als je haar met jas en al de deur uit hebt zien gaan. Je kan er niks van zeggen. Zij heeft voor een woongroep gekozen juist vanwege het sociale aspect.

Op de koelkast hangt een briefje, van Reve zo te zien aan de ronde bolletjes boven de i's: *Wie weet hoe oud deze natte cake is? Eet hem alsjeblieft op of gooi het weg.*

Die heb ik een week of wat (twee? drie?) geleden gekocht, maar iemand heeft hem in de groentela gelegd waar hij nog natter is geworden dan hij hoort te zijn. Ook ruikt hij inmiddels sterk naar lente-uitjes.

Ik laat hem nog even op het aanrecht staan voor als Alexander soms nog zin heeft, en ik kijk rond of er nog meer beslissingen genomen moeten worden. Er liggen een stuk of wat nieuwe kaasjes, feta, maar ook andere, allemaal net over de datum. Die hebben Annerie en Mattheo van de verspilling weten te redden bij hun wekelijkse containertocht. Ze zijn een druppel op een gloeiende plaat, die kaasjes, maar van vele druppels samen krijg je weer een zee.

Gisteren zijn ze na het sluiten van de markt ook nog even langs de containers bij de Albert Cuyp geweest, en teruggekomen met twee rettichs, een kilo lychees, zeven zachte avocado's en ik weet niet hoeveel trossen overrijpe bananen. Annerie heeft de hele avond met haar mijnwerkerslampje op haar hoofd in de keuken gezeten. Ik weet niet waarom dat was, om het goede gevoel nog even vast te houden, misschien. Ze doen het niet zozeer om geld uit te sparen, zeggen ze, maar neem die bananen, die zijn helemaal uit Colombia hierheen gevlogen. Als je bedenkt hoeveel energie dat allemaal heeft gekost, is opeten het minste wat je terug kunt doen. *It makes sense,* in de woorden van Annerie.

De koffiemokken met oude slokjes koffie erin stop ik in een afwasteil met sop, en daarna zeem ik het tafelblad. Ik wrijf het op met een droog doekje, zodat het mahonie glanst zoals het zijn eerste maanden in Amersfoort geglansd moet hebben.

Het valt zelfs Alexander op, die binnenkomt om een milkshake te maken.

'Ha hoe issut?'

'Gewoon,' zeg ik, 'zit wat te werken.'

'Mooi,' zegt Alexander. Hij snuift. 'Het ruikt hier naar showroom. Nog spoken gehoord vannacht?' Dat is zijn standaardbegroeting tegenwoordig.

'Vannacht niet. Jij?'

Hij pelt acht bananen voor de milkshake en legt ze één voor één in een slabak. Daarna weet hij het recept niet meer. Hij gaat naar zijn kamer om het op te zoeken.

Als hij terugkomt onderdruk ik de neiging om met mijn vader een of andere schrijver of historicus te citeren: 'Het leven begint pas echt waar het intiem is.'

Annerie komt heupwiegend de keuken binnen. Ze ruikt sterk naar Chinees eten.

'Ha, cake,' zegt ze, en ze breekt een stuk van het droogste gedeelte af, en steekt het in haar mond. Alexander die het haar ziet doen, pakt ook een stuk.

'Heb ik hier een dikke reet in?' vraagt Annerie.

Terwijl ze door blijft eten, maakt ze de ene na de andere pirouette in een mosterdgele taillebroek die wel een beetje strak zit, maar nog net kan. Dat ze zich steeds aan de tafel stoot kan haar niks schelen. Als ze eindelijk weer stilstaat, ligt haar trui vol kruimels. Zonder een spoortje jaloezie in mijn stem zeg ik dat ze die broek prima kan hebben. 'Echt?' zegt ze opgetogen. 'Ik hoop dat je het meent. Mijn ex zei altijd: een kont met een meisje eraan.'

Ze geeft er met vlakke hand een lel op.

'Ben je uit eten geweest in die kleren?'

'Die trui had ik gister aan, ja. Hoezo? Wacht even, telefoon.'

Als ze klaar is met bellen, heeft Alexander een groot deel van de cake opgegeten. Er is alleen nog natte cake in de ware zin van het woord. Annerie pakt er een lepel bij. 'Moeten jullie niet?'

Nieuwsgierig kijkt ze in Alexander z'n slabak. 'Wat ben jíj dan aan het maken? Milkshake? O lekker. Toch wel met vanillesuiker? Ik heb nog wel ergens vanillesuiker liggen, als je wil. Hebben we genoeg voor vier? Ira komt ook.'

'Kijk, we hebben zelfs rietjes,' zegt Alexander.

Hij is fantastisch gelukt, de milkshake, en we prijzen hem uitbundig om de juiste verhoudingen en de perfectie van het schuim.

'Deze milkshake is nog beter dan de kots van de paus,' zegt Annerie.

Daar bestaat geen verschil van mening over.

Alleen bij die knappe zwangere vriendin van Annerie kan er geen dankjewel van af, ze heeft ook nog geen slok genomen. Ze is zeker misselijk.

Met Indiase raadselachtigheid zit ze ladylike rechtop. Nee, ze hoeft geen glas water erbij. Een lepel cake hoeft ze ook niet.

Dat ze uit zichzelf niks zegt, begint een beetje op mijn zenuwen te werken. Het is het soort zwijgen waarmee mensen iets duidelijk willen maken, en ik ga na of ik iets gezegd heb wat verkeerd kan zijn gevallen.

Ze ademt ook raar. Haar fragiele bruine schouders maken schokkerige beweginkjes, het moet iedereen wel opvallen. Het lijkt te veel moeite om een uitademing netjes af te maken, ze stopt er telkens mee als die hoorbaar nog niet klaar is, begint dan aan het inademen als aan een hels karwei.

'Hoe ver ben je?' vraag ik, om maar iets te vragen.

'Zes maanden,' zegt ze vermoeid, nadat ze eerst één voor één haar smalle vingers heeft geknakt. Dat vindt ze geen leuk onderwerp.

'Finse moeders bevallen in de sauna,' zeg ik, maar daar reageert ze niet op.

Ze vraagt: 'Heeft iemand een sigaret?'

'Op mijn kamer,' zegt Annerie na een tijdje. Maar ze blijft zitten. Ze zuigt hard aan haar rietje, zodat haar gezicht iets krijgt van een doodshoofd. 'In jouw toestand,' zegt ze, met het rietje tussen de tanden.

Alexander en ik knikken. We hebben geen verstand van zwangerschappen, maar roken, dat doe je niet.

'Lollipop, geef me een sigaret,' zegt Ira met wat haar laatste krachten lijken.

En na een paar seconden volstrekte stilte, zegt ze: 'Het kind is dood.'

En na opnieuw een paar seconden volstrekte stilte, zegt ze: 'Dan weten jullie dat.'

Ze komt regelrecht uit het olvg, van een controle. Ze hebben een of ander ding tegen haar buik gelegd, om het proces te monitoren, maar ze hoorden steeds geen hartje kloppen. Ze haalden nog van alles uit de kast voor een dubbelcheck, maar zij wist al dat het foute boel was. Nu zit ze met iets doods in haar buik. Volgende week gaat het eruit. Ze gaan weeën in haar opwekken en zij moet het kind eruit gaan persen, alsof het een levende, voldragen baby is die zal gaan huilen op het einde.

Ze zegt het met zo'n monotone stem, zonder gevoel erin, als in een film.

Dan trekt ze weer op die eigenaardige manier met haar schouders. Zo fijn en teer ziet ze eruit, zoals ze daar zit, dat het me zeer onwaarschijnlijk lijkt dat ze wat dan ook gaat baren.

'Wanneer volgende week?' vraagt Annerie, alsof maandag een cruciaal verschil maakte met dinsdag.

'Maandag,' zegt Ira. Het is nu vrijdag. We tellen hardop op onze vingers hoe lang dat is. Ze moet er, en ik heb op dit punt ontzettend met haar te doen, nog bijna drie dagen mee rondlopen.

'Weet Kevin het al?'

'Kevin neemt zijn telefoon niet op.'·

'Wat een klootzak,' zegt Annerie. Ze heeft hem altijd al een klootzak gevonden. En dat gaat hij weten ook. Ze gaat meteen omstandig in haar telefoon zitten kijken of ze zijn nummer heeft. Door al die schokkerige bewegingen laten steeds nieuwe vlagen Chinees van haar los.

Ira wrijft met gebalde vuisten over haar slapen.

Haar milkshake hoeft ze niet, als iemand haar milkshake wil, dan mag-ie hem hebben.

'Iets sterkers?' vraagt Alexander.

Weinig later staat de keuken blauw van de rook en drinken we wodka met Roosvicee uit longdrinkglazen. We kijken met een schuin oog toe hoe Ira een slok neemt. Ze houdt de wodka een tijdje in haar mond voor ze 't doorslikt, alsof ze nog even aarzelt of ze het bloed van de baby wel door wodka zal vervangen.

'Lekker?' vraagt Alexander nadat ze haar glas terug op tafel heeft gezet. Hij krijgt geen antwoord, wat hij opvat als een ja, want hij schenkt haar meteen weer bij.

Intussen zuigen we zo hard aan onze sigaretten dat we hoestbuien krijgen, die erg welkom zijn, omdat we dan 'Gaat het?' kunnen vragen, wat in deze omstandigheden prettiger is dan helemaal niets vragen.

Ik kan er niets aan doen, maar mijn ogen gaan steeds als vanzelf naar die buik.

Ik kan niet stoppen met denken: ze heeft de dood in haar buik.

Ik kijk ook naar mijn eigen buik, waar een stiekeme *steak tartare* in zit, van het restaurant waar Erik en ik gisteren met Fiona hebben gegeten. Mijn darmen zitten er zo'n nummer van te maken dat het daarbinnen bruist van het leven. 'Eigenlijk vegetariër?' vroeg Fiona voor de grap, want zelf is ze dat ook. 'Vanwege het dierenwelzijn? Deze koe heeft een heel wat groter hok gehad dan dat kamertje waar jij nu zit.'

'Kamertje, kamertje,' zei Erik op de speciale ironische toon die hij bewaart voor de woongroep. 'Elenoor gelooft dat het een tempel is.' Nog steeds is hij bang dat al mijn energie weglekt in die tempel, in plaats van in hem.

Alexander begint over dat het leven niet eerlijk is, over onrede lijkheid, onrechtvaardigheid. Woorden met veel lettergrepen. Hij zegt dat we dingen als domme pech tegenwoordig niet meer accepteren. Daarom schuiven we iemand de vreselijkste dingen in de schoenen, alleen maar omdat zijn telefoon niet aanstaat.

Annerie heeft enkel het woord 'onrechtvaardigheid' gehoord. Ze wil daar graag iets over kwijt. Zo veel vrienden en kennissen heeft ze, jonger dan zijzelf die alles dik voor elkaar hebben, die eigen huizen hebben met tuinen en dan óók nog met vakantie gaan, terwijl zíj op haar bijna 32ste nog steeds in een huis woont waar ze voorzieningen moet delen, en een tuin waaruit ze weggekeken wordt.

Ik zeg dat ze vast in de tuin wordt geduld als de vrouwen van beneden haar er op haar knieën aantreffen, met een aardappelschilmesje in haar handen om onkruid tussen de tegels weg te krabben. Ik zeg dat ik daar best om wil wedden als het moet.

Ira trekt het gesprek weer naar zich toe door te vertellen dat Kevin het kind niet heeft gewild, en dat het dat misschien heeft aangevoeld.

Annerie gaat erin mee, weet dat die dingen altijd zo werken. In nog geen vijf minuten hebben we die Kevin een moord in de schoenen geschoven. Het plan wordt opgevat om hem met z'n allen op te gaan wachten bij hen thuis op de bank. Mij persoonlijk lijkt het wel een goed idee dat ze weg zijn tegen de tijd dat mijn moeder op de stoep staat, die zou nog langskomen vandaag. Als ik ergens geen

zin in heb is dat wel in mijn moeder die de kans krijgt om haar be-
vallingservaringen te delen. Ze maakt er nooit een geheim van dat
ze erg laat en erg onverwacht van mij zwanger is geraakt, en dat ze
de zwangerschap en bevalling heeft ondergaan als iets bijzonder
pijnlijks, als iets wat al die moeite amper waard is geweest, al heeft
ze er grotere borsten van gekregen. Toen het voorbij was, toen ik
eruit was, heeft ze twee jaar aan depressies gedaan. Ook daar
maakt ze nooit een geheim van.

'Wilde jij het kind wel?' vraag ik. 'Of was je gewoon slordig met
de pil?'

Ira was helemaal niet aan de pil. Ze keken gewoon een beetje
uit. 'Iedereen doet het zo,' zegt ze. Niemand van haar vriendinnen
is aan de pil.

Annerie gaat nog meer sigaretten halen, en we gaan allemaal
steeds harder praten.

Die nacht waait er een hysterische wind vanuit Almere Amsterdam binnen, die mijn dromen aanjaagt tot bizarre taferelen.

Het rauwe vlees in mijn buik, aangevuld met een levensvonk uit
wodka-Roosvicee, wordt een misvormd kindje dat niettemin blijft
leven, en een rotkarakter krijgt, dat het niet kwalijk valt te nemen,
want er is in zijn miserabele leventje ook wel erg weinig om vrolijk
over te doen.

Na die droom word ik wakker, het is midden in de nacht, en het
waait nog steeds. Ik sta op en kijk in de spiegel, ik wil wel eens weten hoe iemand eruitziet die dit soort bullshit droomt.

26

In mijn brievenbus zit een buurtkrant met een artikel over het mogelijk sluiten van een aantal bibliotheekvestigingen. Bezuinigingen. Natuurlijk. Na alle euro's die we nodig hebben om a) omvallende banken te redden, b) virusremmers aan te schaffen voor een pandemie die maar niet komt en c) dingen tot ontploffing te brengen in verre landen, blijft er weinig over voor goed onderwijs en voor de bibliotheken.

Maar ook: mensen lezen niet meer op papier. Logisch dat de bibliotheken sluiten. Logisch, en jammer. Voor de boekenliefhebbers dan. Maar goed, met dat soort liefhebbers woon ik tegenwoordig in huis, en ik kan bij hen wat credits wel gebruiken.

Zelf ben ik geen lezer. Fictie is me te onecht. In een roman hoeven de mensen nooit te werken, een eerlijk stuk brood te verdienen, zoals Herbie zou zeggen, terwijl ik mezelf door al die woorden heen moet slepen. Toen ik Erik net leerde kennen had ik iets van Albert Camus in mijn wc gelegd om indruk te maken. Ik heb er toen wel stukjes in gelezen. Dat was vrij goed. Op een gegeven moment citeert hij iets van Dostojevski dat ik nog op een geeltje heb geschreven.

En verder lees ik natuurlijk wel íets. De krant. Non-fictie uit een bookshop, hoewel ook steeds minder, omdat het deprimerend is. Je leest eerst een inspirerend verhaal van iemand die ervan overtuigd is dat we iets zus en zo moeten aanpakken, en je gaat daar enthousiast in mee, je zou je er wel voor in willen zetten, zo'n goed idee is het, en dan lees je iemand die precies het tegenovergestelde vindt, ook een steengoed verhaal, misschien nog wel beter, en je denkt: laat het hele gedoe maar zitten ook.

Nu denk ik maar even simpel, en ik spreid een laken, een uit mijn eigen kast, uit op de vloer in de gang. Met een spuitbus schrijf ik op dat de bibliotheken moeten blijven. Bezuinigen op cultuur is voor geen enkele beschaving goed. Ik spijker het laken aan een paar latjes en bevestig het vanuit een raam aan de muur boven onze voordeur. Het ziet er retestrak uit, al zeg ik het zelf. Door die latjes.

Aan de overkant van de straat staat Annerie er al foto's van te nemen. Ze gaat ze direct naar Afrika mailen.

Tot onze verrassing komt er direct een mailtje terug. Katelijne vindt die bibliotheken best een goed onderwerp, maar of we wel weten dat er op dit moment iets veel urgenters speelt. Ze stuurt een pdf mee van een Belgisch rapport over voedselspeculatie en de honger die dat tot gevolg heeft.

Annerie mailt het aan mij door.

'Heb jij zin om dat even te lezen?' vraagt ze. Zelf zit ze net de nieuwe Grunberg door te werken.

Ik sleep het mailtje naar de prullenbak.

Meteen daarna komt er een mail binnen van het programma waar Fiona voor werkt. Haar serie is genomineerd voor een televisie-award. Ik ben uitgenodigd voor de uitreiking.

Wow! Een awarduitreiking! Wat zal ik dan eens aandoen?

Ik sta een boterham met bloemenhoning te smeren, als ik gebeld word door een onbekend nummer. Ik had niet op hoeven nemen, zegt mijn moeder. Ze wilde alleen haar nieuwe nummer doorgeven.

Terwijl ik staand mijn boterham eet, praat ze over de gladde sensatie van een telefoon die net uit de verpakking komt, zodat ik haar vingers voor me zie, swipend over het touchscreen, behangen met dubbele rijen ringen.

'Ik weet precies wat je bedoelt,' zeg ik, terwijl ik naar mijn kamer loop.

Er was nog een ander model, zegt ze daardoor aangemoedigd. Een die ze misschien nog wel liever had gewild, maar degene die ze nu heeft was toen al uit de doos geweest. Ze heeft geprobeerd hem terug te sturen, maar het kon niet. Eerst wel, later weer niet. Ze legt me uit wat de nieuwe telefoon allemaal kan. Ze noemt hem nog een gsm.

Ik vraag me af of er op dit moment mannen zijn om op te bellen. Ik denk van niet. En als ze er wel zijn, wordt ze er niet gelukkiger van.

Als kind was ik me er al van bewust dat mijn moeder niet gelukkig was, maar geluk was niet iets wat ik verwachtte bij volwassenen.

'Gaat het verder goed?' vraag ik met volle mond.

'Comme ci, comme ça,' antwoordt mijn moeder. En nee, ze merkt bij haar in de buurt nog niet zoveel van de crisis. In haar buurt is een groenteboer failliet gegaan, maar dat was het eigenlijk wel, en de sla was daar sowieso altijd bruin vanonder. Een spandoek? Wat leuk! Het herinnert haar aan haar eigen tijd, waarin voor van alles en nog wat gestreden werd. Niet door haar, maar wel door 'mensen en zo in Amsterdam'.

En wat vond ik van het interview met Eriks vader? Had ik dat al gezien?

'Nee,' zeg ik. 'Wat staat erin?'

'Ik vind het een charmante man,' zegt mijn moeder. 'Dat heb ik altijd gevonden en daar blijf ik bij.'

Dan wordt er op mijn deur geklopt. Annerie, denk ik met ergernis. Maar nee, het is Ira.

Ik ben zo verbaasd om haar te zien, dat ik even niets weet uit te brengen.

'Die man heeft ergens ook wel gelijk,' zegt mijn moeder in mijn oor.

Ik hou de telefoon van me vandaan en kijk Ira vragend aan.

Ze glimlacht. Ze wil, als het oké is, graag een poosje op mijn bed gaan liggen. Voor een paar uurtjes, alleen als het echt oké is. Normaal ligt ze 's middags op Anneries bed. Het is uit met Kevin en ze woont tijdelijk even bij Annerie, wist ik dat al? Maar nu is Rudi onverwacht langsgekomen, en die twee hebben elkaar al een week niet gezien.

'Een moment,' zeg ik. 'Even mijn moeder neerleggen.' Alles komt tegelijk.

'Natuurlijk kun je in mijn bed,' zeg ik, mezelf warmend aan de menslievendheid in mijn stem.

Als ze ligt, sluit ik de deur van mijn slaapkamer. Op de bank in mijn woonkamer bel ik mijn moeder terug. Ik praat zacht om Ira niet te storen.

'Dat meisje zou een katje moeten krijgen,' zegt mijn moeder, 'zodat ze wat kan aaien.'

Ik koop de krant op mijn iPad. Eriks vader blijkt de grootste stijger in de *Quote 500*. Het is de aanleiding voor een lang interview met een paginagrote foto. Ik moet toegeven dat hij mooi gelukt is. Zwart-wit, frontaal belicht. Hij heeft aan zijn geknepen ogen te zien last van het licht. Daardoor zijn de contrasten hard. Krachtig. Een vitale kop.

– *Wat maakt u anders dan andere ondernemers?*

Eén: de meeste mensen doen andere mensen na, terwijl ik iets doe wat niemand doet. Twee: ik heb geen diploma's voor wat ik doe. En drie: ik ben niet geobsedeerd door geld.

– *U bent puissant rijk, maar u geeft niet om geld?*

Zoals ik zei: geld is geen obsessie voor mij. Mijn vader had een goedlopende doe-het-zelfzaak. Ik ben geen kind van arme ouders die het moeilijk hadden om de eindjes aan elkaar te knopen. Ik weet het nummer van mijn bankrekening niet eens, laat staan dat ik weet wat erop staat.

– Wat motiveerde u om zorgondernemer te worden?

Ik heb altijd acteur willen worden, of arts. Als jongetje zag ik mezelf als James Dean. Zegt iemand dat nog wat, James Dean? Van *Rebel Without a Cause*, geweldige film, geweldige acteur. In mijn tijd was dat een cultfiguur. Ik wilde zo graag een rebel zijn, dat ik binnen een jaar van de Toneelacademie ben geschopt. Maar de mooiste actrice had ik intussen al binnengesleept.

– Maar dat huwelijk liep mis.

Erika (Reijnders, *Red.*) en ik waren inderdaad te verschillend.

– Waarom wilde u arts worden?

Ik wilde wel iemand zijn die mensen het leven redde. Kun je nagaan hoe belangrijk je dan voor iemand bent. Ik wachtte de loting af terwijl ik werkte als manusje-van-alles in een verpleeghuis. Elke ervaring is meegenomen, dacht ik. Ik werd niet ingeloot, maar intussen had ik gezien dat er een groeimarkt was voor zorgartikelen. Ik bleek toch meer ondernemersbloed te hebben dan ik dacht.

Uit Anneries kamer komt een geluid van iets wat valt. Daarna hoog gelach. Quality time, noemde Ira het. Het klinkt meer als een tsunami van lust die daar door de kamer rolt.

– Van u wordt gezegd dat u angst zaait en intimideert.

Wie zegt dat? Iemand van mijn mensen? Die heeft morgen geen baan meer *(lacht)*.

– Hoeveel managers heeft u al ontslagen in uw carrière?

Geen idee. Vier jaar geleden heb ik een vijver laten aanleggen met zeven kuifeenden erin. Ze hebben namen van ontslagen managers met wie ik heb gewerkt. Ken je ze, kuifeenden? Rare beesten. Ze kunnen amper lopen, hun poten staan te ver naar achter.

– U voelt zich onaantastbaar.

Vroeger vond ik het heel belangrijk wat mensen van mij vonden. Ik wilde aardig gevonden worden, of op z'n minst bijzonder. Nu interesseert me dat niet meer. Alleen van mijn zoon vind ik het nog belangrijk wat hij van me denkt.

Ik lees die zin nog een keer. 'Alleen van mijn zoon.' Wat een geslijm. Jarenlang heeft hij amper naar Erik omgekeken en nu is het opeens de belangrijkste persoon in zijn leven.

– Heeft u vrienden?

Een sociaal leven zegt mij weinig.

– Was het echt nodig om het Sint-Jozef te laten slopen? Amsterdammers kunnen uw bloed wel drinken.

Het was inderdaad een prachtig pand met een ongelooflijke historie, maar het werd te gevaarlijk om er nog mensen te laten wonen. Het dak stond op instorten. De loden leidingen moesten vervangen worden, maar ze zaten in beton. De energiekosten rezen de pan uit. Elke dag dat het extra open was gebleven, had tonnen gekost. Dat het nu gesloopt is, is niet mijn verantwoordelijkheid. Ik heb het verkocht.

– Aan een projectontwikkelaar...

Aan de hoogste bieder.

– Er is veel kritiek op uw manier van werken. U wilt winst halen uit menselijk leed.

Ik wil de zorg betaalbaar houden. Gebeurt er niets, dan gaat in 2040 een derde van het nationaal inkomen op aan zorgkosten. Veel spelers in dit veld hebben nog nooit de tucht van de markt gevoeld. Uiteindelijk zullen we alle inefficiency en verspilling aan moeten pakken, willen we basiszorg voor iedereen kunnen blijven bieden.

– De verzorgingsstaat afbreken om de verzorgingsstaat te redden?

Iemand zei ooit, en daar ben ik het volledig mee eens: 'De bezwete spelers in de wedstrijd hebben meer plezier dan de hooghartige toeschouwers.'

– Ziet u zich als een roepende in de woestijn?

Gandhi was de eerste die vond dat de Britten moesten ophoepelen uit zijn land, Mandela begon de strijd tegen apartheid en dit is inderdaad mijn missie. Ik ben optimistisch hoor. Het akkoord van Wassenaar is er ook ooit gekomen.

– U wordt niet gevraagd voor commissariaten, raden van toezicht.

Allemaal jaloezie van mensen zonder lef. Niemand wil het vuile werk doen, maar iedereen wil de poen.

– Wat was het belangrijkste moment in uw leven?

De geboorte van mijn zoon.

Ergens had ik verwacht dat hij nog iets over onze soepactie zou zeggen, maar geen woord. Wat zou hij daarvan denken? Wat zou hij van mij denken? Ik kijk nog eens naar de foto. Ik vergroot hem met mijn vingers. Zijn neus vult nu het scherm. Hij heeft iets Grieks. Een magneet voor Daphnes, Leda's, Andromeda's. Ik verklein hem weer. Jeugdig is zijn kop ook. Iemand die overal maar aan ontsnapt, zelfs aan de tijd.

Ik wist dat hij op de Toneelacademie heeft gezeten. Maar dat hij eigenlijk arts had willen worden, had hij nooit verteld.

Hij heeft het dus ook gehad, dat verlangen om gezien te worden, om voor iemand belangrijk te zijn. Nu vindt hij het alleen nog belangrijk wat Erik van hem denkt. Ik wed dat Erik de enige is die dat gelooft.

Ik ben aan de beurt om te koken. Reve en Mattheo eten weer eens niet mee. Er is een boekpresentatie waar ze zich volstoppen met toostjes brie en kaassouffleetjes. Elke maaltijd die ze missen, trekken ze af van het boodschappengeld.

Ira is er wel, ze zit kaarsrecht op haar stoel, maar ze eet maar weinig. Het zijn mijn zaken niet, maar ik vraag me nu al weken af wat ze met haar baby hebben gedaan. Is er een begrafenisje geweest? Heeft het ziekenhuis daar een container voor? Of misschien een oven?

Ik heb 's nachts zelfs een keer gehuild om dat stomme baby'tje. Waarom kijkt ze zo? Ze kijkt alsof ze raadt wat voor dingen ik denk.

We eten linzen met vergeten groenten. Pastinaken, knolselderij. Het is een recept dat ooit door iemand uit een krant is geknipt, en dat ik verkreukeld en vergeeld tegenkwam in de la met opscheplepels en kurkentrekkers. Het leek me een lekkere schotel, want alles moet door elkaar en dan in de oven en daar hou ik van. Maar hij is niet zo lekker. Flauw. Een soort Bijbels eten. Ik had er denk ik oude kaas overheen moeten doen, of misschien zou hij daar niet beter van zijn geworden. Misschien is de schotel al vanaf het begin tot mislukken gedoemd, is het recept door Katelijne in die la gelegd om over haar graf heen mijn ovenschotels te laten mislukken. Onvoldaan zetten we onze borden op het aanrecht en dan gaat mijn bel.

Het is iemand die ik niet ken. Ze heeft op de bel van Katelijne gedrukt, want die heeft haar hierheen gestuurd. Ze weet dus ook wel dat Katelijne niet zelf open zal doen, maar of ik het dan maar wil doen. Ze heeft iets bij zich, wat ze wil afgeven. Via de intercom kan ik er geen wijs uit worden wat dat is.

'Kom dan maar boven.'

Ik loop naar de deur van onze gang. Er staat een lang meisje met onwaarschijnlijk blond haar. Ze heeft een stapel grote op hardboard geplakte posters bij zich. Een wonder dat ze die in één keer de trap op heeft gekregen.

'Hoi,' zegt het meisje. 'Ik heb ze hoor.'

'Ze?'

'De sandwichborden voor jullie, voor zaterdag over twee weken.'

'Wat is er zaterdag over twee weken?' Dat haar is wel blond, maar het is ook dood.

'Jullie doen toch ieder jaar mee?'

Ik kijk naar de posters. *Koop niets*, staat erop. En een Pippie Langkous-achtig poppetje met gespreide handen en een tekst op zijn T-shirt. De tekst: *Ik heb alles al*.

'Hadden we die dan besteld?'

'Nee,' maar dat zegt ze toch, Katelijne heeft haar gestuurd. 'En trouwens wat ontzettend gaaf jullie spandoek, op deze prachtige plek. Echt heel gaaf.'

'Waarom sta je niet achter de niet-winkeldag?' vraagt Annerie. 'Vind je dan dat mensen maar spullen moeten kopen om gelukkig te worden? Moeten we brave consumenten blijven, zodat het hele systeem overeind blijft?'

Ik weet hoe de riedel gaat. Dat kopen instant geluk oplevert, geen echt geluk. Dat consumeren ten koste gaat van de planeet. Dat spullen gemaakt worden door kleine kinderen in lagelonenlanden om de schappen van onze zielloze winkels te vullen, en in onze propvolle huizen alleen maar in de weg te liggen. Dat we in andere termen moeten gaan denken over onze hulpbronnen, als we wi en dat de generatie na ons ook nog een toekomst heeft.

' sta er heus w l achter,' zeg ik. 'Maar ik ga gewoon niet voor lu open. Met die rden. Ik kan het beter maar van tevoren zeggen, deze keer. Ik oel,' verbeter ik mezelf, 'ik heb geen zin om de mensen te verte en hoe ze moeten leven.' Ik produceer een kort hoorbaar lachje om mijn ongemak te verbergen, en feliciteer mezelf met de kogel van het fundamentalisme die ik zojuist heb gemist, omdat ik net op tijd heb gebukt.

'Dus wel een spandoek tegen de bezuinigingen,' zegt Annerie schamper, 'maar niet demonstreren tegen het consumeren.'

'Het ís toch ook iets anders,' protesteer ik zwakjes.

's Avonds kom ik niet in slaap. Ik hou hele monologen tegen Annerie, die me er niet minder wantrouwend om aankijkt.

Aan het eind van de nacht is het geklop en gebons op de muren heviger dan ooit, evenals het geklop van mijn hart in mijn keel, en ik kan me niet onttrekken aan het akelige gevoel dat het gebouw van plan is om mij uit te spugen.

27

Ira slaapt nu bijna elke middag in mijn bed, want Annerie en haar dichter maken een intensieve periode in de liefde door. Om vijf voor twee klopt ze bij me aan, en dan slaapt ze vier volle uren. Ze slaapt echt, want als ik aan haar vraag of ze het genot van de buren via de ramen heeft gehoord, zegt ze dat ze niks heeft gemerkt.

Om zes uur gaat de deur van Anneries kamer weer open en probeert Rudi, al een tikkeltje aan de late kant, zich van zijn liefje los te scheuren, om een paar wijken verderop, van de boodschappen die hij op weg hiernaartoe vast heeft gedaan, iets gemakkelijks in elkaar te flansen voor zijn gezin.

Annerie maakt er al plukkend en trekkend aan zijn kleren een heel drama van. 'Moet je echt weg? Ja, het móet, hè?'

Rudi moet zijn boodschappentas dan op de grond zetten. Beide handen heeft hij nodig om Annerie van zich los te wrikken. Soms gaat er een witlofstronk of een beker kookroom rollend de gang door.

Ik vind het leuk om dan toevallig net op de gang te zijn. Reve en Mattheo volgens mij ook. Om zes uur is het tegenwoordig spitsuur in onze gang.

Je hebt mannen die infantiel doen tegen hun vriendin door de telefoon, je hebt er ook die het gewoon in hun gezicht doen.

Vinger voor vinger pelt Rudi haar handen van zich af en zegt: 'Liefje, ik moet gaan fietsen, anders ben ik te laat. Morgen kom ik weer. Dat is, even kijken, al over twintig uur. Heb jij ook zo'n verschrikkelijke zin in morgen?'

Hij raapt de weggerolde boodschappen van de grond en stopt ze terug in de tas. Hij noemt die tas 'het diner'.

Ik hoor Annerie zeggen: 'Kan dat mens niet ook eens een keer voor jullie koken, waarom spant zij jou toch altijd zo voor haar wagentje?'

'Karretje,' verbetert Rudi.

'Wat?'

'Het is karretje. Je zei wagentje.'

Ik geniet van mijn nieuwe taak met een gretigheid, die, als ik erover nadenk, misschien wel een tikje ver gaat. Op verpleegsterstenen schuifel ik door mijn slaapkamer om mijn ondergoed van de grond te rapen, de gordijnen dicht te trekken, een groot glas water neer te zetten naast een schaal met pindarotsjes op het nachtkastje. Dat hoef ik allemaal niet te doen, maar ik doe het graag. Het is alsof al het voorgaande, van mijn verhuizing tot nu, er ineens betekenis door krijgt. Het doet me goed wanneer het glas of de schaal om zes uur leeg is, of bijna leeg, ook al zitten er bruine plekken op mijn kussen.

Wat geen naambordje voor elkaar zou kunnen krijgen, wordt in één keer gerealiseerd door Ira's aanwezigheid. Omdat zij er is, omdat zij op mijn deur heeft geklopt, hoef ik maar datgene te doen wat ze van mij verlangt, en het blijkt al genoeg om me geweldig te voelen.

Een enkele keer hoor ik Ira zachtjes huilen. Ik vraag me af of datgene wat ze heeft net zoiets is als een postnatale depressie, of dat het toch iets anders is. Nog steeds weet ik niet waar haar kindje is gebleven. Ik zou haar wel willen troosten en zeggen dat het leven weer open ligt, en dat ze nu weer alle kans heeft om wat van de wereld te zien, ze zit in de reisbusiness heb ik van Annerie begrepen. Het behoort weer tot de mogelijkheden dat ze reisleider wordt, of host op een cruiseschip.

Zo is het toch?

Ik wil haar zeggen dat het vast allemaal veel dragelijker is als ze naar haar leven kijkt zoals ik ernaar kijk, maar ik zeg dat allemaal niet, het zijn mijn zaken niet. Ik vraag alleen heel neutraal hoe het gaat. De ene keer gaat ze erop in. Een andere keer doet ze alsof ze mijn vraag niet heeft gehoord. Dat hoort zeker bij de depressie.

'Heb je lenzenspul?' vraagt ze nu. Het is iets over vier, nog lang geen tijd om op te staan.

Ze zit rank en wakker in het midden van mijn bed, beschenen door zwak geelachtig winterlicht. In een soepele beweging trekt ze haar blote benen onder zich. Mooie dunne benen zonder plekken, slanke voetjes. Ze verplaatst ze zo licht en lenig, dat ik er niet van zou opkijken als ik haar, met die benen over elkaar, ergens bij het plafond zou aantreffen.

Vandaag straalt haar hele wezen ontevredenheid uit.

Ze heeft het helemaal gehad met liggen. De rest van de tijd hoopt ze denk ik door te brengen met sigaretten roken, want ze heeft het pakje en de aansteker al naast zich klaargelegd. Maar eerst heeft ze lenzenspul nodig.

Ik geef haar het flesje van Erik. Ze pakt het aan zonder te bedanken.

Weet ik trouwens dat er een kuil in mijn matras zit? Het is geen geringe kuil. Je zakt er een halve meter in weg. Als ze mij was, zou ze er eens iets aan doen.

Als ze haar lenzen in heeft, kijkt ze in haar sigarettenpakje.

'Shit, leeg. Heb jij nog wat?' Het mag alles zijn. Zolang het geen menthol is, rookt ze alles.

'Ik ben gestopt,' zeg ik. Toch haal ik een pakje tevoorschijn dat nog onder in mijn bureaula ligt, en gooi het haar toe, als een toegeeflijk moedertje. Ik doe het raam open om de rook naar buiten te laten.

'Hoe vind je 't hier?' vraag ik gezellig.

'Hier?'

'In ons huis,' zeg ik gauw, al bedoelde ik eigenlijk mijn slaapkamer, die ik van mijn twee kamers het meest geslaagd vind.

'Het huis is oké.'

Om maar iets te vragen, vraag ik hoe ze Alexander ziet. Vindt ze hem geen rare, 'met zijn fetafixatie?' De trots op dat leuke woord moet op mijn gezicht te lezen zijn. Fetafixatie.

'Zijn wat?' vraagt ze, nadat ze eerst een mondje rook heeft uitgeblazen, zonder veel belangstelling.

'De kaas die hij altijd eet,' hoor ik mezelf uitleggen. 'Of misschien heb je dat nog nooit gezien. Je ligt natuurlijk de hele tijd in bed. Daar is hij zo dik van.'

Ik voel hoe ik bloos.

'Alexander is chill,' zegt Ira. Maar bovenal heeft ze het ineens ijskoud. Ze kijkt beschuldigend over haar schouder naar het open raam achter haar en warmt haar voeten in één hand.

Ik doe het raam weer dicht en prijs haar het stripboek aan waarin ik zelf aan het lezen ben.

De rest van de dag heb ik hoofdpijn. Te graag wil ik dat Ira positief over mij denkt, dat ik zomaar en geheel onnodig Alexander ervoor heb verraden.

De dag erna klopt ze weer aan. Ik herken haar klopje, ik laat haar even wachten. Ze heeft gisteren mijn middag verpest en is nu misschien wel weer iets dergelijks van plan.

Dan laat ik haar binnen. Ze wil niet liggen vandaag. Ze neemt een kitscherig schildpadje van glas in haar hand, nog van mijn oma gekregen. Ze prijst het uitbundig.

Ze wil even op mijn computer. Alleen mail checken, vijf minuutjes. Ze zit al op mijn stoel. De zitting is nog warm van mij. Die warmte doet haar meteen weer opspringen, met een vies gezicht naar de stoel kijken, en er even overheen vegen. Een paar meter achter haar zit ik op de bank toe te kijken hoe haar ogen dwalen over de encyclopedie op z'n kant, de kleefblaadjes met opmerkingen en krabbels, dingen waaraan ik denk als ik me verveel. Haar vingers trommelen op het blad, verschuiven een boek, pakken iets op en leggen het weer terug, zonder dat ik kan zien wat het is. Ik zie mijn werkplek door haar ogen, de krassen op de muur van het verhuizen, de snoeren nog steeds niet weggewerkt, de velletjes van de droge knoflookworst die ik laatst heb gekocht.

Ik luister naar de auto's die voorbijrijden. Het asfalt is nat en dat hoor je. De banden sissen. Ik wilde nog een paar uurtjes doorwerken voordat Erik komt. Ik zie dat Ira ook op eBay, Facebook en Amazon zit, ik herken die sites op een kilometer afstand. Het liefst had ik er iets van gezegd, maar eerlijk gezegd, ik durf niet, er is iets verlammends aan haar.

'Rook jij eigenlijk weer?' vraagt Erik later die avond. Hij zit met een *aging-app* op zijn mobiel rimpels aan te brengen op foto's die hij eerder van mij heeft gemaakt.

'Ik was net even in je slaapkamer, ik heb het raam maar opengezet.'

'Dat was ik niet, maar dank je wel voor dat raam.'

'Wie heeft er dan liggen roken? En wat doet überhaupt een andere kerel in jouw slaapkamer?'

'Het is Ira maar,' zeg ik.

'Gebruikt die jouw kamer als pafhok? Betekent dat overigens dat er hier dus weer gerookt mag worden?' Hij strekt zijn been naar voren, haalt een pakje sigaretten uit zijn broekzak en steekt er een op.

'Ze vraagt het niet, ze doet het gewoon. En ze zit ook op mijn computer en zo. Maar goed, zij heeft het ook niet makkelijk, en altijd maar in bed liggen vervreemdt van een wereld waarin iedereen aan een bureau zit.'

'Doe niet zo stom,' zegt Erik. Het is iets voor idioten om overal het sympathieke van in te zien. En in dit geval, mijn geval, is het gewoon de angst van linkse mensen om iets naars te zeggen over iemand met een andere huidskleur.

'Wat wil je zeggen?' vraag ik. 'Dat ik als ik een keer niet zo'n kort lontje heb, meteen ook geen hersens heb, én geen lef? Dat ik te politiek correct ben? Zo erg is het gewoon allemaal niet.' En ik vertel nog wat dingen over Ira, schilder haar met zulke gunstige streken, dat het hem duidelijk wordt dat ik zomaar wat zeg.

Snel begin ik over iets anders, iets wat me ook niet lekker zit.

'Maar veel erger is,' zeg ik op verontwaardigde toon, in de zeker-heid dat ik gelijk ga krijgen, 'die niet-winkeldemonstratie morgen. Dat die Katelijne vanachter d'r laptop dat even voor ons zit te rege-len, terwijl ze daar toch een héél fucking continent heeft om te ver-beteren.'

'Niet-winkeldemonstratie?'

'De zaterdag voor sinterklaas. Protesteren tegen consumeren. Ik schaam me dood als ze me herkennen in die winkels. Ik zal me er nooit meer durven vertonen.'

'De geneugten van het communaal wonen,' zegt Erik schor, ter-wijl hij zijn sigaret uitmaakt in z'n koffiebeker. 'Ik zei het nog zo: let op waarmee je je verbindt. Maar jij wist precies wat je deed. En kijk eens waar we nu zijn?'

Ik kijk naar de muur.

'Maar goed, het is allemaal zó geregeld hoor. Je bent hier zo weer weg. Alleen zonde van de moeite van dat verhuizen steeds.'

'Weg? Ik woon hier. Dit is mijn thuis!'

'Ach wat "dit is mijn thuis"! Je loopt net te kankeren dat er hier van alles niet deugt. Ze laten je spandoeken op de muren hangen, je moet je hebben en houwen voor ze verstoppen, want daar zijn ze hier tegen, je draagt kleren die een slonzige hippie van je maken, een lekker stukje vlees mag ook al niet meer, ze liggen te roken in je bed, je moet tegen heug en meug gaan demonstreren, fatsoenlijke mensen eten in hun gezicht gooien, en wie weet wat voor dingen nog die je voor je eigen vriend verzwijgt.'

'Stop!' zeg ik met mijn handen tegen mijn oren. 'Ik wil niks meer horen!'

'Wat is dat voor thuis,' roept Erik. 'Hoezo is dat waar je thúis hoort?'

'Het is het enige thuis dat ik heb.'

Dit antwoord maakt Erik woedend. Hij komt van de bank af en gaat wijdbeens voor me staan. Dat nieuwe imago van me is nep, het is fake. Ik heb een soort romantisch idee over goed doen en re-volutie. 'Maar ik zeg je: ten eerste stelt dat niks voor en ten tweede...' Hij priemt een vinger in de lucht. 'Ten tweede: iedereen, maar dan ook iedereen prikt daar meteen doorheen. Ook die lui hier.' Hij laat zich weer op de bank vallen, alsof het schreeuwen hem heeft uitgeput.

Ik adem diep in en begin aan een antwoord. Ik glimlach, speel de rust zelve om hem gek te maken. 'Misschien is het inderdaad fake. Zou kunnen. Maar zoiets, een nieuwe manier van leven, dat begint toch hoe dan ook met doen alsof? Op den duur word je dan vanzelf iemand die die dingen doet en vindt, of niet. Of weet jij een andere manier?'

'Doen alsof, doen alsof,' schampert Erik. 'Er zijn ook mensen die doen alsof ze gek zijn. Die elke dag met een busje naar een activiteitencentrum gaan, zodat ze niet hoeven te beslissen wat ze met hun leven moeten doen.'

'Probeer je me te beledigen?'

'Jij hoort hier niet. Dat is wat ik wil zeggen. Door aan die onzin hier mee te doen, doe je je dommer voor dan je bent, en als ik ergens niet tegen kan.' Hij haalt een flinke teug lucht en blaast die in een lange zucht uit.

'Erik, ik weet niet,' zeg ik. 'Ik zie je praten, en ik kan alleen maar denken: altijd maar dat praten, alsof een mening hebben al genoeg is. Ik heb gewoon zin om eens een keer iets te dóen.'

'En zo heb ík dus een vriendin die voor mijn ogen in een fundamentalist verandert. Je zal de eerste niet zijn die denkt iets te moeten gaan dóen, daar komen de gruwelijkste dingen van, ik dacht dat je dat onderhand wist.' Hij wordt rood van afschuw. 'Ik kan ver meegaan in dingen, al zeg ik het zelf. Maar we naderen het moment dat de rek eruit is, besef dat wel. Je weet dat ik van je hou. En dat je maar één kick hoeft te geven en ik haal je hier vandaan en dan gaan we naar mijn huis en zoeken we naar iets groters, gewoon zoals normale stellen doen. Die ellende hier,' hij zwaait zijn arm richting de slaapkamer, 'dat hóeft allemaal niet, dat doe je zélf, en dat weet je best. En volgens mij alleen maar uit eigenwijsheid om het eigenwijs zijn zelf. Ik snap niet dat je niet... dat je niet...'

'Dat ik niet wat?'

'Dat je niet... dat je niet inziet welk aanbod ik je doe. Dat je het niet wílt inzien.'

'Het aanbod om jóuw leven te leiden. Ik weet ook wel dat het niet ideaal is hier, dat wil ik wel toegeven...'

'Doet er helemaal niet toe of je het toegeeft. Het ís zo.'

'Maar wat is het alternatief? Avond aan avond de ovens van Auschwitz, massagraven die nog een week lang bewegen. Baby's die tegen een muur worden gegooid?'

'Stop!' zegt Erik vermoeid. Hij steekt zijn hand op. Nu ik begin te schreeuwen wordt híj ineens kalm. 'Laten we stoppen met ruziemaken. Ik zie dat je overstuur bent. We werken allebei te hard. Het is hoog tijd voor een paar weekjes ertussenuit.'

'Naar Amerika zeker, voor nóg meer ellende!' Mijn stem slaat over. 'Een holocaustmuseum! Volgens mij denk jij dat dat goed voor me is, al die gruwelen. Een les, een waarschuwing. Allemaal nobelheid van jouw kant. Maar weet je wat ík denk?' Ik gil nu bijna. 'Ik denk dat jij mij al die verhalen vertelt, alleen maar om mij en jezelf te laten zien hoe hard je aan het werk bent, ondanks het feit dat er al zeven jaar geen flikker uit je handen komt. Dat je iets te bewijzen hebt, je degelijkheid, dat je nog van de oude stempel bent, het soort dat zijn materie eerst goed en grondig onderzoekt. Jij denkt dat, zolang je met nieuwe verhalen blijft komen, die film niet klaar hoeft te zijn, en zo hou je mij en jezelf aan het lijntje. Meneer de jonge belofte! De Sheherazade van de Holocaust, dát ben je.'

'Shoah,' zegt Erik. 'Je moet Shoah zeggen.'

'Goed, de Sheherazade van de Shoah. Wat jíj wil. We doen tenslotte altijd wat jij wil. Maar ik ben er klaar mee, voor het geval je dat nog niet wist. Ik weiger te geloven dat we gedoemd zijn te blijven wie we zijn. Ik wil eens een keer vooruit. Het is tijd voor een beetje optimisme.'

'En wie heeft jouw wereldbeeld ineens zo positief beïnvloed? Hè? Mag ik raden wie? Begint het met een A, ziet hij eruit als een opgewarmde dooie, en steekt-ie elke avond dat ik er niet ben z'n druipende pik in je om jou je dosis optimisme toe te dienen?'

'Klinkt toch nog altijd beter dan vrijen met iemand die erbij kijkt alsof hij op de bus wacht.'

Erik kijkt me met open mond aan.

'O, wat heb je dat weer leuk gezegd. Ga door, ga door. Let niet op mij. Ik heb geen gevoelens.'

Ik zeg niks meer. Wezenloos staren we een paar tellen voor ons uit. Buiten gaat full speed een ambulance voorbij.

Erik staat op.

'Hier valt geen zinnig woord meer mee te praten,' zegt hij, alsof hij het niet langer tegen mij heeft, maar alleen tegen zichzelf. 'Waar heb ik dit aan verdiend? Wat heb ik hier nog te zoeken? Ik ben toch zeker gekke henkie niet.' Met trillende armen doet hij zijn sneakers aan. Hij doet er lang over, de veters zitten in de knoop. Daarna pakt hij zijn jas van mijn bed. Er is hier een kapstok, maar de jas op het bed is een oude gewoonte uit oude tijden. Het is zijn bruine berenjas, die ook een beetje mijn jas is, die vaak om mijn schouders heeft gehangen tijdens het roken op winderige terrassen. We hebben hem samen in Berlijn gekocht.

Hij speurt rond of hij verder niks heeft laten slingeren, raapt twee dvd's van de grond die we nog moeten kijken. Zijn ogen bereiken de mijne. Even denk ik dat hij zijn berenjas weer op het bed gaat smijten, ik weet niet waarom ik dat denk. Hij trekt alleen maar zijn kraag omhoog.

'Je kan ook te ver gaan,' zegt hij, als ik snap wat hij bedoelt. 'Ik weet dat je jezelf niet bent en dat je niet beseft wat je allemaal hebt gezegd. Toch zeg ik je: wéét wat je doet.'

'Wat doet?' Mijn mond bibbert. Ik geloof dat ik op de rand van een huilbui sta.

'Weet wat je doet!' herhaalt Erik. 'Als je me nu laat gaan, is dat voorgoed!'

'Ga maar,' hoor ik mezelf zeggen. 'Ik denk dat dat beter is.'

28

De avond doorkomen is één ding, de nacht doorkomen is een twee-de. Ik lig al iets van een uur in bed, maar het lukt niet mezelf in slaap te laten vallen, zelfs niet als ik heel langzaam tot vijftig tel en nergens anders aan denk.

In mijn hoofd speelt al de hele avond hetzelfde filmpje af: Erik die door het gebouw gaat, de gang, de gangdeur, de trap, de buiten-deur, alles hard en hol.

Hij ging niet onmiddellijk. Hij was nog heel even blijven staan, om mij de gelegenheid te geven hem tegen te houden.

Gossamme, die blik.

Mijn lichaam begreep al dat het om een afscheid ging. Het be-gon als een gek te trillen. En het trilt weer als ik eraan denk.

De rest van de avond had ik het gevoel dat de verwarming het niet meer deed.

Het was misschien geen goed idee om ruzie te maken. Zoals het ook geen goed idee is om aan puistjes te zitten, het wordt er altijd erger van. Maar, denk ik, wie nog nooit een rijpe puist heeft uitge-knepen, die heeft op zich ook iets gemist.

Ik zoek naar een sigaret, maar er ligt niks meer. Ook niet in de keuken. Ik trek de koelkast open, het bier is ook op. Wat er wel ligt is feta, harde, verdroogde, gele feta.

Ik kleed me weer aan, jas, sneakers, een briefje van tien, en haal si-garetten in een warm oranje verlicht café op een hoek, dat zich niet aan de sluitingstijd houdt, of misschien is het ook nog niet zo laat. In de tuin hangen twee snoeren gekleurde lampjes. Alsof het kermis is, verdomme. Ik word verwelkomd door gesis, geplof en gepruttel. Het espressoapparaat dat eerst tot in de kleinste hoekjes doorgespoeld en schoongepoetst moet zijn voordat de barman zich verwaardigt me een age coin te geven.

Ik wil weer weggaan met de sigaretten, maar iemand roept dat het rond dit tijdstip ook weer binnen mag. Anderen vallen hem bij, onder wie de barman, die Herman heet en aardiger blijkt dan ik dacht. Een aansteker klikt al. De eerste uren van mijn vrijgezelle bestaan hang ik tegen een bar met mijn voeten over elkaar. Ik rook een sigaret zoals cowboys doen in saloons.

Iemand moet bier bestellen op mijn plek. Ik doe een paar stappen opzij, zodat ik uitkijk op twee fruitautomaten en een piepklein dartkamertje, waar twee lelijke meisjes tegen een muur hangen. Tegen de muur en tegen elkaar. Lesbo's zeker. Nou ja, moeten ze zelf weten.

Een vrouw komt tegen mijn schouder staan. Ze is naar alle kanten met haar lipstick uitgeschoten. 'Niet dat ik er veel op tegen heb,' roept ze naar Herman, 'maar waarom staat de muziek zo hard?'

Herman draait het volume wat terug, en buigt zich naar haar toe. 'Anders gaan de mensen praten,' zegt hij. 'Ik ken dat. Binnen vijf minuten is het vechten. Nu is het tenminste gezellig.'

En hij draait weer aan de knop. Het is een Ierse zangeres die keihard de puinhopen van haar bestaan bezingt, heel mooi. Sigarettenrook trekt langzaam naar een plafonnière, een wijdvertakt geval met allemaal iele lampjes.

Ze hebben veel planten hier, en overal posters van een of andere jarenvijftigster.

Als er een rustig liedje komt, raak ik in gesprek met een gast die me schoonheid noemt, en die ook de avond door moet. Hij heeft zijn haar in het midden met een liniaaltje gescheiden en ruikt boerend naar bier. Desondanks kijkt hij alsof dit tijdstip het beste is om meisjes te versieren.

'Weet je hoe jij rookt?' vraagt hij.

'Nou?' Ik draai me naar hem toe.

'Je hángt aan je sigaret alsof het de tiet van je moeder is.' Hij laat zijn borst rijzen, strekt zijn nek en tuit zijn lippen in de lucht. 'Zo.' Hij kijkt opzij om te zien of ik wel kijk.

'Mm.'

'Je ogen hebben de kleur van bittere chocola.' Persoonlijk houdt hij daar wel van. De meeste mannen niet, maar hij wel.

Het is duidelijk dat hij te veel gedronken heeft, maar het de moeite waard vindt te doen alsof het niet zo is. Heel even ontroert het me. Ik verbaas mezelf door hem te vertellen, sigaret tussen twee eenzame vingers, dat ik niet kan slapen en dat ik, als ik vannacht niet sterf van ellende, dan gelukkig morgen nog heb om het te doen.

'Maar ja,' voeg ik eraan toe.

'Als ík me rot voel,' zegt hij, 'denk ik altijd even aan die leuke Albert Heijn-reclame.'

Het valt hem van me tegen dat ik daar niet om kan lachen.

'Toen ik je binnen zag komen, dacht ik: dat is er eentje waar wel mee te lachen valt.'

'Goh,' zeg ik. 'Ik wist niet dat mannen met een scheiding zo'n gevoel voor humor hadden.'

Hij hoort het niet. Hij is me aan het vertellen dat hij zichzelf graag vergelijkt met een diepzeevis.

'Een diepzeevis? Zo zo.'

'Een speciale soort,' zegt hij op vertrouwelijke toon, 'waarbij het mannetje tien keer zo klein is als het vrouwtje. Tien keer zo klein!' Hij boert in mijn gezicht, zonder zich ook maar een seconde af te vragen hoe ik me voel, daar aan de andere kant van die boer.

'Bij wandelende takken heb je niet eens mannetjes,' schreeuw ik. 'De vrouwtjes doen het enkel met zichzelf. Zullen we even een beetje bij die box weggaan?'

'Nou niet wijs lopen doen,' zegt hij. 'Ik vertel je wat. Die manne-tjesvis hoeft maar één ding te doen: een geurspoor volgen dat naar zo'n vrouw leidt, zich aan haar vastzuigen en met haar versmelten tot er van hemzelf niets overblijft dan alleen zijn ballen.'

Hij komt nog dichter bij me staan, wiegelend als in de diepzee. Zijn ogen fonkelen. 'Dat is waar ik naar streef: alleen nog maar mijn ballen te hoeven zijn!'

'Cool, ik vat 'm!' Ik ga er maar eens vandoor, ik ben nu wel genoeg in het gezicht geboerd.

Om alles nog erger te maken stapt er net een man binnen met een onvoorstelbaar bleek gezicht en daarover dunne slierten haar als draadjes tabak. Zo'n creep die 's nachts opeens je dekbed weg-rukt en met twee grote halen met een mes je borsten meeneemt. Hij schommelt als een bokser met zijn bovenlijf.

'Eén ding,' zegt hij tegen mij, alsof we midden in een gesprek zitten. Er volgt veel onsamenhangends, maar het komt erop neer: je moet niet te veel aan Robje z'n kop zeuren, en in Amsterdam zijn er veel te veel mensen en die zeuren allemaal aan de kop van Robje. Dan laat hij me door.

Ik ren er springend vandoor, zoals mijn opa vroeger een paard nadeed. 'Hé wijffie,' hoor ik nog, maar ik kijk niet meer om.

Na een tijdje loop ik rustiger.

Na nog een tijdje wil ik het liefst weer terug naar het café.

Maar in plaats daarvan slenter ik langs het park en de parkeer-meters naar huis. Er staat een zwakke, schrale wind. Nat afval flap-pert tegen het hek. Een kartonnen koffiebeker, hamburgerzakjes, een gratis buurtkrant. In het voorbijgaan zet ik de led-lichtjes aan van twee tegen het hek geparkeerde fietsen. Van de huizen aan de overkant glanzen de ramen zwart en kil.

Even voorbij het ziekenhuis blijf ik op de busbaan staan. Ik steek een sigaret op en kijk toe hoe een auto de hoek om gaat in de verte. Erik zit nu een film te kijken. Iets over een pogrom. Hij merkt het niet eens als het weer licht wordt.

Ik denk aan mijn moeder, die ook maar alleen is. Ze heeft nooit getroost willen worden om mijn vaders dood. Het gemis blijft, zegt ze. Als ze acuut verdriet wil hebben, pakt ze Herbie's handmaaiertje en maait ze het gras tussen de buxus van het plantsoen bij haar voor. Haar beringde vingers om de handvatten die Herbie zo vaak had omklemd. Op zaterdagen zag ze hem dat vanuit de keuken voor de gemeenschap doen en het had haar altijd bijzonder ontroerd.

Mensen die tegen haar zeggen dat het verdriet om Herbie zal slijten weten niet waar ze het over hebben. Ze is gehecht aan haar aura van verdriet. En aan haar rol van de rouwende weduwe, die moeite heeft zich opnieuw aan iemand te binden, maar het desondanks weer gretig probeert. Ze heeft toch ook recht op haar portie geluk?

Je kan wel gaan zitten wachten op het wonder dat God je schuldig is, maar zo gelovig is ze ook weer niet.

Ik trap de sigaret uit en kijk omhoog naar onze verdieping. Twee intiem verlichte ramen: Annerie en Ira zijn naar bed aan het gaan, ze kleden zich uit zonder de gordijnen dicht te doen, ik kan het allemaal volgen. Ze zingen. Zal wel iets van de Spice Girls zijn.

Een snerpend gegil, spuitende vonken, oorverdovend geschel. De tramdeur klapt open. De bestuurder springt op straat en begint me uit te schelden. Iets over mijn ogen en zijn hart, maar dan niet in romantische zin. Ik spring haastig op de stoep en ren naar huis alsof ik iets gestolen heb. Als hij me passeert zie ik dat het een lege tram is, op weg naar de remise.

Terwijl ik zoek naar mijn sleutel probeer ik het gevoel op te roepen dat ik thuiskom.

29

De Kalverstraat wordt bewaakt door bereden agenten. De paarden stampen met hun hoeven van de kou. Degenen die op de paarden zitten hebben ons meteen in het vizier. Daar zijn ze voor, ze moeten het ongerijmde in de gaten houden.

Ongerijmd zijn we. Met de zware borden om onze schouders is onze fietstocht al een demonstratie op zich. We komen amper vooruit. Met het trappen wipt het voorbord steeds omhoog, wat zeer doet op een plek onder mijn kin. Maar we trekken de aandacht. Zeker omdat Annerie en ik als clown zijn geschminkt.

Mijn bedenkingen tegen de demonstratie verdwenen in één klap toen ik een ingeving kreeg.

'Weet je hoe je nog méér aandacht trekt?' zei ik. 'Als we als clown gaan. Dan vind ik het ook wel leuk. Als clown ga ik mee.' Ik had al gezien dat er kleren en pruiken lagen in een kast op de gang.

Daar zat iets in, vond Annerie ook, en de spullen bleken ook nog te passen. Zelfs voor mij. Nu verheugt ze zich op de foto die ze van zichzelf naar Rudi gaat sturen, zodat hij nog verliefder op haar kan worden.

Voor haar is een beetje afleiding wel goed. Rudi zit op het moment in een huisje in de Ardennen. De dagen voor zijn vertrek heeft Annerie hem al met vooruitlopende kracht gemist. En nu houdt ze op haar iPhone bij hoe het weer daar is. Ze moet het doen met na achtenveertig uur eindelijk een sms, die ze aan ons voorleest. *Schatje, het is hier zo prachtig! Ik zou liever met jou hier zijn, maar de kinderen genieten erg. Vanavond alweer laatste avond (!) We gaan uit eten, heb ik gezegd. Willen ze per se babi pangang... Xx*

'Fuck die autocorrect,' zegt Annerie die probeert terug te sms'en. 'Snapt weer niet dat "lekkertje" een woord is.'

Ira heeft tussen haar kleine slaapjes door onze gezichten beschilderd. Het is heel professioneel gedaan. Het had wel iets, vond ze, om jezelf wit te schminken tijdens sinterklaas.

Zelf zou ze ook nog een uurtje meegaan, ze had haar ogen al opgemaakt, veel wit en dikke zwarte lijnen, maar op het laatste moment was ze misselijk geworden van de verflucht. Ze heeft het er weer afgepoetst. Ze gaat, denkt ze, maar even liggen.

Alexander is er ook niet, die werkt 's zaterdags.

We zijn dus met z'n vieren. Maar Joy en nog een paar komen ook. Sterker nog, ze staan er al als we aankomen, met hun zwarte capuchons. Eén draagt een splinternieuwe legerjas.

De vier hebben geen sandwichborden, maar hun pezige lichamen drukken al zo veel protest uit, dat een bord alleen maar afbreuk zou doen.

Annerie en ik zijn de enigen met schmink. Reve en Mattheo wilden het niet. Op een of andere manier verwacht ik dat ze hem elk moment zullen peren.

Het clownspak zit me als gegoten, alleen met de neus klopt iets niet. Hij is van rode spons. Annerie is fan van sponzen neuzen, omdat een harde plastic neus niet lekker over haar piercing valt. De mijne is vermoedelijk al vaak gebruikt, hij heeft de neiging er steeds af te vallen.

'Wat is het plan?' vraag ik.

Een plan is er niet. We kunnen vanaf de Munt door de Kalverstraat naar het station en dan zien we ondertussen wel.

'De clowns voorop?'

'Nee, achteraan,' zegt Joy beslist. Ze lijkt zich te schamen voor de clowns. Dat zegt ze niet, maar ze laat het merken.

We lopen naar de glaspassage van de Kalvertoren. De agenten laten ons met grote onverschilligheid passeren, wat mij – en volgens mij ook Joy – zowel oplucht als teleurstelt. Zo'n gewoon stel zijn we nu ook weer niet.

In het tempo van de anderen drom ik mee door de winkelende massa: de koppels hand in hand, nóg wel, straks zijn die handen vol met tassen, de vriendinnengroepjes, de *lonesome* jagers op sinterklaasinkopen. Het is het allermoeilijkst voor Reve en Mattheo die vooroplopen, maar ook voor ons, met onze sandwichborden, is het nog steeds vrij lastig.

Kort voor sinterklaas in een winkelstraat zijn de mensen niet op hun mooist, en dat effect wordt versterkt wanneer ze met zoveel zijn.

Nu moeten we ze aanspreken.

'Mijnheer, weet u wel dat het niet-winkeldag is?'

'Wat zegt u, mevrouw?' Hand achter het oor. Zijn gezicht krijgt iets ontroerends.

'In-ter-na-tsjo-na-le Niet-win-kel-dag. Dat is vandaag! Dátgene wat u gaat kopen, dat gaat u helemaal niet gelukkig maken.'

'Zegt u dat wel, jongedame. Geluk kan je hier niet kopen. Daar kom ik ook niet voor. Maar ze hebben daar' – arm richting Hema – 'wel hoeslakens, en daar ga ik er nu twee van halen. Ze gaan op het moment erg hard bij ons, mijn vrouw heeft, hoe zal ik het zeggen, nogal eens een ongelukje.'

Ik wil iets vriendelijks zeggen, maar ik kom alleen op dingen om bij te huilen.

De man ziet het. 'Wenst u me maar veel zegen,' zegt hij, en we zien nog hoe hij bijna omver wordt gelopen door een zwarte piet die net een deur uitkomt.

We lopen weer verder en wijzen naar een paar volle plastic tassen.

'Mevrouw, u lijkt geslaagd vandaag, maar u bent er niet echt blijer van gaan kijken!'

Een van de jongens wil dat we dingen gaan roepen die direct het geweten raken.

'Wat voor dingen?' vraag ik terwijl ik mijn sponzen neus wat steviger vastdruk. Dat blijkt nog niet zo gemakkelijk, want KOOP NIETS staat al op onze borden en 'Kopen maakt niet gelukkig' schreeuwt niet lekker.

Het wordt uiteindelijk: 'U heeft alles al, koop niks!' en we spreken af dat Joy inzet en dat de rest haar steeds herhaalt.

Nu lopen Annerie en ik voorop en we beginnen verschrikkelijk ons best te doen. We brengen er een cadans in, waar we steeds harder stampend op marcheren. 'U hééft alles al, koop níks! U hééft alles al, koop níks!' Dankzij ons militaristisch geschreeuw gaat iedereen opzij. Niet alleen mijn geest raakt ervan doordrongen dat dit absoluut het goede is om te doen, die overtuiging bereikt ook de diepste vezels van mijn lichaam. Ze schopt mijn benen als het ware vooruit.

Als ik na een tijdje omkijk zie ik dat Reve en Mattheo zich inderdaad uit de voeten hebben gemaakt. Alsof ze iedere dag een uurtje wandelen, maar beslist niet langer.

Ik probeer me niet beledigd te voelen.

We zijn weer terug bij de bereden agenten bij de Munt. Ik steek een sigaret op en bekijk ze eens goed. Agenten zijn agenten, maar agentes op een paard zijn toch weer iets aparts.

Ik trap mijn peuk uit en heb het gevoel al een beetje op weg naar huis te zijn als Joy een agressief gesprek met ze begint.

'Jullie staan ervoor te zorgen dat niets, maar dan ook niets, het winkelen in gevaar brengt, hè. Want, stel, de mensen shoppen niet meer, waar zouden ze dan heen gaan met hun energie? Dat zou pas een groot probleem worden voor de politie. Zo is het toch? Geef het dan ook toe!'

De agenten, een jonge dunne en een van middelbare leeftijd, gaan er niet op in. Ze denken natuurlijk: je zou eens wat minder moeten blowen, jij.

'Het is om te kotsen,' gaat Joy door. 'Jullie staan in dienst van een systeem dat zojuist bewezen heeft niet te werken, en toch doen jullie alsof er niets gebeurd is.'

Aan de gespannen nekpezen van het niet opkijken is duidelijk te zien dat de agenten het niet eens zijn met de toon van deze discussie.

Joy probeert haar belediging nog wat aan te vullen. 'Verachtelijk en immoreel,' vindt ze het. 'We moeten consumeren om ons te verdoven. Bah, bah en nog eens bah.' Bij de laatste 'bah' spuugt ze hartstochtelijk op de grond, bij het rechtervoorbeen van een van de paarden.

Gossamme, ze heeft wel lef.

'Heeft u deze demonstratie aangemeld?' vraagt de middelbare.

'Ha, op die toer,' zegt Joy. Ik hou mijn adem in.

'We hebben ons niet aangemeld,' zegt Joy. 'Maar we vormen geen risico voor de volksgezondheid, we zorgen niet voor gevaarlijke situaties en we verstoren de openbare orde niet. We laten ons dus niet wegsturen door een stelletje fascisten.'

'Goed, mevrouw,' zegt de middelbare agent. 'Zo is het wel genoeg. Uw identiteitsbewijs!' Ze strekt gebiedend haar hand uit.

'Hoezo?' zegt Joy agressief.

'Wat is uw naam?'

Joy houdt haar lippen stijf op elkaar.

'Uw naam?'

Een tram komt schrapend voorbij, overstemt een kort moment het collectief gemurmel van het winkelpubliek. Verderop knalt een serie rotjes. Joy trekt zogenaamd rustig een pakje kauwgom uit haar broekzak, maar haar handen trillen.

Er komen een paar jonge Marokkanen bij ons staan, trainingsjassen, petten. Ze lachen, natuurlijk, voor hen is zoiets een lachertje. De middelbare agent heeft intussen een apparaatje in haar hand dat eruitziet als een mobiel uit de jaren negentig. Ze vraagt om versterking. In no time stapt er een breedgeschouderde agent van zijn motor.

Joy steekt een kauwgompje in haar mond en kijkt hem vol minachting aan.

Een politiebusje stopt. Vijf mannen in donkere kleren en op gymschoenen komen erbij staan.

'Zij.' De dunne agent wijst naar Joy. Het is voor het eerst dat de dunne iets hardop zegt. Zeker een stagiaire.

De gymschoenen staan naast Joy.

'U gaat met ons mee, en u kunt zelf bepalen of dat mét handboeien gaat of zonder.'

Joy zegt dat ze niks misdaan heeft, dat het hier om een jaarlijks internationaal protest gaat. Een vredig protest. Ze gaat dus niet mee. Haar malende kaken bewijzen hoe pertinent dat laatste is bedoeld.

'Wat doet die?' vraagt een klein jongetje dat opeens opduikt en met een bleek vingertje op Joy wijst.

De vader grijpt zijn armpje en trekt hem bij haar weg. 'Die is stout geweest,' zegt hij kortaf. 'Kom Sem.'

De agent op haar paard zit het al helemaal tot hier. 'U beledigt een ambtenaar in functie en u overtreedt de identificatieplicht,' verklaart ze eenvoudig. 'Op het bureau zullen we in alle rust uw identiteit gaan vaststellen.'

Joy, die volgens mij te veel naar *Tatort* gekeken heeft, probeert nog even weg te rennen, wat met zo veel gymschoenen in de buurt natuurlijk flauwekul is, en ineens ligt ze op de grond, met een menigte om haar heen. De Marokkanen staan alles te filmen met hun mobieltjes. Niet alleen Joy, ook Annerie en mij, omdat we natuurlijk zo'n fantastisch decor zijn. Al filmend maken ze schoppende bewegingen met hun voeten om de agenten op een ideetje te brengen.

Die draaien Joys armen op de rug. Joy krijst dat die fascisten haar pijn doen en dat er genoeg getuigen zijn voor haar aangifte van mishandeling. Ze kijkt schuin omhoog en even kruisen onze blikken.

Ik moet denken aan het verhaal dat ik eens hoorde over een moeder die op haar activistische zoon was gaan zitten, en zo had voorkomen dat hij werd ingerekend. Slecht verhaal. Zo'n mens hebben ze er echt zo af.

De handboeien zitten eindelijk goed. De mannen tillen Joy overeind. Ze wankelt op naar binnen gedraaide voeten. Slierten haar hangen over haar gezicht dat op de natte straat heeft gelegen, het heeft iets van een muur waar ze net de klimop van hebben verwijderd. Op haar muts is wonderlijk genoeg geen modderspat te zien.

'Lach eens naar het vogeltje,' zegt een van de Marokkaantjes. Ze hebben de grootste lol.

'Als jij je bek niet houdt, kan je ook tegen het asfalt praten,' reageert de kraker met de legerjas.

'Hé, rustig, rustig,' zegt de motoragent.

'Au!' Een van de gymschoenen schudt met zijn hand in de lucht. 'Dat kreng bijt!'

Dan is het hupsakee het busje in. Degene die gebeten is, gaat voorin zitten, zijn zere hand tegen zijn lippen.

'Wij gaan ook mee,' zegt de kraker die het over asfalt had. 'Ja,' zegt een andere. 'We zijn met z'n allen.'

Daar was ik al bang voor. Snel kijk ik naar Annerie, die voor de vorm nog doet alsof ze nadenkt, maar ik zie dat ze er ook wel voor te porren is. 'Samen uit, samen thuis,' zegt ze.

Beter van niet, sein ik. Niet dat ik iemand ben die vrienden in de steek laat als ze in de problemen komen, het gaat erom dat anderhalf uur demonstreren voor dezelfde zaak Joy en mij niet direct nader tot elkaar heeft gebracht.

De middelbare agent overlegt met de motoragent. 'Jullie gaan naar huis,' zegt ze tegen krakers en clowns. 'Hup, wegwezen.' En tegen de nieuwsgierige menigte: 'Doorlopen, circus is over!'

Eerst wil ik van die zware borden af. Ik zet ze tegen een vuilnisbak. Het liefst ga ik naar huis, naar de kachel in de keuken. Het lijkt alsof alle warmte op hetzelfde moment uit me is verdwenen. Een klotedag is het geweest, een dag die zelfs majoor Bosshardt ertoe zou bewegen om zwervers een rotschop te geven. Een hete kop koffie is wat ik nodig heb. En krantje lezen met een plak honingkoek.

Daar denken Annerie en de krakers heel anders over. Ze likken aan hun droge lippen, leggen die onmiddellijk weer terug in een verbeten trek. Iemand heeft het over 'als een dolle achter dat busje aan fietsen' en Annerie kan niet stoppen met zeggen hoe belachelijk het allemaal is, en hoe verschrikkelijk overdreven van die fascisten.

Als je niet de hele tijd je lippen beweegt, denk ik, dan gaan misschien je hersens werken.

'Kom, laten we hier tenminste weggaan,' zeg ik. 'Waar staan jullie fietsen?'

'Was jij er toen eigenlijk ook bij in dat restaurant?' vraagt een van de krakers.

Het lijkt me geen jongen om antwoord te geven. Ik kijk op mijn horloge en zeg dat ik op huis aan moet.

'Ik heb de tijd,' zegt Annerie. 'Ik wacht desnoods de hele dag bij dat bureau. Zo sta ik erin.'

'Welk bureau?' vraag ik.

Een jongen heeft nog niks gezegd, nu neemt hij het woord. Hij heeft een hese stem. Een stem die me opeens zo erg aan Erik doet denken, dat alles wat hij zegt gesmoord wordt in een nog groter gevoel van neerslachtigheid dan er al was.

'Heeft ze iets van een vriend?' onderbreek ik hem. 'Misschien moeten jullie die even bellen.' Maar kennelijk niet, want het wordt niet echt opgepikt.

'Joy krijgt gewoon een boete,' zeg ik, 'en ze is straks eerder thuis dan wij. Eerlijk gezegd heeft ze het er zelf ook een beetje naar gemaakt.'

Annerie schiet in de verdediging. Joy heeft tenminste durven zeggen waar het op staat, ook als dat niet in haar eigen voordeel was. Ik zeg dat ik dat heus ook wel bewonder, en ik meen dat ook, want ik bewonder Joy zoals ik een priester bewonder die zich aan het celibaat weet te houden, of die man die die ijsbaden neemt op de televisie. Ik zeg dat alleen de manier waarop ze om aandacht vraagt niet de mijne is, zodat Annerie en ik weer naar elkaar kunnen kijken alsof we het beste met elkaar voor hebben.

En wat belangrijker is, ik kan naar huis.

Annemarie moet mee naar de fietsen. We staan aan elkaar vast. Zij blijft, natuurlijk. De situatie vraagt dat van haar.

In onze straat kom ik Ira tegen, sjaal om, koptelefoon op, zodat er maar een klein gezichtje overblijft. Helemaal cool en in trance, zoals in de Apple-reclames. Ze schopt gedachteloos door een paar rottende bladeren. Zachtjes zingt ze iets wat ik in het voorbijgaan niet thuisbreng, maar het klinkt bekend. Ze ziet me niet tot ik mijn hand opsteek en dan groet ze in zichzelf glimlachend terug.

Reve en Mattheo staan in de keuken spiegeleieren te bakken en over hun toekomst te praten. De radio staat aan, ze horen me niet binnenkomen. 'Ik kan altijd nog kok worden,' zegt Mattheo. Hij tilt met een spatel de rand van de eieren omhoog om te kijken of het daaronder niet te bruin wordt. 'En over wat jij zei zal ik eens nadenken. Ik heb mezelf nog nooit als vader gezien, maar met jou lijkt me dat eigenlijk ook wel weer heel erg leuk.'

Ik loop naar het koffiezetapparaat en vraag, als ze mijn aanwezigheid opmerken en hun gesprek pijnlijk stilvalt, waarom ze weg waren gegaan bij de demonstratie, 'zonder ook maar iets te zeggen'.

Ik probeer een neutrale toon aan te slaan, maar alle neutraliteit glipt me als gemalen koffie door de vingers, en het zijn opeens de woorden van iemand die zich zwaar gedupeerd voelt.

Reve legt zijn arm op die van Mattheo, die zijn blik op de eieren houdt. Hij bekijkt me met koude ogen.

'Er waren een paar dingen waardoor wij dachten: we gaan.'

De vertrouwde lucht van gebakken eieren verwart me. Vooral de combinatie met de stem van een nieuwslezer. Mijn vader maakte op zondag altijd roerei. De Roosevelts aten dat ook op zondag. En ze hadden er net als wij de radio bij aan.

'Zo meteen de impact van ons consumptiepatroon op het milieu,' zegt de presentator. 'Maar nu eerst de meest hilarische radiofragmenten van het afgelopen jaar op een rij. U kunt stemmen op onze website.'

Ik giet water in het koffiezetapparaat en denk aan het plezier dat ik altijd had in het zetten van koffie. De belofte die al die handelingen in zich dragen. Het volle koffiefilterzakje dat zonder morsen naar de prullenbak moet. Het droge koffiefilterzakje dat daarna zo schoon aanvoelt. De geur van de koffie als je het blik opentrekt. De wetenschap dat alle mensen dat lekker vinden ruiken, ook de mensen die geen koffie lusten.

Het plezier in al deze dingen is verdwenen. Ik kan het me nog herinneren, maar alleen als het plezier van iemand anders.

In mijn kamer struikel ik over iets donkers dat op de vloer ligt, een trui. Ik kan nog net overeind blijven, maar de koffie gulpt over mijn hand. Het spat ook over de trilplaat en over de door Erik gesausde muur erachter. Ik zet de beker neer, er zit geen slok meer in. Ik pak de groene lubbertrui van de vloer en ga ermee op de bank liggen. Hij ruikt als de trui van een zwerver.

Buiten klinkt het verkeer als een joelende massa. Ambulance na ambulance scheurt voorbij, vanwege het ziekenhuis hier in de straat. Ik krijg zin om de gordijnen dicht te trekken en ik sta op om het te doen. Daarna ga ik weer liggen. Ik houd de trui vast alsof het een baby is, en algauw alsof die baby gesmoord moet worden.

Ik lig roerloos en probeer alle delen van mijn lichaam zacht te laten worden, eerst de voeten en de grote delen, daarna ook mijn tong, wangen en voorhoofd. Het lukt niet. Alles klopt, stroomt en jeukt. Ook de hoofdpijn zit er nog. Het is er een waar de paracetamol niet bij kan, een dof gehamer op een zenuw. Vlak onder mijn raam schreeuwt een vrouw naar haar kind. Ik leg de trui op mijn hoofd. Mijn sponzen neus glijdt weg. Nou en. De geluiden van buiten gaan nu op in een gezamenlijk gedruis, gedempt als door een nachtje sneeuw.

Nu een prikje in de vinger en dan honderd jaar slapen.

De bel gaat.

Ik beweeg me niet.

Er wordt opnieuw aangebeld, langer nu.

Ik loop naar de andere kant van de kamer en pak de hoorn van de intercom. 'Hallo?'

'Goedemiddag, recherche. We willen even met u praten.'

30

Ze hebben niks aan ons. Het begint ze nu echt te irriteren. Ze gaan steeds rechterop zitten in hun wolkjes aftershave en eau de toilette. Hun blikken worden feller, kwaaier, ze gaan van ons naar de aangekoekte mueslikommen op de keukentafel, alsof die er wat mee te maken hebben, en vanaf daar weer terug naar ons, tot we onze ogen neerslaan.

Ze zijn jong, en ze hebben er zin in.

De keuken had me na al dat geweld de beste plek geleken. Ook al is het krap, in de keuken zit je tussen de potten en pannen waarin lekkere dingen worden klaargemaakt. Iets daarvan moet toch overslaan op je stemming. Zo zal ik dat straks tegen Erik zeggen, die het weer typisch zo'n theorie zal vinden die helemaal nergens over gaat. Het werkt inderdaad niet echt geweldig.

Zodra de rechercheurs zitten, trekken ze hun elektronische opschrijfboekjes uit hun zak, met van die dunne pennetjes. Ze willen iets te schrijven hebben.

Ik vind het echt klote voor ze, maar daar komen de rechercheurs niet voor. Ze willen geen begrip, ze willen informatie. Misschien komt het door mijn clownspak dat ik steeds het gevoel heb dat het allemaal maar een grap is.

Een van de twee rechercheurs lijkt heel erg op iemand die ik ken. Hij heeft kortgeschoren kroeshaar en praat veel harder dan nodig, alsof hij niet alleen onze aandacht wil, maar die van alle bewoners van het gebouw.

Het is belangrijk dat we precieze antwoorden geven. Dat blijven ze zeggen. Precies en correct, alsof dat twee heel verschillende dingen zijn. Ze kijken ons daarbij doordringend aan. Eerst de jongens, dan mij.

We knikken terug. Ik denk erover te vragen of ze koffie willen. Of een biertje.

'Het gaat om een belangrijke zaak,' zegt de man, die ons al naar gelang met u aanspreekt of tutoyeert. Ze zullen eerst de feiten doen. Namen en rugnummers. Om te beginnen die van ons.

Dus daar gaan we dan.

Hebben we ook ergens het nummer van zijn ouders? Nee? En waarom eigenlijk niet?

Ze willen de namen van degenen die hier regelmatig over de vloer komen. De rechercheur spreekt dat 'hier regelmatig over de vloer' uit alsof ze bij een hoerentent inspectie doen.

Toegegeven, dat wordt een beetje in de hand gewerkt door Annerie, die net thuiskomt, krijtwit, verregend, verkleumd, in een losgeknoopt clownspak waar wat donker kant onder schemert, schreeuwend dat je voor een fatsoenlijke behandeling tegenwoordig niet meer bij de politie moet wezen, dat die lui voor niks staan. 'Nazituig is het. Niet te geloven!'

Haar mond klapt dicht wanneer ze de keukendeur opengooit, en ons stilletjes ziet zitten met witte, weggetrokken gezichten, tegenover de rechercheurs, een jonge blondine en een magere bruine man die, ineens zie ik het, ongelofelijk op Obama lijkt.

Zo'n dag waarop alles misgaat, en dan die gekke details die je opvallen.

Eerst zegt ze vier tellen niks. En geloof me, voor Annerie is dat lang.

Dan vraagt ze mij, met stroboscoopjes in haar oogbollen: 'Hoe weten die lui' – knik naar de rechercheurs – 'dat wij hier wonen? Heb jij de boel soms verlinkt of zo?'

Ondanks haar geschminkte gezicht zie ik dat ze woedend is.

Alsof ík het uit kan leggen! Niemand kan het op dit moment uitleggen, iets wat voor dwarse voorhoofdsrimpels zorgt aan de kant van de recherche. Ze denken: we hebben beet, maar wat?

Eén ding is zeker: voor zo veel grote, heen en weer schietende ogen is ons keukentje te klein.

Die gelijkenis met Obama is echt bizar. Je gaat je er van alles over afvragen, bijvoorbeeld hoe hij eraan komt, en of hij hier in de Oosterparkbuurt een beetje respect afdwingt met dat hoofd. Of hij er, als je alles meetelt, per saldo meer last van heeft dan gemak. Maar voorlopig zijn zij het nog die hier de vragen stellen.

Annerie is intussen zo *clever* om een paar knoopjes dicht te doen. Obama zegt met een stem alsof hij een congres toespreekt: 'U woont hier ook, jongedame? Wat is uw naam?'

Daar kan je op wachten, zo'n toon.

Feiten moeten ze hebben. Ik vraag me af of dat nou een slimme zet van ze is om per se met die feiten te willen beginnen. Het is nogal intimiderend, als je ze eerst een deur hebt zien forceren. Het wordt al helemaal moeilijk om te bedenken wat we daarna nog moeten melden. Na die feiten, die we ze ook al niet konden geven, zitten we de hele tijd onze schouders op te halen.

Alexander weg! Het dringt niet echt tot me door.

'Wat zitten jullie nou je schouders op te halen? Je weet toch wel wanneer je je huisgenoot voor het laatst over de gang hebt zien lopen?'

Voor haar leeftijd heeft de blondine al een behoorlijk streng toontje.

Maar eerlijk, ik heb geen idee.

De anderen ook niet.

'Een week geleden?'

'Zou kunnen.' Ik krijg de indruk dat ze heel andere antwoorden hadden verwacht.

'Tien dagen?'

'Misschien.'

Hadden we de laatste tijd iets vreemds aan hem gemerkt?

'Iets vreemds?' vraagt Annerie, die als enige nog steeds niet geïntimideerd is. 'U bedoelt gesmoorde kreten uit zijn kamer, dierlijk gebonk, in de planten pissen, klauwende handen, uitpuilende ogen?'

Om de een of andere reden vinden de agenten het niet leuk dat we moeten lachen.

'Pardon?' vraagt de blondine.

'Gewoon vreemd,' zegt Obama kortaf.

Toen ik vanochtend wakker werd dacht ik nog: zondag! Eerst naar de Kalverstraat, daarna lekker terug in bed, misschien 's avonds nog een beetje werken...

Er knettert iets bij de broek van de blondine. Van schrik begint aan onze kant van de tafel iedereen alweer te lachen. Het is haar walkietalkie. Ze houdt hem dicht bij haar bovenlip. Met een schuin oog naar Obama zegt ze tegen iemand die we niet kunnen zien: 'We komen eraan.'

'Voor nu moeten we het hierbij laten,' zegt ze tegen ons, op weer die strenge toon en met de klemtoon op 'voor nu'.

Haar woorden blijven nog lang hangen tussen de potten en de pannen, de kommen en de afgelikte lepels.

31

'Ik deed helemaal niet lollig,' zegt Annerie. 'Ik probeerde alleen maar precies en correct te zijn.'

'Helemaal op het laatst, misschien,' zegt Reve. 'Eerst niet.'

'Iemand die de hele tijd met zo'n pennetje zit te pielen kan ik niet serieus nemen.'

'Ik zou jullie ook niet serieus nemen,' zegt Reve. 'Geeft het af, eigenlijk?' Hij gaat met een nagel over Anneries witte wang.

'Ik ga Alexander bellen,' zeg ik. 'Misschien neemt hij zijn telefoon wel op.'

Maar dat doet hij niet. Ik spreek zijn voicemail in.

'Zou hij niet allang gebeld hebben, als hij in de gelegenheid was?' vroeg Reve.

'Dat weet je toch niet?' zeg ik. Er kan ik weet niet wat gebeurd zijn waardoor hij niet kan bellen.

Maar ik weet het wel. Mijn hoofd vult zich met het vreselijke beeld van zijn lichaam ergens buiten op de koude grond. De ogen open, een akelig starende blik erin.

Ik bel Erik. Ik krijg zijn voicemail. Ik bel hem nog een keer en spreek in.

'Alexander is weg.'

'Hebben jullie dat ook?' vraag ik. 'Dat je steeds met je hoofd wil schudden? Dat het net is alsof alles niet echt is.'

'Heb ik ook,' zegt Annerie, die Rudi aan het sms'en is.

We weten niet wat we nu moeten doen, en ik zoek troost in een warme douche. Ik smeer mezelf in met iets uit een flesje waar 'balans' en 'puur' op staat en boen mijn gezicht af. Daarna laat ik het water over mijn wangen kletteren. Het loopt in vieze straaltjes langs mijn borsten naar beneden. Ik kijk hoe de witte smurrie door het putje gaat, en blijf kijken tot het water helder is. En ook nog lang daarna kijk ik naar het putje. Hoe het water kringelt en kronkelt.

Ik druk de handdoek tegen mijn natte gezicht, ik veeg de damp van de spiegel en zie een meisje dat het water uit haar haren zuigt. En terwijl ik kijk, ben ik plotseling bang dat mijn moeder niet in orde is.

Met de handdoek nog om me heen bel ik haar op. Ze slikt en vraagt of ze kan terugbellen. Ze zit te eten bij Henry's Vishoekje. Zwaar ademend luister ik hoe ze haar lippen likt. Ik kan horen dat ze met een man is.

Annerie en Ira hebben ondanks de belabberde stemming toch maar iets gekookt. Of liever: ze hebben de beide groenteladen leeggeschud boven een roerbakpan en daar een stronk gember bij versnipperd in de hoop dat die de schimmelsmaak maskeert.

In mijn bord zit een haar die van Annerie moet zijn. Ze ontkent, al heeft niemand anders bij ons zulke lange zwarte haren.

Het zou leuk zijn om weer eens appelmoes te hebben voor ernaast, denk ik, en een goed stuk worst. Aan mijn eetlust mankeert niet zo snel iets. Ook toen ik het nieuws van mijn vaders ongeluk hoorde, at ik zoals Luther bomen plantte.

Als mensen het woord 'overgave' in de mond nemen, en dat is een beetje in de mode, dan moet ik altijd daaraan denken. Waar anderen dat associëren met God, of ziekenhuizen, of een man, associeer ik het op de een of andere manier met eten.

De anderen eten vooral om gegeten te hebben.

'Het is toch raar dat we hem niet hebben gemist,' zeg ik. 'Ook 's avonds niet.'

'Vorige week heb ik ook amper thuis gegeten,' zegt Annerie. 'Alleen op dinsdag en woensdag.'

Tot onze opluchting zijn we allemaal een aantal avonden weg geweest. Aan de week daarvoor willen we niet denken. We vermijden het alle vijf om de woorden 'de week daarvoor' uit te spreken. 'Wat is het laatste dat je tegen hem hebt gezegd?' vraagt Ira onverwacht.

Niemand weet zich dat te herinneren. 'Iets klopt er niet,' zegt Reve opeens. 'Hoe weet de politie dat hij weg is? Als je een huisgenoot mist, stap je naar de politie. Maar waarom kwam de politie eigenlijk naar ons? En waarom namen ze zijn computer mee?'

'Als hij al een aantal dagen niet op zijn werk is verschenen,' zeg ik aarzelend. 'Ik denk dat ze daar ongerust zijn geworden.'

'Kán, kán. Kan ook zijn dat hij ergens van verdacht wordt.'

'Hoe bedoel je, verdacht?' vraag ik.

Reve kijkt me aan alsof ik een idioot ben.

'Weet ik veel, moord, verkrachting, diefstal. Misschien is zijn DNA gevonden, ergens. Hoewel, dat kan alleen als ze zijn DNA al hébben. Ergens in een databank.'

'Jij hebt vanavond overal verstand van, hè?' zegt Annerie.

'De vraag is: wat kunnen we doen?' zeg ik.

'We kunnen niks doen,' zegt Reve, die zijn bord leeg heeft en opstaat. Hij gaat met Mattheo op kennismakingsbezoek bij zijn ouders, gewoon, zoals ze van plan waren. Ze zijn al aan de late kant. Zijn moeder heeft de moorkoppen al op schoteltjes staan.

Ira en Annerie kiezen ervoor om op Anneries kamer te gaan zitten, in de keuken zijn te veel *bad vibes*.

Ik maak een kop thee en sluip ermee langs de met rood-wit lint afgezette deur. Er staan angstaanjagende, zwarte letters op: NIET BETREDEN. POLITIE. Voordat ik mijn eigen deur binnenga, kijk ik achterom of niemand me volgt. Binnen draai ik meteen mijn sleutels om en ga met mijn rug tegen de deur staan.

Ik ben dan wel binnen, maar er is iets meegekomen, en het kruipt overal in.

Ik wacht tot de spaarlamp een beetje op gang komt.

Met een paar grote stappen loop ik naar de gordijnen in de slaap-kamer, en duw ertegen met mijn schouder. Er zit niks achter. Ook onder het bed: niks.

Ik knip wat kleine lampjes aan. Het licht bevalt me niet. Mijn moeder weet een kamer gezellig te maken, licht vanaf onderen, kleine lampen met de juiste kappen, op de juiste plek. Ik moet die kunst beter van haar afkijken.

De koffievlek zit nog op de muur. Als je wil kan je er een vogeltje in zien. Iets tussen een kip en een koolmees. Ik kan er niet toe ko-men om hem af te nemen.

Ik zet mijn iPod op shuffle. Halverwege het tweede nummer zet ik het af.

Zachtjes huil ik in een huis dat verder stil is, en leeg. De stilte drukt op mijn oren. Ook uit Anneries kamer komt geen geluid. Annerie zit natuurlijk in haar schommelstoel, Ira op de slaapbank. Ze kijken naar die stomme vissen, misschien delen ze een joint. In ieder geval denken ze niet aan Alexander. Daar moet je niet op re-kenen.

Ik zet de televisie aan, het geluid uit, en bel Fiona. Helaas valt ze weg.

Nu moet ik naar de wc, maar ik durf de gang niet meer op. Ik zoek een teil, een bak, til ten slotte een plant omhoog, plas in de bloem-pot en zet de pot terug in de vensterbank met de plant ernaast.

Opnieuw bel ik Fiona. 'Kun je me nu horen?'

'Kan ik je morgen terugbellen?' zegt ze. 'Ik zit in een restaurant.'

'Ja hoor, prima,' wat ze maar wil.

Ik zoek op Facebook naar sporen van Alexander. Die zijn er niet, hij zit niet op Facebook. Op onze huispagina heeft de foto van ons spandoek twaalf likes. 'Het gaat alleen niet helpen,' heeft ene Jan-Michael eronder gezet. Annerie vindt die opmerking 'leuk'.

Ik probeer Alexander met mijn gedachten te bereiken, zoals vroeger de coolste jongen van de klas. Ik zou een foto van hem op mijn wall moeten zetten, en vragen of mensen hem hebben gezien.

Iedereen kan het dan verspreiden. Ik zie de kop al in de krant. Verdwijning opgelost door spontane snelle actie op Facebook. Maar de enige foto die ik van Alexander heb, is van toen we op mijn eerste avond klassieke muziek zaten te luisteren in de keuken. Als je het niet weet, zie je niet dat hij het is.

Dan bekruipt me weer dat panische gevoel, als in de badkamer. Veel sterker dan gewone angst. Het gevoel dat ik voortaan aan mezelf ben overgeleverd.

Zonder dat ik me kan herinneren dat ik ernaartoe ben gegaan, zit ik plotseling op de vertrouwde site van Amazon. *Hello Elenoor, welcome to Amazon Elenoor.* Een kwartier later heb ik de retro phone case gekocht, een mobiele telefoon in koelkastformaat waar de iPhone in kan, zodat hij beschermd wordt tegen stoten en krassen, maar vooral omdat hij 'ironisch' en 'iconisch' is en je er 'gegarandeerd iedereen mee aan het lachen maakt'.

Bij het hotel beginnen zich al mensen te verzamelen voor een feest dat pas om elf uur begint. Aan het lawaai te horen is het een feest voor pubers die al ergens hebben ingedronken in huizen waar de ouders niet thuis zijn.

Dit soort gedachten heb ik elke week, alle feesten klinken hetzelfde voor wie er niet aan deelneemt. Auto's rijden af en aan en zetten nieuwe ladingen feestgangers af. Het echte werk moet nog beginnen, dit zijn nog maar de geluiden van hoop en verwachting. Wacht maar tot de jongelui zich door de avond hebben gedanst.

En gedronken.

Ik heb opeens zo veel medelijden met mezelf dat ik het niet meer uithoud. De muren komen op me af.

Ik zoek mijn sleutels, probeer niet naar het rood-witte lint te kijken en trek mijn jas van de kapstok.

'Wat zie jij eruit,' zegt Herman de barman. 'Is je vriendje bij je weg?'

'Een biertje, graag.'

Voor de tweede keer van mijn leven ben ik in mijn eentje in een kroeg. Het is alleen veel enger dan gisteren, omdat ik nog niks gedronken heb.

Er zitten twee stelletjes op de ronde blauwe bankjes. Ze kussen elkaar met een zekere regelmaat, lusteloos, met wegdwalende ogen. Verder is er niemand. Het ruikt er ook vreemd. Toch knap ik ervan op even uit mijn kamer weg te zijn, en de muziek staat goed hard. Iemand heeft z'n chocolaatje laten liggen op de bar. Ik haal de papieren wikkel eraf en steek het in mijn mond. Het papier draai ik tot een stijf hard propje dat ik tegen de wc-deur schiet.

Ik doe alsof ik in mijn zakken naar een pen zoek en vraag er ten slotte een aan Herman. Hij geeft me een blauwe bic-pen en ik ga op een kruk zitten.

De pen vlekt een beetje, maar na een paar krassen op een bierviltje wordt het al minder. Ik pak een schoon viltje en teken daarop het hoofd van Alexander. Het gaat niet zo best. Twee keer begin ik opnieuw, de eerste keer zit de neus te hoog, bij de tweede krijg ik geen uitdrukking in de ogen. Ik wil er wat aan doen, maar het wordt erger. Ik hoef hem niet al dood te tekenen. De derde wordt goed. Intussen neurie ik mee met Amy Winehouse, een door mij nog steeds geliefde en bewonderde stem.

Als ik eindelijk klaar ben, schrijf ik er in semigothische letters 'Alexander' onder.

Een stuk of wat biertjes hebben intussen voor inspiratie gezorgd, terwijl het café is volgelopen met oude en jonge mensen. De fruitautomaten zijn vanavond erg in trek. Zo te horen wordt er flink gecasht.

Een of andere gast heeft de hele tijd op mijn handen zitten kijken. Doodstil, maar, zo blijkt, vol goede bedoelingen. Hij zat in mijn licht, maar ik deed alsof ik het niet merkte, bang dat het weer die met de scheiding is van gisteren. Maar het is er eentje zonder haar, van wie ik de naam niet goed versta.

'Heb je deze jongen soms nog gezien onlangs?' vraag ik Herman, die de muziek wat zachter draait. Ik steek hem het bierviltje toe.

Herman kijkt.

'Als hij weg is, is hij weg,' zegt hij. 'Die Alexander zal er zijn redenen wel voor hebben. In ieder geval is-ie klaar met je. Bovendien,' hij kijkt nog eens naar het bierviltje, 'jij kan beter krijgen. Ben jij soms rechtbanktekenaar?'

'Hoezo?'

'Zo'n louche figuur.'

'Alexander is niet louche,' zeg ik. Ik probeer het beeld op te roepen van Alexander bij het aanrecht, in de weer met een salade, maar ik kan het beeld niet vasthouden. Ergens langs de route verdwijnt hij uit de keuken om plaats te maken voor twee rechercheurs.

Ik krijg een biertje van het huis en daarna nog een paar van die kale, die zegt dat ik zeker vaker teken. 'Het komt niet meer zo vaak voor,' betoogt hij, 'dat iemand echt iets kán,' maar ik neem dat niet serieus omdat hij natuurlijk niet voor niks al die biertjes betaalt.

Hij praat veel, maar hij boeit me niet. Als hij wankelend een gok doet naar de wc-deur, steek ik het bierviltje in mijn jaszak en ga er voordat hij moeilijkheden maakt vandoor.

Op de stoep schrik ik van meneertje berenlul die daar rustig staat te stinken, een colaatje in de hand. 'Vandaag zijn we zo alleen,' zingt hij mij nakijkend. 'Zo alleen, zo alleen.'

De avond is overal losgebarsten. Geschreeuw, vreugdeloze stemmen, flarden muziek wanneer er een deur opengaat. De feestzaal van het hotel is afgeladen vol, dat kan niet anders. Tegen de muur om ons huis staan allemaal fietsen. Zelfs voor de poort waar ik doorheen moet staan fietsen. Ook is er, zo ruik ik al vanaf hier, gepist in de hoek bij ons schuurtje. Het is een goede plek om te pissen. Uit de wind, uit het zicht. Het gebeurt de hele tijd. Annerie vertelt graag het verhaal dat er ook wel eens menselijke drollen liggen. Toen ik daar een keer op doorvroeg, had ze er vorig jaar één gezien, waarbij ze ook zag dat hij werd gemaakt. Ze had het van bovenaf gezien, uit het raam van de gang. 'Het was een meid,' zei ze. Meer zei ze niet, maar het was een meid, en geen blanke meid.

Meer ging ze er niet over zeggen, ze was niet racistisch.

O, die pislucht! Misschien dat ik er in andere omstandigheden mijn schouders over zou ophalen, maar nu voel ik iets opkomen wat ik al heel lang niet meer heb gevoeld. Het begint in mijn buik en het beweegt naar boven, naar mijn schouders, mijn armen. Iets hoogexplosiefs. Van nature ben ik helemaal niet explosief, maar een paar glazen bier kunnen wel helpen. Bij sommigen is het rood snoep, bij mij is het bier.

Ik pak de voorste fiets die in de weg staat, steek er zonder op of om te kijken mee de weg over, het fietspad, de berm, en ik smijt de fiets in de Singelgracht. Zo makkelijk als dat gaat! Ik zak op mijn hurken. Intens tevreden kijk ik hoe hij onder water verdwijnt. Daarna loop ik terug en pak er nog een. Opnieuw zak ik op mijn hurken en kijk. Dan sta ik op, en ik haal de volgende. Onvermoeibaar werk ik alle fietsen weg tot de opening vrij is. En ook daarna ga ik door.

Al lang de tel kwijt sleur ik twee fietsen tegelijk over de stoep, ze zijn met drie sloten aan elkaar vast gemaakt. Mijn armen doen zeer, mijn benen bewegen trager. Ik stop een moment om uit te rusten en pak ze daarna weer met een ruk op. Ik bots hard met mijn hoofd tegen een lantaarnpaal. Wankelend zoek ik steun bij de paal. De pijn stroomt uit mijn hersenen naar mijn slapen, mijn ogen.

'Kan ik je soms ergens mee helpen?'

Ik kijk op. Hoorde ik dat echt? Voor mijn neus staat een man in een rood-blauw windjack. Serieus, hij wil me helpen.

'Best,' zeg ik. 'Pak de voorwielen maar.' Het duurt even voordat de man ze goed beet heeft, de voorwielen zijn het moeilijkst, ze blijven draaien, maar hij is sterk, het lukt hem en we lopen samen de weg op, naar de kade.

'Blijft het zo,' vraagt hij, 'het weer?'

Ik denk een tijdje na over het woordje 'zo' en kom er niet uit. Wat is de vraag?

'Gaat het goed?' vraagt de man.

'Goed?' zeg ik terug. 'Wat is goed? We willen altijd maar dat het goed gaat. Ik zeg het u recht in uw gezicht.' Als het moet zeg ik het de hele wereld in het gezicht. 'We willen goed zijn, het goede doen, iets goed kunnen, een betekenisvol leven. We...' Ik haper. Ik heb geen flauw idee meer wat ik wil zeggen.

'Nou?' vraagt de man.

Ik voel hoe hij naar mijn gezicht kijkt dat grimassen trekt, en naar mijn lichaam, hoe sterk het is. Indringende ogen heeft hij, en een overdreven onderlip.

'Ik hou ermee op, met die onzin,' zeg ik, me ineens weer iets herinnerend. 'Nazisme is ook als idealisme begonnen. Weet u, het enige is, waar is Alexander?'

We zetten de fietsen neer, midden op het fietspad. Ik haal het bierviltje uit mijn jaszak en hou het tegen zijn neus. 'Heeft u hem gezien?'

Hij pakt het viltje met twee handen beet en houdt het wat lager. Fijne handen, met zwart apenhaar erop. 'Nee, niet gezien. Wie is het?'

Ik steek het terug in mijn jaszak en pak de fietsen weer op. 'Dat is nou eens iemand waar ik écht, écht bewondering voor heb.'

De man pakt nu ook de voorwielen weer. 'Waar moeten ze naartoe?' vraagt hij.

'Nog een piepklein stukje,' zeg ik. En dan zeg ik: 'Stop maar! Nu kan ik het wel alleen af.'

Hij laat los en ik laat de fietsen van de kant glijden. Samen kruipen ze de Singelgracht in, langzaam, alsof ze alleen durven omdat ze samen zijn.

Zo. Ik zak weer door mijn knieën om ze na te kijken. Ik voel de opluchting in mijn spieren.

'Zeg!' schreeuwt de man. Hij bukt en graait nog naar een wegglijdende bagagedrager. Mis. Bijna valt hij zelf in het water. Hij pakt mijn mouw.

'Waar ben jij mee bezig?'

Ik zuig mijn wangen naar binnen, kijk langs hem heen en zeg niks.

Dan begint hij te praten. Een beetje zoals een vader tegen je praat, of een bemoeizuchtige oom. Hij is nog helemaal niet zo oud, maar hij draagt al een bandplooibroek. Hij straalt iets uit wat mijn oma 'gezag' zou noemen. Het verbaast me dan ook helemaal niet wanneer hij zegt dat hij David heet. David is een naam die perfect bij hem past. In andere omstandigheden zou ik misschien nog wat langer met hem praten. Nu niet, we zijn verkeerd begonnen.

'Bedankt voor je hulp,' zeg ik en ik draai me om.

Maar hij is nog niet met me klaar. Hij wil weten waar ik woon, wil per se dat ik nu rechtstreeks naar huis ga, brengt me tot aan de deur.

'Je hebt gedronken,' zegt hij ook nog, alsof ik dat zelf nog niet weet.

'Als je dronken mensen wil zien, moet je daar wezen,' wijs ik.

'Dat wordt kotsen op de zadels.'

'Als je er niet tegen kan dat anderen het leuk hebben, lever je je over aan de frustratie,' zegt David. Daar is weinig fijns aan, als ik dat soms dacht.

Ik laat hem kletsen, maar ga toch naar binnen om ervan af te zijn. Een beetje onvast loop ik het trapje op.

David wacht onderaan en kijkt toe hoe ik de juiste sleutel probeer te vinden. 'Ik ben jeugdouderling bij die kerk daar,' zegt hij. Hij wijst de straat in. 'Als je een keer wil komen praten, ben je van harte welkom.'

In mijn kamer ruik ik nog stééds pis. De geur is in mijn neus gaan zitten, aan me gaan kleven en zo alomtegenwoordig geworden dat hij de hele kamer vult.

Ik open het raam, rode vingers van de kou. Ik steek mijn hoofd naar buiten. Het lawaai van het hotel stroomt me tegemoet. Het is niet wat je noemt helder en ik weet toch niks van sterren, Grote Beer, Kleine Beer, Steelpan, niks.

Ik kan het dak zien van het hotel, de doffe leien.

Terwijl ik naar boven kijk, hoop ik dat Ira en Annerie een paar ramen verder ook hun hoofden naar buiten zullen steken.

Firmament, denk ik. Langs de dakranden begint het firmament.

Dan zie ik toch een ster, een kleintje. Te bedenken dat het een ster is van vijf miljard jaar geleden waar we nu het schijnsel van zien. De gedachte dat alles voorbijgaat is dan opeens heel simpel gedacht. Alles blijft, alleen zelf ga je voorbij.

'Altijd is er wel ergens op de wereld iemand een psalm aan het zingen,' zei mijn opa in een nacht dat ik niet kon slapen. Het moet een zaterdagnacht geweest zijn. Mam en Herbie zaten in Amerika. Opa had me op de overloop horen stommelen en kwam vragen wat er was. Of ik bang van het donker was.

'Ja,' zei ik. Toen moest ik er maar aan denken dat het op het zendingsveld in Irian Jaya al zondag was. 'Daar zijn ze al aan het zingen.'

Een tijd lang had ik daardoor het idee dat het zingen op steeds een andere plek de wereld draaiende hield, tot Herbie, kwaad op zijn schoonvader, me weer van dat idee afhielp. 'Baarlijke nonsens,' zei hij, terwijl opa juist altijd 'wónderbaarlijk' zei. Dat was in het kort tussen die twee mannen het verschil.

De stad is nog steeds onrustig. De ene na de andere auto neemt gierend de bocht. Flarden muziek en een hoop geroep en gelach bij het hotel. Iemand brengt de lege flessen weg. Glas dat bij ander glas wordt gegooid. Getoeter van de taxi's. Hoe komen die kinderen aan geld voor taxi's?

Iemand roept: 'Kom schatje,' of misschien denk ik dat alleen maar.

Ook in mijn slaap hoor ik geluiden. Gezucht, gefluister, het zachte schuren van kleding, een schreeuwtje, een harde plons.

'Ze had niets in de gaten,' hoor ik iemand zeggen. 'Dat noemt zich dan bevriend.'

32

De volgende dag is Annerie jarig, 32. Ik heb geen cadeau. Reve en Mattheo wel, ze hebben iets van e.e. cummings. Ze geven het zonder papiertje erom, maar het valt bijzonder in de smaak.

I carry your heart with me, I carry it in my heart, zingt Annerie op uiteenlopende zelfverzonnen melodieën, tot ik haar geïrriteerd vraag ermee op te houden. Hoezo is er reden om te zingen?

Om er alsnog een treurige dag van te maken, trakteert ze op gestorven broodjes kaas in plastic folie die ze twee dagen terug in de container heeft gevonden.

Ik schuif het van me af. Hou maar.

Annerie bergt het op. Morgen is het ook nog lekker.

In de verte klingelt een klok. Zondag.

'We moeten een plan maken,' zeg ik, wrijvend over mijn slapen. Dat heb ik gisteren ook al gezegd, maar toen hadden we geen idee hoe of wat.

Meteen toen die rechercheurs over Alexander begonnen, was ik bang dat hij zichzelf iets had aangedaan, en nu voel ik sterk de behoefte deze angst met de anderen te delen.

'Iedereen heeft iemand nodig om iets van zijn eigen leven te maken,' zeg ik. 'En wie had Alexander nou helemaal?'

'Jou,' zegt Annerie.

Ze kijken me aan. Reve grijnst.

Graag had ik hem een knietje gegeven, zodat hij even niet meer wist wie Gerard Reve was.

Denken ze soms dat Alexander en ik iets hádden? Wat een idioten.

'Hij is toch,' zeg ik uiterlijk kalm, 'niet een of andere creep die hier toevallig ook woont, maar voor hetzelfde geld ergens anders?'

'Niemand heeft een hogere pet op van Alexander dan ik,' zegt Reve geeuwend.

'En nu serieus,' zeg ik. 'Ik weet niet hoe het met jullie zit, maar ik reken het mezelf aan. Dat we niet eens door hadden dat een huisgenoot van ons al een hele tijd verdwenen is.' Dat is echt zo, ik voel de schuld als een aureool om me heen.

'Hele tijd, hele tijd,' zegt Reve. 'Dat weten we niet. Misschien is het maar een paar dagen.'

'Misschien ligt hij nog maar een paar dagen met doorgesneden polsen,' zeg ik. Want plotseling kan ik hem weer zien liggen, ergens onder de blote hemel, op zijn buik en bedekt met glanzende blauwe vliegen.

'Wie zegt dat hij dood is?' vraagt Ira.

'Ja, en dat hij het zelf gedaan heeft?' zegt Reve.

We weten het niet, maar ik heb het gevoel dat het zo is.

'Elke vier uur sterft in Nederland een man aan prostaatkanker,' zegt Reve.

Dat vindt Ira veel. Ze kan het bijna niet geloven.

Het is tóch zo. Reve had dat pas nog in de krant gelezen. Niet in een of ander blaadje, in het wetenschapskatern.

En elke drie uur sterft er een diersoort uit.

En iedere drie minuten wordt er een huisdier aan zijn lot overgelaten in Spanje.

En elke seconde...

'Als hij nog leeft, moeten we hem laten weten dat hij wordt gemist,' zeg ik. 'Maar hoe? Bellen lukte niet.'

'Sms?'

'Heb ik gedaan.'

'Meer kan je niet doen.'

'Wij zijn niet verantwoordelijk,' zegt Annerie, en Ira en de jongens zijn het daar ogenblikkelijk mee eens.

Annerie doet de deur open voor Rudi. Ze brengt hem mee naar de keuken.

'Hallo.' Hij kijkt een beetje schichtig in het rond, knikt een paar keer. Hij vermoedt natuurlijk – terecht – dat we te veel van hem weten. 'Wat een klotetoestand,' zegt hij. En dat het fris is buiten. Hij wrijft in zijn handen, ze glimmen van de vaseline.

Annerie pakt zijn cadeau uit. Ook al poëzie. Een dikke bloemlezing. Rudi zelf staat er ook in, ja. Maar niet met z'n beste gedicht. Hij had het lekker gehad in de Ardennen. Koud, maar lekker. En nu leeft hij met ons mee, al weet hij ook niet hoe het nu verder moet.

'Jij hebt een auto, toch?' vraag ik.

'Ja, hoezo?'

'Heb je die auto toevallig ook hier?'

'Ja?'

'Kunnen we niet wat door de stad gaan rijden, misschien zien we Alexander wel ergens. Een beetje door de buitenwijken.'

Niemand vindt het een goed plan, ik ook niet, maar Rudi zegt dat we best een rondje kunnen doen, wat hem betreft. Een rondje doen is misschien beter dan niets doen. Z'n Seat staat om de hoek.

Reve en Mattheo willen niet mee. Ira en ik schuiven naast elkaar op de achterbank.

Ik ken dit gedeelte van de stad als wandelaar, als fietser en vooral vanachter het raam. Nu zal ik het vanuit de auto zien.

Het is geen al te beste auto. Hij is erg vies, zowel vanbinnen als vanbuiten. Er liggen allerlei spullen in, die eerst in de kofferbak moeten worden gelegd. Zijn diner, natuurlijk. En verder een beige damesregenjas met een brandgat, een gescheurde, vergeelde bladzij uit een agenda als een vergeten vlek tijd, een aangegeten appel in een Kleenex. Overal liggen halflege tubes Purol-handcrème, sommige uit de tijd van dat agendablad. Alle dingen gaan in een verkreukelde Gamma-tas.

'Gordels vast,' zegt Rudi.

In het bijzijn van haar minnaar toont Annerie zich opeens erg bezorgd om Alexander. Het maakt dat ik anders over haar ga denken. Positiever, maar ook negatiever.

Behendig sturen Rudi's handen zijn Seat langs de kade. Het dashboard glimt van het vet, ook de versnellingspook en de handrem. Op de achteruitkijkspiegel zitten duimen.

'Welke kant uit?'

'Eerst maar de Indische buurt,' zeg ik, zonder te weten waarom. Ik ben er nog nooit geweest, misschien daarom.

'Is dit van *haar*?' vraagt Annerie. Ze houdt een flesje paarse nagellak omhoog dat ze uit het portiervak heeft opgediept. 'Wat een ouwelijke kleur.'

'Ze ís toch ook oud,' zegt Ira vanaf de achterbank.

De Seat schiet vooruit, op het nippertje gebruikmakend van het groene licht.

'Welke kleur jas heeft Alexander?' wil Rudi weten.

'Zwart,' zeg ik. 'Zwart leer.'

'Ken jij het hier?' vraagt Annerie aan Rudi. We rijden onder het spoor door. Het is echt dichtbij, de Indische Buurt.

'Ik ken het van vroeger,' zegt Rudi.

'Heb jij in zo'n Turkenflat gewoond?'

'Ik zelf niet.'

'Heeft *zij* hier gewoond?'

Aan haar plotseling betrokken gezicht te zien, heeft ze het goed geraden.

'Waar dan?' vraagt ze desondanks.

'In de Soendastraat.'

'Rij er even langs.'

'Wil je nú naar de Soendastraat?'

'Ja.'

'Maar waarom?' Hij kijkt opzij naar haar verbeten gezicht en dan een tikkeltje wanhopig in zijn achteruitkijkspiegel. 'Oké, als je dat zo graag wilt.'

Het licht is op groen, maar de auto's voor ons rijden niet.

'Stoplichten werken niet meer,' zegt Rudi. 'Vroeger was een ver-

233

andering van rood naar groen nog een hele gebeurtenis. Maar tegenwoordig hebben de mensen zo veel visuele prikkels dat ze het niet meer opmerken. Ze kunnen beter zendmasten neerzetten die mensen stroomstoten geven als ze mogen rijden.'

Ik kijk verbaasd op. Het is alsof ik naar Erik zit te luisteren, die zegt ook zulke dingen.

Luid rammelend trekt de auto op. Bij mijn voeten rolt een halfvol colaflesje heen en weer. Ik raap het op. Kindercola.

Ira trekt een vies gezicht. Ze houdt alleen van echte merken.

We rijden over een bredere weg die volgens het bordje Molukkenstraat heet. Voor ons zit een auto met een gigantisch Red Bullblik op het dak. Hij schiet maar niet op. We rijden nog geen dertig.

In het troosteloze straatbeeld is er niets wat mijn aandacht vraagt. Saaie huizenblokken, een Albert Heijn, een apotheek, een groente- en een belwinkel.

Kijkend naar die belwinkel, denk ik: is mijn leven het mijne wel? Misschien was er voor mij op aarde geen plekje gereserveerd, en nu ik er desondanks toch ben, een slordigheidje van de hogere machten, en dan toch érgens moet zijn, hebben ze mij in deze Seat gezet.

Plotseling remt de Red Bull-auto.

Rudi toetert uit alle macht. Als ik niet af en toe hier de leidingen doorblaas, snuift hij, dan zou de hele stad hier muurvast staan.

'Kijk uit,' zegt Annerie, 'die vrouw steekt óver.' Het rechterwieltje van haar boodschappentrolley draait niet mee.

'Het is geen zebrapad,' zegt Rudi.

'Je remt toch ook voor dieren?' zegt Ira.

'Dat mens heeft helemaal niet door dat ze gevaarlijk loopt te doen,' zegt Annerie verontwaardigd.

'In de jaren vijftig lieten ze kinderen aan auto's wennen door zeepkistraces te houden,' zegt Rudi. 'Misschien een ideetje voor Marokko.'

'Echt?' vraagt Annerie.

Ik kijk borend door het raampje naar de Molukkenstraat, een voorbeeld voor de anderen, die allang vergeten zijn waarom we aan deze rit waren begonnen.

'Een zwarte leren jas,' zeg ik daarom nog maar eens.

'Rudi, wat denk jij?' vraagt Ira. 'Waarom zit de politie achter Alexander aan?'

'Misschien iets op zijn werk,' zegt Rudi vaag. Hij weet het ook niet. Hij is maar een simpel dichtertje.

We komen langs het Badhuis, waar je volgens Annerie tegenwoordig heel lekker kan lunchen. Iets verderop wijst Rudi naar links: 'Hierachter is het.'

'Ik wil door die Soendastraat,' zegt Annerie.

'Ik mag hier niet in.'

'Dan rij je toch om.'

'We gaan wel een andere keer,' zegt Rudi, opeens een en al mannelijke overredingskracht. 'We zijn hier nu om een andere reden.'

'Maakt toch niks uit waar we zoeken,' zegt Annerie mokkend. 'Net zo veel kans dat we Alexander in de Soendastraat vinden als in de Madurastraat, of hoe heet het hier. Cruquiusweg.' Nijdig rommelt ze in haar tasje en kijkt ze de rest van de weg naar haar knieën, het dashboard of haar telefoon, zolang het maar niet uit het raampje is.

'Het is míjn verjaardag! Nu zijn we trouwens de Indische buurt alweer uit. Wat onbreekt in dit plan is visie.'

'O, maar we zijn zó terug,' zegt Rudi geforceerd vrolijk. Hij slaat rechtsaf, neemt een kwart van de rotonde en we rijden langs kringloopwinkel Juttersdok over het water weer terug de wijk in. Bij de brug sjouwt een oude vrouw met een nachtkastje.

Nergens blonde mannen met leren jassen. In plaats daarvan kroeshaar, zwarte bomberjacks en hoofddoekjes in alle soorten en kleuren, en alles rechtop.

Ik ga hem zoeken, neem ik me voor. Een rare gedachte voor iemand die daar al mee begonnen is.

'We kunnen bij het Badhuis wel even een taartje eten voor mijn verjaardag,' zegt Annerie, opeens weer helemaal zonder dat klagerige.

Niemand spreekt dat idee tegen. We kunnen ons die toon van daarnet nog goed herinneren.

33

'Garnalenkroketten zul je hier niet kunnen krijgen,' zegt Rudi spij-
tig, want hij heeft niet veel zin in zoetigheid.

Het is een café met veel niveaus. We zitten in het laagste gedeelte, bij het raam.

'Ik kan van ieder mens het bijzondere zien,' zegt Ira hardop in
zichzelf en met haar blik naar buiten. Ze is aan de beurt om te bestellen, maar doet alsof er helemaal geen serveerster naast onze
stoelen staat die de pest in heeft en ongeduldig op haar bestelcom-
putertje tikt. 'Iedereen heeft wel iets, als je maar goed kijkt.' Ze
staart met dromerige ogen naar een Marokkaan aan de andere
kant van het glas. Hij heeft een vieze plek op de achterkant van zijn
witte trainingsbroek. Hij heeft ergens in gezeten.

'Wat wil je nou drinken?' vraagt Annerie al voor de tweede keer.
Ze tikt Ira op haar been.

Zogenaamd verschrikt kijkt ze op. 'O, zijn jullie al zover? Doe
maar iets van prik. Cola.'

Uit niets blijkt dat ze pas nog zes maanden zwanger is geweest.
De crèmekleurige blouse die haar rankheid benadrukt, steekt
prachtig af bij haar donkere huid. Als je niet wist dat ze al een hele
tijd bij ons woont en nog nooit een mok heeft afgewassen, nog
geen enkele keer bier heeft gehaald, dan zie je misschien wel een
knappe, interessante figuur met diepe gedachten, iemand die alleen wat moeite heeft met zoiets praktisch als het lezen van een ca-
fékaart. Terwijl ze praat over het bijzondere van alle mensen kijkt

ze of Rudi wel naar haar kijkt, en haar blik wakkert vreemd genoeg ook bij mij iets aan. Van iemand die schrijft wil je dat hij je opmerkt.

Dus zitten we ons alle drie verschrikkelijk uit te sloven voor een getrouwde dichter met vette handen en een buik die over zijn broekriem bolt als bij een lachende boeddha.

'Vertel eens,' zegt Ira, zich naar Rudi overbuigend. 'Hoe leeft een dichter?'

'Nu ja, gewoon,' zegt Rudi, met wangen die subiet van kleur veranderen, alsof hij geen gesprek voert, maar een rondje is gaan rennen.

'Een dichter is een gewoon mens, hoor. Maar dan hele dagen thuis.'

'Behalve de laatste tijd,' zeg ik.

'Ja, haha.' Hij lacht, maar zonder te lachen.

Rudi schraapt zijn keel. Zijn handen trekken zijn hemd naar beneden. Een beige hemd met een dun rood motiefje, als uitslag.

'Iedereen doet wel eens iets wat niet bij zijn karakter past.'

'Een zonde tegen je karakter is onvergeeflijk,' zeg ik voor de grap. 'Het zal in de hemel genoteerd worden.'

'Ben je niet bang dat je vrouw het merkt, van jullie?' vraagt Ira.

'Nu, bijvoorbeeld, ben je dan bang dat iemand je hier ziet en het haar vertelt?'

We kijken het café rond, op zoek naar kennissen van Rudi.

'Daar denk ik niet echt over na,' zegt hij. 'Zoals je ook hoopt dat het onweer jouw huis overslaat.'

'Mooi gezegd,' vindt Annerie. Ze wrijft teder over de stof van zijn spijkerbroek. 'Het is ook echt bijzonder dat je vandaag even kon komen, want het is weekend en dan kan je nooit. Dan is *zij* niet naar haar werk.'

Er zit iets vragends in die opmerking, een vraag die tegelijkertijd wel en niet wordt gesteld.

'Haar vriendin heeft een nare boodschap gehad, daar is ze naartoe,' zegt Rudi met de tegenzin van iemand die een geheim wordt ontfutseld. Alsof niet Annerie, maar die vriendin het geheim van zijn leven is.

'De koffie is goed hier,' vindt hij.

'Dichters zijn dromers,' zeg ik. 'Ze wonen in hun poëzie.' Ik heb dat wel eens iemand horen zeggen, en vind dat goed klinken. Het valt me tegen dat Rudi zijn notitieboekje niet uit de binnenzak van zijn colbertje pakt om die woorden te bewaren voor de eeuwigheid.

Daar komen de taartjes. Annerie maakt er een foto van met haar telefoon. 'Voor op Facebook,' zegt ze. Maar ze ziet er bij nader inzien van af. Haar Facebook-vrienden blijken haar te hebben gefeliciteerd met foto's van de prachtigste verjaardagstaarten, allemaal mooier dan deze.

'Maar dit is de echte,' zegt Rudi.

Van de mooiste mannen in dit café is Rudi de lelijkste. Van de lelijkste is hij weer de mooiste. Hij heeft grappige wenkbrauwen. Ze steken naar voren, geven zijn gezicht iets markants wat er verder niet echt is. Geen artistiek haar, geen grote neus. Een gewoon kantoorgezicht met leuke wenkbrauwen.

'Lang zal ze leven!' zingen we. 'In de gloria, hiebieboera!'

De taart is oké. Een tijdje zeggen we niks. We zitten er geluidloos op te kauwen. Alleen Rudi maakt af en toe een smikkelend geluid. Zijn mondhoek zit onder de jam. Annerie wil het er aflikken, en Rudi staat het haar toe. Hij lacht gegeneerd. Het is geruststellend als je mensen die je niet kent voor het eerst ziet lachen.

'Wil je niet nóg een taartje?' vraagt hij haar. 'Jij bent jarig. Blijf zitten, ik haal er nog een voor je.' Hij komt terug met nog een groot stuk.

Annerie lacht haar mond scheef. 'Nu voel ik me echt jarig.'

Rudi kijkt toe hoe ze het hap voor hap in haar mond stopt. Elke hap geeft hij een zetje met zijn ogen.

Annerie zet haar bordje neer. Haar rok kruipt op, maar ze ziet het niet. Ze strekt haar rug en veegt een streng haar achter haar oor. Om haar ogen verschijnt een zweem van concentratie.

'*I carry your heart with me*,' zegt ze plechtig. Ze raakt Rudi's knie aan, kijkt hem in de ogen en legt haar vlakke hand op haar linkerborst. Ze is zich bewust van het pathetische van het gebaar, maar je kan aan haar gezicht zien dat ze het meent. Het gebaar is misschien licht ironisch, de woorden zijn dat niet.

Ik neem een komisch aandachtige houding aan, waar Rudi om moet grinniken.

'*I carry it in your heart*.' Ze heeft goed gebruikgemaakt van de wimperkruller vanmorgen.

'*I am never without it. Anywhere I go you go, my dear*.' Ze neemt een nieuwe hap lucht en probeert zich het vervolg te herinneren. Rudi onderbreekt haar.

'*My* heart,' zegt hij. 'I carry it in *my* heart.'

'Ja,' zegt ze. 'Te mooi, toch? I carry *your* heart, you carry *my* heart.'

'Ja, maar je zei: I carry it in *your* heart, maar dat moet dus zijn *my* heart.'

'Dat zeg ik toch?'

'Nee, dat zei je niet, maar het geeft niet. Je zei *your* heart. Maar het maakt niet uit, het is mooi. Het is prachtig. Ik wist niet dat je het kende.'

'Alleen de eerste paar regels,' zegt Annerie.

'Wat is Alexander eigenlijk voor iemand?' vraagt Ira. 'Vertel eens iets over hem.'

Ik schrik op. Ik heb zitten wegdromen in de warmte van het café, terwijl Alexander ergens in de kou ligt te creperen. Ik wrijf in mijn ogen. Niet te geloven dat hij het afgelopen halfuur uit mijn gedachten is geweest, waarvan de laatste minuten zelfs helemaal.

'Alexander? Iemand die je vanzelf aardig vindt,' zeg ik.

'Laatst zei je nog iets naars over hem. Wat was het ook alweer.'

Annerie en Rudi kijken me nieuwsgierig aan.

Voor het eerst denk ik: stomme bruine trut.

Ik voel in mijn jaszak en haal er een bierviltje uit. 'Ik heb geen foto,' zeg ik. 'Maar hiermee kan ik mensen naar hem vragen. Vinden jullie dat hij lijkt?'

Plotseling denk ik zelf van niet. Er klopt iets niet, iets in de verhoudingen. De wenkbrauwen, staan ze misschien te ver uit elkaar? Maar iedereen vindt hem fantastisch gelukt.

'Je moet hem kopiëren,' zegt Annerie, 'en die kopieën hang je door de hele stad. Eerst vergroten, dan kopiëren.'

'Om je vraag te beantwoorden,' zeg ik tegen Ira, 'ik weet het niet. Op een bepaalde manier was hij vrij. Hij had geen illusies.'

'Mm,' zegt Annerie.

'Niet dat hij heel gelukkig was,' vervolg ik. 'In dat opzicht deed hij me gek genoeg een beetje aan mijn moeder denken. Het type dat ervoor zorgt niet ongelukkig te worden door het maar alvast te zijn.'

Met een schuin oog kijk ik of dit misschien indruk maakt op Rudi en ik zie aan zijn gezicht van wel.

'Je begint al in de verleden tijd over hem te praten,' zegt Annerie.

De auto wil niet meer starten. De van nature al zorgelijke uitdrukking op Rudi's gezicht wordt nog zorgelijker. Hij kijkt steeds op zijn horloge.

'Moeten we duwen?' vraag ik.

'Is misschien geen slecht idee,' mompelt Rudi.

Eerst steken we een sigaret op, we duwen met één hand.

Een Turkse vrouw met een lichtblauwe hoofddoek en een lange babyroze jurk over haar kleren, een soort habijt, staat te kijken hoe we de auto in beweging proberen te krijgen.

'Ik helpen.' Ze zet haar plastic boodschappentasjes tussen de achterruit en de spoiler en duwt met twee handen mee. Ze is beresterk, want de auto schiet vooruit. Rudi krijgt alleen de motor niet aan de praat.

'Ja is kapot,' zegt de vrouw enthousiast. 'Mijn man garage. Wacht, ik telefoneer mijn man.'

In no time arriveert haar man. Hij heeft twee volwassen jongens bij zich. Zonen? Neven? We staan met z'n allen om de motorkap alsof het een doodskist is.

Een kennis van de familie ziet het tafereel in het voorbijgaan, parkeert zijn fiets en laat er ook zijn licht over schijnen. Nu zijn we met acht. Ook de garagehouder kijkt nu zorgelijk, en Rudi kijkt weer zorgelijk naar het gezicht van de garagehouder. Om zelf ook iets te doen voelt hij aan een dop en bezeert zijn vinger. Annerie troost hem, maar het is niet nodig. Het doet niet erg pijn. Hij ziet alleen een beetje zwart.

'O, wat zie je er lief uit als je een klein beetje pijn hebt,' zegt Annerie.

'Bloed en motorolie,' zeg ik. 'Is dat geen poëtische combinatie?'

Er gaat een mobiel. Een blikkerig *Für Elise*. Niemand antwoordt en hij houdt uit zichzelf weer op. Meteen begint hij opnieuw.

Rudi grijpt in zijn binnenzak en haalt zijn telefoon eruit.

'Elise!'

34

Rudi loopt een stukje weg van de auto, maar ik kan hem nog horen. Ook Annerie en Ira houden hun oren gespitst.

'Nee niks. Wat zou er aan de hand moeten zijn? Je héét toch Elise?'

'Ja goed. Ik sta alleen met pech. Het beestje doet niks meer. Niks, nada, niente!'

'Bij het Javaplein ergens. Ja, ik moest er tóch even uit.'

'Nee, dat hoeft niet. Wat? Nee Liesje, écht niet. Ik kom wel thuis.'

'In de Indische buurt ja. Zei ik toch?'

'Ja lang verhaal. Vertel ik je later.'

'Oké. Zie ik je zo op het Javaplein!'

Hij loopt met langzame passen terug naar de auto waar nog steeds alles wordt bevoeld en betast.

'Heeft u enig idee?' vraagt Rudi.

'Is kapot,' zegt de man. Hij zegt iets in het Turks tegen de jongens en een van hen vertaalt voor Rudi.

'Mijn vader weet ook niet. Hij zegt dat hij gaat met startkabels proberen.'

Zijn broer is die al aan het halen.

'Jullie moeten maar gaan,' zegt Rudi tegen ons. 'Het ziet ernaar uit dat ik jullie niet meer thuis kan brengen.' Hij lacht een pijnlijke lach.

'En jij dan?' vraagt Annerie.

De Turkse vrouw haalt uit een van haar plastic tasjes een papieren zak met koekjes tevoorschijn. 'Hier probeer. Is lekker. Is Toerkse.'

'Ach, mens,' zegt Annerie geïrriteerd.

Ik denk aan Elise, die nu misschien voor een stoplicht staat en haar lippen stift in de achteruitkijkspiegel.

Rudi kijkt nu openlijk zenuwachtig om zich heen. 'Nee, echt niet, bedankt.' Hij wappert met een hand naar de Turkse koekjes alsof het smerige insecten zijn.

'Laten we dan maar gaan,' zeg ik, want aan alles hoor ik dat hij afscheid wil nemen.

Rudi loopt naar Annerie en geeft haar een snelle kus op haar wang, maar Annerie laat zich niet afschepen en zoent Rudi vol op de mond. Ze kust en kust. Ze blijft kussen, alsof ze weer helemaal in de greep is van iets wat sterker is dan zijzelf.

Rudi is onaangenaam verrast. Onhandig weert hij haar af.

De Turkse vrouw kijkt toe, haar gezicht effen als de Mona Lisa. De mannen komen met hun hoofd vanachter de motorkap, en ik lach vanbinnen om de begroeting die ze over vijf minuten gaan zien.

Misschien hebben ze al wel zo'n beetje door hoe de vork in de steel zit. Rudi ziet er minstens vijftien jaar ouder uit dan Annerie en heeft net geprobeerd afscheid van haar te nemen als van zomaar een vriendin. Terwijl Annerie als zijn geliefde erkend wil worden, zelfs voor deze onbekende Turkse familie. Het is niet genoeg dat Ira en ik het weten. Het is tijd dat de rest van de wereld het weet. Iets in haar heeft dat zojuist besloten.

Daar ís ze.

Rudi geeft Annerie een harde duw. Op zo veel kracht is ze niet berekend. Ze struikelt achterover. In een reflex steekt ze een hand uit, maar ze komt toch vrij akelig op de stoep terecht. Diep geschokt blijft ze zitten waar ze zit.

Mensen die liefhebben, dwingen respect af. Mensen die overeind getrokken moeten worden, doen dat niet.

Alsof ze delen van zichzelf met een krabbertje van de tegels denkt te moeten gaan schrapen, bekijkt ze of alles nog op zijn plek zit. We kijken allemaal met haar mee. Alleen Rudi niet. Het voltrekt zich alsof hij er niet meer bij is. Onbeweeglijk staat hij langs haar heen te staren. Misschien ziet hij iets wat alleen hij kan zien, is hij allang niet meer bij de val, maar al drie, vier stappen verder.

In elk geval doet hij niks.

Annerie laat haar pols draaien, langzaam, voorzichtig naar alle kanten. In het rode vlees van haar hand zitten tientallen kleine steentjes.

'Gaat het?' vraagt Ira.

'Gaat het?' vragen de Turkse vrouw en ik tegelijkertijd.

Een anorectisch vrouwtje stapt uit haar Suzuki Alto. Haar spitse gezicht verraadt geen emotie. Ze kijkt naar Rudi, naar Annerie die intussen weer zwabberend op haar benen staat alsof het voor 't eerst is na een zware operatie.

Ik kijk naar de stoep. Tralala. Ik ben er niet.

'Van de poëziecursus,' verklaart Rudi, terwijl hij naar ons drieën wijst. 'Ik kwam ze hier tegen. Dit is Elise, mijn vrouw.'

We groeten knikkend. Ze heeft een mondje als het ronde gum op een potlood. Er worden geen handen geschud.

Annerie probeert een schaafwond op haar elleboog te kussen.

'Wat is er met de auto?' vraagt Elise. Een doortastend moedertje. Iemand die verjaardagen onthoudt en met verse kruiden kookt. Maar ook: een flesje waar al een heleboel uit is.

Ik heb met haar te doen.

'Laat je hem hier?' vraagt ze.

'Ik weet niet,' antwoordt Rudi. 'Ja. Het zal denk ik wel moeten.'

Dit moet dan de grote dichter voorstellen.

'Oké, nou wij gaan,' zeg ik. 'Succes met je auto.'

'Ja, dank je wel,' zegt Rudi. 'Tot ziens maar weer.'

'Tot sinas,' zegt Annerie.

Ira doet alsof ze proest van het lachen. 'Tot sinas? Die heb ik al heel lang niet meer gehoord. Tot sinas! Ik lach me rot.'

Ik lach ook zo hard mogelijk. We lopen in het midden van de straat, onze armen om Annerie geslagen. We lachen tot we uit het zicht zijn en we onszelf weer kunnen zijn.

35

'Is dit te gewoontjes?' Annerie komt op blote voeten de keuken binnen. Ira en ik zijn bezig de koelkast opnieuw in te delen zodat we er meer bier in kwijt kunnen. Alle hard geworden feta gooien we weg. Annerie draagt een lange zwarte jurk uit een vampierenfilm, een met lange mouwen en een wijde blote hals. Ze heeft haar haar omhoog, wat het geheel erg bloot maakt, maar ook erg mooi. Alles is afgewerkt met rood: nagels, lippen, de veertjes aan haar oren. Haar zere handen is ze vergeten.

We zeggen haar dat het feestelijk is en dat ze alle mannen gek gaat maken.

'Dat is precies wat ik hoopte dat jullie zouden zeggen.'

Ik had er totaal geen rekening mee gehouden dat er vanavond een feest zou zijn. Annerie had destijds van de uitnodiging veel werk gemaakt, ik had het dus wel kúnnen weten. Het was een tekening met veel rood en veel bloot, eigenlijk precies wat je het eerst opvalt als je haar nu door het huis ziet zwieren.

'Hebben jullie een stuk papier?' Ze schrijft even een briefje voor op de deur beneden. *Ervaart u overlast van ons feestje, bel dan dit nummer.*

'Is dat jouw telefoonnummer?' vraagt Ira. 'Niet zomaar iedereen je nummer geven, gek!'

'Dat nummer verzin ik ter plekke. Maar zo'n briefje staat sympathiek.'

'Komt Joy eigenlijk ook?'

Met Joy is het goed afgelopen. Haar moeder is naar het politie-bureau gegaan, heeft haar opgehaald en netjes de boete betaald, zodat Joy 's avonds alweer thuis zat, met een pesthumeur, want ge-red door haar mammie. Ze praat niet meer met de jongen die haar moeder heeft ingelicht, en ze gaat dat ook in de toekomst niet meer doen.

'Maar ze wonen bij elkaar in huis,' had Annerie gezegd met ten hemel geheven armen.

'Als dat alles is,' zei ik. We hebben hier een groter probleem met een huisgenoot.

'Ze zei dat ze zou komen,' zegt Annerie.

En nu gaat ze kijken of ze nog ergens een paar schoenen heeft om aan te doen.

Daar zijn Reve en Mattheo. Hun gezichten rood en vochtig van de koude mist. Ze zijn verkleumd, want ze hebben de hele middag naar hun fietsen gezocht. Hadden wij soms ergens hun fietsen ge-zien? Ze stonden voor het huis, met drie sloten aan elkaar vast.

Aangifte gedaan, zeker. Het heeft hun de hele middag gekost.

De eerste gasten arriveren, een paar onduidelijke figuren, beken-den van Annerie uit de kroeg. Cadeaus hebben ze niet bij zich, al-leen de meest normaal uitziende van het stel heeft een staatslot. Hij wil wel delen in geval van winst. Annerie gelooft graag dat ze miljonair gaat worden. Ze is aan de beurt voor het geluk.

We hadden, hoor ik nu pas, allemaal een vrijgezelle man mee moeten nemen, want Annerie wil wel iemand voor erbij. Gelijk heeft ze. Die dichter, dat is een doodlopend verhaal.

'Het is ook een beetje bedacht voor Ira,' zegt Annerie. Maar zelfs ik kan zien dat er voor Ira niks tussen zit. Ira kan beter op de Zuidas zoeken.

Iedereen slaat elkaar op de schouders om zichzelf een beetje aan te vuren. Het werkt niet, ze worden direct rustig zodra ze in de groene kamer komen. Alle praatjes vloeien samen in een collectief gemurmel, zoals het bidden op televisie op zondagochtend.

Eén meisje herken ik van Facebook. Ze plaatst foto's van verminkte lijken op haar wall om onrecht in conflictgebieden aan de kaak te stellen.

Iemand komt binnen met een chiantifles. Heel even denk ik dat het Erik is.

Ik ben een keer naar de kermis geweest om de stad van bovenaf te zien. We waren met z'n drieën en we hadden de hele tijd de slappe lach. In de gondel voor ons zat een Japanner van een jaar of veertig in zijn eentje. Hij deed niks. Hij fotografeerde niet, keek niet, hij zat alleen maar, weggedoken in zijn kraag.

Als díe man voel ik me nu op dit feestje.

'Joy is er niet, hè,' zeg ik tegen Annerie.

Ze sms'te af, zegt ze. 'Druk.' Ze schrijft vette aanhalingstekens in de lucht. 'Is het verbeelding,' zegt ze er meteen achteraan, 'of is Erik er ook niet?'

Ik mompel iets, verzwijg dat het uit is, uit angst voor gekoppel.

Erik in zijn berenjas. Wel honderd keer heb ik dat beeld in mezelf opgeroepen. Had ik hem moeten tegenhouden toen hij ging?

Ik heb honger en dat leidt mijn gedachten af.

De kaasjes, de minimaïskolven en de olijven van vanavond hebben een bijsmaakje. Niet dat je proeft dat ze uit de vuilcontainer van de supermarkt komen, maar omdat je het weet proef je het toch. Iedereen weet het, omdat ze het allemaal zelf doen. Er worden grappen over gemaakt. Dat we nog net niet de reclames van de zuilen krabben om de pap.

Ik pak mijn telefoon. Een uur geleden heb ik Alexanders tekening gescand en op mijn Facebook-wall gezet. Hij blijkt al zeven keer gedeeld. Maar niemand heeft Alexander de laatste tijd gezien. Een nieuwssite waarschuwt de zuidelijke kustprovincies voor neerslag in de vorm van regen.

Ineens moet ik denken aan het park. Aan de grauwe vijvers om in te verdrinken. Ze lijken me niet diep genoeg, maar met stenen in een rugzak kan je je in de troebelste plassen verdrinken. Tot in het merg verkild, geen lucht, en *schluss*!

Iemand schurkt voor de derde keer langs mijn rug, een of ander dynamisch lid van de krakersbeweging. Hij komt met veel misbaar naast me zitten. 'Hé schoonheid.'

Rare gast, en volgens mij geestelijk scheel. Hij draagt een camouflagebroek. Hij komt met een vieze mop die totaal niet grappig is, en daarna met best een leuke anekdote, maar slecht verteld. Hij zal er ooit succes mee hebben gehad misschien, anders zou hij 't, neem ik aan, niet blijven doen. Maar om nu te zeggen dat er nog genoeg leuks rondloopt op de wereld, ik weet het niet. Normaal lijkt er tot nu toe geen een. En zijn ze wel normaal dan begrijpen ze je niet.

Wat een rotwereld.

Ik neem een slok zure chianti en vertel de gast, om te voorkomen dat hij aan een nieuwe mop begint, dat onze huisgenoot wordt vermist. Hij had er al van gehoord. Hij vindt het 'niet gering'.

Ik begin over verantwoordelijkheid. Dat ik het mezelf aanreken, dat het mis is. Ik zeg dat niet voor niks, ik ben een plannetje aan het voorbereiden.

'Ik maak me zorgen,' zeg ik. En dan gebeurt er iets raars. Met dat ik het zeg, zie ik Alexanders hoofd voor me, dat lieve, verdrietige gezicht, en wordt het plotseling waar.

Ik moet zelfs mijn mouw gebruiken.

Blij met de kans legt Camouflagebroek zijn hand op mijn schouder. Ik pak hem eraf en leg hem terug op zijn schoot, met zachte gebaren om hem niet te zeer te beledigen. Ik heb hem nog nodig.

'Het gaat niet om mij,' roep ik boven de muziek uit. Ik snuit mijn neus.

'Jij maakt je zorgen.' Zijn adem is vies.

'Ik denk dat ik weet waar hij is. Hier vlakbij, in het park, bij de vijver.'

'Hoezo?'

'Luister. Jij hebt iets aardigs over je. Doe me een lol, en help me een aantal mensen op te trommelen, om een rondje door het park te doen. Dan ga ik kijken of ik een zaklamp kan vinden.'

Het lukt. Niet te geloven! Zelfs Reve en Mattheo gaan mee, ze gaan er en passant nog naar hun fietsen zoeken.

Eerst lopen we nog even langs de rood-witte linten aan het andere eind van de gang, met de stille ruimte daarachter die we niet kunnen zien, maar wel kunnen voelen. Zien doen we alleen een geforceerde deur, we maken het vast spannend voor we op pad gaan. Met een mannetje of zeven, een knijpkat, en verder schermpjes van telefoons stappen we de koude nachtlucht in.

Voor we naar buiten gaan, ga ik nog snel naar de wc. Daar doe ik het schuifje op de deur, klap het deksel op de pot en ga zitten. Ik sla een kruisje, zoals mijn opa altijd deed. Als we buiten een man tegenkomen in een blauw met rood windjack, is dat een gunstig teken.

Er wordt op de deur geklopt.

'Ik kom,' roep ik. Ik trek hoorbaar aan de rol wc-papier.

Buiten wordt op mij gewacht. Ze hebben het erover hoe goed ze Alexander hebben gekend.

Ik voeg me in dat koor. We zijn het allemaal eens, het was een goeie gast. We kunnen niet anders zeggen.

'Zullen we?' vraag ik.

Opgewekt beginnen we te lopen door een wereld die bedekt is met een vliesdun laagje sneeuw. Ira is er ook bij.

'Bang voor het donker?' Het is Camouflagebroek.

Ik grom iets onverstaanbaars.

Reve verkeert in de veronderstelling dat hij reisleider is.

'Slavernijmonument,' wijst hij naar het donker rechts. 'De negers vinden het te klein, maar het is niet mis.' Meteen daarna wijst hij naar dingen die we vanaf hier niet kunnen zien, bijzondere oude bomen, titaantjes. Hij weet er veel van.

'Zie je dat ronde ding hier op de grond? In de zomer staat daar een drinkfonteintje. J.C. Bloem heeft daar nog met zijn lippen boven gehangen. Een groot dichter.' Hij citeert:

Niet te verzoenen is het leven.
Ten einde is dit wellicht nog 't meest:
Te kunnen zeggen: het is even
Tussen twee stilten luid geweest.

'Hou daar eens mee op,' zeg ik. 'Hoe kan iemand nou een positieve instelling bewaren als jij zulke dingen loopt te zeggen?'

Tussen de bomen door klaagt de vrieswind. Iemand maakt een opmerking over koude oren.

'Als Alexander echt in de vijver ligt...' zegt een schelle vrouwenstem.

Ik kijk achterom. Ze staat net onder een lantaarn, een vrouw in een lichtbruine suède jas. Kwastjes wiebelen aan de mouwen.

'...dan ligt-ie morgen onder een laag ijs!'

Niemand antwoordt. In het park vliegen de echo's: ijs, ijs, ijs!

We lopen langzaam over het pad, handen in onze zakken. In het donker doen de bomen en struiken spookachtig aan. Aan de randen van het park schemeren lichtjes.

Plotseling klinkt een afschuwelijk gesnater. Een siddering trekt door de groep. Alles wat sliep rondom de zwarte vijver krijst, kwaakt en fladdert op. De vrouw in het suède wil meteen terug. Ze voelt zich toch al schuldig dat ze hier is, terwijl ze op een feestje hoort te zijn. Alsof ze is weggelopen bij iets enorm belangrijks.

Ik schijn wat met de knijpkat, maar het licht komt niet ver en ik hou er weer mee op.

Ik hoor geritsel achter struiken. Is dat een mens?

Ik huiver.

'Koud?' vraagt Camouflagebroek.

Hij is helemaal één met zijn broek. Maar in plaats van op te lossen in zijn omgeving, wijkt hij de hele route niet van mijn zijde. Ik weiger zijn arm.

'Niet koud,' zeg ik.

Nu en dan stampend lopen we de oever langs. Eerst de slinger linksom, de noordkant, langs de koepel, de plek waar de tai chi'ers altijd staan, en daarna via rechts terug. Op de terugweg is het pad dichter langs de vijver. We speuren in de vele nuances zwart. Met een hamer in de hand zie je in alles een spijker. Maar het water geeft zijn bodemgeheimen niet prijs, niet in deze nevelige nacht. Zo voor het oog drijft er nergens een schoen. Zeker weten doen we het niet, want wat is die bobbel daar achter dat afgebroken riet? Een tak? Een eend? Een plastic zak?

Het weer werkt tegen, we hebben met grote machten te maken. 'Een zwarte leren jas,' zeg ik nog maar eens. 'Vaal zwart. Geen kleur die opvalt.'

Zoeken we echt naar Alexander? Wie zegt dat we er alleen maar lopen, omdat we ons toch een beetje onbehaaglijk voelen als we bij Annerie op de bank blijven zitten? Ik zoek, ik kan er ook niks aan doen als ik niks vind.

Ik ben niet gelovig, maar God gelooft óns ook niet.

'Zijn foto moet op de palen,' zegt Camouflagebroek. 'Op verkeerslichten en -borden, op wachthokjes bij bushaltes, tramhaltes, prikborden in openbare gebouwen. De hele stad door, en misschien wel daarbuiten. En de krant moet het weten en de lokale tv.'

Hij wil me een plaatje laten zien van hoe hij het bedoelt. Hij heeft de nieuwe Samsung Omnia 7, die er jaloersmakend goed uitziet, maar zijn internet is kut. Streepje voor streepje laadt de website.

'De politie zit er bovenop,' zeggen Reve en Mattheo, die hebben gehoord wat hij zei. De politie is veel beter uitgerust dan wij. Ze hebben ervaring, rubberlaarzen, speurhonden. Computers met databanken.

Zo babbelend komen we het park weer uit. Geen Alexander en geen fietsen, wat niet wil zeggen dat ze er niet zijn, verstopt en wel onder het wateroppervlak. Maar onze zoektocht heeft in elk geval niets opgeleverd, behalve een stiekem verlangen naar de warme groene kamer.

En gelukkig maar. Niemand van ons had op deze feestelijke avond zin om een lijk te vinden. Fietsen alla, maar een lijk, nee bedankt.

Een tram komt uit de mist op ons af, rijdt voorbij. Bij de halte stapt iemand uit met een grote sporttas. Met gebogen hoofd slentert hij voor ons uit, als iemand van wie het weekendverlof erop zit. Een bekend postuur, denk ik even. Maar dan vraagt Camouflagebroek mijn aandacht weer. Hij wil weten hoe teleurgesteld ik ben. Op een schaal van één tot tien.

'Kijk eens wie we daar hebben,' zegt Reve als we boven komen. Het is de man met de sporttas. Een feest in een feest, want aan de voorkant is half onder zijn jopper een meisje gekropen. Ze draagt een vampierenjurk en klemt haar lippen tegen zijn hals. Ze heeft lichtjes in haar ogen, en haar wangen zien roze van geluk.

36

Nu Rudi bij Annerie blijft slapen, moet Ira ineens ergens anders heen. Iedereen weet wat dat betekent, maar we doen alsof de oplossing nog verzonnen moet worden.

'Kan ze niet op de ba... Fak, nee, dan hebben jullie geen privacy,' zeg ik deels uit kippigheid, deels kwaad om zo voor het blok te worden gezet.

'Gaat ze gewoon in Alexanders kamer,' zegt Reve. 'Die is er toch niet.'

'Knip jij even die politielinten door?' vraagt Annerie.

'Ikke niet,' zegt Reve. Hij neemt een slok van zijn bier, morst op het kleed. Hij veegt het erin met zijn voet.

Ira hangt stilletjes in de schommelstoel, en Rudi zit naast zijn lief op de bank alsof hij net zo goed had kunnen staan. Hij staart naar de rommel, de lege flesjes, de doppen en de peuken. We zien allemaal wat hij denkt: wat heb *ik* met dit alles te maken?

Geen groter contrast met Annerie, die over zijn buikje wrijft, zijn geplakte haren in de war maakt, kusjes geeft. Ook alles wat ze verder doet, zitten, lachen, kijken, praten, is een uiting van haar eindeloze blijdschap en bereidheid hem te plezieren. 'De eerste dag van mijn nieuwe leven,' zegt ze nu al voor de derde keer. Bezitterig legt ze haar hand op zijn been. 'Zeg eens iets wat je nog nooit tegen iemand hebt gezegd?'

'Wat dan?' klinkt het mechanisch.

'Wacht even, ik moet eerst even iets aan de muziek doen. Denk er maar vast over na.' Ze is al opgesprongen. 'Deze muziek hoort bij Boris. Daar pas jij' – blik op Rudi – 'niet bij, ik wil niet dat jullie werelden vermengen.'

Ze zet een ander nummer op. Caro Emerald. Rudi lijkt het amper te merken.

'Dus hoe doen we het nu?' vraagt Ira als Annerie weer zit. Er zit mascara op haar neus.

Ik spreek de laatste reserves van mijn geestkracht aan, en bedenk dat ik me wél moet realiseren dat ik in een commune woon. In een commune wonen betekent dat je soms je bed moet delen. Daar valt weinig tegen te doen.

'Voor vannacht kan je wel bij mij,' zeg ik tegen Ira. 'Morgen moeten we iets verzinnen.'

'Misschien komt er helemaal geen morgen,' troost Annerie. 'Misschien vergaat de wereld wel.'

Ik zoek naar een t-shirt om aan te trekken.

'Slaap je normaal naakt?' vraagt Ira. Ze wrijft in haar ogen zoals baby's doen, met twee handen.

'Ja,' zeg ik kort.

Zij ook. Ik geef haar ook een shirt en laat haar zien waar ze de lampen aan kan doen voor het geval ze naar de wc moet.

'Dank je wel. Ik moet vaak naar de wc.'

Daarom kan ze niet aan de muurkant liggen. En ook niet omdat ze claustrofobisch is.

Even later liggen we naast elkaar te staren naar een plek op het plafond die wordt verlicht door een lichtmast van het hotel. Ira laat haar adem met een fluitje uit haar neusgaten stromen. Ze heeft zich ingesmeerd met iets wat me met weerzin vervult, iets van kokos.

'Ligt Erik ook aan deze kant?'

'Nee, Erik is niet claustrofobisch. Hij ligt gewoon bij de muur.'

'Waarom is hij er niet. Had hij een ander feestje?'

'Ja. Zoiets.' Ik probeer rustig te ademen.

'Ga je met hem samenwonen?'

'Is het een aanrader, samenwonen?' vraag ik sarcastisch.

'Ja,' zegt Ira. 'Ik mis het. Ik woon liever samen dan zoals hier op een gang.'

Er spreekt geen enkele aarzeling uit haar woorden. Hier ligt iemand die weet wat ze wil.

'Ga je naar Kevin terug?'

'Om hem een klap op zijn bek te geven, ja.'

'Je had bijna een kind met hem.'

Ze trekt haar schouders op. Ik kan dat niet zien, maar ik merk het aan de trillingen in het matras.

'Vind je het erg?'

Ira snuift. 'Wat is dat voor vraag. Natuurlijk vind ik het erg. Eerst heb je een kind en opeens heb je geen kind meer.'

Het staat er niet op, wil ik zeggen, omdat ik weinig van verdriet heb gemerkt. Maar het kan natuurlijk, dat ze het liever voor zichzelf houdt.

'Het zal niet meevallen,' zeg ik meelevend. Ik wil nog iets zeggen, iets aardigs. Ik wil mijn hand op haar arm of zoiets leggen, maar het is donker. In het donker kan dat tasten verkeerd worden opgevat.

Eindelijk vraag ik het haar. 'Heb je het kindje eigenlijk officieel laten begraven?'

'Het park heb je ook nog.'

Ik ga half rechtop zitten. 'Heb je haar in het párk begraven?'

'Ik niet. Kevin. Ik lag in het ziekenhuis, toch. Daarom ging ik net mee zoeken. Om te kijken hoe het er 's nachts is. Ik kom er alleen overdag.'

'Wat doe je dan?'

Ze snuift opnieuw. 'Aan haar denken, natuurlijk. Bloemetjes erop doe ik ook, en bladeren daar weer bovenop, anders denken ze dat er iets ligt en gaan ze misschien graven. Ze heeft óók recht op moederlijke aandacht.'

Ze zegt het alsof ik dit alles zelf had moeten bedenken. Moederlijke aandacht is natuurlijk voor iederéén goed, ook voor doodgeboren kindjes. En ik schaam me, omdat ik heel sterk voel dat ik mij, vergeleken met Ira, zo moeilijk aan iets of iemand weet te verbinden.

'Wil je weer zwanger worden?' vraag ik na een tijdje.

'Zeker weten. Ik wil veel kinderen. Jij niet? Ik zal jou eens wat zeggen. Doodgaan zonder opgevolgd te worden is onnatuurlijk.' Zonder overgang zegt ze: 'Zie je wel, ik moet al naar de wc.'

Ze blijft lang weg.

'Het ruikt raar in je andere kamer,' zegt ze als ze terugkomt. Als in een ongeluchte wc. Ik heb er even een lucifer aangestoken.'

Ik antwoord niet, want ik doe alsof ik al slaap. Ik hou het net zo lang vol tot ik echt slaap.

Er zijn dit keer geen wezen die rondschimmen. Nu we met z'n tweeën zijn, laten ze me met rust.

37

Bij Lowie Kopie kopieer ik mijn tekening van Alexander. Anderhalf keer vergroot en tweehonderdvijftig exemplaren om mee te beginnen. Met de tekeningen en rolletjes plakband in mijn canvas rugzak lopen Annerie, Ira en ik door de stad. We plakken ze in bushaltes, op de stoplichten voor fietsers, bij supermarkten op het prikbord, op de wc's van lokkend verlichte cafés waar we ons laten verleiden tot een cappuccino. We nemen de metro naar het station en hangen ze op de houten schuttingen rond de bouwput. Niet te veel, we zijn bang dat het weer gaat sneeuwen, en dat er niks van overblijft. De lucht voelt al nat en koud.

Van elke plek beoordelen we eerst of hij een tekening waard is of niet. We doen alleen plekken waar we zelf met onze foto's zouden willen hangen als we er niet meer zouden zijn. Als we het oneens zijn stemmen we, maar steeds vaker zijn we het met elkaar eens.

Ik plak een tekening achter het raam van een bakker, en ik krijg een idee.

'Ira,' zeg ik, 'je kan er eigenlijk wel meteen een briefje naast hangen dat je woonruimte zoekt.'

'Goed idee,' zegt Ira. Maar ze doet het niet. Zo'n briefje moet je natuurlijk eerst nog even maken, maar ook dat doet ze niet. Ook 's avonds thuis niet en ook niet de volgende dag als ik haar eraan herinner. Dan denk ik: ze wil helemaal geen huis, ze wil een mán met een huis.

Iedereen hier wil settelen!

Kevin heeft een goede baan en een mooi huis. Een huis met een schoonmaakster. Helaas wil Kevin niet nog een keer een kind proberen. *Over his dead body.*

Het is een gedachte waarvoor ik me schaam als ik hem denk: dat het bijzonder prettig is om met zo'n duidelijk doel door de stad te lopen. Met de tekeningen van Alexander verover ik beetje bij beetje de stad. Ook Amsterdam-Zuid waar ik op mijn hoede ben, omdat de chic daar woont en omdat de onderwereld daar haar criminelen liquideert.

Soms denk ik dat hij gevonden is omdat ik kraaien zie in de lucht, zwart tegen grijs, omdat een tram drie keer schelt, omdat ik de rol plakband verlies. Steeds zie ik nieuwe voortekens, en steeds worden we maar niet gebeld.

Ira is door mij aangestoken. Ze kust nu voortdurend het hangertje om haar nek, een soort handje dat geluk brengt. In de sprookjes waarmee ik ben opgegroeid komen wensen altijd precies verkeerd uit. Dat speelt door mijn hoofd als ik dat hangertje naar haar mond zie gaan.

Rudi blijft intussen thuis, op Anneries kamer, in de hoop het een en ander op papier te kunnen krijgen. Het gaat helemaal niet goed met zijn werk. Hij heeft de rust niet, de woorden niet en ook mist hij zijn werkplek en het uitzicht op een of andere boom.

Annerie maakt zich zorgen. Ze zegt: 'Schatje, laat de literatuur asjeblieft niet tussen ons in komen.'

Ik zeg: 'Dat krijg je als je gaat zitten kloten met de meisjes.'

'Het was helemaal niet mijn bedoeling,' zegt hij in vertrouwen tegen mij.

'Wat niet?'

Hij is wel verliefd op Annerie, dat wel, al is ze eigenlijk niet zijn type. Maar hij is nooit van plan geweest om zijn gezin voor haar te verlaten.

Ik moet weten dat hij van zijn vrouw houdt en dat hij bovenal van zijn kinderen houdt. Hij wil weer gewoon die vader voor hen zijn van vóór die fatale kus. Niet de nepvader voor wie ze hem nu houden: één die zijn eigen vlees en bloed onmiddellijk opzijzet voor zijn eigen pleziertjes. Niet dat hij zichzelf zo ziet, maar hij merkt: hoe hij het zelf ziet, doet allang niet meer ter zake. Wat eenmaal als fake herkend is, blijft voor altijd fake. Zijn vrouw praat al over een regeling. Ze laat zich informeren door een advocaat.

Hij wil niet dat ze een advocaat neemt. Door de advocaat voelt hij zich aangetast in zijn privé.

'Jij een vriendin,' zeg ik. 'Zij een advocaat.'

Wat ik al dacht, hij vindt dat niet grappig.

Hij had Elise geprobeerd uit te leggen dat de kus die zij gezien had een ongelukje was. Die kus had hij nooit willen hebben. Hij had dat kind toch weggeduwd? Zag ze dan niet dat hij haar duwde?

Ze ging er niet op in. Ze had al een paar keer iets raars geroken. Ze is wel anorectisch maar niet achterlijk. Dat moet je haar nageven.

'Een beetje gekus, het stelt niks voor,' had hij nog geroepen.

Maar hij kon vertrekken. Per direct. Wegwezen, moven. Hup opgerot!

En nu moet hij wonen in een huis waar hij de keuken met ons moet delen. Een gang vol lege wijnflessen en opgestapelde kratten, waar je schoenzolen aan het vloerzeil blijven plakken.

Wat een burgerlijk gekerm voor een dichter. Bovendien plakken sinds hij er is ook alle deurkrukken van zijn handcrème. We weten precies wanneer hij naar de wc is geweest en of hij daarna nog even langs de koelkast is gegaan. En, denk ik dan, hij heeft nu toch een mooie, jonge vriendin. Overal waar hij gaat, gaat zij als een lekker luchtje met hem mee.

Het is een compliment dat hij tegen me klaagt. Hij geeft me daarmee het voorrecht zijn echte ik te leren kennen. Zijn dramatisch jammerende ik.

De eerste keer dat Rudi meeat, voelde dat aan als Willem-Alexander die even mee voetbalt, maar inmiddels maakt het mij niks meer uit. Reve zit daarentegen hele dagen in de keuken, zogenaamd verdiept in een of ander vergeeld klassiek werkje, met een

Oud-Frans woordenboek ernaast, in de hoop dat Rudi iets dichterlijks in hem herkent. Hij schept er – denken we – over op bij zijn uitgeverij. Hij wil ook steeds spitsvondig zijn, wat een beetje vermoeiend is en ook niet altijd even goed lukt.

'Reve heeft veel boeken,' hoor ik op een dag Rudi tegen Annerie zeggen, 'maar hij weet niet veel, eigenlijk niks.'

Annerie vindt hem ook wel snobistisch, 'maar hij heeft tenminste een idee van wat beschaving is'. Goed gezegd, vind ik. Sinds ze met Rudi is, zegt ze wel vaker dingen waarvan je denkt: hé.

Maar al bij al wordt het hier druk in huis. Er zijn dagen dat ik én niet in de keuken kan werken omdat Reve daar zit, én niet op mijn kamer kan zitten, omdat Ira daar op de bank naar *Mad Men* ligt te kijken, of naar zo'n currywestern, die niet te harden is. Het wordt hoe langer hoe lastiger om 's avonds het werk in te halen dat ik overdag had moeten doen.

Op een avond klopt Annerie bij me aan en vraagt wat ik ervan zou vinden als we tijdelijk een huisdier zouden hebben.

'Heb je dat huisdier dan al?'

Op de gang klinkt gekrabbel en gepiep. Annerie bukt en duwt een asfaltkleurige hond naar binnen, korte poten en lange haren. 'Van Rudi.'

Ik zie meteen dat het een lieve hond is en ik denk: nu heeft Ira iets om te aaien.

'Ze moet jongen,' zegt Annerie. In Rudi's oude huis is daar weinig plek voor, en de kinderen willen hem niet uitlaten. Het is jouw hond, had zijn vrouw gezegd, neem haar dan maar mee ook.

Hier is een ruime gang, mengt Rudi zich in het gesprek. 'Een klein hoekje voor Chica is toch niet te veel gevraagd?' Het waren zijn kinderen die die naam hadden bedacht.

'Chica is een prima naam,' zeg ik.

Het zeil is te koud om op te bevallen, dus haalt Rudi bij de Praxis een pak laminaatplanken. Hij klikt ze aan elkaar tot een eiken vloertje van twee vierkante meter. Annerie vindt het daar alsnog te koud en legt er een groenige plaid op.

'Is dat wel zacht genoeg?' vraag ik. 'Ik heb nog een oude slaapzak.' Reve, die het een leuk project vindt, omdat het een project van Rudi is, komt met een staande schemerlamp en een meurende leunstoel. Eenmaal geïnstalleerd is het alsof die meubels er al jaren staan. We willen wel allemaal af en toe bij haar waken, alleen in die leunstoel krijg je mij niet.

Wat het met die hond te maken heeft weet ik niet, maar ik verlang die avond ineens erg naar Erik. Naar zijn armen met de spieren die trillen als hij me van de grond probeert te tillen. Naar bruut lichamelijk contact.

Het is een nostalgisch verlangen, want er is ook nog steeds een heel ander gevoel: dat van het neerzetten van een zware koffer nà een roteind lopen.

Opnieuw maak ik een stapel kopieën van de tekening. Honderd dit keer. Als ik mijn kamer binnenloop voor het plakband ligt Ira nog ongewassen op de bank. Vandaag heeft ze geen zin om in beweging te komen. Annerie ook niet. Die blijft bij Rudi en Chica. Dan ga ik wel alleen. Ik ga de Oostelijke Eilanden doen.

Ira en Annerie vinden die niet zo nodig.

'Daar wonen ook mensen,' zeg ik. 'Ze kunnen ook iets gezien hebben.'

Op Facebook wordt de tekening al goed verspreid. Ik heb een nieuw profiel opgericht onder de naam 'Help, Alexander is vermist' en om beurten loggen we er een poosje op in om vriendschapsverzoeken te sturen en de tekening op andermans wall te posten. Annerie en Ira hebben allebei beloofd dat ze daar vandaag mee door zullen gaan.

Ik begin steeds meer te twijfelen of de tekening goed genoeg is. Op de papieren posters staat een door mij aangemaakt mailadres, en er zijn nog geen reacties gekomen waar we wat aan hebben.

Om echt goed te worden moet ik vaker oefenen. Maar heb ik echt talent? Of zeggen ze maar wat? Er is niets zo vals als valse complimenten. Hoe meer je zoiets denkt, hoe meer het bestaat.

Erik vindt dat ik best wat kan, maar ik ben er nog lang niet. Ik heb hem een keer geprobeerd te tekenen. Ik deed eerst zijn romp, zijn schouders, zijn sleutelbeenderen, een stukje van zijn armen, tot en met de opbollende spieren. Die kon ik uit mijn hoofd, dacht ik, en dat was ook zo. Ze waren prachtig gelukt. Maar ik had het vlak verkeerd ingedeeld, zijn kruin kon er niet meer op.

'Jammer, mislukt,' zei Erik.

Sinds lange tijd probeer ik weer eens de marmeren trap. Ik sta nog maar net op de gang als ik zachte voetstappen hoor. Ook ruik ik een zurige lucht. Ik ren naar de reling en kijk omlaag. Iemand loopt heel snel, bijna katachtig, de trap af, een man. Het is heel duidelijk dat hij niet door mij gezien wil worden.

Onmiddellijk heb ik een onbehaaglijk gevoel. Hij moet van de zolder zijn gekomen. Met terugwerkende kracht hoor ik zijn geheimzinnige voetstappen op het betonnen trapje.

Ik wil nu ook weten wie het is. Als ik nu achter hem aan ga, weet ik het, maar in mijn schoenen zit beton.

Kom op, Elenoor, zeg ik tegen mezelf.

Mijn nieuwsgierigheid wint het. Achter hem aan steek ik de straat over.

'Meneer!' roep ik. Want ook al meurt iemand naar sterke kaas, dat betekent nog niet dat je onbeleefd moet zijn.

Op de Singelgracht vaart een rondvaartboot. Het moet een raar gezicht zijn voor de paar dikgeklede mensen aan boord: een snelwandelende zwerver die achternagezeten wordt door een jonge vrouw op sneakers. Voorlopig moet ik geen kaas meer.

'Wat moet je toch aldoor van me?' roep ik naar zijn rug, want die rug heb ik herkend. Of liever de walmende jas. Het is de jas van de zwerver die me al maanden achtervolgt.

Ik ben echt heel teleurgesteld dat hij niet antwoordt.

Gelukkig heeft hij geen conditie. Dus bij de stoplichten loop ik al bijna naast hem en vraag: 'Waarom achtervolg je me steeds?'

Meneer berenlul draait zich naar me om. Er schijnt zon op zijn verwinterde gezicht. 'Sorry, wie achtervolgt hier wie?'

'Hoe ben je erachter gekomen waar ik woon?'

En dan zegt hij verdomme dat hij me niet kent.

'Misschien woont hij op zolder,' zegt Annerie. Er zijn overal hoeken en mogelijkheden hier.

'Hoe komt hij dan binnen?'

'Het kan makkelijk dat iemand in het gebouw hem een sleutel van de buitendeur heeft gegeven. Daar zijn er zoveel van in omloop. Laatst zag ik weer colaflessen met pis in de gang. Dan weet je dat er weer een zit.'

Dat beeld moet ik even verwerken. De zwerver ergens boven mijn hoofd in ons gebouw, denkend aan mij als hij de slaap niet vat.

'Soms zie ik hem met een hond,' zeg ik. 'Soms niet.'

Zwervers lenen elkaars honden als ze de kant van het centrum op gaan, weet Annerie. Met een hond worden ze niet zo snel opgepakt. Dan moet de politie ook iets met die hond.

De hele middag plak ik tekeningen. Steeds dichter kom ik in de buurt van Eriks huis. Ik parkeer mijn fiets bij de plek waar Erik en ik in het begin vaak op een steiger zaten. In de tijd dat we nog het type waren om op steigers te zitten, in plaats van op terrasstoeltjes.

Ik herinner me een dag in het voorjaar. Zo'n dag dat de stad eruitziet of ze jarig is, met achter de ramen overal stofjes in het zonlicht die je naar buiten jagen en mouwen en pijpen op doen stropen.

Jaren geleden, heb ik het nu over. Misschien wel vijf jaar.

We ontdekten half onder de steiger een nest van een meerkoetenpaar. Het nest was helemaal versierd met witte en rode rozen. Een prachtig liefdesnest.

Er lagen al drie gespikkelde eieren in. Een van de koeten zwom weg en kwam een tijdje later terug met een nieuwe rode roos. Toen zagen we aan de overkant een meisje op een woonboot dat aan een soort statafel aan het bloemschikken was.

Het nest was al af, de eieren al gelegd. Er dreven genoeg andere takjes in het water, maar de meerkoet zwom helemaal naar de overkant voor rozen.

De straat van Eriks flat is donker en verlaten. Ik schrik als opeens twee agenten vanachter een busje tevoorschijn komen, maar het zijn maar parkeerwachten.

Enkele ramen zijn verlicht, witte trapjes met kaarsen erachter, sterren van gekleurd papier. Ook Erik is thuis. Hij zit de krant te lezen.

Zoals hij daar zit, op de rug gezien, als een boeddha, is hij niet alleen erg rustig, maar ook erg eenzaam. Ik zie dat eigenlijk voor het eerst.

Het beste zou 't zijn wanneer er iemand anders in zijn leven komt. Een vrouw, knap hoeft niet eens, maar een die kan wat ik niet kan: gewoon gelukkig zijn als hij het is.

'Schatje, alles goed?'

De stem komt uit een geparkeerde auto. Op de achterbank zit een kleine donkere man.

Ik duw mijn fiets weer de weg op. Altijd types in stilstaande auto's hier. Iemand in Eriks flat doet in drugs. Je weet het, toch schrik je je iedere keer rot.

Om de hoek van zijn flat plak ik een tekening op een elektriciteitshuisje. Ik doe een paar stappen achteruit. Alexander kijkt me aan. Op die zachte, intense manier. Zo keek hij vaak als we in de keuken zaten te praten, nu kijkt hij zo naar tout Amsterdam. Had het nu niet wat neutraler gemoeten? Er is toch iets met zijn linkerwenkbrauw. Misschien moet hij wat robuuster. Hij klopt niet zoals hij nu is. Ik heb geen stift in mijn tas, maar wel mascara, en daarmee maak ik de wenkbrauw wat dikker.

Ik fiets de al zo vertrouwde route terug, langs de Oostenburgerkerk, de molen van brouwerij 't IJ. Overal waar een poster hangt, stop ik even en stip ik zijn linkerwenkbrauw aan. Het is koud. Een gemene wind waait door mijn maillot.

Ik bedenk dat ik mezelf bij Erik vandaan trap, en dat ik wel én niet gestopt ben met van hem houden.

38

Uit de keuken klinkt muziek. Ira en Annerie zitten er helemaal rood aangelopen naar te luisteren. Iemand heeft zijn iPod aangesloten op een paar boxjes, míjn boxjes zie ik, die Ira uit mijn vensterbank moet hebben gepakt. Rudi zit er onderuitgezakt en zwijgend bij. Iets in hem wekt mijn medelijden op. Zijn mond. Hij heeft al een oude mond. Chica heeft haar stemming aan haar baasje aangepast. Ze ligt voor dood onder zijn stoel. Er kan geen blafje voor me af. De twee vrouwen begroeten me daarentegen hartelijk. Zo zou het altijd moeten zijn. Dit keer heeft het denk ik met die boxjes te maken.

Annerie staat op om een ander nummer op te zetten, en zodra ze dat gedaan heeft, praat ze eroverheen. 'Ik vind het allemaal vreselijk,' zegt ze. Ze wil dit niet meer meemaken.

Wat blijkt? De politie is weer langs geweest, ze zijn nog maar net vertrokken.

Annerie en Rudi zijn nogal grof aan de tand gevoeld. De politie had het over een verdacht sterfgeval op de laatste avond dat Alexander heeft gewerkt.

Sterfgeval?

Er is een oude vrouw gestorven op de dag dat hij verdwenen is. Die twee dingen, het sterfgeval en Alexanders verdwijning worden door de politie met elkaar in verband gebracht.

'Tsssss. Een sterfgeval!'

266

Dus daarom zitten ze er zo bovenop!

In de keuken zijn ze nu druk bezig om net als de politie die twee dingen met elkaar te verbinden.

Rudi heeft sterk de indruk dat de agenten informatie achterhouden. Het waren dezelfden geweest, vertelt Annerie. Obama en die blonde. Ze waren minstens zo streng als de vorige keer.

'Vanwege het sterfgeval,' zegt Ira.

'Maar mensen kómen daar toch juist om te sterven?' vraag ik.

'Ze zijn op en ze zijn oud. Ze zijn voor de laatste keer bestraald om nog één dagje naar zee te kunnen. Daarna nemen ze hun kanker mee naar dat tehuis. Het is er de plék voor sterfgevallen.'

Het duizelt me. Ook ík had Alexanders verdwijning met een sterfgeval in verband gebracht, maar dan zijn eigen. Ik begrijp totaal niet waarom er nóg een dode nodig is.

'Het kan toch toeval zijn?'

Alles kan, maar in de keuken wordt een heel andere kant op gedacht.

'Er komen wat dingetjes bij elkaar,' zegt Annerie. Ze begint ze op te sommen.

Als iedereen met mooi weer naar buiten ging, bleef Alexander binnen, om maar iets te noemen. We moeten zelf weten wat we daarvan denken, maar zij vindt het eerlijk gezegd niet normaal. Maar het gaat om veel meer. Als je het raam open zette, zei hij dat z'n ziel wegvloog. Hij had het liever dicht.

'Een grapje,' zeg ik verontwaardigd.

'Nee, maar luister. Jij woonde hier nog niet, maar Alexander is een keer met Katelijne naar een concert geweest en zij kwam daar toen doodziek van thuis. Twee weken heeft ze in bed gelegen, en Annerie zag toen Alexander regelmatig uit haar kamer sluipen. Daarna had Katelijne een tijdje blauwe plekken, bloedneuzen, wondjes die niet beter werden.'

En zelf, bedenkt ze ineens, ben ik een keer langzaam tegen het kruidenkastje aan gevallen, toen hij op een bepaalde manier keek.

'Kéék?' vraag ik. Ik giechel van verwarring.

'Keek, ja. Ik kreeg het ijskoud. Ik weet het nog goed. Ik heb toen

Boris gebeld. Die kwam regelrecht uit de coffeeshop, dus daar had ik ook niks aan. En zijn ouders zaten trouwens bij een of andere sekte. Ze liepen altijd in het zwart.'

'Alexanders ouders?' Ik schiet overeind. 'Die zijn toch dood? Of heb je die wel eens gezien?'

'Nee,' zegt Annerie. 'Hij heeft het verteld. Altijd in het zwart.'

'Mm,' zegt Ira, alles opzuigend wat Annerie zegt. Ze heeft sokjes van mij aan, zie ik. Het geeft niet. Ze zaten toch te strak bij mijn enkels.

'Wil iemand anders ook water?' vraag ik. Ik sta op om schone glazen te zoeken. Ik struikel bijna over een leren kluif.

Ik herinner me zelf ook iets. Alexander zat op een stoel in de keuken. Het was ergens tussen de middag, geen sentimenteel tijdstip. Ik kwam binnen. Hij staarde, keek naar me, maar zag mij toch niet binnenkomen, zelfs niet nadat ik 'hoi' had gezegd.

'Dus ik zeg: was je pa dan een priester?' zegt Annerie. 'En weet je wat Alexander toen zei? Dat zijn vader katten ziek kon maken!'

Ik merk dat ik kippenvel krijg.

'Een paar weken terug,' vertelt Ira, blij dat ze ook iets heeft, 'ging mijn iPhone op zwart, precies toen Alexander de keuken binnenkwam. Eerst deed hij het nog gewoon, en opeens deed hij het niet.'

'Zie je wel?' zegt Annerie. 'Hij had ook van die rare vingers. Dat heb ik altijd gevonden. Lang en met een zilvergrijs waasje erover.'

'En altijd dat rituele zingen onder de douche.'

'Dat is doodnormaal,' zegt Ira met een schuine blik op Rudi.

'Misschien. Misschien ook niet,' zegt Annerie.

Er klinkt een alarmpiepje. Het komt uit de iPhone van Rudi.

'Je pillen,' zegt Annerie.

Rudi knikt maar blijft zitten, zijn telefoon op zijn ademende buik.

Alexander heeft elke mok met avocadopit onder zijn neus gehad om te kijken of er al iets gebeurde, herinnert Annerie zich. Ze zijn geen van alle ontkiemd.

'Ik wilde ook nooit dat hij over de pannen ademde,' hoor ik mezelf opeens zeggen. 'Die met eten erin, als ze op tafel stonden.'

'Als hij gekookt had, moest ik na het eten altijd een uurtje liggen,' zegt Annerie.

Maar het hoofdargument is natuurlijk dat hij Katelijne ziek had gemaakt.

In de schaduwhoeken achter fornuis en kruidenkast nestelen zich een paar donkere geesten, en ik schrik me te pletter als ze heel zachtjes, als in de verte, beginnen te murmelen.

Het zijn echter Reve en Mattheo, die ongewoon stil hebben gedaan op de trap. Ze hebben de groentetas bij zich. Niet te geloven. Wie denkt er in deze tijden nu aan groente?

We zijn zo opgewonden dat we een tijdje door elkaar heen praten.

'En weet je nog die keer,' zegt Annerie. Nu ze Reve ziet, doet die haar plotseling denken aan die keer dat Alexander het weer ging beïnvloeden door visualisatie. 'Al die wolken losten één voor één op! Weet je nog?'

Er glijdt een lachje over Reves gezicht. '*Where the magic happens*,' smaalt hij. Hij heeft een veel aannemelijker scenario, als hij zo vrij mag zijn.

'Wat voor scenario?'

'Stel, je bent iemand die zich aangetrokken voelt tot oudere dames,' zegt Reve. Hij kijkt ons één voor één aan. 'Jullie kunnen je het niet voorstellen, misschien, maar dat soort mensen bestaat. Wel eens van gerontofiel gehoord? Dat komt zelfs zeer veel voor. Couperus schreef erover.' Hij werpt een blik op Rudi. 'Of had erover móeten schrijven. *Anyway*, heeft Alexander ooit een meisje mee naar huis genomen?' Een jongen ook niet, maar gay was hij niet, dat weet Reve zeker. Hij maakt een snel gebaar dat ik niet ken.

'Misschien valt hij op meisjes die niet op hem vallen,' zeg ik. 'Of jongens.'

'Kan. Maar waarom is iemand altijd maar met die bejaarden in de weer? Ja, ik weet wel, het hóeft niks te impliceren, en persoonlijk vind ik Alexander een goeie gast...'

Een goeie gast, merkwaardig hoe vaak men dat van hem zegt.

'Maar wát weet je nu eigenlijk echt van elkaar,' zegt Annerie.

Ik breng in dat er ook mensen zijn die in de praktijk níets doen. 'Maar hoe groot is de verleiding wel niet, als mensen wassen je beroep is?' gaat Reve onverstoorbaar door. 'Zo'n vrouw ligt daar verleidelijk bloot en wit te zijn. Een welvende bleke buik, een navel als een bloemetje. En elke dag word je er opnieuw aan blootgesteld. Een wonder dat het niet eerder is gebeurd. Die vrouw in kwestie protesteert natuurlijk. Ze begint te roepen. Wat doe je? Je gloeit nog van opwinding. Hoe krijg je haar stil? Je staat strak van de adrenaline. Je moet iets. Snel grijp je de morfinepomp, sluit hem aan. Daar wordt ze tenminste een beetje suf van. Gelukkig, haar stem wordt al zwakker. Haar ogen vallen dicht.

Pffff. Je haalt opgelucht adem. Je trekt haar nachtpon naar beneden, legt de deken goed. Fijn slapen en alles lekker vergeten. Een uur of wat later kom je weer kijken. Ze ligt nog precies zo. Je pakt haar pols. Heel zwakjes voel je het laatste restje leven wegsijpelen. Je schrikt. Dit is mis. Die pomp stond veel te hoog.

Zoiets wordt uitgezocht. De dokter zal zien dat er iets met haar bloed niet orde was. Misschien ziet hij het niet, maar als hij het niet vertrouwt, zoeken ze verder. Gauw die pomp in de kast, en wegwezen. Snel!'

Reve houdt op met praten. Dit is wat híj denkt.

'En waar is hij dan nu naartoe?' vraagt Annerie, die net als ik ademloos heeft geluisterd.

Ja, dat weet Reve natuurlijk ook niet. Dat kan de hele wereld zijn. Chili misschien.

'Zuster Immaculata op reis,' zegt Rudi vanuit het niks. Daar moet Reve ontzettend hard om lachen, omdat hij het is die ooit die bijnaam heeft bedacht.

Ondanks alles voel ik me opgelucht. Wat er ook aan de hand is, Alexander leeft waarschijnlijk nog. Iets aan dit hele verhaal is tenminste positief.

'Híj wel,' zegt Annerie.

Mijn telefoon gaat. Ik tril als ik zie dat het Erik is.

'Hoi.' We laten een lange stilte vallen, waarin ik naar mijn kamer loop, de deur op slot. Ook al zat Ira in de keuken, voor de zekerheid kijk ik of ze niet in m'n bed ligt.

'Ik stond net nog voor je huis,' zeg ik eindelijk. Ik loop door mijn kamer, van de ene muur naar de andere.

'Net? Als in: vandaag?'

'Ja. Ik zag je zitten. Je las de krant.'

'Waarom ben je niet boven gekomen?'

'Niet vragen.'

'Oké, vraag ik het niet.'

Stilte. Twee mensen luisteren naar elkaars ademhaling.

'Weet je wat er in die krant stónd? Zal ik het voorlezen? Het gaat over die verdwenen huisgenoot van je.'

'Alexander? Wist je dan dat hij weg was?'

'Je had het toch ingesproken? Ik weet het van jou.'

'Lees maar voor,' zeg ik. Ik doe mijn ogen dicht.

'Ik heb het altijd geweten,' zegt Erik. 'Die gozer is slecht nieuws. Ik heb dat altijd gedacht.'

'Je ging iets voorlezen.' Ik kuch even om mijn gedachten te verzamelen. Bovendien móet ik een geluidje maken om het beeld dat nu voor mijn ogen komt te verjagen: Alexander als jihadi, woeste blik, een doek om zijn haar, bevlekte broek, grassprietjes uit zijn gulp.

'Luister,' zegt Erik.

In de hospice Sint-Jozef te Amsterdam, sinds kort onderdeel van het uitdijende imperium van zorgondernemer Jan de Herder, wordt verzorger Alexander G. verdacht van moord op een 74-jarige vrouwelijke patiënt. G. was als laatste van het zorgend personeel bij haar geweest voordat zij dood werd aangetroffen in haar bed. Het sterfgeval is verdacht omdat de patiënte het relatief goed maakte en 's middags nog naar een activiteitenmiddag was geweest. Toen G. na het overlijden niet op zijn werk verscheen, is de politie gewaarschuwd. Die is inmiddels een onderzoek gestart. G. is nog op vrije voeten.

'Luister je nog?'

'Ik luister,' zeg ik.

'Waar staat die G. voor?'

'Geluk, als ik het goed heb. Alexander Geluk.'

Een tijd lang zeggen we niks. In mijn oor wordt triomfantelijk geademd.

'Ik geloof het niet,' zeg ik eindelijk. 'Hij heeft haar niet vermoord.' Ik ga op de bank zitten. De hele dag heb ik in de gure wind rondgelopen in de buurt achter de Panamalaan.

'Waarom is hij volgens jou dan verdwenen?'

'Misschien is het een schreeuw om aandacht.'

Dat vindt Erik echt weer iets voor wijven om zoiets te denken.

'Er zijn mensen die een misdaad plegen om beroemd te worden, dat komt voor.'

'Ja, als die vrouw de koningin was.'

'Waarom doe je zo?'

'Voor jezelf,' zegt Erik. 'Ik zeg dat voor jezelf. Dat je niet voor onaangename verrassingen komt te staan.' Hij klinkt geagiteerd: 'Van wie wordt hier de naam bezoedeld? Heb je daar al aan gedacht?'

'Helemaal niet aan gedacht! Wat zegt je vader erover?'

'Hij zit in Turkije.'

Dan komt Erik met een theorie over waar Alexander zoal heen kan zijn gevlucht, waar hij zich verstopt kan hebben, over wat híj in zíjn geval zou doen.

Ik zwijg, ik heb even genoeg van theorieën. Alsof hij het aanvoelt gaat Erik over naar een mening.

Hier gaan we veel ellende van krijgen. Als je het hem vraagt. Bakken ellende.

Je kan het mensen niet kwalijk nemen dat ze een mening hebben. De hele tijd horen ze: Geef uw mening, uw mening telt. Praat mee op Twitter. Wij horen graag wat u vindt.

'Hoe gaat het?' vraag ik als hij uitgepraat is.

'Goed wel.'

'Dat is dan mooi,' zeg ik.

39

De volgende dag ben ik veel te vroeg wakker. Ik kijk recht in een lege dag. Naar Alexander zoeken hoeft niet meer. Al die tekeningen door de hele stad, ze zijn niet nodig geweest. Ze hebben Alexander alleen maar tegengewerkt.

Aan de andere kant is er nog weinig opgelost. Erik heeft al een hele theorie klaar, maar ik moet bekennen dat er bij mij nog wel wat vragen leven. Het is in deze kwestie moeilijk te zeggen waar het zoeken begint en waar het zoeken ophoudt.

Vannacht droomde ik van oma Bokkenpoot. Ze ging naar de Rotterdamse Kuip en moest daar vrijen met alle jongens die waren opgeroepen. Ze zocht naar opa, maar die was er niet. Ze liet aan iedereen een tekening van opa zien, maar niemand had hem gezien. Toen moest iedereen de trein in en de bewaker zei tegen haar, of liever tegen mij, want ineens was ik het zelf: 'Jij schijnt het zo interessant te vinden, ga jij ook maar mee.'

Met een schreeuwtje werd ik wakker.

'Wat droomde je?' vroeg Ira.

'Niks. Rotdroom.'

Daarna slaap ik niet meer. Als je over treinen droomt, heb ik ergens gelezen, kan je het wel eens aan je darmen hebben.

Met wijd open ogen lig ik te luisteren naar de geluiden van de nacht. Iemand opent met tussenpozen een deur en pakt een biertje uit een krat dat buiten staat. Ira's fluitende ademhaling. Vieze kokoszalf. Ik wil er niet aan toegeven, maar naast iemand die zo diep slaapt voel ik me verlaten, en zelfs afgewezen.

Voorzichtig kruip ik over Ira heen. Ik trek mijn badjas vanonder een stapel kleren, zachtjes, om haar niet te wekken. Ik geeuw langzaam, zonder geluid.

Op het nachtkastje heeft ze een altaartje ingericht. De kleine schildpad van glas uit mijn andere kamer heeft ze er ook bij gelegd. Het zal in haar cultuur wel een betekenis hebben. Ik pak de ingelijste foto van de twintigwekenecho, en hou hem bij de kier licht uit mijn andere kamer, om te zien hoe een baby groeit. Het ronde, uitgelichte schedeltje heeft iets ontroerends. Ik zet hem terug, achter de schildpad, een opgebrand waxinelichtje en een roze bloemetje in een drinkglas.

In de hoek van de schemerige kamer gaat het dekbed rustgevend op en neer. Altijd weet ze het los te trekken van het voeteneind, hoe vast ik het ook instop.

Ik moet haar laten slapen. Ze was moe na een drukke dag, zei ze gisteravond toen we elkaar in de weg liepen in de badkamer. Ze gaapte demonstratief. Daarna duwde ze een pil uit een strip, stopte die in haar mond en stak haar mond onder de kraan.

'Kijk, al bijna weg,' zei ze daarna. Ze wees op haar kin. Ik was met mijn gedachten ergens anders en had eerst niks in de gaten. Pas in tweede instantie zag ik dat ze míjn strip in haar handen had. Ze heeft sowieso een erg grote belangstelling voor dingen die haar niet aangaan.

'Geef eens hier,' zei ik, en ik pakte hem van haar af. 'Zie je, dat is míjn pil! Wat doe jij daarmee? Wat voor dag is het vandaag?'

Er klopte helemaal niks meer van de dagen. Ook wel verontrustend dat ik dat niet eerder heb gemerkt. 'En waarvoor ben jij eigenlijk ineens aan de pil?'

'Die pukkel,' zei Ira. 'Dat zei ik toch.' Ze had op een site gelezen dat de pil daartegen helpt. 'Ze zijn gratis toch? Je haalt toch gewoon weer nieuwe als ze op zijn? Anders haal ik wel nieuwe.'

Ze spoort echt niet, Ira. Maar goed, dat heb ik haar gisteravond ook wel duidelijk gemaakt. Ze had inderdaad een pukkel op haar kin, als je 't wist, kon je hem zien.

Waar ze precies moe van is, snap ik trouwens ook niet. Boodschappen doet ze niet, afwassen ook niet. Een enkele keer roert ze met een lepel in de wok als Annerie de beurt heeft om te koken. Het maakt Mattheo razend, het is zíjn wok, het moet een houten lepel zijn.

Gisteravond werkte ze aan de keukentafel aan een Jezus van Ministeck. Ik vind het raar voor een Hindoe, maar ze vindt 't gewoon een mooie man. Hij is inderdaad mooi geworden, hij heeft de ogen van Steve Jobs.

'Waar ga je die ophangen?' vroeg ik. Maar een huis is haar zorg al helemaal niet. Ze zit hier best, dicht bij het kind, dat haar nog nodig heeft, en dat op deze manier nog bij haar is, bij ons. Op haar werk wordt ze nog lang niet verwacht.

Ik zeg dat ze haar situatie uit moet leggen bij de woningbouwvereniging. Dat ik zeker weet dat ze dan voorrang krijgt. Ik lieg. Ik weet dat niet zeker. Ira zegt dat ik gelijk heb, en dat ze erachteraan gaat. Zij liegt ook.

De hele dag werk ik door. 's Middags krijg ik een mail van Fiona over de uitreiking van de televisieaward. Ze schrijft dat mijn ex Ramon ook bij de uitreiking zal zijn, niet in de laatste plaats omdat zijn nieuwe vriendin als redacteur aan de serie heeft meegewerkt. 'Ik wil je gewoon laten weten,' schrijft Fiona, 'dat zij er wel moeite mee heeft als jij naar de uitreiking komt, niet voor haar persoonlijk, maar voor Ramon, aangezien hij zo van streek is geweest van jouw gedrag op mijn verjaardag. Het is niet tegen jou. Je moet er zelf maar van maken wat je wilt, maar ik vind het belangrijk dat je het weet.'

Ik lees de mail een paar keer. Ik vind het belangrijk dat je het weet. Wat betekent dat?

Om even aan iets anders te denken, zet ik de tv aan.

De nieuwslezeres draagt iets donkergroens. Ze schakelt met iemand die voor een gebouw staat in Brussel. Er is een belangrijke Eurotop, alle Europese leiders zitten daarboven te vergaderen. De correspondent tilt zijn arm op om aan te geven wat boven is. Karaoketelevisie. Ze vertellen maar weinig wat je niet al weet. 'Ze zijn er nog steeds niet uit,' zegt hij. Frankrijk en Duitsland liggen al dagen dwars. Er is gehakt gemaakt van ADO.

Ik blijf hangen bij een programma waarin mensen een DNA-test doen om te zien of hun vader wel hun echte vader is.

De vrouw aan wie wordt getwijfeld, zit stilletjes op een bank. Volledig ondergesneeuwd door de vrouw die naast haar zit, dat zie je meteen. Het is haar oudere zus. Ze lijken voor geen meter op elkaar.

De oudere zus doet het woord.

'Zij is anders,' zegt ze, met een schuin oog opzij. Ze trekt een bijna vies gezicht. 'Ze was als kind al anders dan wij.' Zelf weet ze al dertig jaar dat haar moeder vroeger is vreemdgegaan in de tijd dat haar jongere zus geboren werd. Ze heeft het tegen iedereen in de familie gezegd, behalve tegen het zusje zelf. Die heeft het pas gehoord toen het programma kandidaten zocht.

'Waarom heb je je vermoeden nooit naar haar uitgesproken?' vraagt de presentatrice aan de zus.

'Dat was mijn taak niet,' zegt ze. 'Ík ben niet vreemdgegaan. En ik weet van mijn kant dat zij ook kort van lont is, hè. Als ik iets verkeerd tegen haar zeg, dan ja...'

'Ze zou je dat toch nooit kwalijk nemen?' vraagt de presentatrice.

Daar is de zus nog helemaal niet zo zeker van.

De jongere zus zit er versteend bij. Vermoedelijk bang dat haar onverwacht een vraag wordt gesteld, in de trant van: En jij, hoe zie jij dit eigenlijk?

De presentatrice gaat een envelop halen met de uitslag.

'We hebben jullie DNA vergeleken,' zegt ze, 'en we kunnen met 100 procent zekerheid vaststellen dat jullie van dezelfde vader zijn.'

Diepe teleurstelling op het gezicht van de oudste zus.

Op een ander kanaal wordt een schrijver geïnterviewd. Het is een herhaling. Hij heeft geen boodschap voor de lezer, zegt hij, geen bedoeling. 'Ik geef geen antwoorden, ik stel alleen vragen.' Als hij over het schrijfproces begint, over scheppen met brullende kinderen in een andere kamer, zet ik hem uit.

Die twee zussen houden me bezig. Zo zielig dat de hele familie erover sprak, behalve met de vrouw in kwestie. Wat ongelooflijk eenzaam. Zo moet Elise zich ook voelen. De hele literaire wereld wist dat haar man een ander zag, behalve zij.

Met niet weten hou je het niet tegen. En als je erachter komt zit je met dat klotegevoel, dat je met niemand kan delen. Je denkt terug aan alle geluksmomenten van de afgelopen tijd en je vraagt je af: was het toen al aan de hand? En toen?

Ik kijk peinzend uit het raam. Het wordt al donker. Overal knippen de lichtjes aan.

's Avonds kook ik.

Het is Alexanders beurt, maar ik kook.

In de groentetas zitten wortels, kool, aardappels en winterpostelein. Er moet nog iets lekkers bij, iets van de Ekowinkel aan het Beukenplein, dat trouwens helemaal geen plein is, maar gewoon een doorgaande weg met winkeltjes. Ik koop er gemarineerde vegaburgers en een fles bioyoghurt uit de aanbieding.

Als ik terugkom staan Reve en Mattheo in het fietsenhok. Ze hebben nieuwe fietsen gekocht, twee dezelfde. Het zijn afgeschreven fietsen van een fietsenverhuur, maar ze wrijven erover alsof het Maserati's zijn. Ze hebben hun postcode erin laten graveren.

'Zet ze maar goed op slot,' zeg ik. 'En altijd aan de vaste wereld.'

Anneries deur staat open. Een oude gewoonte. Ik kijk naar binnen. Rudi en zij staan tegen de vensterbank geleund. Het ziet eruit als een moeilijk gesprek. Anneries afdwalende blik vangt de mijne. Meteen geeft ze met haar voet een trap tegen de deur, die met een venijnige knal dichtslaat. Nou moe.

Ik mis Alexander. Rond deze tijd kwam hij vaak kijken of hij met iets kon helpen. Iemand die een beetje meedacht. Hij dekte vast de tafel, wilde weten hoe mijn dag was. Ineens vind ik het verbijsterend dat hij zomaar een gat heeft weten te vinden waardoor hij spoorloos is verdwenen.

Mattheo komt de keuken binnen, als een foutje van de regie. Hij heeft etensgeuren geroken en komt nu kijken of alles goed gaat in zijn wok. Tegenwoordig flikkeren we altijd alles in de wok.

'Haal jij even een extra stoel?' vraag ik.

De stoel blijkt niet nodig, Rudi eet vandaag niet mee. Voor het eerst eet hij weer eens met zijn gezin, om zijn kinderen te zien. Annerie is er behoorlijk zenuwachtig over. Ze wil onder het eten ook steeds naar Chica kijken, die niet op het laminaat maar in de leunstoel ligt.

'Ze jongt echt niet onder het eten,' zeg ik. 'Dat doet ze een keer in het holst van de nacht.'

'Denk je dat hij niet terugkomt?' vraagt Reve.

'Daarover maak ik me geen zorgen,' zegt Annerie, zoals mensen liegen over zoiets.

'Hij denkt dat hij daar onmisbaar is,' zegt Ira. 'Dat is het ergste.'

'We willen allemaal wel onmisbaar zijn,' zeg ik.

'Hij is al onmisbaar voor mij,' zegt Annerie. Dat lijkt haar wel genoeg.

Reve heeft zin om Shakespeare te citeren. 'Ik geef aan deze maaltijd nog een beetje *standing*,' zegt hij. Hij bedoelt: nu de echte dichter ontbreekt. Hij gaat erbij staan en declameert: '*The course of true love never did run smooth.*'

Niemand klapt. Chica krabbelt aan de deur. Ze gaat onder de tafel liggen en kijkt ons met natte ogen aan. Het blijkt dat ze de hele dag geen water heeft gehad.

Tegen elven komt Annerie mijn kamer binnen zonder kloppen. Ira is al naar bed met een griepje en een hete kruik. 'Heb jij een tv die het doet?' zegt Annerie. 'Ik krijg net een sms: *Zet de tv aan. Ze hebben het over Alexander.*'

'Over Alexander?'

Het item is al voorbij.

'Dan kijken we online,' zeg ik.

Annerie haalt Reve en Mattheo.

Ira hoort ons praten. Ze heeft mijn peace-trui aan. 'Ik dacht dat ik droomde,' zegt ze geeuwend. 'Is er iets wat niet tot morgen kan wachten?'

'Ssst,' zegt Reve.

De presentator staat achter een glanzend witte desk. Hij zegt: 'In de hospice Sint-Jozef is een vrouw overleden onder verdachte omstandigheden. Kijkt u naar de volgende onthullende reportage van Henk Tricht.'

'Lekker ding, die Henk Tricht,' zegt Reve.

Ira vindt juist dat hij een huilgezicht heeft.

Henk staat voor een grijze muur. Betonblokken. Zijn witroze huid kleurt mooi bij de roze microfoon. 'Dit,' zegt hij enthousiast en hij wijst naar de muur achter zich, 'is de hospice Sint-Jozef.' De camera zoomt uit, een grijs gebouw verschijnt. 'Achter dát raam is bijna veertien dagen geleden een vrouw overleden.'

Een shot van iemand in een ziekenhuisbed. Het is met veel tegenlicht gefilmd. Je weet dat er iemand van het camerateam voor dood in dat bed is gaan liggen. De technicus of de stagiaire, die na afloop haar vriendje belt dat ze vanavond op tv komt.

Henk vertelt wat we al weten. Dat Alexander de verzorger is die de patiënte voor het laatst heeft gezien, en dat hij spoorloos verdwenen is. 'Dit wekte argwaan bij zijn collega's,' zegt Henk. 'En,' hij trekt veelbetekenend zijn wenkbrauw op, 'er is nóg een reden waarom ze de zaak niet vertrouwen. Nina, een van Alexanders collega's, vertelt ons waarom. Haar echte naam wil ze niet geven. Ook wil ze niet herkenbaar in beeld worden gebracht. Maar zwijgen kan ze ook niet meer, na alles wat er gebeurd is.'

Ik kan haast niet meer op mijn benen staan van de spanning.

Ineens zit Henk op een stoel in een donker kamertje. We zien Nina's silhouet. Grote, laaghangende borsten. Ze zit ook. Er staat een kleine tafel tussen haar en Henk in.

Nina zegt: 'Het is niet nieuw hoor. Het bestaat al jaren.'

'Wat?' vraagt Henk. 'Wat bestaat al jaren?'

'Nou, dat waar je voor komt. Dat pooltje.' Ze hebben haar stem omlaaggedraaid.

'Pooltje?' vraagt Henk zogenaamd verbaasd.

'Je weet wel, wat ze ook doen met het WK. Inzetten op wie scoort. Bij ons werd er natuurlijk niet gescoord.' Ze lijkt te gaan lachen, maar het lachen zet niet door. Zeker eruit geknipt.

'Waar ging het dan wel om?'

'De patiënten, natuurlijk.'

'Ja, maar,' vraagt Henk. 'Hoe dan?' Hij wipt zijn stoel achterover op twee poten en begint ongeduldig te wiebelen.

'Die vrouw heeft de neiging over alles vaag te doen,' zegt Mattheo.

'Er wordt ingezet op wie het langst leeft,' zegt Nina. 'Als ik het zo zeggen mag.'

'Dus als ik het goed heb,' zegt Henk, 'hebben jullie onder het personeel een pooltje over wie van de patiënten het langst leeft.'

'Ja.'

We kijken elkaar ontzet aan. 'Weer wat nieuws,' zegt Reve. 'Een pooltje.'

'Waarom deden jullie dat?' vraagt Henk.

'Ik deed er niet aan mee,' zegt de vrouw. 'Maar het was voor de gein.'

'Voor de gein?'

'Ja.'

Stilte.

Het blijft zeker anderhalve seconde stil. Een stilte waarin we moeten denken: in zo'n land leven we.

'Ik ruik kokos,' zegt Reve.

'Sst!' Ik hou mijn vinger tegen mijn lippen.

'Twee keer per jaar begonnen er nieuwe rondes,' vertelt ze. 'Patiënten op deze afdeling zijn hier bijna nooit langer dan vier maanden. Van degenen die er in januari de bedden bezet houden, is er in mei meestal niemand meer over.' Nina weet dat het hard klinkt, maar het is de realiteit waar ze daar mee werken. 'Je moet weten onder welke omstandigheden wij ons werk moeten doen.'

Maar in die omstandigheden is Henk niet geïnteresseerd. Hij wil weten wat Alexander en die overleden vrouw met het pooltje te maken hebben.

'Alexander had in het verleden al elf pooltjes gewonnen,' zegt Nina. 'Toen die vrouw stierf, degene op wie bijna iedereen, behalve

Alexander, zijn geld bleek te hebben gezet, omdat ze verreweg het gezondst van allemaal was, won hij voor de twaalfde keer.'

'Van de...?' vraagt Henk. Ik begrijp niet waarom hij zo streng tegen haar doet. Een beetje meer begrip en deze vrouw legt alle details op tafel, dat zie je zo.

'Twintig pooltjes in totaal,' zegt ze met tegenzin.

'En hoeveel collega's deden er mee?'

'Iets van vijfendertig. Er werken hier veel parttimers, bijna geen vaste krachten.'

'En wat werd er dan per persoon ingelegd?'

'Vijfentwintig euro.'

'En waarom deed iedereen nog mee als Alexander steeds won?'

'Van die vroege jaren wist niemand nog wie er had gewonnen,' zegt Nina. 'Er is hier een groot verloop. Maar zelf had ik een, hoe heet het...'

'Déjà vu?'

'Ja. En toen heb ik het uitgezocht.'

'En wat denk je nu dat er gebeurd is met die vrouw? Hoe is ze gestorven?'

'Ik weet het niet. We weten alleen dat hij het laatst bij haar is geweest. Ze was terminaal, maar niet acuut. Die middag had ze nog pindaslingers gemaakt voor de mezen.'

De directeur van de hospice komt in beeld. Er is iets met die vrouw. Ze voelt *fout*. Ze zit op een rode bureaustoel achter een blank designbureau. Ze legt een paar papieren onder een pressepapier. Op de kast achter haar staan een stuk of vijftien olifantjes van steen, slurf tegen staart.

Ze geeft toe dat een werknemer niet op zijn werk is verschenen na een sterfgeval, maar ze wil niet zeggen of die twee zaken met elkaar verband houden. 'De politie doet momenteel onderzoek,' zegt ze. 'Meer kan ik u niet zeggen. We hebben altijd prettig samengewerkt en we staan op dit moment voor een raadsel.'

'Horen jullie dat?' vraag ik. 'Altijd prettig samengewerkt!'

De reporter pakt een olifantje van de kast. Hij kijkt in de camera. 'Poele poele poele,' doet hij. Hij wrijft over de rug van het olifantje.

'Symboliseren ze iets voor u?'

'Saamhorigheid,' zegt de vrouw. 'Dat ze bij elkaar willen zijn. Dat zie ik hier ook. Dat de mensen het fijn vinden om niet alleen te zijn, ook niet in zo'n belangrijke laatste fase van het leven. Wij laten ze niet in de steek.'

'Bullshit,' zegt Annerie.

Henk zet het olifantje terug. Achterstevoren.

Hij kijkt de directeur streng aan.

'Wij spraken eerder vandaag met een van de verzorgers van de vrouw die gestorven is. Ze zegt dat het personeel een pooltje heeft over wie het langst in leven blijft. Wat vindt u daarvan? Dit gebeurt in úw tehuis.'

Ze wordt vuurrood. 'Ik weet niet waar u op uit bent,' zegt ze nijdig. 'Ik heb op dit moment geen aanleiding om te denken dat er in dit tehuis iets plaatsvindt wat niet hoort.'

'Niet? Dus deze vrouw die voor u werkt, liegt? Zegt u dat?'

'Dat zijn uw woorden. Ten eerste weet ik niet welke vrouw dit zegt, als u haar naam niet geeft, en ten tweede onderzoekt de politie het geval. Hier wil ik het graag bij laten.'

Henk duwt de microfoon verder onder haar neus.

'Ik zei, hier wil ik het graag bij laten.' De vrouw duwt de microfoon terug. Een moment wordt er geduwd en getrokken, tot de vrouw achter een deur verdwijnt.

Henk gaat demonstratief voor de dichte deur staan en kijkt in de camera. 'Beste kijkers, dit wordt vervolgd. Mocht u inlichtingen hebben over Alexander G., hier hebben we hem in beeld, schroom dan niet contact op te nemen met de politie.'

'Hé, jouw tekening.' Annerie geeft me een por.

We kijken elkaar aan. Tjee.

'Nog een keer?'

We kijken het item nog een keer.

'Ik kan niet geloven dat ik gezien heb wat ik denk dat ik gezien heb,' zeg ik.

Dan hebben we het druk met Annerie die over haar toeren is geraakt. Zwetend en bleek zegt ze: 'Ik kan hier niet tegen.' Ze begint nu zelfs te huilen. Echte tranen.

Ira slaat een arm om haar heen. 'Lollipopje!'

'Is Rudi nog niet terug?' vraag ik. Dat is hij inderdaad nog niet.

'Dat verklaart veel,' zeg ik met minachting die wereldwijsheid moet voorstellen.

'Doe niet zo rot,' zegt Ira.

In de stilte die daarop volgt gaat de bel. Hij gaat bij mij, maar tegelijkertijd horen we hem ook op andere plekken in het gebouw.

Ik kijk naar Reve.

'Negeren,' zegt hij.

We kijken naar Annerie. 'Is het Rudi?'

'Misschien,' zegt ze met van tranen verstikte stem.

Ik pak de hoorn van de intercom. Hij maakt een klik.

Lawaai. Het klinkt als veel mensen.

Ik hou de hoorn met gestrekte arm van me af. 'Gore linkse kankerhomo's! Oude vrouwtjes vermoorden, kunnen jullie wel! We weten waar jullie huis woont.'

Annerie pakt Ira's hand. Mattheo kijkt naar Reve. Is Reve hem trouw? schiet het door mijn hoofd. Ineens komt het me voor van niet.

Reve kijkt naar mij. Door de hoorn komt gebral. 'Jíj krijgt een tuin-tje op je buik, tuin-tje op je buik. Jíj krijgt...'

Reve pakt de hoorn uit mijn hand en hangt hem terug.

'Was Katelijne nog maar hier,' zegt Annerie.

40

Die opmerking over Katelijne is de druppel. Wat een ongelofelijk stel teletubbies hier. Dan neem ik wel de leiding.

Ik zoek op internet op hoe je een elektrische deurbel onklaar maakt zonder hem definitief te molesteren. Ik doe het ze voor en duw Reve de spanningzoeker in zijn handen.

'En nu slapen,' zeg ik. 'We moeten resetten. Zo ga ik met jullie de oorlog niet winnen.'

De volgende ochtend stuur ik Reve en Mattheo naar het café om alle kranten te bekijken. Buiten drentelt een man met een grijze parka voor ons huis heen en weer.

Intussen is het hele internet ermee bezig. Een populaire site heeft een stuk onder de kop: 'Ze gokken op de dood van je oma.' Mijn tekening van Alexander staat eronder. Het geeft me elke keer opnieuw weer een schokje als ik hem zie. Geen foto. Zouden er geen foto's van hem bestaan? Is dat normaal?

In het stuk zelf staat om de paar zinnen een cliché dat verontwaardiging moet uitdrukken: 'Ze gaan over lijken', 'In wat voor wereld leven we?', 'Zo gaan ze met onze ouderen om in dit land'. Het stuk is om 06.30 uur gepost. Er zijn al 359 woedende, bittere reacties, vol spelfouten, voornamelijk van mensen die zelf al middelbaar of ouder zijn. Ze hebben al een leven van verveling en teleurstelling achter de rug. Ze weten dat ze de volgende generatie zijn voor die tehuizen.

'Pooltje' is ook *trending* op Twitter. Zonder uitzondering is ook weer iedereen verontwaardigd. 'Het begrip "vals spelen" krijgt een geheel nieuwe dimensie,' schrijft @Jannetje_1947.

Vanavond zal het wel op het journaal zijn.

De jongens blijven lang weg. Ik bel Reve.

'Niks,' zegt hij.

'Kom dan terug,' zeg ik geïrriteerd. 'We moeten vergaderen. Afstemmen, want ze komen natuurlijk ook bij ons langs.'

'Wie?'

'De politie, de pers. Iedereen.'

Maar Reve moet naar de uitgeverij. Hij stuurt Mattheo.

We weten niks. We zijn overvallen door het nieuws. We geloven in Alexanders onschuld. Zo spreken we het af, want zo is het.

'Ik vind het best,' zegt Annerie. Ze bedoelt, ze wil dat best voor de camera zeggen. Maar eerlijk gezegd weet ze het zo net nog niet. Ze heeft haar twijfels. En Katelijne die toen zo ziek was geweest. 'Dat was toch ook niet voor niks?'

'Zijn er bewijzen?'

Bewijzen niet, wel heel stevige vermoedens.

Rudi zit er ook, kousenvoeten om de poten van zijn stoel, hij is er meer niet dan wel. Hij gaat straks ook weer terug naar zijn eigen huis, hij moet daar ook dingen gaan afstemmen.

Ik zie dat Annerie zich zorgen maakt, maar vandaag vind ik het even een *minor issue*.

'Wat vindt Erik er eigenlijk van?' vraagt Mattheo. Vergist hij zich of ziet hij Erik nooit meer?

Mijn moeder belt. Ik wil eerst niet opnemen, maar doe het dan toch omdat ik denk dat ze onze telefoons afluisteren. Om ze te pesten. 'Bin Laden heeft negatief op je voorstel gereageerd,' zeg ik.

'Wat?' Bovenal wil mijn moeder weten of ik thuis ben.

'Vreemd, we hebben al een paar keer aangebeld.'

'Sta je nú beneden?'

Ze is met tante Regina aan het winkelen. Ze had tegen haar opgeschept dat er bij haar dochter een dichter in huis woont. En tante Regina, die *Wat Jezus zou zeggen tegen islamitische meisjes* in de kast heeft staan, was meteen niet normaal onder de indruk. Ze wil heel graag weten of hij alweer met iets nieuws bezig is, en mijn moeder had gezegd, meid je vraagt het aan mij, maar mij wordt nooit iets verteld. Laten we anders even langsgaan, dan vraag je het hem zelf. Ook mijn moeder is inmiddels hartstikke benieuwd naar die dichter. Het zegt haar wel niks, maar ze wil hem toch ook wel graag zien, nu. Als het kan.

'Goed,' zeg ik, met een snelle blik op Rudi. 'Heel even dan. D'r in en d'r weer uit.'

Ik denk, een beetje adoratie doet misschien wonderen voor zijn humeur.

'We vallen zomaar binnen, lieverd,' tettert tante Regina al halverwege de trap. 'We blijven maar een minuutje.'

Tante Regina is geen echte tante, maar de dochter van een werkelijke tante van mijn moeder. Hoewel ik haar graag mag, weet ik nooit zoveel tegen haar te zeggen. Ze doet, hoe zeg je dat, op een storende manier opgewekt, nogal geforceerd.

Ze is een jaar of tien jonger dan mijn moeder, en ze wonen bij elkaar in de straat. Ze heeft me nog eens aan haar zoon willen koppelen, die knap was om te zien, maar ik vond het een softie. Hij zit nu in een klooster in het noorden van India en heeft zijn moeder onlangs per Skype laten weten dat hij geen geld meer heeft om terug te komen, en ook al had hij het geld, hij zit er goed. Hij heeft daar ook een nieuwe naam, een die Warmhartige Zon of zoiets betekent.

Regina kan er zelf niet naartoe, net als mijn moeder heeft ze een zwakke maag. Het zou haar dood zijn, denkt ook mijn moeder, die haar mogelijk die maag heeft aangepraat. Ze probeert Regina een beetje op te vrolijken door haar mee uit winkelen te nemen.

'Jullie hebben een hond!' zegt tante Regina. 'Wat enig!'

Chica ligt deze keer netjes op het laminaat.

Ik duw de deur naar de keuken open.

'U is een dichter,' zegt mijn moeder vooroverbuigend van nieuwsgierigheid. Ze schudt Rudi de hand. 'Ik ben de moeder van...' ze wijst naar mij.

'En ik vind u geweldig,' zegt tante Regina, die er niet langs kan in het krappe keukentje, en met haar schaambeen hard tegen mijn moeders bips staat te duwen. 'Echt!'

'Ja,' zegt mijn moeder. 'Dat vindt ze, ze zegt het al de hele ochtend.'

'Uw bundel *Wat Gandhi zou zeggen tegen islamitische meisjes* heeft mij bijzonder ontroerd,' zegt tante Regina, die Rudi's hand niet meer loslaat. 'Werkelijk buitengewoon. Is u bezig met een nieuwe bundel?'

Ze spreekt het woord bundel uit met een eerbied die zijns gelijke niet kent.

Ik geef ze allebei een glas water. 'Iemand anders nog water?'

'Ik lust ook wel koffie als dat niet te veel gevraagd is,' zegt mijn moeder.

'De koffie is op,' zeg ik. 'We moeten nodig naar de winkel. Er zit nog een half kopje in de pot en dat is het.'

'Neem jij dat maar,' zegt tante Regina. 'Voor mij is water wel genoeg. Ik neem aan dat je geen pepermuntblad hebt, of witte thee?'

'Nee,' zeg ik, 'alleen zakjes.'

De vrouwen hebben de tijd. Ze laten zich graag door Rudi bekijken, bij een dichterlijk iemand ontstaan er dan verhalen. Zelfs al zouden ze niks zeggen, hun uiterlijk spreekt. Voor henzelf is een gezicht alleen maar een gezicht.

Tante Regina lust wel een tweede glas water. Ze pakt het zelf wel even.

Daarna valt het stil.

Ze staren naar Rudi of er al iets te zien is van een doorbraak, een vondst, of inzicht in het wezenlijke. Tante Regina rommelt in haar tas, haalt haar telefoon eruit. Ze draait hem om en fotografeert zichzelf, met naar achter gestrekte hals en Rudi op de achtergrond.

'De dagen zijn alweer zo kort,' klaagt mijn moeder in het algemeen. 'Even een klein beetje licht en is het alweer donker.'

'Hij is bezig met iets nieuws,' zegt Annerie. 'Maar vandaag even niet.'

Rudi zit er onbewogen en somber bij. Hij neemt de luxe zich alleen maar vragen te laten stellen en zelf te zwijgen, hooguit een beetje te knikken of te schudden.

Dat zorgt dat tante Regina aan het praten slaat en niet meer ophoudt. Over wat gedichten met haar doen (met haar gemoed). Wanneer ze ze leest (in bed), hoeveel achter elkaar (nooit meer dan drie).

'Ik lees ze nóóit hardop.' Daar voelt ze zich niet toe gerechtigd, en er is nóg iets, dat zal hem plezieren...

'Heeft u hem bij u?' onderbreekt hij haar. In zijn houding komt iets toeschietelijks.

'Wat?'

'Mijn bundel?'

'Nee,' zegt tante Regina. 'Helaas niet.'

'Jammer, anders zou ik hem voor u signeren.'

'Doe het op een los papiertje,' zegt Annerie. 'Dat doe je toch wel eens vaker? Dan kan ze dat erin plakken.' Ze gaat, muzisch gedienstig, al een papiertje halen.

'Voor u geschreven,' schrijft Rudi. Daaronder de datum en een handtekening die op de tafel nog even verder gaat. Aan de manier waarop hij het blaadje naar tante Regina schuift, kun je afleiden dat wat hem betreft de conversatie is gedaan.

Maar mijn moeder wil nu ook, sorry dat ze het vraagt, eigenlijk wel een handtekening, 'als het misschien kan'.

'Tuurlijk,' zegt Annerie gul, en ze loopt alweer voor een nieuw papiertje.

'En dan gaan,' zeg ik. We weten het nou wel met die poëzie. Ik vertel kort over de vermissing van Alexander. Het sterfgeval laat ik weg. 'We waren aan het vergaderen,' zeg ik.

Ojee! Ze begrijpen ('Nou, wát een toestand, als we dát hadden geweten, maar erg leuk om u even gesproken te hebben. Verdwenen? Echt?') dat we van alles aan ons hoofd hebben, maar desondanks kunnen ze maar niet goed loskomen van de deur.

Als ze eindelijk weg zijn, laat ik me vallen op de plek waar je zittend uit het raam kan kijken. Gedachteloos staar ik naar beneden. De man in het grijs is nog altijd daar.

De beste vriendin van *haar* heeft borstkanker, vertelt Annerie me als Rudi even naar de wc is. Ze knijpt met haar ogen en trekt haar mond scheef. 'En morgen moet zijn zus toevallig ook voor onderzoek. Alles komt tegelijk.'

's Middags staat er een groot verhaal in de krant. Een reportage over het verpleeghuis. Dat van dat pooltje wordt niet ontkend, maar het personeel voert aan dat er ook van managementkant van alles mis is. De focus op het pooltje vinden ze onterecht. De werkdruk is te hoog, problemen op de werkvloer worden wel in kaart gebracht, maar opgelost, ho maar. De managers weten niets van verplegen, verzinnen alleen telkens nieuwe services waar extra voor betaald moet worden, maar waar geen extra personeel voor wordt aangetrokken. Echte verpleegkundigen werken er nauwelijks meer. De helft van de verzorgers spreekt nauwelijks Nederlands. Enzovoort, enzovoort. De bewoners zelf hebben er ook lucht van gekregen. Niemand in het tehuis drinkt meer zijn kopje thee zonder er eerst zorgelijk aan te ruiken.

Wat ik al dacht, de namen van de werknemers zijn gefingeerd.

De politie heeft intussen onze namen wel, en het is vrijwel zeker dat we worden gevolgd.

Ze staan ineens achter me als ik een tekening van Alexander uit een bushokje trek.

Waarom ben ik bezig die tekeningen te verwijderen? Waarom traineer ik hun werkzaamheden?

'Uw werkzaamheden?' Ik ben verontwaardigd. 'Die tekeningen heb ik zelf gemaakt en opgehangen. Daar heeft u niets voor gedaan. Nu ruim ik gewoon mijn eigen spullen weer op.'

'Spullen,' zeg ik. Niet: rommel, ook al klopt die wenkbrauw niet helemaal. Maar helaas ben ik wel zo stom om te zeggen dat ik niet wil dat die tekeningen Alexander nog meer zullen beschadigen dan ze al hebben gedaan. Ongelofelijk, ik weet niet waar mijn verstand is.

En waarom ben ik dan zo bang om Alexander te beschadigen? Sta ik dan toch aan zijn kant? Enzovoort.

Ik krijg een ingeving. 'Er is nog iemand,' zeg ik tegen ze. 'Een goede vriendin van Alexander. Ze zit alleen nu in Afrika. Maar mensen gaan natuurlijk niet voor niks helemaal naar Afrika.' Ze schrijven het op in hun elektronische boekjes. En dan heb ik het gevoel in een oorlogsfilm te zitten. Ik weet dat ze me afluisteren. Ik hoor het, ik voel het. In mijn hoofd praat ik tegen Erik. Als er zoveel mis is op de werkvloer, ga je als directeur dan nog wel vrijuit? Eerlijk gezegd denk ik steeds meer dat Jan de Herder niet helemaal deugt.

Het journaal besteedt er inderdaad ook aandacht aan. Ze hebben een interview met aan het silhouet te zien dezelfde Nina als die van gisteren, alleen wordt ze nu een anonieme medewerker genoemd.

'Het is niet dezelfde,' zegt Ira. 'Het zijn andere tieten.'

Maar Rudi, Mattheo en ik zien juist daaraan dat ze het wel is.

'Jan de Herder was niet bereikbaar voor commentaar,' zegt de presentator.

Reve komt totaal over de rooie thuis met het verhaal dat ze op zijn werk zijn geweest en dat hij 'mee' moest voor een verhoor. Op het bureau heeft hij drie uur vastgezeten, hij mocht niemand bellen. Ze hebben niet gezegd waarvan hij verdacht werd. Daarna werd hij meegenomen naar een kantoortje, dat sterk antiseptisch had geroken. Hij moest vertellen waar Alexander heen was, of, hoe en met wie hij contact heeft opgenomen, enzovoort. Hij moest hem ook beschrijven, waarschijnlijk om te zien of hij niet expres loog. Het zweet jeukte op zijn rug.

'En je weet de hele tijd niet hoe lang het nog gaat duren. Dat was nog wel het ergste.'

Ik heb nog nooit iemand zo overstuur gezien. Reve is niet het type dat zoiets ook nog wel een beetje interessant vindt.

'Heb je niet om een advocaat gevraagd?'

'Ik heb toch niks gedaan? Wat moet ik dan met een advocaat? Op een gegeven moment wilden ze volgens mij zelf naar huis.' En dat is de reden waarom hij nu weer hier is.

Hij zou wel wat te eten lusten. Hij had in al die uren helemaal níks te eten gekregen.

Mattheo staat al eieren te bakken.

'Je had wél om een advocaat moeten vragen,' zeg ik. 'Zeiden ze waarom ze jou moesten hebben?'

'Ze hadden een afschrift van mijn bankgegevens. Ze wilden weten wat "munitie" betekent, bij een overschrijving van Alexander.'

Mattheo begint te lachen.

'En?' vraagt Annerie.

'Aardappels. Wij hadden de groentetas gehaald toen het zijn beurt was.'

Nu pas beseft Reve wat het moet hebben betekend om door de CIA van je bed te worden gelicht, en Abu Ghraib te worden ingetrapt. Hij kan zich nu veel beter verplaatsen in al die mensen in die oranje overalls.

'De schaamte die je voelt. De vernedering.'

Zijn collega's bij de uitgeverij hebben met open mond staan toekijken. Er zal over gepraat worden in het boekenvak. Zijn carrière kan hij wel shaken.

Hij draaft door. Toch is het moeilijk niet een beetje medelijden met hem te hebben. Het is duidelijk dat hij bang is geweest in die cel, en we proberen hem wat te laten ontspannen. Alleen Annerie werkt niet echt mee.

'Ze weten waar je woont. Ze zijn gerust in staat je voor een paar weken op te sluiten!' roept ze verontwaardigd. 'Het zal de eerste vergissing niet zijn.'

'Ach nee,' zeg ik. 'Ze hebben daar nu echt wel door dat ze fout zitten.'

Een schaduw van twijfel glijdt over Reves gezicht. 'Ik heb ze op het bureau gezegd dat het een vergissing was.'

'En wat zeiden ze toen?'

'Dat maken wij wel uit.' Hij zucht diep. Ze hadden erg autoritair gedaan, en hem het gevoel gegeven dat hij een imbeciel was. Dan sluit hij berustend zijn ogen, en begint met trillende handen in de eieren te prikken.

Nu ben ik kwaad. Mag dit allemaal zomaar?

Afluisteren mag helemaal niet, lees ik op de site van de politie. Alleen als je verdacht wordt van iets waar vier jaar cel op staat. Leven we in een politiestaat of zo?

'De *bloody limit*,' zeg ik.

Het is nu overduidelijk tijd voor actie. Ik voel de adrenaline in mijn lijf. Een geweldig gevoel. De rest van de avond gaat op aan het maken en ophangen van een nieuw spandoek:

DE POLITIE IS JE BESTE VRIEND. *NOT!*

Tevreden kleed ik me uit en kruip over Ira heen, die al in diepe slaap is. Dan, terwijl ik lig, realiseer ik me welke dag het is, en dat ik vandaag twee dingen ben vergeten: de computermannen en de apotheek.

'Het maakt niet uit,' zeg ik hardop. 'Het bevalt me best, even geen mannen in mijn leven. Er is meer in de wereld dan d's en t's en aanmekaar of los.'

41

'Als je hier zou kunnen komen,' vraagt Erik zonder het echt te vragen.

Mijn lichaam reageert meteen. Het zweet breekt me uit. Mijn arm begint zelfs een beetje te trillen. Ik zeg dat ik het even nog niet weet. Of het wel een goed idee is, bedoel ik, om hem nu alweer te zien. 'Kan je het zo niet vertellen?'

'Je zegt net zelf dat je telefoon wordt afgeluisterd.'

Ook waar.

'Kom nou maar,' zegt Erik, dan kan hij het tenminste uitleggen. 'Alsjeblieft.'

Ik zit op de wc met die smekende stem aan mijn oor, en ik denk: is dit degene met wie ik zes jaar samen ben geweest? Bijna zeven?

Ik denk aan het begin, toen hij de geschiedenis tussen twee bierviltjes hield en zei: 'Oerknal, these, antithese, synthese. Hier dit zijn wij.'

'Het is iemand die de bedoeling van de wereld snapt,' zei ik opgetogen tegen Fiona. Ik was eenentwintig en zo gemakkelijk te imponeren.

'Anders zul je het van een ander horen,' zegt Erik door de telefoon.

'Vooruit dan,' zeg ik en ik trek door.

De lucht hangt donker en zwaar boven de stad. Een man in djellaba stapt van zijn damesfiets en schudt vanaf de brug een zak witbrood leeg in de Singelgracht. Tientallen krijsende meeuwen duiken eropaf.

Erik heeft zijn staalblauwe overhemd aan, dat waarvan ik ooit heb gezegd dat zijn ogen er zo goed bij uitkomen. Zeker om te laten voelen wat ik misloop.

We draaien onhandig om elkaar heen in het smalle gangetje. Erik strekt zijn arm langs me heen om de deur dicht te doen, terwijl ik mijn jas al sta uit te trekken met lompe, peddelende bewegingen.

Hij heeft nostalgisch gekookt. Slibtong met kriel, het eerste wat hij ooit voor mij heeft klaargemaakt, en schorseneren, helemaal met een dunschiller ontveld.

Hij ontkurkt een fles Ribeauville, wijn die we drinken als we iets te vieren hebben.

Erik wijst me de plek waar ik altijd zat. Zonder woorden, als een ceremoniemeester. Hij schept onze borden vol.

Ik steek een stuk vis in mijn mond.

Hij kijkt me aan terwijl ik eet. Zitten we dan.

'Lekker gekookt,' zeg ik. 'Eet je zelf niet?'

'O ja.'

'Goed gewerkt vandaag?' vraag ik. Maar Erik had vandaag geen inspiratie.

'Ik was ook hondsmoe,' zeg ik.

Hij vult mijn glas bij voor ik het leeg heb.

'Beter zo, hè,' zeg ik, genietend van de volstrekt kalme manier waarop ik onze seven-year itch ter sprake breng, precies als volwassenen doen, onder het genot van een goed glas wijn. Wat zou het geweldig zijn als Erik en ik beste vrienden konden worden. Vrienden die elkaar zonder woorden aanvoelen.

'Ja,' zegt Erik, terwijl ik een vaag gevoel heb dat hij iets anders bedoelt.

'Afstand nemen maakt dat je alles wat scherper ziet,' zeg ik zo luchtig als ik maar kan. 'Ik ben blij dat je het ook zo hebt opgepakt.' Ik wil er nog iets over zeggen, iets heel moois, maar Erik onderbreekt me.

'Opgepakt?'

'Gewoon, dat we niet meer boos op elkaar zijn, en zo.'

'Die Alexander van jou heeft anders wel wat aangericht.'

Niet alleen ben ik verward door de plotselinge wending, ook heb ik moeite mijn humeur te bewaren, of liever niet te laten merken dat ik uit mijn hum ben geraakt. Met mijn wenkbrauwen maak ik duidelijk dat ik 'die Alexander van jou' geen prettige manier van formuleren vind.

'Is hij mataglap denk je, of wat?'

'Hé!' Mijn vork valt op de grond.

'Hij zat toch achter jou aan?'

'Gaan we zo beginnen?' Ik buk en pak mijn vork op. 'Dan ga ik liever weer.'

'Het verklaart gewoon het een en ander,' zegt Erik.

'Je bedoelt dat hij wraak op jou wou nemen? Ik ben bang dat je jezelf een beetje te belangrijk maakt.'

Ik herinner me de avond van mijn verhuizing, het bier in de keuken. Er stond iets klassieks op, Beethoven. Op een gegeven moment begon Alexander over misstanden in het verpleeghuis. Ik heb nog iets vaags gezegd over dat hij medeverantwoordelijk was, omdat hij al die dingen wist, maar niet aan de bel trok. Of misschien was hij het zelf wel die dat zei. Nu ik erover nadenk, weet ik bijna zeker dat hij het was. Ik ben er de persoon niet naar om zulke moralistische uitspraken te doen.

'In elk geval heeft hij pa goed in de problemen geholpen,' zegt Erik. 'Gisterochtend stonden ze bij zijn bed.'

'Zijn bed? Wie?'

'De politie.'

'Meen je dat? Zit je vader vast?'

'Hij is weer vrijgelaten. Hij mag het land niet uit en moet zich gereed houden voor vervolgonderzoek.'

Vervolgonderzoek. Dat klinkt als een medisch onderzoek naar een gezwel. Misschien is het dat ook. Misschien drukt er iets tegen zijn vaders brein waardoor hij geen maat weet te houden. Of schakelt een knobbel zijn empathiecentrum uit. Ze zeggen dat je maar weinig zelf besluit. Dat je lichaam al dingen doet voordat je het weet en dat je hersenen er dan snel verklaringen bij verzinnen.

'Wat gaan ze dan onderzoeken?'

'Weet jij het, weet ik het. Volgens pa doen ze moeilijk over zijn contracten.'

'Wat voor contracten?'

'Gewoon, de contracten die de patiënten tekenen, ik weet niet precies hoe ze eruitzien. Ik heb ze nog nooit bekeken, maar dat zal ik een dezer dagen eens doen. Ik kan het beter aan jou vragen. Jij biedt die pakketten aan op de website, in jouw woorden.'

Houd zelf de regie, kies uw eigen zorg. Het pakket-op-maat biedt precies de zorg die u nodig heeft. Ik heb er foto's bij gezet van Scarlett Johansson-achtige blondines. Alsof Scarlett zelf aan je bed komt, zodra je iets nodig hebt.

Is dat misleidende marketing? Kun je daarvoor worden aangeklaagd?

'Míjn woorden,' zeg ik met lichte hoon in mijn stem. Ik schuif mijn bord van me af. 'Mijn baan zou een stuk uitdagender zijn als ik de content zelf mocht verzinnen.'

Erik prikt een kriel van mijn bord. Dat spoor wil hij niet op.

'Maar je hebt dus geen idee wat er mis is met die contracten?'

Erik neemt een slok. 'Wie zich inschrijft voor een aanleunwoning, een kamer in een bejaardenhuis of voor het verpleeghuis moet een pakket kiezen voor één, vijf, tien of vijftien jaar zorg.'

'Dat wéét ik,' zeg ik ongeduldig. 'En binnen het pakket kan je weer kiezen voor basiszorg of zorg plus. Ook zijn er nog aanvullende opties.'

'Precies,' zegt Erik. 'Maar altijd voor een vaste termijn. Ook als een patiënt er maar twee maanden gebruik van maakt, betaalt hij voor het hele jaar, of de volle tien jaar als hij voor een tienjarenpakket heeft gekozen. Want ja, alle specifieke aanpassingen op maat worden aan het begin gedaan, en dat is nu eenmaal de grootste kostenpost. Als de patiënt overlijdt, worden de kosten voor de rest van het contract verhaald op zijn erfenis of levensverzekering.'

'Mag dat dan?'

'Als je het zo overeenkomt.'

'Staat het in de kleine lettertjes?' Ik kijk naar zijn knappe gezicht, het ziet er gekweld uit.

'Ja,' zegt hij. 'Pa zegt van wel. Het is volgens hem volstrekt legaal.'

'Dus heeft je vader er baat bij als zijn patiënten vroeg overlijden,' zeg ik droog, zonder er echt bij stil te staan wat dat betekent. Misschien is het de wijn, misschien iets anders, maar op een of andere manier is 'verpleeghuiszorg' iets waar ik vanavond niks bij voel. Wat ik interessanter vind is of Eriks vader een schurk is of niet. Een schurk, een boef, een Vito Corleone.

En verder had ik eerlijk gezegd meer zin in een volwassen gesprek over onszelf. Als ik naar Erik kijk, hoe hij zit, hoe hij praat en zijn glas vasthoudt, voel ik liefde. Maar te weinig. Het is liefde voor het vertrouwde, zoals je zonder dat je daarvoor kiest, van je uitzicht houdt, gewoon omdat je het elke dag ziet.

Nee, dat is te cynisch. Toch is elkaar loslaten een verbetering.

'Als de mensen er zelf voor getekend hebben, kunnen ze hem niks maken. Toch?'

'Dat wil ik net zeggen,' zegt Erik. Hij aarzelt.

'Pa zegt dat ze hem hoe dan ook willen pakken. Dat ze zijn bloed wel kunnen drinken vanwege Sint-Jozef en dat ze nu, met die rel van dat pooltje, mooie kansen zien.'

Hij kijkt me niet aan. Hij kijkt langs me heen naar een punt achter mijn hoofd.

Ik weet natuurlijk wel wat hij ziet. Er hangt een immense ingelijste foto van een Brits soldatenkerkhof in West-Vlaanderen. Witte grafstenen in een symmetrische halfronde boog. De foto is tegen het licht in genomen, zodat het witte natuursteen nog witter uitkomt. Voor Erik is een goed onderhouden oorlogskerkhof een van de mooiste dingen die er zijn. Alles komt erin samen, zijn gevoel voor orde en keurigheid, zijn fascinatie voor oorlogen. Hij heeft de foto zelf genomen, op een van onze tripjes naar de Westhoek.

'Waarom hebben ze hem dan weer vrijgelaten?'

'Misschien,' Erik aarzelt, 'omdat ze iets zochten wat ze niet hebben kunnen vinden. Misschien schaduwen ze hem en hopen ze dat pa hen ergens naartoe leidt.'

'Waarnaartoe?'

'Dat weet ík toch niet?' Hij veegt gepikeerd een imaginair vliegje van zijn wang, en schenkt zich nog een keer bij.

'Wat heeft het oppakken van je vader eigenlijk met Alexander te maken?' vraag ik.

'Wat denk je zelf? Dankzij die vuile NSB'er ligt de hele instelling onder een vergrootglas. Wacht, daar zal je hem net hebben.'

'Ja?' zegt hij door zijn telefoon.

'Ja, Jan hier.' Zijn vader is iemand die alleen hard kan praten. Ik kan hem woordelijk verstaan.

'Ha.'

'Zeg, er staat hier weer eens een satellietwagen van het journaal voor de deur. Ik ga door de tuin naar buiten, dan kom ik naar jou toe. Oké? En zeg tegen je vriendin dat ik van het aanbod gebruik-maak.' De verbinding wordt verbroken.

'Waar heeft-ie het over? Welk aanbod?' vraag ik meteen.

Erik steekt zijn telefoon weer in zijn broekzak. 'Ik zeg toch dat hij in de problemen zit. We moeten hem helpen.'

'Waarom blijf je maar "wij" zeggen?'

'Ik zou zeggen: je hebt nog iets goed te maken,' zegt Erik. 'Vissoep, weet je nog? *Does it ring a bell?*'

'Ik hoef dit niet te doen,' zeg ik zwakjes.

'Je hebt boter naast je lip,' zegt Erik.

Ik veeg.

'Andere kant.'

Erik doet open. 'Dat is snel!'

'Je denkt toch niet dat ik nog thuis was toen ik belde,' roept zijn vader in het halletje. 'Je moet ze wel een stap voor blijven.'

'Is het mis?'

'Mis? Ik heb niet voor niks al die juristen in dienst. Zolang ze geen contant geld vinden, maken ze me niks.'

Hij komt de kamer binnen met een rolkoffer en een zwarte leren sporttas met een rood labeltje eraan van een vliegmaatschappij.

'Ik ben bang dat ik hier ook niet kan blijven.' In zijn grijze maatpak, witte hemd en kalfsleren schoenen ziet hij er niet uit als iemand die in de problemen zit.

'Ze hebben overal inzage in,' zegt hij. 'Als je denkt dat er nog zoiets als privacy bestaat, dan kan ik je uit de droom helpen. Het duurt geen dag of ze weten precies welke panden op mijn naam staan. Ze denken dat ze iets groots op het spoor zijn. Het zou om te lachen zijn, ware het niet dat het zo veel gedoe geeft. Bloedhonden zijn het. Dag Elenoor,' zegt hij in dezelfde adem. 'Hoe is het? Je ziet er goed uit.' Zijn omhelzing is al klaar nog voor hij was begonnen. Ik ruik zijn scheerlotion, geur van onaantastbaarheid.

'Ik zal op den duur inderdaad nog bij jou moeten onderduiken. Lief dat je 't aanbiedt.' Hij lacht.

Erik schenkt het laatste beetje Ribeauville in een glas en geeft het aan zijn vader. Hij kijkt naar zijn gezonde rode gezicht. Onderzoekend, om te zien of het waar is, wat ze over hem zeggen.

Zijn vader laat een slokje wijn door de mond rollen en kijkt intussen naar zijn zoon. Volgens mij denkt hij nog steeds dat het met Erik nooit wat wordt.

Gek. Want Erik is al wat. Ik persoonlijk ken geen 'affer' mens dan Erik.

'Vernedering,' begint Eriks vader zijn verhaal. 'Dat is waar ze op uit zijn. De politie, de journalisten. Iedereen. Boven het maaiveld, hè, dat verdraagt men niet in dit land.'

Gisteren stonden ze om vijf uur 's ochtends op de stoep, met twaalf man, pistolen, handboeien, alles. Hij had niet opengedaan, dat werkt niet bij hem, mensen aan zijn deur. Iemand die erin wil, moet maar bellen. Bovendien lag hij in bed met zijn vriendin, en in zijn slaap had hij niet begrepen wie er beneden kon staan. Zonder mankeren hadden ze de deur geforceerd. Echt, alsof het om criminelen ging. Toen stonden ze bij zijn bed. 'Waar is de kluis? Ze dachten dat ik anderhalf miljoen in een kluis had zitten, cadeautje van de projectontwikkelaar.' Alles hebben ze overhoop gehaald, hij stond erbij met alleen een boxer aan, en Cynthia had ook zowat niets aan gehad. Die is nu bij hem weg, in dit soort dingen heeft ze geen trek. 'Stand by your man is er ook niet meer bij.'

'De politie gedraagt zich alsof ze zich nergens aan te houden hebben,' zeg ik verontwaardigd. Ik weet daarover mee te praten. Ik vertel wat Reve onlangs is overkomen.

'Wow,' zegt Erik. 'Je staat aan!'

'Ik heb nog iets voor je,' zegt Jan, alsof ik even naar een andere kamer ben. Hij kijkt plechtig naar zijn zoon. 'Ik weet natuurlijk van je fascinatie met de Tweede Wereldoorlog en dat je daar een film over maakt...'

Bij het woord film haalt Erik diep adem. Eriks vader slaat de plank nogal mis door zomaar zoiets te zeggen over iets waar hij geen en Erik veel verstand van heeft. Maar hij laat het gaan. Lief als hij is.

Zijn vader haalt een vierkant pakje uit de zak van zijn colbert. Hij kijkt ernaar alsof hij het nog even wil zegenen, en geeft het dan aan Erik.

'Ik hoop dat het je misschien motiveert om je film af te maken. Ik heb laatst met Cynthia nog naar *Zwartboek* zitten kijken. Dat vind ik nou een geslaagde film.'

Erik besluit daar niet op in te gaan. Hij pakt het cadeau uit als iemand die vindt dat hij alles al heeft maar niet onbeleefd wil zijn.

Uit het papier komt een doorzichtig blokje perspex. In het perspex zit een bruin balletje.

'Het is een kastanje van de Anne Frank-boom,' zegt Jan, die niet kan wachten tot Erik dat zelf heeft gelezen. Het staat er inderdaad met witte letters op: *Kastanje van de Anne Frank-boom.*

'Hoe hebben ze die kunnen rapen?' vraagt Erik. 'Die boom viel toch afgelopen zomer al om? Of zijn kastanjes al in juli rijp?'

'Dan is-ie zeker van vorig jaar,' zegt zijn vader. Dat weet hij verder ook niet.

'Een kennis van mij vertelde erover,' legt hij uit. 'Er zijn er maar een paar honderd van, het is dus een goede belegging. Een geluks-kastanje.'

Ik kan niet geloven dat hij dat zegt. Maar goed, denk ik, straks zie ik die man nooit meer. Alleen misschien nog zijn kop in de krant, af en toe.

Jan pakt de kastanje uit Eriks handen en houdt hem dicht bij zijn gezicht, de ogen half gesloten, alsof hij mooie muziek hoort. 'Vijfhonderd euries voor een kastanje. Dat ze dat durven vragen.' Daar was hij, moet hij eerlijk bekennen, wel een beetje verbaasd over. 'Een of andere filmcoryfee heeft het eerste exemplaar in ontvangst genomen. Het was ook op tv. Die kennis van mij was bij de ceremonie geweest. Hij zit ook zijdelings in de filmbusiness, en ik dacht, het kan nooit kwaad om je naam even te noemen. Ik zeg tegen hem: kan je er niet nog één regelen? Dat is leuk voor mijn zoon. Die is zelf ook met een film bezig. Hij kan nog wel eens een heel grote worden.'

'Twee dingen,' zeg ik. 'De politie is ook al een paar keer bij ons geweest, en Ira slaapt momenteel in mijn bed.'

Bij de De Herders maakt het geen indruk.

'Ira kan weer bij Annerie,' zegt Erik.

'Dat is makkelijk gezegd,' zeg ik, 'maar wacht éven, Rudi heb je ook nog.'

'Ze heeft lang genoeg van jouw gastvrijheid geprofiteerd. Ze moet maar eens voor zichzelf gaan zorgen,' zegt Erik. 'En de politie komt toch niet in jouw appartement? Alexanders computer hebben ze al en verder hebben ze zijn kamers al twee keer bekeken. Doordat ze Reve een tijdje vast hebben gehad, hebben ze echt wel door dat jullie er allemaal niks mee te maken hebben. Nee, het is een grandioze schuilplek, juist.'

'En wat zeg ik tegen mijn huisgenoten?' vraag ik cynisch. 'Dit hier is mijn ex-schoonvader, die komt hier een tijdje onderduiken?' Ik kijk hem aan. 'Hoe lang wil je eigenlijk blijven?'

'Ex?' vraagt Eriks vader.

'Ach,' zegt Erik. 'Doet er nu even niet toe.'

'Het gaat niet om de politie,' zegt Eriks vader. 'Ik ontloop de média.'

Hij glimlacht superieur, alsof hij ze een loer draait, in plaats van zij hem.

Deze man is geboren op een wolkeloze dag, denk ik, een gouden zonnestraal viel precies in het wiegje.

'Ik kom gewoon eens kijken hoe je erbij zit,' zegt Jan. 'Wie is trouwens Irene?'

'Ira,' verbeter ik. 'Een vriendin van een huisgenoot. Het type dat zich doornat laat regenen om na uren dwalen aan te kloppen bij een wildvreemd huis, waar ze vervolgens nooit meer weggaat. Ze woont inmiddels al weken bij ons. Ze werkt bij Booking.com, maar dat is geheim. Ze is het beu dat mensen dan meteen beginnen over een hotel dat is tegengevallen.'

Ik vertel niet over haar bevallingsverlof. Hij komt er vanzelf wel achter dat ze hele dagen thuiszit.

Erik ruimt af en dan lopen we door de stilte naar het Elisabeth. Het lijkt wel een kerstnacht. De regen die voorspeld was valt niet.

Nergens wachten we tot het stoplicht groen wordt, we steken direct over zonder dat het problemen geeft. Alsof niet Jan maar Jezus naast ons gaat.

'Hoe zit mijn haar?' vraagt Jan als we voor het Elisabeth staan. Hij probeert zichzelf te zien in het schermpje van zijn telefoon.

'Net zo lijp als anders,' zegt Erik, die zich eindelijk voor zijn vader lijkt te schamen.

Als we binnen zijn, kijk ik naar Jans gezicht, benieuwd of de marmeren trap nog iets van indruk op hem maakt. Ik geloof van wel. Hij kijkt aandachtig om zich heen, ontdekt op onze verdieping onmiddellijk het donkere trapje naar boven.

'Wat is daar?' vraagt hij. Hij wijst met zijn kin.

'Geen idee,' zeg ik. 'Een geheime zolder.'

'Mag ik kijken?'

'Je doet maar.'

Hij laat zijn koffer staan en loopt met zijn leren tas naar boven. 'Kan er geen licht aan?' roept hij achterom. Maar ik weet niet waar ik zo gauw het licht aan moet krijgen. Hij moet morgen maar bij daglicht gaan kijken.

Chica rent ons blaffend tegemoet. Er wordt nog steeds niet gejongd.

'Leuk beest,' zegt Jan.

'Hoe komen jullie daar nu weer aan?' vraagt Erik.

'Ze duikt hier even onder,' zeg ik.

'Net als ik,' zegt Jan.

'Ja, net als jij. En Ira, en Rudi, en Mattheo. We hebben op 't moment meer illegale bewoners dan legale.'

In mijn woonkamer is het stil en donker. Ik druk op het lichtknopje. Het is alsof ik thuiskom in het huis van mijn moeder, dat vroeger ook mijn huis was. De ruimte, de meubels, alles is bekend en vreemd tegelijk. Behalve Ira's Nikes onder de bank zijn het mijn eigen kleren die rondslingeren, maar al mijn andere spullen lijken stuk voor stuk van hun plek geweest en weer op de oude plek terug gezet.

'Dit is het,' zeg ik met een armzwaai.

De mannen stappen de kamer binnen. De koffer hobbelt over de drempel. Ik zie aan Jan z'n gezicht dat hij het armoedig vindt.

'Het is niet groot,' zeg ik. 'Maar het is een fijne plek, ik ben er graag.'

'Ja,' beaamt Erik. 'Je snapt het niet.'

Ik geef een bescheiden klopje op de deur naar mijn slaapkamer. Net wat ik dacht. Ira ligt er al in. Ze schrikt op, of schrikt zogenaamd op als ik zachtjes kuch.

'Ha,' zeg ik. Ik knip het licht aan. 'We hebben een gast.'

'Ik had een droom,' zegt Ira met de ogen knipperend. 'Daar kwam ook al een gast in voor.'

Ik doe een stap naar voren om Eriks vader de gelegenheid te geven de kamer binnen te gaan. 'Dit is mijn slaapkamer,' zeg ik.

'Het heeft wat weg van een kamertje waarin iemand is gestorven,' zegt hij rondkijkend. 'O, hallo. Jij moet Irene zijn. Elenoor heeft over je verteld.'

'Ira,' verbeter ik.

'Dat is het gekke van dromen,' babbelt Ira, Eriks vader met scherpe blik opnemend, 'dat ze ineens omslaan in iets reëels.' Ze komt overeind, en probeert te kijken of ze uit een heel andere wereld terugkeert. Dan slaat ze met een resoluut gebaar de dekens terug. Haar blote benen zwieren over de rand van het bed. 'Laat ik me even voorstellen.'

Ik zie hoe Jan naar haar benen kijkt.

'Hallo! Ik ben Jan,' zegt hij, zijn hand met een zwaaitje uitstekend. 'Zeer aangenaam je te ontmoeten.'

Ira pakt zijn hand aan en beweegt even met haar lichaam alsof ze zijn dans aanneemt.

Jan reageert onmiddellijk, hij begint vanuit zijn heupen te bewegen.

Hoe plannetjes ontstaan is vaak een raadsel. Heel even dansen ze rug aan rug door het kamertje tot ze elkaar aankijken en in de lach schieten.

Verbaasd kijk ik toe. Ik wil Erik aanstoten, maar die is al op de bank gaan zitten in de andere kamer.

'Hebben we nog een glaasje van 't een of ander?' vraagt Ira. Ze doet mijn slippers aan en loopt de gang op.

Erik kan er nog niet over uit dat er een hond is, en dan nog wel zo'n vuilnisbakkenras. 'Mensen, dat snap ik nog,' zegt hij, 'maar dat jullie ook al aan dieren beginnen. Het is gewoon niet hygiënisch.'

'Het is best een leuk beest,' zegt Jan nog een keer.

Ira komt eindelijk terug in een wolk van kokos, en op een dienblad een fles goedkope wodka, een plakkerige fles Roosvicee en vier glazen.

'Dat is ook voor het eerst,' mompel ik.

'Wat is het?' vraagt Jan.

'Dat drinken ze hier,' zegt Erik. 'Ik kan je adviseren er geen Roosvicee in te doen.'

'Of juist wel,' zegt Ira. 'Gewoon een keer proberen.' Ze schenkt in ieder glas een flinke scheut.

Jan kijkt haar waarderend aan. 'Best te doen. Proost!'

'Moet je niks aan,' vraag ik Ira, naar haar blote benen wijzend.

'Ik ben niet zo kouwelijk.'

Daar moet Jan om lachen.

'In mijn droom regende het,' zegt ze mijmerend. 'Een man klopte aan, helemaal doorweekt.'

'Wat voor een man?' vraagt Jan, bereid om vermaakt te worden.

'Goed gekleed,' zegt Ira. 'Nat tot op het bot, maar goed gekleed.'

'Jan blijft hier een poosje,' zeg ik. 'Hij moet even onderduiken.'

Ik denk: hij komt hier slapen en douchen en de koelkast plunderen, net als jij.

'Ik dacht al zoiets,' zegt Ira, mij aankijkend. 'Dat is toch prima? Waar ga jij dan heen?'

'Ik?'

'Elenoor slaapt bij mij,' zegt Erik. 'Lijkt me logisch.'

Het is uit, wil ik zeggen. Maar wat dan? Moeten we hier dan met z'n drieën zitten?

'Ben jij Hindoestaans?' vraagt Eriks vader, haar nog eens uitgebreid bekijkend.

Haar ogen zijn zwart opgemaakt. Voordat ze naar de keuken ging, is ze zeker nog even snel naar de badkamer geweest.

'Lekker met de familie?' gaat Jan door. Hij maakt een paar schurkbewegingen met zijn schouders. 'Bollywoodfilms kijken op de bank?'

Wat voor dingen willen mensen altijd van andere mensen te weten komen?

'Mijn ouders zijn dood,' zegt Ira. 'Een auto-ongeluk, ik zat nog op de basisschool. Ze waren Hindoestaans, ja. Mijn ooms konden daarna niet van me afblijven. Ze willen me graag onder de duim houden, maar ik bedank ervoor. Toen ik een tijdje een Nederlands vriendje had, heb ik met ze gebroken. Alleen met mijn zus bel ik nog stiekem.'

Ik zit haar verbaasd aan te kijken. Een wees! Dit heeft ze me allemaal nooit verteld.

'Fiet fieuw!' zegt Jan als ze klaar is met haar verhaal. 'Moedige stap, dame!'

'Even praktisch,' zeg ik, nog steeds beledigd door haar niet al te stille wenk om op te krassen. 'Hoe gaan we het doen? Kan jij weer bij Annerie op de kamer?'

'Rudi is er,' zegt Ira. 'Dus dat wordt moeilijk.'

'Ik kan wel op deze bank slapen voor een nacht.' Eriks vader klopt op de zitting. 'Er zit nog wel iets van vering in, toch?'

Ineens heb ik de pest in, en kan het me niks meer schelen wie waar slaapt. Ik pak voor mezelf een schone trui, wat ondergoed en toiletspullen. M'n laptop. Ik steek alles in een weekendtas.

'Hier is nog beddengoed,' wijs ik Ira. 'Jullie vinden het wel, hè?'

'Maak je niet druk,' zegt Ira. Bij het weggaan kijkt ze langs me heen, alsof ze met haar gedachten al uren verder is.

Terug in Eriks appartement googelen we 'Jan de Herder' voor de 'Afgelopen 24 uur'. Erik schenkt nog een whisky in en houdt me de fles voor. 'Ook?'

Ik maak een afwerend gebaar. 'Ik neem wel een slokje van jou.'

'Wat vind jij van die kastanje?' vraagt hij.

'Ik zeg niks!'

'Best wel lief,' vindt Erik.

Dan kan ik het toch niet laten. 'Hij kóópt je loyaliteit,' zeg ik verontwaardigd. 'Die man ziet álles in termen van geld.'

Alle media hebben een recente update over 'Zorgimperium Jan de Herder'. Bij de eerste tien hits staan miniatuurfoto's bij de berichten. 'Klik die bovenste eens aan,' zegt Erik, een beetje buiten adem.

Ik schrik ervan. De hulpeloosheid die plotseling in zijn stem doorklinkt.

Het is alsof hij vanavond pas doorkrijgt dat we de bron en het brein van alle ellende net aan de Mauritskade hebben afgeleverd.

Ik klik op: 'Groot onderzoek naar wanpraktijken zorgondernemer Jan de Herder'. Mijn andere hand leg ik in zijn nek. Ik stroom vol met meegevoel. Arme jongen, denk ik. Je zal zulke dingen maar moeten lezen over je eigen vader.

Medelijden is het, mijn hand in zijn nek. Geen lust, al ben ik al een hele tijd niet meer gekust. Waar medelijden komt, vervliegt de begeerte. Alles is al zo hopeloos ellendig, ik snak gewoon even naar een glimlach.

Wat ze over zijn vader schrijven is vreselijk. Het dringt niet heel precies tot me door. Woorden die blijven hangen zijn: 'fraude', 'over de rug van zieke mensen'.

'Genoeg,' zeg ik ineens beslist. 'Het heeft geen zin om dit nu allemaal te gaan zitten lezen.'

Het feit dat ik de leiding neem, brengt Erik weer wat bij zijn positieven, als een emmer koud water. Hij pakt mijn arm. 'Kom jij eens mee, liefje.'

Ik strompel met hem naar de badkamer. We hebben behoorlijk wat wijn op. Wijn, wodka, whisky. Toch weet ik heel helder dat ik hier niet had moeten zijn. Nu ik er ben, ga ik echter niet tuttig doen, ga ik niet op de bank slapen.

Mijn tandenborstel staat er nog. Schuimbekkend grijnzen we naar elkaar in de spiegel.

'Ik moet plassen,' zeg ik.

Als ik terug in de kamer kom, is Erik de rolgordijnen naar beneden aan het doen.

Al die jaren vond hij het nooit nodig om de overbuurvrouw buiten te sluiten, omdat ze mooi is en als een amazone op haar scooter zit. Maar nu zit hij te worstelen met de touwtjes.

Alleen de felle lamp boven het bed is nog verkeerd. Het is wel eens in ons opgekomen achter het kamerscherm iets aan de sfeer te doen. Kaarsen heb ik ooit voorgesteld, maar Erik vond dat onnodig riskant.

Erik ziet dat ik naar de lamp kijk, hij doet hem uit.

Aan mijn kant van het bed heeft hij vijf theelichtjes op een plat bord gezet.

Vertederd blijf ik staan.

Als die vertedering er is, zo duidelijk, kan je hem niet meer wegdenken en moet je er iets mee.

Erik ligt al overdwars op het bed. Zodra ik ook op het bed zit, met mijn rug in het kussen, tilt hij zijn hoofd op en vleit het tegen mijn borst. Zijn arm gaat onder mijn oksel door naar mijn schouderblad.

Met mijn vingers hark ik door zijn haar. 'Liefje toch.'

Ik voel me plotseling zo volwassen.

'Weet je nog, onze eerste keer?' vraagt Erik. 'Toen lag ik ook al zo.'

Ik kijk voor me uit, naar de beige stof van het kamerscherm.

Die eerste keer was in mijn studentenkamer. We zaten op keukenstoelen, maar alles wat er gebeurde, binnen en buiten ons, ging steeds meer richting het matras op de grond. Na afloop kleefde zijn geur aan de lakens. Toen was het nog een vreemde geur.

Ik zie nog zijn schoenen staan, met zijn dunne sokken er keurig in. Zijn hielen die ik voor het eerst zag, met maar weinig eelt erop. Nu weet ik dat hij ze elke maand schraapt met een schraper.

Ik weet niet meer wat we op hadden staan, op de muziek heb ik niet zo gelet. Wel herinner ik me hoe mijn lichaam naar binnen toe steeds gevoeliger werd. En vooral herinner ik me het sjorren. Eerst aan mijn kleren en daarna aan mij. Steeds moesten we anders liggen, zitten, de hele tijd onrustig bewegen. Er gebeurde waarnaar ik in de roeiboot al gehunkerd had, alleen veel rommeliger dan hoe het in mijn fantasieën ging.

'Rustig,' zei ik. Laten we het doen als slangen, niet dat gefladder van een duif op een andere duif.

'Sssssloerie,' siste Erik, en alles wat we zeiden lieten we van toen af aan sissen.

Nu lijkt het niet meer zo leuk, maar toen was het ons taaltje.

Na afloop lag Erik met zijn hoofd op mijn borst, zoals nu. Zijn arm achter mijn schouder gehaakt.

'Het ging meteen zó vanzelf, allemaal,' zegt Erik dromerig. 'Het was vanaf minuut één duidelijk dat we voor elkaar waren gemaakt.'

Ik kijk hem vragend aan. Is dat hoe hij het zich herinnert? Echt?

Hij kijkt terug met broeierige blik. Zo'n blik die zegt: ik ben nog net zo vol verlangen, nog net zo begerig als toen!

Lichte paniek overvalt me. Oorlogsverhalen, morbide details, een mopje Nietzsche, alles zou op dit moment beter zijn dan deze blik.

Erik haalt zijn arm onder de mijne vandaan en komt overeind. Hij begint zacht mijn bovenarmen te strelen.

Ik kan er niets aan doen, maar ik krijg er buikpijn van. Stress slaat bij mij op de ingewanden.

Erik heeft niks in de gaten, hij ziet eruit alsof hij volledig in zijn eigen aanstellerij gelooft.

Ik leg Eriks hoofd op zijn eigen kussen. 'Kom. Het is al na tweeën.' Ik laat mijn stem zo slaperig mogelijk klinken. 'Jij bent toch zo van de acht uur slaap per nacht? We kunnen allebei onze rust wel gebruiken.'

Rust is niet waar Erik op dit moment aan denkt. Hij blijft me troebel aanstaren.

Ik kijk naar zijn handen die alleen maar heviger beginnen te bewegen. Ze gaan over mijn schouders, mijn armen, de zijkant van mijn borsten met strelende, anticiperende gebaren.

Een stemmetje in mijn hoofd zegt: Hij zoekt iets vertrouwds. Het is niet niks waar hij mee moet dealen. Alleen jij kunt op dit moeilijke moment iets voor hem betekenen. Een vriendendienst, je komt verder nergens op terug. Probeer anders nog één keer de truc.

Ik kom overeind en kijk hem aan. Oké, leg ik in mijn blik. Maar dan ook op mijn voorwaarden. Ik hou een vinger voor mijn lippen. Sssst!

De donzen kussens gaan op de grond. Weg ermee. 'Ga op je rug liggen,' zeg ik. Hij kijkt me verwonderd aan, maar hij moet iets zien van een plannetje in mijn ogen, want hij gehoorzaamt. Het dekbed trap ik naar het voeteneind.

Ssst, doe ik nog een keer voor de zekerheid en ik ga plat naast hem liggen. Zo liggen we, zonder elkaar aan te raken, stil als de dood.

Die stilte is nodig om me voor te bereiden.

Ik zit in Anneries kamer. Het is een bloedhete dag. Ik heb niks om te doen. Door de openstaande deur kijk ik de gang in, waar mijn nieuwe huisgenoot haar spullen verhuist. Mijn lippen zijn gestift, mijn haar zit omhoog met een rode clip. Op de gang loopt een jongen zware dingen te sjouwen. Het enige wat ik van hem weet is dat hij Erik heet. Zijn shirt ziet er steeds natter uit. Hij loopt met verende stappen, stevig en soepel. Zelfverzekerd. Een man. Maar zijn ogen staan onrustig. Af en toe dwaalt zijn blik opzij. Dan hebben we oogcontact. Ik kan zien dat hij dorst heeft. Als ik hem naar buiten hoor gaan, haal ik een fles mineraalwater uit de ijskast. Terug op mijn kamer wacht ik tot ik de gangdeur hoor en schenk hoorbaar klokkend twee glazen vol. Erik kijkt opzij. Zonder iets te zeggen hou ik de fles uitnodigend omhoog. Mijn blik is zwoel, op het aanstellerige af, en hij ziet dat.

Hij komt de kamer binnen en neemt het bedauwde glas uit mijn hand. Ik trek mijn bloesje recht, de bovenste knoopjes open. Ik voel zijn blik op me rusten, op de piercing in mijn neus, mijn bloesje. Vreemde, sprankelende ogen. Intrigerende ogen. Ik zie begeerte, de zijne voedt de mijne.

Erik steekt zijn arm uit om zijn glas neer te zetten. Alsof het iets automatisch is, gaat zijn andere hand ook omhoog, ergens achter mijn rug. Door de stof van mijn bloesje voel ik zijn vingertoppen. Van de hand die net nog het glas vasthield, en die dus nu een koele hand is, volgt een vinger opeens lichtjes mijn kaaklijn.

Mijn hand heeft niets meer met mijzelf te maken als hij heel zacht de rug van Eriks hand aanraakt die voor dood op de matras ligt. Een siddering trekt door zijn lijf. Tergend langzaam streel ik zijn armen, heel lichtjes. Ik knoop zijn hemd open, streel zijn borst die strak staat van het kippenvel, zijn tepels stijf rechtop. Ik maak zijn broek los en trek hem uit. De boxer gaat mee. Naakt in het flakkerende licht ligt hij er prachtig bij, beige als een Jezusbeeld. Onbehaard als een vrouw, maar kijk zijn spieren! Er zijn er die het lichaam een tempel noemen. Een templum musculorum in dit geval. Ik glip het bed uit en pak een kleine mandarijn uit de schaal. In een paar snelle bewegingen heb ik de schil eraf. Heel precies leg ik de partjes in een rij van zijn kin tot de geschoren haartjes van zijn kruis. Het windt me zo op dat overal in mijn lichaam spieren zich beginnen aan te spannen. Alles zwelt. Met mijn tong open ik eerst zijn mond. Met getuite lippen pak ik nu één voor één de partjes op, de bovenste eerst. Ik proef het sap en ik proef zijn huid die naar zomer smaakt en naar verhuiszweet. Nooit wil ik meer een gewone mandarijn, alleen nog zo. Erik smakt en steekt zijn tong naar buiten, hij wil ook. Langzaam breng ik een stukje naar zijn gretige lippen die me daarbij proberen te zoenen. Dan kus ik hem overal, en ik bijt, ik streel, wilder nu, maar nog steeds teder. Ik neem hem in mijn mond. Er is niets, niets wat ik op dit moment liever wil dan dit.

Uiteindelijk houdt hij het niet langer. 'Wat moet jij hiervoor worden gestraft!' zegt hij terwijl hij overeind komt.

Hij trekt aan mijn kleren. 'Uit, dit allemaal!' Als mijn broek en trui op de grond liggen, duwt hij me voorover op het bed.

Ik voel hoe hij haakjes lostrekt, me bevrijdt van mijn ondergoed. En dan kronkelt zijn tong over mijn rug, langs mijn dijen, langs mijn billen die daar uit zichzelf van gaan wiebelen, tussen mijn benen. En ik wil alleen nog maar dat hij in me komt, en eindelijk, eindelijk doet hij het en het bed schudt en we geven niet om de buren. We zuigen ons aan elkaar vast, en we gaan door zonder pauzes tot we allebei schokken van genot.

We liggen naast elkaar, opnieuw voor dood. Ik voel me donzig. Weinig geordende gedachten, ze drijven plokkend door mijn hoofd als grote zeepsopbellen. Eriks overbuurvrouw die zich mogelijk afvraagt wat er ineens veranderd is, dat na al die jaren de gordijnen dichtgaan. Je hebt altijd een leven in de ogen van andere mensen, ook al vind je zelf dat je geen leven hebt.

Dan lig ik stil te luisteren naar de gorgelende buizen na het doortrekken ergens in de flat, en daarna krijg ik die tiereliere-*tune* in mijn hoofd van de reclame voor dieetfantasierepen.

Ik open mijn ogen en zie het zwak verlichte kamerscherm aan het voeteneind. Mooie, strakgespannen stof.

Erik, die merkt dat ik mijn ogen open heb, komt halfovereind en kijkt me aan. 'Wow!' Ook hij ziet kennelijk iets moois, want zijn ogen glanzen.

Ik knijp mijn ogen dicht en trek mijn mond scheef. Half automatisch, half bewust. Dan ineens ten volle bewust en dan schaam ik me.

'Zo dicht ben ik nog nooit bij je geweest!' zegt Erik met een glimlach. 'Wat was dát bijzonder.' Hij kan er niet over uit.

Dan zegt hij dat het hem spijt. Hij heeft dingen gezegd die hij nooit tegen mij had mogen zeggen en hij had nooit boos moeten weglopen, die bewuste avond. Het was verkeerd geweest, het spijt hem. Hij wil dat al dagenlang tegen me zeggen, maar hij zegt het nu.

Ik draai me van hem af en blaas de kaarsjes uit.

'Dat weet ik toch,' zeg ik tegen het donker. Ik blijf even op mijn zij liggen.

Aan zijn langzame ademhaling hoor ik dat hij bezig is in slaap te vallen. Hij ligt alweer zijn Erikdromen te dromen. Wat hem betreft zijn zijn excuses aanvaard, al was het maar in homeopathische verdunning. Na een tijdje voel ik aan mijn neus. Het slaat nergens op dat ik dat doe, en ik verwacht daar ook heus geen piercing aan te treffen.

Ik dacht even van misschien iets sponzigs.

42

Wat dacht hij verdomme dan?

'Oké, ik had het niet moeten doen,' zegt Reve, voor zijn doen aangeslagen. Maar het was gewoon een te mooi plaatje. 'Geef toe, zo'n foto wil je toch direct twitteren?'

Ik draai de laptop naar me toe, zodat ik beter kan kijken.

De foto is prachtig.

Jan en Rudi duidelijk herkenbaar naast elkaar in de keuken, allebei toevallig in een strak wit overhemd. Rudi weer eens een keer lachend, wat dan ook meteen opvalt. Ira en Annerie leunen aan weerskanten bevallig op de dijen van de mannen. Annerie in haar zwarte vleermuisjurk, Ira in een goudgeel geval dat ik niet ken. Als ik die foto zie, denk ik: daar had ik bij willen zijn.

Begeleidende tekst: het wordt steeds gezelliger in onze woongroep. 22 keer geretweet.

'De literaire scene,' zegt Reve met zijn hand aan zijn haar. Hij heeft tegenwoordig een lok, een die niet uit zichzelf blijft zitten.

'Iedereen in het wereldje herkende Rudi natuurlijk. Dan gaan ze kijken en zien ze dat daar ook Jan de Herder op staat. Die is steeds in het nieuws.'

'Had je ook wel eerder kunnen bedenken,' zeg ik. 'Vertel verder. De politie belde aan.'

'Ze waren met wel twintig man. Je weet niet wat je overkomt. Wil je wat thee? Of sap?'

'Ik hoef niks,' zeg ik.

'Ze deden erg streng. Vanwege je spandoek over dat de politie je beste vriend niet is, dacht ik later. Ik heb het maar even weggehaald. Het is er nu niet het moment voor. Ze zochten iets. Het ging hun niet alleen om Jan, maar om nog iets anders.'

'Hoezo iets anders?'

'Weet ik veel, documenten, een zak geld.'

Geld! Dat was nog niet eens zo gek gedacht. *Zolang ze geen contant geld vinden, maken ze me niks.*

'Waar zochten ze?'

'Overal, op onze kamers, de gang, maar ze gingen ook boven kijken. Daar is links een trapje.'

'Ja,' zeg ik.

'Jan schoot zichtbaar in de stress toen ze met hun tienen het trapje op gingen. Eén zo'n agent zag het ook. Die kreeg ineens een naziblik in zijn ogen, en ging erachteraan. Nu komt het, dacht ik, maar nee, nix aan de handa.'

'Ze hebben Jan toch meegenomen?'

'Ja dat wel. Zielig voor Ira. Heeft ze net een nieuwe man, is ze hem alweer kwijt.'

'Waar is ze nu?'

'Op het bureau. Ze gaat er niet weg voor ze hem mag zien.'

'Ik kom weer thuis wonen,' zeg ik.

Ik luister naar mijn voetstappen op de marmeren trap. Het rare van dingen voor de zoveelste keer doen: ze worden door elkaar verrijkt, maar tegelijkertijd gaat de jeu eraf. Is het eigenlijk wel marmer? Misschien heb ik het al die tijd voor marmer aangezien, maar is het dat niet echt. Terwijl ik er achter me nog eens goed naar kijk, mis ik de onderste tree. Ik hinkel van de pijn, op slag versombert alles nog een extra tint. De gang stinkt erger dan ooit, buiten is het een en al dreinend gesijpel, druipende bomen, sluiers die nog aan de wolken hangen.

Druk is het niet in het café. Bij het ene raam een paar zorgelijke, in elkaar gedoken types die zijdelings iets met crisisopvang of reclassering te maken moeten hebben, bij het andere raam een bleke studente met een laptop.

'Daar komt de zon,' zegt Herman als ik binnenkom. Het werkt direct. Stralend klim ik op een kruk tegen de bar, die er meteen iets strandtentachtigs door krijgt. Herman met zijn opgestroopte mouwen, hij lijkt nog het meest op Alexander.

Herman heeft een ex die hem elk halfuur opbelt, en een kind met ADHD, en toch blijft hij opgewekt. 'Ik heb altijd zin in mijn werk,' zegt hij. 'Ook als ik geen zin heb.' Hij is niet knap, maar er komen meisjes speciaal voor hem naar zijn café. Ik kom ook voor hem, alleen om te praten. Toch zal ik Erik of zo hier nooit mee naartoe nemen.

'Rood wijntje?'

'Heb je niet iets van glühwein?' Ik wrijf in mijn handen. Het is waterkoud.

Herman heeft dat niet en hij wil vandaag ook niet over het weer praten. Hij is vol van iets. Wat een avond gister, zegt hij. Zijn stem klinkt opgewonden.

Een avond waar ik zelf niet bij was, interesseert me niet zo, maar goed.

'Rond een uur of tien kwam Theodoor binnen, die zwerver weet je wel, die altijd in het Oosterpark zit.'

'Welke van de dertig?' Ik lach.

Hij lacht ook. Het leuke van Herman is: ik kan goed met hem lachen om niks.

'Je kent hem wel, hij is hier regelmatig. Hij heeft een jas met een vieze gele kraag.'

'O ja,' zeg ik. 'Die ken ik. Die meurt naar een kaas- en een viskraam tegelijk. Hij heeft soms een gele hond bij zich.'

'Precies, die! Nou moet je horen. Theo ging een rondje geven. Jongens, bestel maar!' riep hij.

'Je had dat moeten zien. Iedereen stond verstard, als door de bliksem getroffen, bierglas vergeten in de lucht. Het was heel gek, Theo keek er heel rustig bij, alsof hij het meende. Ik stond zogenaamd iets te poetsen, maar hield alles in de gaten. Ik zei: hee, hee, rustig aan, makker. Ik ken dat soort rondjes.'

Eigenlijk hoor ik maar half wat Herman zegt. Hij heeft een prettige stem. Een stem die geruststelt. Iedereen houdt direct van Herman. Net als Alexander heeft hij *the child in his eyes*. Het is een soort.

'Zegt Theo: nee, ik héb geld. En hij werd zelfs een beetje link omdat niemand hem geloofde. Ik ook niet, maar het was uiteindelijk wél zo. Hij haalde een bundel honderdjes uit zijn sporttas. Met een bandje eromheen, alsof het regelrecht uit een kluis kwam. Elke tien minuten riep hij: nieuwe ronde, dan sloeg hij zelf een dubbele whisky achterover. Iedereen ging aan de dubbele whisky's. Je hebt nog nooit zo'n zooitje gezien.'

'Was het echt geld?' vraag ik plotseling geïnteresseerd.

'Ik heb die briefjes vanmorgen meegenomen naar de sleutelzaak op de hoek, Willem heeft zo'n apparaatje. Ze waren echt.'

'Hoe kwám hij eraan?'

'Weet ik het,' zegt Herman. 'Hij haalde het uit z'n tas, een of andere leren tas. Rond een uur of halfeen zei hij tegen Robje – ken je Robje?'

Ik knik. Ook zo'n figuur. Die tas interesseert me eerlijk gezegd meer dan Robje.

'Ja, Robje had 'm ook goed zitten. Het vervelende van Robje is dat-ie na een paar glazen vrouwen lastigvalt. Je snapt, ik hield die twee niet tegen toen Theodoor zei: "Weet je wat Robje, we gaan naar Spanje."'

'Spanje?'

'Ja, vraag me niet waarom, maar hij moest en zou naar Spanje. Voor Robje is een bordeel al ver genoeg. Maar Theodoor zette door, die laat mij een taxi bellen. Hij wilde per se "bij donker het vliegtuig in". Ze gaan 's nachts ook, zei hij steeds, wijzend naar de sterren. Bij donker opstijgen, leek hem het mooiste dat er was. "Kom, Robje, we gaan naar de maan." Even later zitten ze met een literfles whisky in een taxi naar Schiphol. Het hele café mee naar buiten om ze uit te zwaaien.'

'En nu?' zeg ik gespannen.

'Zijn ze op Schiphol zeker,' zegt Herman. 'Je denkt toch niet dat die ergens in worden gelaten.'

'Hoe zei je ook alweer dat die tas eruitzag?' Ik probeer mijn stem zo naturel mogelijk te laten klinken.

'Gewoon. Zwart leer. Chic wel. Er zat een labeltje aan, en iedereen moest even aan dat labeltje zitten. Corendon of zoiets.'

43

Hectische weken gaan voorbij. We horen niets van Alexander, en Eriks vader zit niet langer meer in voorarrest. Wel is hij in staat van beschuldiging gesteld, om de anderhalf miljoen die hij zwart zou hebben opgestreken, maar hij mag thuis zijn proces afwachten. In de media krijgt hij intussen de volle laag. Zijn manier van besturen, zijn zorgpakketten, zijn deal met het verkochte pand, de contracten met zijn personeel, werkelijk niets deugt er van Jan de Herder. Ik lees en bekijk alles, en af en toe bel ik Erik op om te checken of hij het allemaal nog trekt. Hij houdt zich goed, wat ik een bijzondere prestatie vind. Zijn vader mag dan een schurk zijn, het maakt hem totaal niet wantrouwig tegenover zijn eigen karakter.

Ik kom Fiona tegen voor de Bijenkorf, helemaal *en vogue*. Ze vraagt me wat ik ga doen met kerst. Vanwege onze fietsen, allebei met een krat op het stuur, zoenen we alleen de lucht, maar we bekijken elkaar van onder tot boven en terug. We zijn allebei van stijl veranderd, maar een andere kant op. Haar kleren zijn chic als die van de reclame waar we toevallig vóór zijn gaan staan. Zachte donkere wol, driekwartsmouw, meer mantel dan jas. Lange leren handschoenen.

Ik ga niks doen met kerst, maar voor dit gesprek hou ik het erop dat ik het nog niet weet. 'En jij?' Ik had op internet gezien dat ze die award niet heeft gewonnen, dus vraag ik er niet naar.

'O,' zegt Fiona. Ze gaat op kerstavond naar haar ouders, die nog altijd samen zijn en zelfs hun hand nog op elkaars schoot doen bij een klassiek stuk of concert.

'Het is uit met Erik,' zeg ik uiteindelijk toch maar.

Daar kijkt ze natuurlijk van op. 'Ben je er overstuur van?'

'Ik weet het niet,' zeg ik. Overstuur is geloof ik niet het beste woord. Omdat mijn eigen klagende stem me irriteert, zeg ik dat het beter is zo. Dat het ook wel oplucht. Het is geen constatering, eerder een toverspreuk, een bezwering. Naar Erik terug wil ik niet, bij god, nee, maar houvast zoeken in het verleden is makkelijker dan in een toekomst die je nog niet kent.

Fiona jaagt een duif weg met haar voorwiel. 'Je moet wel iets doen hoor, met die dagen, anders komt je kamer zo op je af. Ga naar je moeder, of zo, of heeft die een vriend op het moment?'

Daarna zegt ze: 'Arme Erik. Hij was zo dol op jou.'

Ik verander snel van onderwerp en zeg dat we met onze woongroep een demonstratie organiseren. Meer dan een plan in mijn eigen hoofd is het niet, maar dat doet er niet toe. Dat is hoe plannen beginnen, in een individueel hoofd. Ik hang een verhaal op over de politie, die veel zwaardere middelen inzet dan toegestaan bij het verhoren van verdachten, die zonder bevoegdheid in privécorrespondentie neust, en onnodig geweld gebruikt bij arrestaties, zoals je kunt zien op een aantal filmpjes op YouTube die we hebben verzameld. 'Misschien is het wel iets voor jou,' zeg ik. 'Een onderwerp voor een goede documentaire.'

Aan haar gezicht zie ik dat ze erover nadenkt. Maar voordat ze iets terug kan zeggen, komt er iemand naar ons toe die ik herken van televisie. Ze ziet eruit alsof ze van een fotoshoot komt, en ze roept: 'Fiona! *O my gosh,* ik dróómde vannacht van jou!' Ze omhelzen elkaar als lang verloren vriendinnen.

Ik wacht beleefd. Mijn canvas rugzak komt me ineens heel kinderachtig voor.

Iemand gooit een handje popcorn voor onze voeten. Plotseling staan we midden in een troep duiven. Ik ben de enige van ons drieën die het opmerkt.

Ik tik Fiona op de schouder. 'Nu moet ik echt verder.'

Ze raakt mijn onderarm aan. 'We bellen snel!'

'Kom, we gaan naar Herman,' zeg ik tegen Annerie. 'Wat jij nodig hebt is een beetje afleiding.' Als een ander er nog erger aan toe is, kun je je eigen misère beter aan.

Ze staat gehoorzaam op, zonder iets te zeggen.

'Je moet denk ik wel even iets aan je ogen doen.'

Annerie komt terug met ogen zo zwart omrand als die van Ira. Ze heeft een beige doorkijkblouse met nopjes aangetrokken, waarin haar voorgevormde bh goed is te volgen en die haar sippe gezicht nog fletser maakt. Mooi flets. Maar haar broek is niet schoon meer, hij slobbert en haar sneakers vloeken als de pest. Sexy begonnen maar niet afgemaakt.

'Herman zal niet weten waar hij moet kijken,' zeg ik toch. Ik wil haar vrolijk maken, maar Annerie kan er niet om lachen. Weinig kan haar nog aan het lachen maken, want Rudi is voorgoed terug naar zijn gezin. Waar ze bang voor was, is gebeurd, alsof die angst het zelf in gang heeft gezet. Dat is volgens haar niet zo. Rudi was alleen maar zijn veertienjarige zoon tegengekomen. Toevallig. Hij struikelde er letterlijk over.

Lucebert zat op de stoep voor het hotel, kleumend, koptelefoon op, te wachten op Paris Hilton, die maar niet kwam. Ze was in Amsterdam, zei hij, het stond op Twitter, ze zou drie nachten in hotel Arena logeren. Het bleek een hoax. Dat niet Paris, maar zijn vader ineens uit de mist opdoemde, was een teleurstelling die de jongen waarschijnlijk ook nog aan het verwerken is. Rudi had er helemaal niets van begrepen, maar het beeld van zijn kind op de koude grauwe tegels had een vaderlijke snaar geraakt.

Bij nader inzien vindt Elise een vader in huis ook geen overbodige luxe. Die hoer van hem moet maar een andere vent proberen.

Rudi neemt zijn telefoon niet meer op en hij heeft Chica meegenomen, die niet heeft gejongd maar wel vriendjes is geworden met ons allemaal. Annerie wil weten hoe lang je in het geheugen van een hond blijft.

Het laminaatvloertje heeft Rudi laten liggen.

'Ik ga het echt niet opruimen,' zegt Annerie. 'De klootzak komt het zelf maar opruimen.'

'Herman, dit is Annerie, Annerie dit is Herman.'

'Ook rode wijn?' vraagt hij. Hij pakt al twee glazen van het rek. Annerie knikt.

'Voor mij niet deze keer,' zeg ik. 'Doe maar water of zo.'

Herman hoort het niet en zet twee glazen rode wijn voor ons neer.

Ik begrijp steeds beter wat een café is, een warme borst om je tegenaan te vlijen.

'Heeft Rudi nog iets speciaals gezegd?' vraag ik Annerie.

'Ja. Ze zet een stemmetje op en citeert: "Als je maar niet gelooft dat ik er zo een ben die maar even binnen komt vallen en dan weer dag zegt." Dat was belangrijk voor hem. "Schatje," zei hij, "dat geloof je toch niet?"'

'En wat zei je toen?'

'Ik zei: "Nee, dat geloof ik niet," want dat is ook zo. "Maar," zei ik, "hoe noem je het dan?"'

De deur van het café gaat open, een stroom koude lucht komt binnen. Het is Robje op zijn o-benen. Zijn haren in een artistiek staartje. Het staat hem nog best goed ook.

Herman staart hem verbaasd aan, en ik kijk ook nog een keer. Zijn gewatteerde jas is brandnieuw. Zijn vriendin ook, zegt hij. Ze heet Jackie. Zijn arm aait haar kont. Ze heeft een rode neus en waterige oogjes waarmee ze meteen naar de rij flessen kijkt, maar ook: geweldige motorlaarzen met kaalgemaakte neuzen.

Steunend trekken ze elkaars jassen uit. Ze zijn toe aan een kopstoot.

'Regende het in Spanje?' zegt Herman. 'Smaakte de rioja niet? Hadden jullie liever van dittem?' Hij houdt de jeneverfles al omhoog.

'Spanje?' zegt Robje. 'Zou je in plaats van te emmeren over Spanje niet eens gaan doen waar je voor betaald wordt?'

'Heb je de pest in?' vraagt Herman. 'Wat is er gebeurd?' Hij strijkt het schuim van de pils en stalt de bestelling op viltjes voor hen uit. De jenevertjes gaan er direct hopla in.

Niemand had hem en Theodoor om middernacht een ticket willen verkopen. Ze waren daar maar op een bankje gaan liggen. Je bent daar lekker binnen, nog helemaal niet zo slecht, dat Schiphol. De volgende dag vond Theo dat ze netjes voor de dag moesten komen, dus vandaar dit colbert. Hij strekt zijn ribfluwelen arm. 'Wat vind je?'

'Hugo Boss,' zegt Jackie.

'Ja schat, jij heb een pief te pakken met Hugo Boss aan z'n sodeflikker!'

We vinden het allemaal heel mooi. 'Je kan zo doorgaan voor iemand uit de creatieve sector,' zegt Herman.

Robje wil nog liever dood zijn.

Hij moet zijn verhaal even onderbreken, want er zijn twee mannen bij het raam gaan zitten, en Herman moet ze koffie brengen. Daar willen ze ook ossenworst bij, en een pikketanissie. In dit café zit je niet bij het raam, maar ín het raam, als in een etalage. Een van de twee heeft een baard à la Bin Laden. De ander loopt een dag achter met scheren en lijkt zijn vale regenjas al een paar maanden niet meer uit te doen. De buitenwereld kan vandaag goed zien dat dit niet het allerhipste café is.

'Kan je überhaupt nog wel vliegtickets kopen aan een balie?' vraag ik aan Robje. Überhaupt. Waar komt dat nu weer vandaan? Ik weet het wel, natuurlijk. Erik zegt het. Überhaupt dit, überhaupt dat.

Robje weet niet of het nog kan, tickets kopen aan een balie, maar hun was het in elk geval niet gelukt. 'Theo die begon met z'n cash te zwaaien. Toen kwamen ze van de douane. Die lui moesten hun snufferd erin steken, natuurlijk.'

'Ik weet van niks, zei ik tegen ze. Nou dat geloofden ze mooi niet.'

'En?' vraag ik fel nieuwsgierig. 'Hoe kwám hij er dan aan?'

'Weet je wat dat is met jou, met die slimme kankersmoel van je? Je moet niet te veel willen weten,' zegt Robje. Hij maakt een ongecontroleerde beweging met een arm.

Ik deins opzij, want tussen ons in op de bar staat dreigend de jeneverfles.

'Hé, hé,' zegt Herman. 'Dit is eh, wat is het ook weer?' Hij kijkt me vragend aan.

Dat is ook zo, ik heb me nog nooit aan Herman voorgesteld.

'Elenoor,' zeg ik. Ik laat dat ge-Noor maar achterwege.

'Elenoor. Misschien ken je haar nog niet, maar daarom hoef je nog niet zó tegen haar te doen.'

Robje krimpt in elkaar, maar herstelt zich daarna met een rukje. 'Neem me nie kwalijk.' Hij grijpt in zijn zak naar sigaretten en plakt er een op zijn lip. 'Te veel van die wijven werkt op me zenuwen.'

'Niet binnen,' zegt Herman. 'Dat weet je. Wat zei Theo tegen de douane?'

'Theo zegt dat hij het geld gevonden heeft. Maar ze houwen 'm nog vast, dus ik denk niet dat ze het geloven. Ze hadden mij eerst ook in een cel gestopt, maar toen dachten ze zeker: zo'n stuk onbenul kan nog geen euro van een clitoris onderscheiden. Nou zo is het ook. Hè Jackie?'

Ja, zegt Jackie. Ze schuift haar glazen naar voren. Ze mogen wel weer vol wat haar betreft.

Annerie zit maar mollig op haar kruk. Ze luistert welwillend. Soms kijkt ze op haar telefoon. Dan staart ze weer geeuwend voor zich uit en neemt ze een slok uit het glas dat Herman voor haar heeft neergezet. Ik weet dat ze geen flauw idee heeft van de hoed en de rand, maar ze stelt geen vragen. Ze lijdt inwendig gewoon door.

Herman heeft haar alweer bijgeschonken. Zijn antwoord op haar somberte, dan is hij er ook vanaf.

Zo nu en dan knikt ze, een instemmen in het wilde weg.

'Zeg Herman, heb je niet een spaatje rood voor me?' Ik schuif de wijn naar hem toe. 'Deze kan je nog verkopen, ik heb hem nog niet aangeraakt.'

Hij kijkt op. 'Geen wijn? Ben je zwanger?' Herman denkt dat hij een grap maakt, tot hij aan mijn gezicht ziet dat hij het wel eens geraden kan hebben.

'Ik weet het niet,' zeg ik zacht, zodat Robje het niet hoort. Misschien moet ik eens over zo'n dingetje piesen.

De volgende dag haal ik een test bij de apotheek en dan ben ik ineens de hele middag aan het rondbellen voor een huisarts die nieuwe patiënten aanneemt. Mijn vorige dokter zit nog bij mijn moeder in de straat.

Bij de laatste die ik bel kan ik om vier uur terecht, in een wijk met statige huizen, met vazen achter de ramen zonder bloemen erin. Ik heb het adres in mijn telefoon staan, gelukkig, want aan het huis kun je niet zien dat er een dokter woont. Pas in tweede instantie valt mijn oog op een naamplaatje aan de andere kant van het bellenbord. David Meijer, arts.

Dokter David heeft een bekend gezicht met ogen die verrassend blauw zijn. Ik weet zeker dat ik hem ergens van ken, maar ik weet niet waarvan. Het is een tamelijk gewoon gezicht, een volle onderlip, verder een gezicht dat je elke dag wel een keer voorbij ziet komen. Misschien ken ik hem van de straat. Hij is een jaar of tien ouder dan ik en hij heeft van die sexy artsenhanden, met zwarte haartjes erop.

'Nieuw leven,' zegt hij, terwijl hij zijn handschoenen uittrekt. Of het gewenst is?

Daar moet ik over nadenken. Ik probeer mijn stem zo volwassen mogelijk te laten klinken.

Hij begrijpt dat ik aan het idee moet wennen, zeker als het de eerste keer is. Ik mag er altijd over komen praten. 'Maak maar een afspraak bij Emmeline.' Hij wijst naar een deur waarachter ik zijn assistente stiekem zoute stokjes heb zien eten in haar glazen afgescheiden ruimte.

Er zitten mensen in zijn wachtkamer, maar de dokter neemt de tijd om mijn geschiedenis door te nemen. Hij doet heel belangstellend, vraagt me uitgebreid naar mijn woonsituatie. 'In de buurt van het olvg,' zeg ik, omdat ik aanneem dat dokters zich op ziekenhuizen oriënteren.

Hij kent het daar wel. Daarna wil hij weten wat ik doe en hoe ik in mijn vel zit.

Echt sympathiek! Ik zou het geloof ik niet erg vinden om deze dokter elke week te moeten bezoeken.

Hij draagt een bandplooibroek onder zijn witte jas, zoals artsen doen, maar hij praat niet bekakt. Ik denk dat hij uit de provincie komt.

Aan de kapstok hangt een rood met blauw windjack. Ook dat ken ik ergens van.

'Je kunt het ook zo zien,' zegt dokter Meijer bij de deur. Hij wijst met zijn kin naar mijn buik. 'Bij de gang door het leven, is dit een wel heel bijzondere gestalte.' Dan legt hij zijn hand op mijn schouder en hij knikt ten teken dat onze sessie voorbij is, maar met zo veel nadruk dat het voelt als een meegegeven zegen.

44

Het is een onverwacht warme dag in mei. Er is hier geen balkon, maar we hebben alle ramen open.

We zitten alleen met z'n tweetjes in de kamer.

Het is rustig in de buurt, geen verkeer, geen wind. De stilte is zo intens dat ademen al lawaai maakt.

Er gebeurt niets. Wachten tot de krant valt is geen gebeurtenis.

Ik hoor de buurvrouw links douchen. Ze staat altijd erg lang onder de douche. Erik doucht ook lang, maar hij is door Caro gevraagd om het een beetje binnen de perken te houden.

Erik heeft vandaag een vrije dag. Die begon al meteen stroperig, met een hemel die zwaar op ons drukt.

Het is geen vrije dag met behoud van salaris. Het is gewoon een dag dat het uitzendbureau even geen werk voor hem had.

Gisteren hebben hij en Freddie met een paar werkstudenten frisdrank uitgedeeld voor een promocampagne. Ze hebben erg moeten lachen met zo'n student. Ik zelf zat intussen met Caro beneden in de tuin een commode uit te zoeken bij Ikea.nl, en pluchen knuffels waar je onderwijsprojecten van UNICEF mee steunt. Ik heb Caro een plaatje laten zien van de nieuwe camcorder van JVC waar ook wifi op zit. Die kan je in de kinderkamer zetten. Als er iets beweegt wordt er een foto gemaakt en naar je smartphone gestuurd. We waren het erover eens dat ik die voor mijn verjaardag moet vragen.

We hebben als idioten gekird tegen de baby's van Caro. Het moet vier tuinen verderop nog te horen zijn geweest, maar het kon ons niet schelen.

Op eerste kerstdag aten Erik en ik bij mijn moeder. Ze had ook tante Regina uitgenodigd, omdat die ook maar alleen is, en er was zo veel stress om iets wat uit de oven moest komen, dat niemand doorhad dat ik al de hele avond mijn wijn liet staan. Ook Erik niet. Ik had hem nog niets verteld.

Bij het dessert verbaasde ik iedereen door te zeggen dat kerst betekende dat je moest geloven dat er ergens geluk bestond en dat het op je lag te wachten.

'Och kind,' zei mijn moeder die natuurlijk al aangeschoten was. En daar moest ik ongelofelijk hard om huilen. Mijn moeder en tante Regina kregen toen wel iets in de gaten, Erik op een of andere manier niet.

Het gesprek kwam op Herbie. Mijn moeder zei dat hij lang voor zijn dood al het geloof in de mensheid verloren had. Ze wilde nog veel meer zeggen, maar tante Regina greep in. Ze zei dat als dat al zo was, dat hij daar dan misschien ook wel zijn persoonlijke redenen voor had. Mijn moeder deed alsof ze dat niet hoorde. Ze herhaalde dat Herbie het geloof in de mensheid had verloren en zijzelf het vermogen om lief te hebben. Dronkenmanspraat.

Tante Regina stapelde bijna grimmig de borden op en ik hielp haar met een schaal naar de keuken dragen.

Het moet niet gekker worden, mompelde ze.

In de keuken legde ik onbewust even mijn hand op mijn buik. Tante Regina zag het en wees ernaar. Is het...? Haar gezicht werd zacht toen ik knikte. Net wilde ze me omhelzen toen mijn moeder ineens achter haar stond en met dikke tong vroeg of het 'toch wel van Erik' was, mocht ze hopen?

Tante Regina en ik keken haar perplex aan. Toen begon tante Regina te lachen. Akelig schril, zodat ik er een tuut van kreeg in mijn hoofd. Ze vergat helemaal de arm die ze om me heen had willen slaan. Ze bleef maar lachen en intussen zocht mijn moeder met een vuurrood gezicht naar chocolaatjes.

Beneden wordt de vaatwasser gevuld. Ik hoor het via de ramen. Een huiselijk rinkelen van servies. En ook: speelgoedjes die met kracht uit de box worden gegooid.

Buiten klinkt de stem van Freddie. Het is al een stem geworden die met het harde leven in contact is geweest. Er is iets bijgekomen en iets verdwenen in die stem.

Caro zegt altijd dat ze het zo gezellig vindt dat hij veel thuis is. Caro die spuugdoekjes in haar mouwen heeft en deuren dichtduwt met haar kont.

Ze leven nu praktisch van onze huur. Hoe lang kan dat zo doorgaan? Wij hebben het grijze deel van hun huis, een geheel eigen verdieping met slaap- en woonkamer, een aanrechtblokje met een koelkast en een magnetron. Alles heeft de kleur van crème brûlée, en de steunkleur is net zulk rood als het *campy* jasje van Mattheo. Ook hebben we een riante en hypermoderne badkamer met een groot bad. De badkamer was er al, het aanrechtblokje hebben we een Pool erin laten zetten.

Het is Eriks aanrecht dat we meegenomen hebben uit zijn appartement. De Pool heeft het er daar uit gebikt en hier weer neergezet. Eriks vader dacht dat het wel mocht. Ze hadden dan wel een soort beslag op zijn bezittingen gelegd, maar van het aanrecht kon je best beargumenteren dat het Eriks bezit was. Achteraf hadden we die Pool helemaal niet hoeven vragen. Caro had het ook gekund, die is behalve mensenmens ook een soort loodgieter. Ze heeft handen die schroevendraaiers weten te gebruiken, en verstelbare tangen. Ze weet ook precies wat van Ikea goed spul is en wat niet.

Net als verhuizen. Voor ons was het een slijtageslag. Maar voortaan vraag ik Caro. En Freddie z'n handen staan ook niet verkeerd. Ze sjouwen ook volle Maxi-Cosi's naar boven als het moet.

Ik kan het woord win-winsituatie niet meer horen.

Volgens de statistieken kiest slechts 2 tot 5 procent van alle Nederlanders bewust voor een kinderloos leven. Je kan dat op internet vinden. Het onderzoek verscheen vijftig jaar na introductie van de pil.

Als je mij tien jaar geleden zou hebben gevraagd of ik kinderen wilde, zou ik hebben gezegd: later misschien, maar nu zeker niet. Nooit een volmondig ja. Ik had me nog maar ternauwernood onttrokken aan het familieleven, en sprak daar tegen Fiona en de anderen over in termen als almacht en wreedheid op een klein plekje.

Ik zou me niet snel opnieuw voor zoiets laten strikken.

Later kwamen er andere redenen bij. Het zal ongeveer een jaar geleden zijn dat Erik en ik bij Freddie en Caro op kraamvisite waren.

Ik dacht daar nog wel eens aan terug.

Ze drinken Caro's melk, dacht ik, en ze poepen het weer uit in die opgestapelde pakken luiers die ik onder de trap had zien staan. Over een tijdje zullen ze fruithapjes krijgen, dacht ik, en yoghurtdrank en Liga-koeken. Ze zullen mama zeggen en *Teletubbies* kijken, naar pretparken gaan en naar de Montessorischool, werkjes maken, uit blikjes drinken, verdriet hebben of het iemand anders aandoen. Ze zullen dassen strikken, visitekaartjes wisselen, hypotheken nemen, opvattingen hebben en belasting betalen. Misschien zullen ze hun dagen liever in apathie willen slijten, maar dat ligt genetisch gezien niet voor de hand. Hun ijverige genen zullen ze weer doorgeven aan hun eigen baby's, die ook weer van school naar school, van site naar site en van bed tot bed zullen gaan, en net als hun ouders en grootouders van de televisie verlangen dat ze de droefgeestigheid verjaagt.

Achteraf hadden we Eriks huis helemaal niet uit gehoeven. Zijn vader is niet vervolgd. Of liever het OM kreeg de zaak niet rond en heeft hem toen geseponeerd. Ze zeggen dat hij ergens anderhalf miljoen aan zwart geld achtergehouden heeft, van de verkoop van het oude Sint-Jozef, maar er zijn geen bewijzen. Media spreken van de teleurstelling van de eeuw voor de onderzoeksjournalistiek. Iedereen is het erover eens dat Jan de Herder een boef is, die al zijn goodwill heeft verspeeld. Er is ongenadige kritiek geleverd op zijn zorgpakketten, 'De oudere zijn dood is De Herder zijn brood' schreven ze, maar het zijn geen strafbare feiten in juridische zin.

Toen de hetze op zijn ergst was, wilde Erik qua geld even niets meer met zijn vader te maken hebben. Hij is hem verder wel blijven steunen, enzo, maar hij wilde financieel nergens bij betrokken raken. Daarom is hij zijn huis uit gegaan, en zijn we bij Freddie en Caro ingetrokken.

Toen het besluit van de officier van justitie kwam, zijn Erik en ik bij zijn vader wezen eten, om het te vieren. Dat was voor het eerst, we hadden ons tot nu toe altijd laten bedienen. Nu hadden we even geen trek in de openbaarheid.

Ira had opengedaan, helemaal in het zwart, met helrode neukme-schoentjes eronder. 'Hallo lieverds!' Haar stem klonk gewichtig en opgewonden, ze was bijzonder ingenomen met haar nieuwe positie als vrouw des huizes, en met alles wat ze inmiddels wist over ons. Wat Erik zijn vader vertelde, kwam nu ook bij haar terecht.

We stonden wat onwennig in de Laura Ashley-kamer, met behang waarop knoppen en rozen elkaar afwisselden als belofte en vervulling. Eerst toostten we op alle ellende die goddank voorbij was. Ik als enige met een spaatje rood. Jan had een paar mooie woorden, hij sprak over een viering van het leven zelf en Ira keek hem daarbij innig aan.

'Hoe bevalt je huis eigenlijk?' vroeg ik Ira. 'Vertel eens, wat doe je zo de hele dag?'

Ze was bezig om haar familiemoeilijkheden een plekje te geven, ze deed dat samen met een vrouw in de Prinsenstraat, op donderdag. En verder dacht ze over een thuisopleiding Vastgoedstylist.

Toen belde de traiteur aan en gingen we aan tafel.

'Houden jullie het nog even vol daar?' vroeg Jan aan het einde van de avond. 'Er moet nu even wat rust in de tent, maar over een poosje wil ik jullie graag helpen.'

Ira knikt. 'Sowieso,' zegt ze tegen mij. 'Als je wat nodig hebt dan zeg je het maar.'

We zitten erover te denken om mee te doen aan een nieuwbouwproject, gewoon een standaard eengezinswoning, maar met een tuin voor Eriks knollen en wortels, een beetje aan de rand van Nieuw-West. We zijn daar al een keer wezen kijken. In de winter viel het nog niet mee. Eindeloze plassen poepbruin water.

'En zullen wij dan een keer samen gaan zítten?' vroeg Jan aan mij.

Dat hebben we gedaan. We hebben gekeken naar zijn imago en wat de webcommunicatie daarvoor kon betekenen. Hij zei dat hij zich eigenlijk niet bezig wilde houden met zoiets als imagomanagement, maar het was nodig voor het personeel en voor de bewoners. De integriteit moest terug, ook in het beeld. Ik heb de Scarlett Johansson-types van de site gehaald en er iets gewonere vrouwen voor in de plaats gezet.

Van de woongroep heb ik al heel lang niemand meer gesproken. Annerie zag ik een keer fietsen toen ik er geen zin in had, en mijn moeder had van Regina gehoord dat Rudi een nieuwe bundel heeft, *Liefde en 't is geen liefde* of zoiets. De anderen heb ik nooit meer gezien. Soms komt die hele woongroep me zo onwerkelijk voor, dat ik denk dat hij nooit heeft bestaan. Maar dat moet toch wel, want Jan is aan het kijken of hij er misschien iets mee kan. Hij zou er graag luxeappartementen in laten maken voor oudjes die wat te besteden hebben.

Ik ben niet terug geweest naar dokter Meijer, maar het is kalmerend om aan hem te denken. Als duimzuigen. Ik vraag me af of hij 's ochtends wakker wordt naast een vrouw. Of hij kinderen heeft. Op een of andere manier gingen we uit elkaar alsof er veel was gezegd. Zo'n bijzondere gebeurtenis als een zwangerschap doet je reflecteren over je 'gang door het leven'. Wie zegt er zulke dingen? En dat het goed is om daar de tijd voor te nemen.

Zoiets moet met yoga, vinden ze hier, en ik ga er gehoorzaam elke week heen. Al mediterend zit ik er aan andere dingen te denken, maar goed.

Daar kleppert de brievenbus.

'Ik haal even de krant,' zeg ik tegen Erik aan de andere kant van de tafel. Hij zit zachtjes te neuriën, achter zijn laptop. Hij heeft vannacht goed geslapen. Tegenwoordig volgt hij de Arabische Lente op Al Jazeera om te vergeten dat zijn filmproject voorlopig in de ijskast is gezet.

Verpleger Alexander G. vandaag voor rechter.

Ik schenk mezelf een kop thee in en lees die zin nog een keer. Verpleger. Even las ik het als veelpleger.

De herinnering aan Alexander is al aan het vervagen. Hij wordt een schim, een figuurtje uit een stripboek van lang geleden.

Een keer zag ik hem op het station, gebogen over het krantenrek bij de boekhandel. Zwarte leren jas, brede schouders. Hij kwam omhoog en we keken elkaar in de ogen. Een fractie van een seconde leek het alsof hij me niet wilde kennen, maar daarna zag ik dat zijn haar niet geel was maar grijs. Hij had zelfs een grijs baardje.

Ook stond hij een keer tussen de Japanners in de rij bij het Van Goghmuseum toen ik erlangs reed. Maar ik fietste snel omdat er die middag iets geleverd zou worden en ik dacht dat Erik er niet was. Eenmaal thuis wist Erik me te vertellen dat ik me vergiste.

'Kijk maar, het is zelfs op het nieuws. Ze hebben hem gepakt.'

Intussen is hij al bijna langer uit mijn leven dan dat ik hem heb gekend.

Ik probeer de draad van het artikel te volgen. Ik heb nooit helemaal goed geweten hoe ze hem hebben kunnen vinden. Facebook speelde een rol. Het was iets spectaculairs. In de tijd dat dat op het nieuws was, waren we net aan het verhuizen.

In dit stuk worden de feiten gereconstrueerd. Het is een stuk zonder foto.

Een oude vrouw sterft. Met haar dood wint Alexander een pooltje onder het personeel. Hij verdwijnt met het geld, en waarschijnlijk met het geld van eerder gewonnen pooltjes om elders een nieuw leven te beginnen.

Mijn ogen blijven haken bij die woorden. Een nieuw leven.

Per trein is hij door Duitsland gereisd en verder al liftend naar Griekenland. Hij werkte als huisoppasser in een buitenwijk van Athene. Maar op zeker moment maakte hij een dagtrip naar een eilandje, Egina.

Daar zat hij op een terras achter een salade. Twee tafeltjes verder zaten, zonder dat hij het wist, een donkerblonde Duitse internatio-nal die ook aan het WK had meegedaan en een Nederlandse soap-ster. Een andere vakantievierende Duitser, die blijkbaar niets be-ters te doen had, fotografeerde de twee. Hij dacht dat het om een escort ging en zette de foto op Facebook met het onderschrift *Wer ist diese Nutte?*

De foto werd ruim 2800 keer gedeeld. De Nederlandse werd al snel herkend en ook in ons land werd de foto een Facebook-hit. Op de achtergrond zat, duidelijk herkenbaar, Alexander met een feta-blokje op weg naar zijn mond.

Zo werd hij ingerekend, nota bene dankzij de enige foto die van hem bestaat. Hij zit al een poos in voorarrest.

Vanmiddag komt hij in Amsterdam voor de rechter. Het is de vraag of moord kan worden bewezen, zowel bij dat laatste pooltje, als in alle vorige gevallen.

Dat er 'moord' staat, komt me totaal bizar voor. Misschien is er ergens een steekje bij hem los, maar Alexander is niet iemand die moordt. Wat ze ook zeggen, en wat Annerie ook allemaal beweert. Het OM zet natuurlijk hoog in om tenminste nog ergens uit te ko-men.

Tot slot is er nog een alinea over een psychiatrisch onderzoek. Onderzoekers spreken van verminderde realiteitszin bij Alexan-der. Verwacht wordt dat de verdediging dat aanvoert voor strafver-mindering.

Al bij al is het een groot artikel. Er is veel aandacht voor de zaak, vooral omdat het hele zorgimperium van Jan de Herder zo onder vuur heeft gelegen. En natuurlijk door de bijzondere details, het pooltje, de rol van de nieuwe media.

In een inzetje staan een aantal feiten op een rij. Vanmiddag om twee uur begint het proces.

'Goeden morgen, goeden morgen.' Freddie steekt zijn hoofd om de deur. Hij kijkt op zijn horloge. 'Of middag is het al.' Uit de diepte achter hem komt gekrijs. Snel sluit hij de deur, bedenkt zich, opent hem weer en roept naar beneden: 'De fopspenen liggen bij de witte emmer. Ze zijn schoon!'

'Joehoe!'

Hij komt bij ons aan tafel zitten. 'Ze willen alleen van Caro eten hebben en alleen door Caro in bed worden gedaan. Ze zitten nu al in hun oedipale fase.'

Erik schenkt een kop thee voor hem in.

Freddie hoest een beetje, hij heeft met zijn hoofd bij het open raam gelegen. Hij wil honing in de thee, als dat niet te veel moeite is. 'Het is nog net niet zo erg als Linda,' grapt hij. 'Linda met de blafhoest.'

Erik lacht.

'Weet jij eigenlijk wat Linda doet tegenwoordig?' wil Freddie weten.

Erik heeft geen idee. 'Katelijne zit in Afrika,' zegt hij. 'Maar dat wist je al, neem ik aan?'

'Ja,' zegt Freddie. 'Stoer wijf is dat toch. Daar zijn er geen twee van.'

'Dat kan je wel zeggen,' beaamt Erik.

Ze hadden me net zo goed een stomp in mijn buik kunnen geven.

Jezusmina.

Ze zien niet dat zoiets mij kwetst, omdat ze zelf niet zo zijn. Hun eigenwaarde hangt niet van zulke opmerkingen af. Ze weten zelf wel wat ze waard zijn.

Freddie pakt de theepot en schenkt zich bij. 'Heeft die eigenlijk al een vriend?'

'Niet toen ze wegging. Nu zit ze vast en zeker op een neger.'

Freddie is bang dat Erik gelijk heeft. Ze maken nog een paar negergrappen op die speciale toon van hoogopgeleide mensen die heel goed weten dat die niet door de beugel kunnen.

Waarom zou ik me van streek laten maken door twee van die jongens, spreek ik mezelf toe. Ik heb hun ogen toch zeker niet nodig om te zien wie ik ben?

Ze praten over het platte dak van de buren. We kunnen hier het raam uit stappen, dan komen we op dat dak uit, iets wat vooral Erik bij het bezichtigen had gerustgesteld. Als ze aan de deur staan, kunnen we altijd via dit raam weg.

'We zouden er best een terras op kunnen maken,' zegt Erik. 'Een hek in het vierkant met van die rieten matten ertegen. Een paar winterharde planten. Een parasol natuurlijk voor 't kleine Herdertje.'

Freddie knikt instemmend. Niet gek gedacht.

Ik zit ernaar te luisteren en denk eraan hoe ik een uitbouw aan mijn leven heb geprobeerd te maken, voor meer ruimte, zon en vergezichten, en hoe snel die aanbouw meer iets kreeg van een bordes en toen van een rotstuin.

'Van mij hoeft het niet,' zeg ik. 'Dit huis is prima. Er mankeert niets aan. Ik hoef niet zo nodig achter rieten matten te zitten.'

Maar Freddie vindt het de moeite waard om het aan de buren te vragen. Nee heb je tenslotte.

'Zo denk ik er ook over,' zegt Erik.

Een zacht klopje op de deur. Caro.

Ze trekt een stoel naar achter. 'Hè, hè, die liggen erin.'

Gezellig met z'n vieren aan tafel. Je zou dit best geluk kunnen noemen. In elk geval geluk-*light*.

'We kunnen vanavond wel de barbecue aansteken,' zegt Freddie.

'O, dat is een goed idee,' zegt Erik. 'Ik maak wel satésaus.'

'Vanmiddag om twee uur moet Alexander voorkomen,' zeg ik. 'Het stond in de krant.' Ik kijk op mijn horloge. 'Is het echt al kwart voor een?'

Stilte.

Caro heeft duidelijk geen idee waarover ik het heb, en ook Freddie kijkt glazig.

'Weet je nog Alexander, mijn huisgenoot in de woongroep?'

'Van dat pooltje,' vult Erik aan. 'Die gast ziet eruit als een mongool en hij is het ook.'

'Ja, ja,' zegt Freddie, maar ik kan horen dat hij het niet meer weet en dat hij niet echt luistert.

Erik kijkt me welwillend aan. 'Als je erheen wilt, dan gaan we er nu heen. Waar is het?' Hij pakt zijn telefoon om op te zoeken waar de rechtbank zit. 'Fak, de wifi ligt er weer eens uit.'

'Ik weet niet,' zeg ik. 'Op zich...'

De bel gaat.

'Shit,' zeggen Erik en ik tegelijk. 'Dat is waar ook.'

'Alles erin, alsjeblieft,' zegt Gerrit Nijkamp tegen Erik die het koffiezetapparaat bedient. Hij trekt zijn jasje uit en hangt hem over de leuning van zijn stoel. Hij draagt een stropdas met eurobiljetten erop.

Ik zet de door Caro en Freddie achtergelaten theekopjes op het aanrecht. Gerrit haalt een tissue uit de doos die op tafel staat en wrijft ermee over zijn rood aangelopen gezicht. Het propje legt hij terug op tafel. Hij kijkt om zich heen. Ik zie dat hij een inschatting van ons probeert te maken. Hij opent zijn laptoptas en kiest er na wat zoeken een folder uit, die hij midden op tafel legt. Een zwangere vrouw met haar hand op haar buik en een man die wel iets van Erik weg heeft kijken elkaar verliefd aan bij een met lint afgebakend stuk bouwgrond. In de verte zie je een weiland met twee zwart-witte kalfjes erin. LEKKER LEVEN, staat erboven.

'Dus jullie zijn van plan om zelf te gaan bouwen. Mooi, mooi. Als het kan, altijd doen, zou ik zeggen. Dan kan je het precies maken, zoals je het hebben wil.'

Hij klapt zijn laptop open. 'Eens kijken wat ik allemaal al aan gegevens van jullie heb. Ah, hier is het, Erik de Herder en Elenoor Jansen.'

Erik zet het dienblad met koffiemokken op tafel.

'Heerlijk,' zegt Gerrit na een slok. 'Nou, wat een grote stap in jullie leven. Ik zal eerst een paar dingen met jullie doornemen, zodat we even een beeld hebben. Om te beginnen staan jullie nog redelijk aan het begin van jullie carrière. Dat betekent dat jullie naar verwachting nog wel een stukje meer zullen gaan verdienen. Eens even zien, hier heb ik jullie inkomens erbij. Ah, geen vast contract, zie ik, en eens kijken, nóg een keer geen vast contract.'

'Ik heb een groot aantal opdrachtgevers en al vier jaar op rij een stabiel inkomen,' zeg ik trots.

'Ja, ja,' zegt Gerrit. 'Twee freelancers, dat ziet de bank toch niet graag. Is het theoretisch eventueel mogelijk dat een van jullie een vast contract ergens krijgt, al was het maar voor vijftien of twintig uur per week?'

Ik kijk Erik aan. Ik zou kunnen informeren bij de gemeente. Karin vroeg laatst of ik interesse had in een tweede groep ambtenaren. Of ik zou bij Eriks vader misschien wel een contract voor een aantal uren kunnen krijgen. Daar is nog zat werk te doen.

'Er zijn misschien wel mogelijkheden,' zeg ik.

'Mooi, mooi. Nou dan laten we dat verder even rusten en dan kijken we even naar de te verwachten levensloop. Kijk in principe heeft een hypotheek een duur van dertig jaar. In het begin betaal je alleen rente, en later als jullie wat meer verdienen, zou je ook kunnen beginnen met aflossen. Na een paar jaar denken jullie misschien over een tweede kindje, hè, ik noem maar wat, een dakkapel, een bijkeukentje, dan willen jullie waarschijnlijk iets bijlenen, maar je kan ook van tevoren al een iets hogere inschrijving doen, hè, dat is gewoon waar jullie je prettig bij voelen. Dan kan het zijn dat een van jullie op een gegeven moment iets minder gaat werken, dus het is dan belangrijk dat in die periode de netto maandlasten te overzien blijven. Eens kijken, jullie pensioen ligt ergens rond 2045. Voor jou,' zegt hij met een knik naar Erik, 'iets eerder dan voor haar. Dan gaan we ervan uit dat jullie nog zo'n jaar of dertig van je pensioen willen genieten. Jullie zullen een overlijdensrisicoverzekering af willen sluiten, om te voorkomen dat, als een van beide partners uiteindelijk overlijdt, de langstlevende het huis zal moeten verkopen.'

Hij kijkt Erik aan. 'Zijn er tot zover dingen van jullie kant, waarvan je zegt: hé?'

Een of ander beest is zoemend onze kamer binnen gevlogen. Het gaat op Gerrits laptop zitten en vliegt daarna weer naar buiten. Door het raam komt het geluid van een handmaaier.

Zo gaat het dus, denk ik. Iedereen doet dit op een dag.

'Ik kan je helemaal volgen,' zegt Erik tegen Gerrit.

Ze kijken allebei naar mij.

'Ik ook,' zeg ik.

'Mooi, mooi. Dan kunnen we door.'

Amsterdam, Witsenhuis, december 2013

Dank

Mijn extra dank gaat uit naar: Iris van Domselaar, Marian Donner, Renate Dorrestein, het Nederlands Letterenfonds, Marscha Holman, Pieter de Jong, Job Lisman, Lisanne Mathijssen, Daniël van der Meer, Tjitske Mussche, Ronit Palache, Janna Reinsma, Mai Spijkers, Martijn Willemsen en vooral Pieter van der Wielen.